TEMPTATION
by Jude Deveraux
translation by Kanako Takahashi

心すれちがう夜

ジュード・デヴロー

高橋佳奈子[訳]

ヴィレッジブックス

ローナとロンに
愛をこめて

心すれちがう夜
Temptation

おもな登場人物

テンペランス・オニール	婦人運動家
メラニー	テンペランスの母親
アンガス・マッケアン	メラニーの夫
ジェイムズ・マッケアン	アンガスの甥
ラムジー	ジェイムズの厩舎で働く少年
グリッセル	ジェイムズ・マッケアン家のメイド
エピー	ジェイムズ・マッケアン家のメイド
グレイス・ドゥーガル	ジェイムズの愛人と言われる女性
アリス	グレイスの娘
シーナ	グレイスの義理の母親
モイラ	グレイスの亡夫のいとこ
ハーミッシュ	牧師
リリア	ハーミッシュの妻
ロウィーナ	アンガスの姉
ケンナ・ロックウッド	未亡人

1

ニューヨーク　一九〇九年

「つまりですね、紳士……淑女のみなさん……」広い公会堂にくすくす笑いが起こった。テンペランス・オニールの講演を聞きに来ている中に、〝紳士〟はほとんどいなかったからだ。男たちにとって、テンペランスが語る真実は聞くに堪えないものだった。アメリカの家族に自分たちがしたことを、逐一再現して聞かされることに我慢ならなかったのだ。

「つまり、戦いを続けなければならないということです。まだこの問題は解決の糸口さえつかめていませんが、あきらめてはなりません。戦い続けなければならないのです！」

そう言うと、テンペランスは演台から一歩下がって会釈した。聴衆には彼女のトレードマークとなっている帽子の広いつばだけしか見えなくなった。一瞬の間の後、集まった女たちが立ち上がって拍手を始めた。顔を上げ、テンペランスは聴衆を魅了する笑みを浮かべた。それからゆっくりとへりくだった態度でステージから降りた。

「すばらしかったわ」アグネス・スピンネーカーがその小さな手をテンペランスの肩にかけ

て言った。「いつもどおりに」

「多少は役に立ったならいいんだけど」とテンペランスは答え、カーテンを少し開けて聴衆をのぞき見た。まだみな立ったまま拍手を続けている。

「もう一度出ていかなくちゃね」アグネスは聴衆の拍手にかき消されないよう声を張り上げた。「何かもうひとこと言わなくては。考えてある?」

「ええ、考えてあるわ、大丈夫」と言って、テンペランスは帽子から長いピンをはずし始めた。「これを持っていてくれる? けが人が出るといけないから」

「いったい何をするつもりなの?」

「見てて」と言うと、テンペランスはカーテンを開けてステージに戻った。そして、演台代わりの小さな箱にふたたび上ると、拍手喝采が静まるのを待った。やがて公会堂に静けさが戻ったが、彼女はさらに数秒待った。誰も腰を下ろす者はいなかった。三百人もの女たちがもう一度すぐにも拍手できるよう身構えたまま立っていた。テンペランスが何を言おうと拍手するつもりだったからだ。

静まり返った公会堂で、テンペランスは目の前にあるオークの書見台に目を落とした。そこに原稿を置いてあって、それを読み始めようとでもするように。

しかしそれから、すばやい動作でかぶっていた大きな帽子をつかむと、集まった女たちの頭上高く投げ飛ばした。帽子はくるくるまわりながら高く高く舞い上がった。公会堂に集まったすべての目が帽子に向けられた。彼女の帽子、テンペランス・オニールの帽子に。

帽子は一番後ろの列に近いところに落ちてきた。何人かの女たちが帽子をつかもうと飛び上がった。スカートはくるぶしの上までたくし上げられ、ボタンのついた革靴が宙に躍って、一瞬、取っ組み合いが起こった。それから悲鳴が上がったと思うと、きれいな若い女がもつれあった人山から飛び出した。戦場で奪い取った敵の旗さながらに帽子を振りまわしている。

次の瞬間、集まった人々が拍手をしたり、叫んだり、足を踏み鳴らしたりして、公会堂は興奮の坩堝《るつぼ》と化した。口笛を吹く者までいた。

テンペランスは演台から降り、後ろのほうで取った帽子を抱き締めて興奮している若い女に大きく手を振ると、急いでステージから去った。

「ああ、テンペランス」とアグネスが言った。「すばらしかったわ。ほんとうに。あんなこと、わたしは思いつきもしなかった」

「何人ぐらい来ているのかしら？」テンペランスはきびきびと更衣室に向かいながら、ステージへ続くドアへ顎をしゃくって訊いた。

「そんなに多くはないわ。このあいだよりは少ないわね。先週あんなことがあったから、みんな自分の身に害が及ぶのをちょっと怖がっているのよ」

更衣室にはいると、テンペランスは床の上にあった帽子の箱を開けようと手を伸ばし、眉をひそめた。自分の芝居がかった振る舞いが目的を果たす役に立っているのはわかっていた。できるかぎりの助力を得たいのは確かだったが、そのせいで誰かに害が及ぶのは嫌だった。

「もうひとつ帽子を持ってきていたなんて賢いわ。つまり、最後にああしようと前もって決めていたってわけね」

「そりゃ、そうよ」とテンペランスは言った。アグネスは善良で役に立つ女性だったが、想像力というものは持ち合わせていなかった。「ウィリーもいた？」

「ええ、いたわ。だってあの人、あなたにぞっこんだもの」

「ふふん。今夜は急いでここから連れ出してくれるといいけど。母の船が今日着いたの。丸々三カ月も会ってないのよ！」

「お母様もあなたに会ったらきっと喜ぶわ。とってもすてきだもの」

テンペランスは代わりの帽子を頭に載せ、位置を直しながら鏡越しにアグネスに微笑みかけた。新聞はテンペランスがまわりに不細工な女を集めて自分をよく見せようとしていると書き立てていた。しかし、その記事を読んだ彼女の母親はにっこりして言った。「でも、あなたの隣にいたら、どんな女の人だって平凡な顔に見えてしまうんじゃない？」

それを思い出してテンペランスは鏡の中の自分ににっこりと微笑みかけた。この数カ月、母が恋しくてたまらなかった。家に帰ったときに、自分の向こう見ずな行動や業績に耳を傾けてくれる誰かがそこにいないのが淋しかった。その中には母をぞっとさせるような話もあったが、いずれにしてもテンペランスはすべてを語って聞かせていた。「あなたって、お父様そっくりね」とメラニー・オニールは彼女らしい物静かな声で言い、かすかに身震いするのが常だった。

テンペランスの父親、メラニー・オニールの愛する夫は、娘がまだ十四歳のときに亡くなっていた。父と過ごした時間は短かったものの、その間に心に植えつけられた火種が闘志の炎となって燃え上がり、父の死後十五年ものあいだ、娘は女性の権利を求めて戦い続けていた。

「どう？」とテンペランスはアグネスのほうを振り返って訊いた。「おかしくない？」「すてきよ」

「全然」とアグネスは答え、今宵の講演のプログラムをその薄い胸に抱きしめた。

「あなただって」と言ってテンペランスはアグネスの頰にキスをした。

アグネスは赤くなって靴に目を落とした。彼女は新聞が言うところの〝テンペランスに拾われた見捨てられた女〟のひとりだった。何年も前、アグネスはハンサムな若い男と駆け落ちをしたが、男は既婚者だった。許しを得ずに駆け落ちなどした娘に腹を立てた父親は彼女を財産の相続人からはずし、それを知った男は彼女を捨てた。テンペランスが出会ったときには、アグネスはゴミ箱を漁って歩く生活をしており、貧しい食生活と野宿のせいで、肌は腫れ物だらけとなっていた。テンペランスは数多くの女たちにしてきたのと同じことをアグネスにもしてやった。仕事を見つけてやったのである。彼女にはカークランド公会堂の舞台裏で働くという仕事を。それを恩に着て、アグネスはテンペランスのためなら燃え盛る炎の中を歩くことさえいとわない思いでいた。

「それ、あの帽子じゃないでしょうね？」とアグネスはテンペランスがかぶって位置を直している帽子を見ながらささやいた。深紅のシルクでできたバラの飾りが縁にぐるりとついた黒いフェルトの帽子。赤いネットがバラの飾りを取り巻いている。アグネスが見たこともないほど美しい帽子だった。

「ちがうわ」とテンペランスはにっこりしながら答え、アグネスに帽子を買ってあげること、と胸の中でつぶやいた。「あの帽子は市長が持っているわ。執務室の壁に吊るしてダーツの的にしてるんじゃないかしら」

アグネスの顔が怒りにゆがんだ。「そんな——」

「冗談よ」とテンペランスがあわてて言った。「ガラス・ケースに入れて自宅に飾ってあるって聞いたわ。目立つところに」テンペランスのひとことひとことに、こわばったアグネスの顔がゆるんでいった。

「当然よ。あなたの帽子のおかげで再選できたんだってみんな言ってるもの」

「そうかもね。ほうら！　これでいいわ」小さな更衣室のドアを開け、テンペランスは廊下に出た。「また来月ね」そう言うと、出口のドアへ走った。

ときどきテンペランスは、市長とのあいだで起こった帽子の一件などなかったらよかったのにと思わずにいられなかった。それがどちらにとっても悪くない結果に終わったとはいえ。それでも、馬車の車輪に使えそうなほどつばの広い帽子をおおやけの場でかぶらなくてもよかったらどんなにいいだろう。

しかし、母にも言ったことだったが、それによって耐えがたい状況に置かれている女性をひとりでも救えるのなら、そうするだけの価値はあった。

あの帽子によって救われた女性は数多かった。少なくとも帽子が注目されることで救われた女性は。あれから七年近い歳月が流れていた。まだ二十二歳のテンペランスが初めてニューヨーク市の市長に会い、ミロンの共同住宅のことでどんな対策をとるつもりかと詰め寄ったときから。その一週間前、四階建ての建物が崩れ、十七人の女性や子供が下敷きになり、四人が命を落としていた。

疲弊しきって苛立っていた市長は、テンペランス・オニール嬢の染みひとつない肌とダーク・グリーンの目をひと目見て、社会問題に首を突っ込んでいる金持ちの娘にちがいないと断じた。それも同じように金持ちの男が現れて結婚を申し込んでくれるまでの暇つぶしをしているだけだと。

六人ほどの新聞記者の面前で、市長はテンペランスに向かって言った。「きみがきみのお父さんの支援を受けずにこの問題に対する解決方法を見つけられたら、そうしたら」厳しい尋問でも受けているようなその場の雰囲気をユーモアで和らげようと市長は続けた。「私は……」一瞬の間。「きみの帽子を食べてもいい」

そんな挑戦を受けて立つ者などいないと市長が思っていたのは明らかだった。今目の前にいる若いきれいな娘は言うまでもなく。しかし、市長の思惑ははずれることになる。そのとき新聞各社はほかに記事にするネタを持っていなかったため、関係する人物の名前を調べた。そして、この話がアメリカじゅうの新聞の第一面を飾ることとなったのである。テンペランスは女子大を卒業したばかりで、突然降りかかった騒動に心の準備ができていなかった。しかし、そこであえて覚悟を決め、市長の挑戦を受けて立つことにした。

そうして競争の火蓋は切って落とされた。

市長は自分の支援者たちを説得して崩れたビルの代わりに新しいビルを建設しようと試みたが、みな笑って協力を渋るばかりだった。支援者たちは市長本人を好きなわけではなかったからだ。しかし、新聞に載った美しいオニール嬢の写真は気に入った。

後にテンペランスもおおやけに認めたが、市長の助けがなかったら、あれだけのことはなし遂げられなかっただろう。ニューヨーク全市が彼女の呼びかけに応じ、協力を申し出た。人々は奉仕に時間を割き、商店は建材を寄付した。ガス灯やカンテラの明かりのもと、奉仕者たちは夜遅くまで働いた。その結果、二十六日が過ぎたところで、崩れた建物の跡地に新しい共同住宅が出現することになったのである。

こうした状況を利用すればより人間味のあるところを示せると、抜け目ない相談役から助言を受け、市長はテープ・カットの儀式によだれかけをかけ、二フィートもあるナイフとフォークを抱えて現れた。そして、テンペランスの帽子をこれから食べるところだというポーズを作って何枚もの写真におさまった。

しかし、顔は笑っていても腸《はらわた》が煮えくり返っていた市長は、最後に笑うのは自分だと胸中でつぶやいていた。共同住宅完成の功績をテンペランス・オニール嬢に捧げ、新しい住人を選ぶのも、建物を管理するのも、彼女の思うとおりにやってよいと認めたのである。スラム街の建物を管理するのがどれほど大変か思い知ればいいのだ！　市長はテンペランスがおちいるであろう窮状を思ってにやりとした。

しかし、そうした市長の態度がテンペランスに生涯の目的を決めさせた。共同住宅には男に捨てられた女たちを住まわせることにし、彼女たちが子供を抱えていても暮らしていける方法を見つけてやるようになったのである。テンペランスはみずからの美貌と、新たに手に入れた名声と、父親から譲り受けた財産のありったけを、女たちに生活の手段を見つけてやるために費やした。

二十三歳の誕生日を迎えるころには、テンペランスは有名人となり、ニューヨークではどこへ行っても温かく迎えられるようになった。男たちは彼女に会いたがらないこともあった。オニール嬢の訪問は高くついたからだ。が、テンペランスには金を持っている男のもとへ導いてくれる女が必ずいることがわかっていた。女たちはいつも喜んで助けになろうとしてくれた。

ステージの裏のドアを開けると、ウィリーが待っていた。テンペランスはため息をついた。これまでずっといつもウィリーのような男がそばにいた。あがめるように大きく見開いた目で、傘を持たせてくれと懇願する若い男。しかし、二年もすると、いや、おそらくは一年以内に、若い男たちはテンペランスが結婚してくれそうもないと悟り、乾物屋の娘とでも結婚して何人か子供を作るのだった。ついこのあいだも、初代の〝ウィリー〟の子供が小学三年生になったと聞かされたばかりだった。

公会堂の外では、ウィリーのほかに十人あまりの少女たちが憧れの的、テンペランス・オニールが出てくるのを待ち構えていた。年かさの少女たちの中には、テンペランスの帽子と同じぐらいつばの広い帽子をかぶっている者も二人ほどいた。テンペランスの姿を見つけると、みな金切り声を上げ、五ドル十セントで買った彼女の写真を差し出した。そうした収益もみな、福祉事業の資金になった。

顔に笑みを貼りつけて石段を降りながら、テンペランスは写真にサインをした。少女たちは口々に、大きくなったらあなたのようになりたいと言った。

いつもはこんなふうに足止めされるのも嫌ではなかったが、今夜はできるだけ早く帰宅して母に会いたかった。どうしてかはわからないが、今回はいつもより母の不在が淋しく、早くそばにすわって靴を脱ぎ、ここ三カ月の出来事をすべて語って聞かせたくてたまらなかった。

ウィリーが少女たちをかきわけて近くに来た。「ここから連れ出してくれる?」とテンペランスはささやいた。「急いで家に帰りたいの」

「何でもきみの言うとおりに」とウィリーは小声で答えた。本気でそう思っていた。アグネス同様、テンペランスに命を捧げていたからだ。じっさい、昨晩、彼女に贈る婚約指輪を買ったばかりで、日曜日にはプロポーズしようと考えていた。

すぐにウィリーは辻馬車を呼び、少女たちを追い払ってテンペランスを乗せた。馬車に乗り込むと、テンペランスは座席に身をあずけ、目を閉じた。

失敗だった。何秒も経たないうちにウィリーに手にキスをされ、変わらぬ愛を告白され始めていた。

今夜はやめてウィリー、とテンペランスは言ってやりたかった。が、そうする代わりに手を引っ込め、御者にもっと速く走るように言ってくれと頼んだ。

こういうことは以前にも何度かあり、ウィリーにも、あまりしつこくするとテンペランスを怒らせることになるのはわかっていた。そしてその怒りはけっして甘んじて受けたいようなものではないことも。御者に（そのかわいそうな男に苛立ちをぶつけるようにして）スピードを上げるように言うと、ウィリーはテンペランスのほうを振り返り、しばし彼女をじっと見つめた。生まれてこのかたこれほど美しい女性には会ったことがなかった。その豊かな褐色の髪はどれだけピンを使ったりねじったりしてもけっして全部をまとめることはできず、つねに帽子の下から結い上げた髪の一部がほつれて見えていた。

目は最高級のエメラルド、肌は陶器のようで、唇は赤く――

「母が今夜帰ってくるの」とテンペランスが口を開き、ウィリーは恍惚状態から覚めた。テンペランスは子犬のようにうっとりと見つめるウィリーの視線にうんざりするようになっていた。「三カ月も会ってなかったのよ」

ウィリーはテンペランスの声も好きだった。とくに自分だけに話しかけるときの声が。

「きみはまるで聖女だね」とウィリーは目をみはって言った。「体の弱い気の毒なお母さんの世話をするために、結婚して家族を作るのをあきらめているんだから。きみみたいな娘に世話をしてもらえるなんて、お母さんはなんて幸せなんだろう。まだお父さんが亡くなった悲しみから立ち直っていないのかい？」

「一分一秒たりともね。父みたいな男性なんてこの世に二人といないわ」テンペランスは窓の外を過ぎゆくニューヨークの暗い街並みに目をやりながら感傷に駆られて言った。あとどのぐらいで家に着くのだろう？

グリニッチ・ヴィレッジのブラウンストーンの自宅に到着するまで、何時間もかかったような気がした。お母様がいなかったらここは家とは言えない、とテンペランスは思った。メラニー・オニールがいなかったら、ただの石の塊でしかない。

ようやく馬車が家の前で停まると、家にはこうこうと明かりが灯っていた。テンペランスはにっこりと微笑んだ。お母様が帰ってきている！　話したいこと、相談したいことが山ほどあった。ここ三カ月のあいだになし遂げたことは多かったが、いつも何かやり残したことがあるような気がしてならなかった。ウェスト・サイドの事業は引き受けるべきだろうか？　公園の向こう側だなんてあまりに遠すぎる。市内を動きまわるのにオートバイを買ったらどうかという勧めもあった。そうすべきだろうか？

母には話したいことがたくさんあった。来週は政治家や新聞記者との会談が六つも控えている。金持ちの男たちとの昼食会も四つ。彼らを説得して資金を得られれば、もうひとつ共同住宅を建てられるかもしれない。

正直に言えば、自分の人生の成りゆきに圧倒されるあまり、ただ母の膝に顔を埋めて泣きたいときもあった。

しかし母が帰宅した今、ようやくすべてを話す相手ができたのだ。

「おやすみなさい」テンペランスはウィリーに手を貸す暇を与えずに馬車から飛び降りると、振り返って言った。

そして、階段を一度に二段ずつ昇り、玄関のドアを勢いよく開けた。

玄関ホールに吊り下げられたクリスタルのシャンデリアの下で、メラニー・オニールが男の腕にきつく抱かれて立っていた。キスをしながら。

「あら、テンペランス」と言ってメラニーは男の抱擁から逃れた。「見つかる前に説明しようと思っていたのに。わたしたち、あの――」

長身で白髪のハンサムな男が笑みを浮かべながら前に進み出て手を差し出した。「きみのお母さんと私はスコットランドで結婚したんだ。私がきみの新しい父親になったというわけだ。きっと喜んでくれると思うが、明後日、三人そろってスコットランドの家へ帰ることになっている」

2

テンペランスはどうにか夕食をやり過ごした。この見も知らぬ男は、テーブルの上座に——父の場所に、父の椅子に——つき、まるで新妻と娘が荷造りして自分といっしょにエジンバラに移り住むのは当然とでも言うように、笑いながら話し続けている。夕食のあいだずっと、その異国の町がどんなにすばらしいところか語って聞かせていた。

片目をつぶり、一度などテンペランスの手に触れさえして、きみにもすぐに伴侶を見つけてあげると言った。

「アメリカの男のどこがいけないのかはわからないがね」とアンガス・マッケアンはにっこりして言った。「きみはまだ充分美しい。ちょっと歳が行きすぎていると思う男は多いだろうが、きっと誰か見つけてあげられるよ」

「そうですか？」テンペランスは嫌悪を浮かべた目で男を見ながら静かに言った。

男はそれに気づきもしないようだった。「それに、おいしいスコットランドの牛肉を食べれば、肉づきもよくなる。スコットランドの男の好みから言うと、きみはちょっと痩せすぎているからね。まあ、時間はいくらでもある。私のそばに愛する妻がいてくれる以上、みんな幸せにならないはずはないだろう?」

テンペランスはテーブル越しに母に目を向けた。が、メラニー・オニールは顔をうつむけて料理をつつくばかりで、娘と目を合わせようとはしなかった。

「マッケアンさん」テンペランスはゆっくりと言った。言いたいことがはっきり伝わるようにわざとゆっくりと。これまでのところ、男には自分の声しか聞こえていないようだったからだ。「わたしについてどのぐらいお聞きになっているのかはわからないけれど、どうやらあまり多くは聞いてらっしゃらないようね」目は意気地なくうつむいた母の頭のてっぺんに向けられたままだった。どうしてこんなことができたの? テンペランスは怒鳴りつけてやりたかった。母とは親子というだけでなく、友人同士でもあると思っていたのに。

しかしテンペランスは気持ちを落ちつけ、母が好んで集めた繊細な骨董品に囲まれてあまりにも場ちがいに見える大柄な男へと目を戻した。

「マッケアンさん、わたしは――」

「私のことはお父さんと呼んでくれ」親しげににっこりと微笑んで男は言った。「きみは子馬に乗るにはちょっと歳をとりすぎているようだが、何かほかにすることは考えてあげられるさ」そう言ってその冗談を分かち合おうと新妻に目を向けたが、メラニーはさらに低く頭を垂れただけだった。もう少しで鼻をロースト・ビーフに突っ込みそうになっている。

テンペランスは握ったこぶしを開かなければならなかった。この男がもうひとことでも歳のことを言ったら、芽キャベツがはいった大皿を頭からぶちまけてやるつもりだった。

ここ八年ほど気むずかしい男たちばかりを相手にしながら、めったに癇癪を起こしたことはなかったのだが。「たぶん、そんなふうに親しくなるにはもう少し時間が必要なんでしょうけど、わたしが言いたいのは、わたしがスコットランドに住むなんてことはありえないってことです」

「ありえない？」と言って男はテンペランスからその母親へ目を移し、またテンペランスに目を戻した。テンペランスのことばを聞いて、男はスコットランドなまり丸出しで言った。「ありえないってどういう意味だ？　きみは私の娘だろうが」

男の青い目に小さな火花が走るのが見えた。癇癪の小さな火花。母のために男の怒りを鎮めたほうがいい。

「わたしにはここで仕事があるんです」とテンペランスは静かに言った。「だから、ニューヨークに残らなければならないわ。お母様が行かなければならないなら——」そこまで言って咽喉がつまり、再度母の頭に目を向けた。

メラニーは袖からハンカチを出し、目にあてていたが、娘のほうは見ようとしなかった。

「自分のしたことを見てみろ！」アンガス・マッケアンが怒鳴った。「きみのせいで、動揺しちまったじゃないか。ほら、ほら、メリー、泣くんじゃない。本気で言ったんじゃないんだから。もちろんいっしょに来るさ。結婚するまでは娘は母親といっしょにいるものだ。だから、これだけ年嵩《としかさ》の娘であっても離れ離れに暮らすことはない」

それを聞いてテンペランスはいきなり立ち上がった。「お母様! どうしてこんな無神経な田舎者なんかと結婚できたの? 雑貨屋の店員と情事を持つぐらいで我慢できなかったの?」

立ち上がったアンガス・マッケアンを見て、これほど怒り狂った人間はこれまで見たことがないとテンペランスは思った。男が手を上げるのを見て、殴られるにちがいないと思ったが、それでも彼女はひるまなかった。怒り狂った男たちに立ち向かうのはこれが初めてではなかったからだ。男たちの、家族への仕打ちに対し、思ったことを言うと、みな激怒するのだった。

「私の書斎へ来なさい」男は声をひそめて言った。「これはきみと私の問題だ。お母さんを動揺させたくない」

「母は大人よ。こんなどうしようもない状況におちいったのは母のせいなんだから、いっしょに話し合うべきだわ」

アンガスは怒りのあまりぶるぶると震え出し、震える指で食堂のドアを指差して「さあ」と声をひそめて言った。「行くんだ」

テンペランスは母を見やった。母は今や激しく泣きじゃくっていたが、同情は感じなかった。この世でもっとも愛する人間に裏切られた思いだったからだ。

踵を返すと、テンペランスは食堂を出たが、玄関ホールで立ち止まった。父の書斎に行くつもりはなかった。そうすれば、そこが今やあの男の書斎だと認めることになってしまう。アンガスはテンペランスの脇を通り過ぎ、書斎へ通じるドアを勢いよく開け、一歩脇に退いて彼女が部屋にはいるのを待った。そして、三歩で部屋を横切ると、テンペランスの父親のものだったグリーンの革の椅子に腰を下ろした。「さあ、話し合おう」と言って、アンガスはカーブした椅子の肘掛けに肘を載せた。両方の人差し指を合わせ、ぎらぎらとした目で睨みつけてくる。

テンペランスはこういう状況では、もっとうまく立ちまわったほうがいいと思った。「マッケアンさん」と小声で言い、訂正されるのを待った。しかしアンガスは訂正しなかった。テンペランスは机をはさんで向かい合うように腰を下ろした。「わたしがどんな生活を送っているかわかってらっしゃらないようですね。わたしが誰で、何をしているのか」そう言って慎ましやかにかすかな笑みを浮かべ、顔をうつむけた。その様子を見ると、たいていどんな男も立ち上がって何かを取りに行ってくれるのだった。しかし、テンペランスが目を上げると、アンガス・マッケアンは身じろぎひとつしていなかった。目にはまだ怒りが燃えている。

テンペランスはにっこりして見せた。「あなたもきっとすてきな人なんでしょうね。そうでなかったら、母はあなたとは結婚しなかったでしょうから。母と別れるのはとても淋しいけれど……」テンペランスはそこで口をつぐまざるをえなかった。母と永遠に離れ離れになると思っただけで咽喉が詰まりそうになったからだ。「淋しいけれど、でも、わたしはニューヨークを離れるわけにはいかないわ。必要とされているんですもの」

アンガスはしばらく何も言わなかった。ただじっとテンペランスを見据えていた。今夜、公会堂の後ろのほうに隠れて彼女の講演をひとこと洩らさず聞いていたことを教えるつもりはなかった。六十一年の人生であれほど胸がむかついたことはなかった。女が、どんな女であれ、人前に立って講演をするというだけでもふつうではないのに、その話すことといったら、心胆を寒からしめるものだった。女に金を稼げと促していたのだから。金を得るのに男に頼ってはいけない、男をまったく必要とせずに暮らしていく方法を見つけろと女たちに説いていたのだ。「子供を作るときだけは別ですけどね」と彼女が言うと、公会堂に集まった何百人もの女たちが大笑いし、やんやの大騒ぎとなった。この女たちには世話をすべき家族がいないのだろうか？　アンガスは首をひねった。いったい男たちは何をしているんだ？女が夜ひとりで出歩いてこんな扇動的な話を聞きに来るのを許すなど。

そして今、目の前のこの小娘は、あの哀れな女たちに自分がしていることは、そのまま続けるのを許してもらえるだけの重要な仕事だとこちらに信じさせようとしているわけだ。アンガスの見たところ、彼女をニューヨークから連れ去ってやるのは、町にとってもいいことのようだった。

「お芝居は終わりか？」しばらくしてアンガスは言った。

「何ですって？」

「きみの愛らしいお母さんとこれまで三カ月いっしょに過ごしたわけだが、お母さんは口を開けばきみのことしか言わなかった。きみの〝仕事〟というのもわかっている。この町のスラム街をほっつき歩いて、神が結びつけた男女によけいなおせっかいをしているってことも。きみのやっていることは全部知っているんだ、お嬢さん。それももうおしまいだと言ってやれるのは嬉しいね。きみはお母さんと私といっしょにスコットランドへ来るんだ。口答えはなしだ」

テンペランスは聞きちがいかと耳を疑った。「わたしを脅してるの?」と彼女は小声で言った。「あなたは知らないでしょうけど、わたしの知り合いの中には——」

アンガスは嘲るように哄笑した。「見たところ、ほんとうにきみの肩を持っているのは男に捨てられた女たちだけのようだが。それもわからないでもないね。お偉方に関して言うなら、きみのお母さんによれば、この町の市長でさえ、きみを喜んで追い出したいと思っているようじゃないか」

それは真実と言ってもよかった。体じゅうを駆けめぐる怒りに爆発しそうになり、テンペランスは立ち上がって机に身を乗り出した。「わたしはもう大人なのよ。自分のしたいようにするわ。あなたのそばで暮らすぐらいなら飢えて死んだほうがましよ」

「だったら、ほんとうにそうするんだな。きみには一銭も金を渡すつもりはないから」すわって顎を手に載せたまま、アンガスは穏やかに言った。

テンペランスは一歩あとずさった。「わたしをなんだと思っているのか知らないけど、あなたのお金なんかには興味ないわ。わたしにはわたしのお金があるんだから——」

「いいや」とアンガスは優しい声を出した。「きみが持っている金はきみのお母さんのものだ。彼女は今や私の妻だから、その金も私のものだ」

一瞬、テンペランスはまばたきしてアンガスをまじまじと見つめることしかできなかった。十八歳やそこらの世知に疎《うと》いうぶな娘だったら、胸を張ってお金なんか要らないと言い、踵を返して部屋を出ていったことだろう。しかし、テンペランスは生活の手段を持たない女がどんな思いをするか、知りすぎるほど知っていた。それに、婦人用品店かどこかで週五十時間も働かなければならないとしたら、どうして人助けなどできるだろう。

「父が遺したお金目当てに母と結婚したのね」とテンペランスは静かに言った。

それを聞いてアンガスは気色ばんだ。顔を真っ赤にして立ち上がったが、怒りのあまり咽喉が詰まり、一瞬ことばを発することもできないようだった。

ようやく出た声も震えていた。「きみたちは私の稼ぎで暮らすんだ」奥歯をがちがち言わせながらアンガスは言った。「新しい妻の娘に敬意を表してわざわざ迎えに来るために、仕事を何週間も放ってきたんだ。手紙でスコットランドへ来いと書いてよこすこともできたのに」

テンペランスは鼻を鳴らした。「そんな手紙をもらってわたしが従うとでも思ったの?」

「思わないさ」目をぎらつかせながらアンガスは言った。「きみの優しいお母さんからいろいろ聞かされて、きみがどんな女かは想像がついていたさ。どんな男も結婚したがらないのも無理はない!」

「どんな男も——」と言いかけて、テンペランスは口を閉じた。これまでプロポーズを断った男たちのことをこの男に聞かせてやる必要はない。贈られたエンゲージ・リングを全部とっておいたら、宝石店を開けるほどだということも。

「はっきりさせておこう」とアンガスは言った。「この問題で選択肢は二つだ。お母さんと私とともにスコットランドへ来るか、ニューヨークに残るかだ。残る場合は金もなければ住む家もないことになる。この家は売るつもりだからな」

「そんなことさせないわ！　ここは父の家よ！」

「きみの父親は十五年も前に死んだんだぞ！　そのあいだずっとかわいそうなお母さんはひとりぼっちだったんだ。きみに人生を捧げてな。お母さんも幸せになるときが来たんだ」

「あなたが母を幸せにするっていうの？」テンペランスは嘲笑うように言った。「父とは比べものにもならないわ。あなたなんか——」

「私のことは何ひとつ知らないくせに」アンガスは切り捨てるように言った。「さあ、どっちにする？　荷造りするのか、出てゆくのか？」

テンペランスは答えられなかった。プライドが理性とせめぎ合っていた。これまで貧しい女たちのために働くあいだ目にした光景が脳裡に浮かんだ。

アンガスはじっとテンペランスを見つめていたが、やがて少し態度を和らげた。「なあ、きみにとってショックなのはわかるんだが、私はそれほど悪い人間ではない。そのうちわかるよ。きみからお金を取り上げようとしているわけじゃないんだ。きみが結婚するまですべて信託にしてとっておいて、それからきみの夫に渡すつもりだ」声がさらに優しくなった。「それに私は公平な人間だから、きみにもささやかな小遣いが渡るようにしてやろう。そうすれば、自分でこまごましたものを買えるからね」

ここまで来るとテンペランスの我慢の域を超えていた。これまで貧しい女性たちを救う側にいたのが、忌まわしいひと晩のうちに、自分自身が貧しい側に転落してしまったようなものだ。「仕事はどうなるの?」とテンペランスはようやくの思いで声を出した。

アンガスは否定するように手を振った。「お母さんと私といっしょに暮らすあいだは、言いつけを守る娘になってもらう。エジンバラじゅうの共同住宅を訪ねまわって過ごすことは許さない」そう言って険しい目を向けた。「私の言うことがわかるかね?」

「ええ、よくわかったわ」テンペランスはもっと険しい目を返しながら言ったが、頭は素早くまわっていた。残念ながら、法律はこの男の味方だ。大人の女をこんなふうに横暴に支配することを許す、なんとも不公平な法律に対し、戦いを挑んでいる女たちもいるが、今のところ、その戦いに勝利した者はいない。

テンペランスは精一杯笑みを浮かべようとしたが、目は笑っていなかった。「ちょっと説明していただきたいんですけど、〝言いつけを守る娘〟ってどういう意味でおっしゃっているの? 誤解がないようにしたいんです」

アンガスは当惑した顔になった。「どう言うかな、娘らしく過ごすということだ。お茶会とか、慈善活動とか、読書会とか。服を少し買ったり……それに、紳士の訪問を受けたり。

きみは理想的な花嫁というにはちょっと歳をとりすぎているが、スコットランドにもきみでもいいという若い男や、まあ、それほど若くない男がいるだろう。きみはけっして見苦しいわけではないから」

「見苦しくない？　そう？」テンペランスは低い声を出した。「慈善活動にドレス？　それで、あまり家から遠く離れてうろついたりはしないと。わかったわ。そういうことね」物思いにふけるように彼女は言った。そして、顔を上げた。「ええ、マッケアンさん、お約束するわ。前代未聞の完璧な娘になるって。よい娘の典型になって、誰が見ても女らしいことしかしないようにするわ」

メラニーがそこにいたら、アンガスに忠告したことだろう。テンペランスが従順な態度を示したら注意しなければならないと。しかし、メラニーは二階に隠れており、誰にも何も忠告できなかった。

アンガスはテンペランスの笑顔の裏に何かあるとは気づかない様子だった。彼女もきっと降参すると思っていたのだから。いずれにしてもほかにどうしようがある？　おまけに、自分がやろうとしていることは、結局はこの娘のためなのだ。

アンガスは義理の娘に温かく微笑みかけた。テンペランスに必要なのはしっかり手綱をとる手だとメリーには言ってあった。そうすれば、馬鹿げた行動をやめ、道理をわきまえるようになるだろう。

「よろしい」と彼は言った。声にほっとした響きがあった。「きみの口から多少なりとも分別のあることばが聞けてよかった。きみはお母さんが思っているより、お母さんに似ている気がするよ。では、行って荷造りを始めなさい」

「はい」と言うと、テンペランスは軽くお辞儀をした。「どうもありがとう」

「礼を言う必要はない。きみがお母さんにとってよい娘でいてくれれば、それで充分感謝の気持ちを表したことになる」

一時間後、アンガスが新しい〝娘〟とのささやかな話し合いについて新妻に告げると、メラニーは「ああ、アンガス、不安だわ」と言った。

「メリー、もう不安がることなんか何もないよ。だからこそ、私がここにいるんだから。きみたち二人の面倒をみるために」

「でも、あなたはテンペランスを知らないから。あの子がおとなしく従ったときこそ、一番手に負えないのよ」

「馬鹿なことを言うんじゃない。女には手綱をとってくれる男が必要なんだ。よくお聞き。今から六カ月のうちにはあの娘《こ》を結婚させてみせるからね。その美しい顔から心配を取り払わせておくれ」

「ああ、アンガス……」と言って、メラニーは娘の気性のことは忘れてしまった。

3

六カ月後　スコットランド　エジンバラ

アンガスはくすくす笑い合う四人の若い女たちと、花束とキャンディの箱を抱えた六人の若い男たちをかきわけて進まなければならなかった。十人全員が、テンペランスが会合を終えて会ってくれるのを待っている者たちだった。

アンガスは執事に帽子を手渡し、「今日は何人だ？」と訊いた。

「先ほど数えたところでは十四人でした。でもまだ午前十一時ですから、午後にはもっといらっしゃることと思います」

「私が会いたいと言っていることは伝えてくれたかね？」

「はい。会合の合間にきっかり三十分なら時間がとれるとおっしゃっていました」

「時間がとれる！」アンガスは吐き捨てるように言うと、帽子の中に手袋を投げつけ、つかつかと自分の書斎にはいった。机の上には請求書の山ができていたが、開けてみようともしなかった。

六カ月前に新しい家族を引き連れてエジンバラへ到着してからというもの、アンガス・マッケアンには心の休まる暇がなかった。子供となったのが三十まぢかの娘とはいえ、よき父親になった気分で、彼は頑固な娘を、金はないが貴族の称号を持つ友人の女性に紹介した。その女性は貴族として多少いいところを見せようと、喜んでエジンバラの社交界にテンペランスを導いてくれた。

アンガスは娘が言うことを聞かず、ふてくされた態度をとるだろうと覚悟していた。言い争いもするだろうし、癇癪を起こされることもあるだろう。そういうことには心の準備ができていた。が、じっさいにテンペランスがやっていることにはまるで心の準備ができていなかった。彼女は復讐を胸に社交界にどっぷりと身を浸したのである。

そして、「紹介します……」のひとことを発したあのとき以来、アンガスには一瞬たりとも心の平和はなくなってしまった。朝早くから夜遅くまで、家の中は訪問者でいっぱいだった。学校を出たばかりの少女たちがはにかんでくすくす笑いながらテンペランスとお茶を飲むために訪れる。四十代の未婚女性たちが木曜日の午後、読んだ本について語り合うためにやってくる。エジンバラの三つの病院が毎週アンガスの家で会合を開く。先週など、書斎が包帯を巻くために使われていた。起きているあいだじゅう、家の二つの居間は福祉活動について話し合う若い女たちに占拠されている。

初めの一カ月が過ぎようというころ、アンガスはテンペランスに会合は家の外で持つようにしてくれと言った。しかし、テンペランスはできるだけ甘い声を出して、よい娘は家にいて、家族のそばを離れないものだと答えた。エスコートしてくれる男性もなしにエジンバラをうろついたりしたら、〝言いつけを守る娘〟ではなくなってしまうと言うのである。

アンガスは歯をくいしばったが、プライドが邪魔をして、彼女や熱心に善行に励む女たちを家から放り出すことはできなかった。

そうしたまじめな女たちに加え、男の訪問者もいた。アンガスが見たところ、テンペランスは自分が結婚相手を探している――熱心に探している――という噂が広まるにまかせていた。アンガスの目から見れば、家族を持とうという男にとってはテンペランスの歳が障害となるはずだったが、彼女の美しさやほっそりとした体つき、親から受け継いだ財産がそれを補っているらしかった。結果として、アンガスの家には女たちと同じくらい大勢の男たちが詰めかけることになった。十九歳から六十五歳までの老若とりまぜた男たちがテンペランスのもとに求愛にやってきた。

おまけに、とアンガスは脇に下ろした手を握り締めながら胸中でつぶやいた。テンペランスは長いまつげをぱたぱたとはためかせ、はにかんだような笑みを浮かべて、男どもが求愛のテクニックを競うように仕向けている。

テンペランスに向けてセレナーデを歌う若い男の声で午前三時に熟睡から叩き起こされたこともあった。だみ声だったが、とんでもない大声で、イタリア人のギター・バンドによる伴奏までついていた。その連中のことは、銃で撃つぞと脅して追い払わなければならなかった。

早朝、窓に投げられた石のせいで起こされたことも三度あった。その都度、窓を開け、テンペランスの求婚者たちに部屋をまちがっているぞと怒鳴りつけなければならなかった。一度ならばまちがうこともあるだろうが、三度も？　テンペランスがわざとまちがった部屋を教えているのは明らかだった。

仕事中も、男たちが何かと理由をつけてはテンペランスとの仲をとりもってくれと頼みに来た。おかげで商売を二度も台無しにすることになった。服地を求めてやってきた客を、ほんとうはテンペランスの求婚者なのだろうと思って倉庫から乱暴に追い出してしまったのである。

机についてそれを思い出しながら、アンガスは顔をしかめた。おまけに請求書の山だ。テンペランスは会議の参加者に食べ物や飲み物を出していた。家に招いたありとあらゆる慈善家たちに。訪ねてきた男たちにも、一日に何度も訪ねてくる男でもかまわずに食べ物を出している。テンペランスに〝求婚〟しに来る男の半分は、食べ物目当ての貧しい学生であるのはまちがいなかった。

しかし、だからといって何ができるだろう？　全員を追い払う？　あれこれの委員会ですばらしい業績を上げてくれたと彼を称える手紙が毎日届いていた。どうやらテンペランスは自分の手柄にすることを拒み、何から何までほんとうは義父がやっているのだと言って、名誉をすべてアンガスに譲っているらしかった。だからアンガスが彼らを追い払ったりしたら、まるで極悪人のように見え、手元に残った商談すらも失う可能性があった。

食べ物の請求書以外にも、テンペランスの衣裳代の請求書があった。テンペランスはワース・アンド・レッドファーンやパクィンやドレコールの服に何千ドルも使っていた。最初アンガスは首をかしげた。次から次へと絶え間なく高尚な会合に出ていて、いったいいつ買い物する時間があるのだろうと。しかし、忙しい義理の娘は同時にいくつものことができるらしかった。女たちが、病気の猫を救うとか何とか、そんな名目で開いていた会合の場にたまたま足を踏み入れたことがあったのだが、テンペランスは下着姿でとんでもなく高価なレースのドレスを試着しようとしていた。

旅行かばんや二台の自転車、タイプライター、映写機の請求書までがあった。その映写機を使って、テンペランスは毎週金曜日にサンドウィッチやケーキを腹いっぱい食べにくる孤児たちに歴史映画を見せていた。

これまで料理や掃除や給仕などを手伝わせるために、三人のメイドを新たに雇わなければならなかった。

新妻とともに家に戻ってから六カ月というもの、一瞬たりとも二人きりの静かな時間を持てたためしがなかった。朝食を二人だけでとることさえできなかった。必ずテンペランスが虐げられた女たちを食卓に招いていっしょに朝食をとらせるからだ。「こうしたすべてをかなえてくれた人にぜひ会いたいって言うんですもの」テンペランスは義理の父に対し、咽喉を鳴らさんばかりに言うのだった。

テンペランスが〝よい娘〟になると誓ったせいで、遅かれ早かれ破算するのは目に見えていた。テンペランスの浪費がこのまま続けば、長くてもあと二年しかもちそうもなかった。正直なところ、破滅的な家庭生活に翻弄されるあまり、仕事に集中できず、馬鹿な決断をして大金を失うことも多かった。

とはいえ、出入りしている悲壮な顔をした不運な人々を家から追い出したりしようものなら、エジンバラじゅうの人間を敵にまわすことになり、ひとりも客がいなくなってしまうにちがいない。

いずれにしても、破産か、気が狂うかするのはまぬがれないとアンガスは思った。

このジレンマを解決する方法はないかと、ここ二週間ほどアンガスは頭をしぼっていた。妻と義理の娘を連れて旅に出てもいい。しかし、そうなると誰が商売を見てくれる？　義理の娘に自由を与えることもできる。もちろん、それこそが娘の狙いだということはわかりすぎるほどわかっていた。しかし、それもアンガスにはできなかった。男が女を養うのが当然という時代に生まれ育ったために、自分が養うべき女がひとりで暮らすと考えただけで心中穏やかではいられなかったからだ。悩みの種になったとはいえ、テンペランスは女であり、その身については自分が責任を負わなければならなかった。

とはいえ、まず考えなくてはならないのは妻の身だった。テンペランスが家の中を混乱に落とし入れているせいで、メラニーはひどく神経質になっていた。それを思えば、義理の娘に対する初めの態度を変えるべきなのかもしれない。しかし、なんとか面目は保たなければならない。テンペランスとのあいだに妥協案を見つけられればいいのだが。

人々を思いどおりに動かす彼女の能力をうまく利用できないだろうか。そう、これまで長年どうにかしたいと思いつつ、うまくいかなかったことに。

そこでアンガスは解決法を思いついた。テンペランスをしばらく甥のジェイムズ・マッケアンのもとへやるのだ。ただし、そこにいるあいだ、テンペランスに何か使命を与えておかなければならない。そうしなければジェイムズまでがおかしくなってしまうだろうから。甥に関してはもう何年も頭痛の種となっている問題もあり、もしかしたらこれで一石二鳥ということになるかもしれない。

書斎のドアをノックする音がした。アンガスは大きく息を吸い、ゆっくりと吐いた。義理の娘と話をするのはニューヨーク以来のことだった。そこで交わした会話のせいで、毎晩スコッチをボトル半分も空けずにいられなくなっているのだが。

「おはいり」とアンガスは言った。

「お話があるって聞きましたけど、お父様」と言って、テンペランスはアンガスと机をはさんで反対側にある椅子の端に慎み深く腰を下ろした。そして、にっこりしたまま、美しい胸にピンで留めてある時計に目をやった。「次の慈善関係の会合まで何分かはあると思います」

アンガスはその時計がスイス製で、創業二百年以上の会社による手作りの品であることを知っていた。会社で雇っている事務員の二年分の給料にも匹敵するほど高価なものであることも。

すぐ本題にはいったほうがいい。立ち上がって手を後ろで組みながら、彼は思った。あのかわいらしい妻からどうしてこんな男まさりが生まれたのだろう。「きみにやってもらいたい仕事がある」

「でも、言いつけを守る娘は家の外で仕事を持ったりはしないはずよ。言いつけを守る娘は——」

アンガスの鋭いまなざしにテンペランスは途中でことばを止めた。視線を手に落とし、口もとがゆるむのを隠そうとしている。「私と二人のときには演技はしなくていい」

「いったい、どういう意味です？」とテンペランスは甘ったるい声で訊いた。「わたしはあなたがおっしゃったとおりにしようと努めてきたつもりなのに」

アンガスはそのことばを無視した。彼女が言いつけどおりに振る舞っているかどうか言い争って自分をおとしめるつもりはなかった。「この仕事を私が望むとおりに果たしてくれれば、きみに生活費を渡して、ある意味での自由を与えるつもりだ」

「ある意味？」わざとらしい甘ったるさが声から消えた。最初に会ったときの女の声だ。こっそり聞きにいったスピーチで力強く訴えていた声。彼女が男で、ちゃんとした題目で話をしていたら、感銘を受けたことだろう。

「この仕事をうまく果たしてくれたら、きみが遺産を使えるようにしてやろう。ただし、私のニューヨークにおける取引銀行がきみを監督することになる。それに、ニューヨークのお母さんの家に住むことも許そう。そう、私が選んだ同居人といっしょに」テンペランスが口を開こうとするのをアンガスは手を上げて制した。「それから、続けてもかまわない、きみのその……」アンガスはそのことばを口に出すのも嫌そうに言った。「ニューヨークの恵まれない人相手の仕事を」

「わたしがその仕事を断ったら?」

「ここに残って、お母さんにとっていい娘でい続けてもらう。お母さんが病気だということにして、もう誰も家に訪ねてこないようにするつもりだが」

「まるで脅迫ね」テンペランスは小声で言った。

「だったら、きみがこの数カ月間にやっていたことはなんだね?」アンガスは叫ばんばかりに言った。

テンペランスは椅子の背にもたれた。気を鎮めるためには深呼吸しなければならなかった。「わかったわ。聞きましょう。どんな仕事なの?」

「私の甥に花嫁を見つけてやってほしい」

「何ですって?」テンペランスは背筋を伸ばし、口をきつく引き結んだ。「わたしを結婚させるつもりなのね」

「きみを!」アンガスは大声を出し、ドアのほうへ目を向けた。さらにまた女や男が訪ねてきたらしく、廊下で声がしている。声をひそめてアンガスは言った。「ちがう。きみには甥と結婚してほしくない。私は甥のことは気に入っているんだ。いや、じっさい愛情を感じていると言ってもいい。彼の父親は私の兄で、われわれは——とにかく、甥をきみのようなじゃじゃ馬に縛りつけることだけはしたくない」

「お褒めのことばとして受けとっておくわ」とテンペランスは言った。「自分で花嫁を見つけられないなんて、その人、何がいけないの？」

「いけないところはどこもない。甥はスコットランドでいう氏族《クラン》の長で、非常にハンサムな男だ」

「でも……？」

「しかし、世間から隔絶した暮らしを送り、自分の庇護の下にある者たちの生活を守ろうと必死に働いている。だから、花嫁を探す時間がないんだ」

「だから、わたしがそこへ行って、彼の前に若い女性たちを並べて選ばせるってわけ？」そこで間を置き、彼女はしばし考えをめぐらした。「それほどむずかしいことには思えないわ。ここにも未婚の女性はたくさんいるから、その人たちを招いて——」

「それはだめだ。ジェイムズにはきみの目的を知られてはいけない。彼は少しばかり……その、頭が固いから、私が干渉してきたと知ったら、きみを追い出すだろう。そうして……」

アンガスはテンペランスに目を向けた。

「あなたの甥もわたしのような売れ残りになる」アンガスを睨みつけながらテンペランスは言った。この男の口から出ることばのひとつひとつが気に触った。テンペランスは意識してプライドを抑えつけなければならなかった。

「その人に花嫁候補を紹介するのがだめとなると、どうやって花嫁を見つけろっていうの？考えがおありなんでしょうね？」

アンガスは机の上に山を成している封を切っていない請求書をかきまわした。「きみには彼のところへ家政婦として行ってもらいたい」

「何ですって？」

　アンガスは一通の手紙を掘り起こした。「ジェイムズが新しい家政婦を探してほしいと手紙をよこした。前の家政婦が亡くなったそうでね。確か八十いくつにもなる婆さんだったから、天寿をまっとうしたんだろう。家政婦として行って、彼がそれなりの身分の女性と結婚するように仕向けてほしい。きみが慈善を施している運に見放された女じゃだめだ。男だったら誰でもいいというようなね。ちゃんとした女性でないと。わかったかね？　その仕事を果たしたらすぐにでも、きみは自由の身になってニューヨークへ戻ることができる」

　しばらくテンペランスはアンガスを見つめたままじっと動かなかった。それから、恨みがましい声を出すまいとしながら「こんな茶番はやめて、ただわたしに当然の権利を返してくれることはできないの？」と言った。

「それはできるさ。ただ、きみの……才能を活かすのにぴったりの仕事があるのに、それができないという理由がわからないね。きみから何の見返りもないのに、どうして私だけがすべてを差し出さなくてはならないんだ？」

　それを聞いてテンペランスはこぶしを握り締めて立ち上がり、机に身を乗り出した。「あなたが泥棒で悪党だからよ。それが理由だわ。わたしと分け合うようにと母に遺された財産をあなたは奪ったのよ。なのに、中世から変わらない理にかなわない法律のせいで、その権利があるなんて――」

「この仕事をするのかね、しないのかね？」やはり机に身を乗り出し、目を怒りにぎらつかせてアンガスは訊いた。「するつもりがないと言うのなら、きみときみのお母さんをどこか……ヒマラヤかどこかの人里離れた村に追い払って、私が生きている限りそこから出してやらないことにする」

「だったら、それはそんなに長いあいだじゃないわね。保証するわ」テンペランスはかみつくように言い返した。

そのとき、ドアをノックする音がして、執事が部屋にはいってきた。「会合のお時間が過ぎておりまして、若いご婦人たちが、テンペランス様がいらっしゃらないうちに始めてしまってもいいかとお訊きです」

「食べ物を食べ始めてもいいかと訊いてるわけだ！」とアンガスは叫び、テンペランスを振り返った。「で、答えは？」

「やるわ」くいしばった歯のあいだから押し出すようにしてテンペランスは答えた。

＊

「テンペランス、アンガスのやり方は変わっていてちょっと荒っぽいかもしれないけれど、でも――」

「ベッドの中ではどう？」とテンペランスはくいさがった。うんざりするような目を母親に向けている。「ベッドにはいっているときに説得することはできないの？」

それを聞いてメラニー・オニールは、テンペランスの部屋の引き出しから洋服を引っ張り出していた手を止め、開いた窓のそばの椅子に腰を下ろし、扇を使った。「ねえ」息も絶え絶えな様子。「女が口にすることじゃないわ、そんな……」メラニーは自分では口に出せなかった。が、そこではっと気づき、娘に厳しい目を向けた。「それに、あなた、まだ結婚もしていないのに、どうしてそういうことを知っているの?」

「鯨を銛《もり》で仕留めたことはなくても、『白鯨』を読めばね」とテンペランスは言い返した。

「どうにかしてあの人を説得できない?」

「そう……そうね……」メラニーは娘を見つめていたが、やがて立ち上がると荷造りする衣類を選びに戻った。「説得しないほうがいいような気がするの。スコットランドの高原で夏を過ごすのはあなたにとってもいいことだから。ニューヨークの臭い空気の中にいるよりもずっと。通りにあれだけの車がひしめき合っているんだもの。馬車では用が足りないという理由がわからないわ」

「お母様、お母様にとってはガソリンの臭いよりも馬の糞の臭いのほうがいいかもしれないけど、わたしはちがうわ。向こうでは仕事も待っているし」

「テンペランス、わたしにはわからないわ。何がいけなくてあなたがそんな人間に育ってしまったのか。そんな……」

「現実的な人間に?」テンペランスが訊いた。「お母様、いっしょに共同住宅に来れば、きっとわかるわ――」

「結構よ。ニューヨークにはオニールがひとりいれば事足りるでしょうから。テンペランス、ニューヨークに戻ったときに、論文を発表しようと思ったことはないの？　スコットランドの村で過ごす六カ月について。きっと村にも貧しい地域はあるでしょうから、人助けもできるわ。貧しい地域がなかったら、貧乏にならずに済む方法について論文を書けばいいわ」

それを聞いてテンペランスは思わずふき出した。「いやだ、お母様、なんておもしろいことを言うの。〝貧乏にならずに済む方法〟だなんて。馬鹿馬鹿しいわ。スコットランドといえば、ひどく田舎で――」突然テンペランスは目を大きくみはった。「家内工業がある」

「家内何ですって？」

「家内工業よ。ああいう人里離れた場所では家内工業が発達しているものよ。そう、機織《はた》や編物や、そういったこと。もしかしたら……」

「じかに見て習うことができる。そうしたら、ニューヨークの気の毒な若い女性たちに教えてあげられる？」メラニーはベッドの上に広げた小さな革のスーツケースにもう一対手袋を入れた。

「そのとおり。お母様、わたしの心が読めるのね」

「でも、マッケアンさんに花嫁を見つけてあげるって仕事のほうは？　そっちに時間をとられるんじゃないの？　おまけに家政婦の仕事もしなくちゃならないし」

「家事にそんなに時間をとられるもの？　午前中に使用人たちにあれこれ命令してしまえ

ば、午後は観察と学習の時間を持てるわ。干渉するつもりはないのよ。そうじゃなくて、これはいわゆる……その」

「大学の講義?」

「そう。そのとおり。大学の講義だと思うことにするわ。見て学んだことを毎日記録に残して、ニューヨークに戻ったら、それを出版するのよ。そう、そうしよう。そうすれば――」

「マッケアンさんはどうするの?」

テンペランスは言わないでというように手を振った。「ああ、そのことね。わたしの知るかぎりでも、わたし以外の世のご婦人たちはみんな結婚したくてたまらないみたいよ。その人がイボイノシシみたいに醜くても、きっと誰か見つけてあげられるわ」

「でも、彼のほうがあなたの見つけた人と結婚したがらなかったら?」

テンペランスは苛立って目をむいた。「お母様、わたしといっしょに暮らしていて何も学ばなかったの? 結婚って男のためにある制度なのよ。結婚した男はすべてを手に入れて長生きするわ。それにどんな男もかわいい顔と細い足首には弱いものよ。それに、そこのところはお母様にまかせるつもりだし」

「わたしに?」メラニーは持っていたシルクのストッキングを落とした。

「ええ。お母様、得意じゃないの。四つの州をまたにかけて、わたしにふさわしい相手を探してきては会わせようとしなかった?」

身をかがめてストッキングを拾いながら、メラニーはため息をついた。「ええ、でも、それがどんなすばらしい結果に終わったか考えてみて。あなた、わたしが紹介した男性はみんな気に入らなかったじゃないの」

「そのとおりよ。でも、それでもお母様はやめようとしなかった。だから、もう一度機会をあげるわ。かわいいお嬢さんを送り込んでちょうだい。でも、あんまり頭のいい人はだめね。わたしの経験から言って、男って頭のいい女は好きじゃないから。それに教育もないほうがいいわ。絵を描いたり、歌を歌ったりといったこと以外の教育はね。そう、何人か送り込んでくれれば、そのうちのひとりと結婚させてみせるわ」

「どうしてその人がそういうタイプの妻をほしがっているってわかるの?」

「お母様、わたしがこれまで会った——まあ、それはどうでもいいんだけど、男が結婚するタイプの女って決まっているのよ。つまり——」突然テンペランスは口をつぐみ、しまったというような目で母親を見た。

「つまり、わたしのような女ってこと? かわいらしくて、自分では何もできなくて、生活に困っている女?」

「お母様、お母様はすてきな人でわたしは大好きよ。ただ、結婚は——」

「あなたには向いていない。わかっているわ。何度も聞かされたじゃない。困っている人を助けるというのが立派な仕事だということもわかっているわ。でも、歳をとるにつれて、家で待つ人がいるのがすてきなことに思えるのよ。テンペランス、わたしはちゃんとわかってものを言ってるの。わたしは十六年間結婚生活を送り、十五年ひとりで暮らしたわ。それでまた結婚したわけだけど、結婚生活のほうがいいことは保証できる。あなたも永遠にひとりでいたいとは思わないはずよ——」

「ひとり？　お母様、あなたはひとりで暮らしたことなんかないはずよ。十六年というすばらしいときをお父様と過ごして、そのあとはわたしがいたわ。わたしは娘としてなってなかった？　お母様をひとりにしたことなんかなかったでしょう？」

メラニーはため息をついた。「なかったわ。一度も。でも——」

「でも何？」テンペランスは苛立った声を出した。そこには少なからず傷ついた響きもあった。彼女は気を落ちつけて今度は優しく言った。「でも何？」

「テンペランス、あなたは強い人間だわ。自分に自信もあるし。お父様にそっくり……あまりに完璧で、ときどきもう少し人間的だったらいいのにと思うぐらいよ」

「人間的？　わたしが人間的じゃないって言うの？」テンペランスは呆然とした。「わたしが人生を捧げている仕事が人間的じゃないっていうの？　自信を持って言えるけど——」そこまで言ってテンペランスはことばを止めた。「また頭痛がするのね？　横になって。マリーを呼んでくるから」

「ええ、そうして。それと、アンガスも呼んでくれる？」

「あの人を？　いいえ、わたしがそばについているわ。そうすればとことん話し合うことができるし——」

「お願い」メラニーは手を頭にあて、よろよろと部屋の隅にある長椅子のところへ行った。

身を横たえるには、山と積まれたドレスを脇によけなければならなかった。「アンガスだけでいいわ。主人だけで」

テンペランスは眉をひそめて部屋を出た。母がまるで手の届かない存在になったことに胸を痛めながら。

4

「大嫌い、大嫌い、あんな男、大嫌いよ」テンペランスは濡れた髪の毛を目から払いのけた。「もっと憎んでやる。明日はもっともっと憎んでやる」

そう言い放ちながら、テンペランスは片足を持ち上げて泥の中に下ろし、引き戻そうとする泥に全力で抗いつつ、そこへ体重を移して一歩一歩前へ進もうとしていた。傘は村を出てすぐに骨が折れ、今は体を支える杖となっていた。

「全身全霊で憎んでやる」とテンペランスは言い、足を泥から引き上げた。「憎んでやる、先祖代々の力を借りて！」壊れた傘に寄りかかりながら、彼女は最後のことばに力をこめた。それから、くるぶしまで沈む泥から左足を引き抜いた。

夜も遅い時間で、テンペランスは人気《ひとけ》のない泥道をたったひとりで歩いていた。郵便局にいた男はこの泥道を道路と呼んだが、とてもそんな呼び名を頂戴できるようなものではなかった。

「未来永劫まで憎んでやる」と言ってテンペランスは右足を引き抜いた。

テンペランスがマッケアンの領地まで行く交通手段を尋ねると、郵便局にいた全員が大笑いしたのだった。

「マッケアン？」窓口にいた男が言った。「領地だって？」

その男の口の端がぴくぴく動かなかったら、来る場所をまちがえたと思ったことだろう。でも、ジェイムズ・マッケアンという男は氏族の長という話ではなかった？　スコットランドの歴史には詳しくないけれど、それは敬意をもって遇される身分ではないの？

しかし、郵便局長を始めとする四人の局員がおもしろがる様子からして、テンペランスの言ったことは彼らにとって途方もなくおかしいことだったようだ。

「ここはスコットランドのミッドリーですよね？　御者にまちがった場所に連れてこられたわけじゃないわよね？」

「ああ、そうだ、ここはミッドリーだ。スコットランドの。でも……」男は頭に浮かんだ冗談に耐えきれなくなり、しばし顔をそむけずにいられなかった。

テンペランスは寒さと空腹に苛まれており、腹を立てていた。この二十四時間は最悪だった。荷物を山ほど積んだ馬車に乗り込んで母の見送りを受けるまで、まさかほんとうにこんな目に遭うとは思ってもいなかった。きっと突然母がわれに返り、こう言ってくれるものと思っていたのだ。「だめよ、アンガス、わたしの大切な娘にあなたがしていることはまちがってるわ。今すぐニューヨークに戻りましょう！」

しかし、母の口からはそういったことばはまったく発せられなかった。それどころか、娘の出立の日が近づくにつれ、メラニーは元気を取り戻してゆくように見えた。夫の故郷へ来てからの六カ月間、彼女は暗くした部屋に隠れ、頭痛薬を日に四度呑んで暮らしていた。しかし、娘が出発する前の二週間はまるで活力の塊だった。娘を永遠の旅にでも送り出すかのように、荷造りを一手に引き受けていた。

「舞踏会用のドレスなんて要らないと思うわ」あるだけの衣裳を全部詰めようとしている母親を見ながら、テンペランスは言った。「ほんの数週間しかいないんだから」

「わからないわよ」とメラニーは愉しそうに言った。「アンガスの甥は氏族の長なのよ。きっとお城に住んでいて、すてきなパーティがあるわ。それに、ほしい物があったら言ってね。何でも送るから。お金以外は。お金は送ってはいけないってアンガスに禁じられているの。でも、それ以外だったら、言ってくれれば何でも送るわ」

「わたしのお金で買えるものは送っていいけど、わたしのお金自体は送っちゃいけない。そういうこと?」テンペランスは言った。

「ねえ、また頭痛がしてきたわ。お願い――」

「ご主人を連れてきてほしい?」とテンペランスは言った。母は娘の声に傷ついた苦々しい響きがあるのに気づかなかった。

テンペランスのほうは出発までの二週間、まもなくアメリカに戻ることになったと説明してさまざまな会合を解散するのに費やした。「その前にちょっと休暇を過ごしてから」とできるだけ快活に言って。地獄の業火に焼かれても、義理の父に脅迫されたことは誰にも打ち明けるつもりはなかった。

そうこうするうちに、ついに恐れていた出発の日がやってきた。最後の瞬間まで、テンペランスは母が救いの手を差し伸べてくれるのではないかと期待していた。玄関の石段を降り、トランクを山と積み込んだ馬車を目にしたときには、まるで処刑場に引かれていく囚人の気分だった。

しかし、母は救ってくれなかった。それどころか、そのときほど陽気な母は何年も見たことがなかった。頰には赤味がさし、唇の端にはえくぼができている。そして、憎らしい男、アンガス・マッケアンが妻のふっくらとした腰に腕をまわして寄り添っていた。耳まで届くほどの笑みを浮かべながら。

「手紙をちょうだい」とメラニーは娘に言った。「それで、何か必要な物があったら――」

「え、何？」とテンペランスは言った。プライドが揺らぎ、刑を軽くしてくれと頼みそうになっていた。アンガスの前にひざまずいてこのまま家に置いてくれと懇願したい気持ちすらあった。アンガスに絶えず言われていたように、〝盛りを過ぎた〟大人の女ではあったが、母が年に三カ月から六カ月、〝休養〟に出かけるとき以外、テンペランスは母と離れて暮らしたことがなかった。しかし、その際離れて暮らしたことは数にはいらないとテンペランスは思った。そのときは物理的に離れていただけだ。今はアンガス・マッケアンのせいで心が離れてしまっていた。

しかし、メラニーは娘の惨めな気持ちには気づいていないようだった。テンペランスのことばも聞こえなかったかのように振る舞い、「贈り物があるのよ」と嬉しそうに言った。「でも、出発してから開けて。ああ、こんなにすぐにお別れのときが来るなんて信じられないわ。じゃあ……」

母の目に涙が浮かぶのを見て、テンペランスは今がチャンスだと思った。が、そこでアンガスが妻の肩にしっかりと腕をまわし、馬車から遠ざけてしまった。そして、「じゃあ、手紙をくれ」と肩越しに言うと、妻を連れて家に向かった。テンペランスには何も言う暇がなかった。玄関にはいったところで、メラニーは振り返り、素早く手を振ったが、すぐに中に引き入れられてしまった。テンペランスはひとりで馬車に乗り込まなければならなかった。

それから、馬車の中に身を落ちつけると、一縷《いちる》の望みを抱いて急いで母の贈り物を開いた。もしかしたら、行く必要はないと書かれた手紙がはいっているのかもしれない。きっとこれはニューヨーク行きの蒸気船の切符がはいった小さな厚手の包みなのだ。それとも――

それはファニー・ファーマーの料理本だった。

それを見て、すべての希望は失われた。ほんとうに見も知らぬ人ばかりの見も知らぬ土地へ送られ、馬鹿げているとしか言いようのない仕事をしなければならないのだ。

疲れる長旅の果てに、あと二時間で日も暮れるというころ、馬車は彼女と荷物をミッドリーの郵便局の前に下ろした。

「でも、氏族の長が住んでいるお城はどこなの？」藁葺《わらぶ》き屋根の小さな家々を見まわしながらテンペランスは御者に訊いた。しかし、御者はここで下ろせと命じられたと言うばかりだった。きっかりここまでの料金しかもらっていないと。

山のような荷物と、見知らぬ顔の出現に、小さな村の住人全員が仕事の手をとめて見物にやってきた。彼女の帽子を見てぎょっとしている様子から、まだ最新のファッションの波がミッドリーに到達していないのは明らかだった。

プライドだけで背筋をまっすぐに伸ばして、テンペランスは郵便局に入り、マッケアンの城までの交通手段を尋ねた。

そして、そのひとことが村人たちを大笑いさせたというわけだ。テンペランスの口から質問が発せられるやいなや、壁に寄りかかっていた男のひとりが外へ飛び出した。きっとよその者の奇妙な――しかも滑稽な――質問を村じゅうに広めるつもりなのだろう。

郵便局長に教えてほしいことをわからせるまでに三十分はかかった。男は頭が悪いのか、彼女のことを大笑いするあまり、脳の回路が遮断されてしまったのか、何にせよ、男から答えを引き出すまでにそれだけの時間がかかったのだ。

そしてそのころには、テンペランスはプライドだけでかろうじてまっすぐ立っているような状態になっていた。にやにや笑いながら、その男はミッドリーにひと晩泊まり、翌朝出発したほうがいいと言った。

「だったら、一番近いホテルはどこなの？」とテンペランスは訊いた。その問いがさらなる笑いを呼んだ。

「この道を十五分ほど行ったところだ」と男は言った。「来た道を戻ることになる」

「俺んとこに泊めてやってもいいぜ」と後ろにいた男が言った。

「俺んとこでもいいしな」と別の声が言った。

テンペランスはどうにか気を確かに持とうとした。「マッケアンの町まではどのぐらいあるの？」ミッドリーに泊まるとなったら、どこへ泊まるにしても、ドアのところにバリケードを築かなければと思いながら彼女は訊いた。

「四マイル」と郵便局長は答えた。「しかし、あんたみたいなかわいいアメリカのお嬢さんにはきつすぎる道だから、俺と女房のところに泊まったほうがいい」

おそらくは親切で言ってくれていたのだから、招待を受けるべきだったのかもしれない。しかし、その目がきらりと光るのを見て、テンペランスは急いでその場を離れたいとしか思わなかった。女房などほんとうにいるのだろうか。「ありがとう、でもいいわ」と彼女は言った。「マッケアンまでの足はどこで頼めるかしら？」

「足なんかないさ」と郵便局長は言った。「ジェイミーが誰か迎えをよこさないかぎり、歩くしかないね」

「雨の中を四マイルも歩くですって？」信じられないという口ぶりで彼女は訊いた。

「言っただろう、アメリカ人はか弱いって」と後ろで女の声がした。「きれいな服を着てちゃらちゃらしてるしか芸がないのさ」

プライドのせいだったのかもしれない。もしくは、母国を侮辱することばのせいだったのか。テンペランスは小さな革のスーツケースを手にとると、「ここにトランクを置かせてもらえれば、歩いていくわ」と言った。

そんなわけで、雨の中、カーフの靴を半分泥に埋もれさせ、たびたび立ち往生しながら、マッケアンの領主の城へと向かっているのだった。城に着いたら、ジェイムズ・マッケアンに舌鋒鋭いところを見せてやる。新しい家政婦が来るとしか思っていないのだろうが、家政婦にだって交通手段を用意してもらうぐらいの資格はある。

重い防水外套を着ているせいで時計を見ることもできなかったが、前方に明かりが見えたときには、少なくとも午前〇時は過ぎていたにちがいなかった。あの郵便局長は嬉しそうに言っていた。道を一ヤードでもはずれたら、そこは海だと。

「そうしたら、泳いでいくことになるのね？」と彼女は鋭く言い返した。郵便局内が大爆笑となった。

しかし、ついに着いたのだ。一歩進むごとに、明かりが近くなってくる。激しい雨と顔に跳ね飛ぶ泥を透かして、たったひとつ、ぼんやりと光る明かりほど、嬉しいものは見たことがなかった。

テンペランスは疲弊しきっていた。重い泥から足を引き抜き、一歩一歩のろのろと進みながら、我慢の限界に達しようとしていた。おそらくマッケアンの領主は叔父が自分の城まで馬車を手配したものと思って、誰も迎えに来させなかったのだろう。

もしかしたら、今見えている明かりは火なのかもしれない。大きな暖炉で燃え盛る火。そこにはテーブルがしつらえられ、温かいスープのはいったボウルが置かれている。そしてパンも。バターといっしょに。作りたてのバター。搾《しぼ》りたての牛乳。

雨や跳ねる泥の音を圧する大きさでお腹が鳴るのがわかった。うつぶせに泥の中に倒れ、誰かが通りかかるのを待つか、死んでしまいたいと思う気持ちもあった。今やほんとうにそうなってもかまわないとさえ思うようになっていた。

「気をしっかり持つのよ」とテンペランスは声に出して言った。「何かすてきなことを考えるの」

力を振り絞り、以前ニューヨークの家にいた家政婦、エマーソン夫人のことを思い浮かべようとした。大きな暖炉があってチンツのカーテンが下がった彼女の小ぢんまりとした部屋で、子供のころ、多くの時間を過ごしたことを。エマーソン夫人はいつもその部屋でひとりで食事をとっており、よく幼いテンペランスにもごちそうしてくれた。そして、料理人が二人のためだけにおいしい料理を作ってくれることをおもしろがったものだ。テンペランスの父親はお金にうるさかったので、そうしたごちそうがダイニング・ルームのテーブルに並ぶことはけっしてなかった。

「だからご両親は残り物しか食べてないけど、あなたとわたしは季節のごちそうを食べているってわけ」家政婦は内緒よというように口に指をあてて言った。

テンペランスは両親のどちらにも、家政婦とちょっとした贅沢を分かち合っていることは言わなかった。エマーソン夫人が自室の暖炉の前で柔らかい椅子にすわって何時間も居眠りして過ごしていることも言わなかった。「よい人材、それが大事よ、お嬢ちゃん」とエマーソン夫人は言った。自分にはよい使用人を雇う能力があるからこそ、〝ちょっとした贅沢〟ができるのだと。

そして、スコットランドの氏族の長が暮らす城に住むことになった今、夜はエマーソン夫人の部屋のような小ぢんまりとした居間で過ごすことになるのだろう。その部屋の記憶がテンペランスに泥から足を引き抜いて一歩ずつ前へ進む力を与えてくれた。

明かりがついている窓に到達するころには、テンペランスは疲弊するあまり、記憶を呼び起こすこともできなくなっていた。目の前に重い真鍮のノッカーがついたドアがあったので、彼女はノッカーに手を伸ばした。しかし、指がかじかんでいて、ノッカーのリングをつかむというよりは、指を引っ掛けるようにしなければならなかった。

どうにかしてリングを持ち上げると、それを落とした。一度、二度、三度と。そして待った。何も起こらない。雨音以外何も聞こえない。ドアの向こうに音のする気配はまったくなかった。

ゆっくりとかじかんだ手を持ち上げ、どうにかもう一度ノッカーを鳴らした。一度、二度、三度、四度と。

そしてまた待った。が、何も起こらなかった。

泣いてはだめとテンペランスはみずからに言い聞かせた。くじけてはだめ。ノッカーを最後の審判の日まで打ち鳴らさなければならないのだとしたら、そうするだけのことだ。テンペランスは唇を嚙んで気を強く持つと、再度手を上げた。

しかし、手がノッカーにかかる前に、ドアがいきなり開き、目の前に男がぬうと現れた。

「いったい何だっていうんだ?」雨音を圧して大声が響いた。「自分の家でゆっくり眠ることも許されないのか?」

疲労のあまり、玄関先でくずおれてしまいたい気持ちもあったが、テンペランスは気を失うタイプではなく、今もそうしようとは思わなかった。「わたしは新しい家政婦です」と彼女は言った。自分でも自分の声がほとんど聞こえなかった。

「何だって?」と男は怒鳴った。

力はほとんど残っていなかったが、テンペランスはどうにか頭を上げ、男を見つめた。男は光を背にしており、彼女の顔には雨がしたたり落ちていたため、男は大きくて黒っぽい人影にしか見えなかった。「わたしは新しい家政婦です」とテンペランスはどうにか声を張り上げて言った。

「新しい何だって?」と男は叫んだ。

この男は馬鹿なの? テンペランスは心の中でつぶやいた。何世紀ものあいだ、一族の中で近親婚が繰り返されたために、こんなふうに知能の発達の遅れた人間が生まれたのだろうか? このことも論文に書けるかもしれない……

「ここへ家政婦として来たんです!」かじかんで動かない手で顔から雨をぬぐいながら、彼女は叫んだ。「アンガス・マッケアンから頼まれて」

「きみが？」と男はテンペランスを見下ろして言った。「家政婦には見えないな。どこから来たのか知らないが、帰ってアンガス・マッケアンに言うといい。地獄に落ちろと。どんなきれいな売春婦を送り込んできたって、結婚するつもりはないと言ってやってくれ」

そう言うと、男はテンペランスの目の前でばたんとドアを閉めた。

自分が受けたしうちをまったく理解できないまま、五分近くもテンペランスは雨に打たれ、ドアを見つめながらその場に立ちすくんでいた。今朝早く母親と別れてからの長く大変な一日が映画のように脳裏に映し出されていた。ひどい揺れでいくつか痛い傷をつくることにもなった馬車の旅、あの郵便局でのやりとり。そして最悪だったのは泥に呑み込まれそうになりながら歩いた四マイルの道のり。

その結果がこれ！　目の前でドアを閉めた男はアンガス・マッケアンの甥にちがいない。偶然の一致であんなによく似た男がいるはずがない。血筋でなかったらあんな馬鹿男が二人もいるはずがないのだ！

このジェイムズ・マッケアンという男がわたしを簡単に追い払えると思っているのなら、考え直したほうがいい。テンペランスはもう一度ノックしようと手を上げ、かじかみが少しゆるんでいるのに気がついた。怒りが熱を発したのだ！

新たに得た力をもってテンペランスはドアを思いきり叩いた。しかし、ドアは開かなかった。右手に明かりが見えた窓があった。必要とあらば、あのガラスを割って窓から家の中にはいってもいい。

けれども、そちらへ足を踏み出そうとして、防水外套がドアにはさまれているのに気がついた。テンペランスは厚手のウールの外套を引っぱりながら考えた。つまり、中に入れてもらうか、ドアの前で身動きできずに夜を過ごすかのどちらかしかないということだ。テンペランスはノッカーを両手でつかみ、鳴らし始めた。何度も、何度も。さらに何度も。

たっぷり二十分も経って、ようやくドアが開いた。

「言ったはずだ。どこへなりとも――」

テンペランスはまた目の前でドアを閉められるのを黙って許すつもりはなかった。するりと男の腕の下をかいくぐると、家の中へはいった。見えていた明かりは暖炉の火などではなかった。暖炉の前に置かれた荒削りの木のテーブルに蠟燭が一本立っていたのだ。暖炉はエドワード一世がスコットランドまで遠征した時代から一度も火が入れられたことがないように見えた。

「出ていけ!」男はドアを開けたまま、雨の降る漆黒の闇を指差して言った。

もうたくさん、とテンペランスは思った。

彼女はカーブした傘の握りをつかむと、長さ四インチの金属の先端を男の胸につきつけ、「いやよ!」と広い公会堂の後ろまで通るようにと訓練した声を使って叫んだ。「あんなひどい雨と泥の中に戻るのはごめんだわ。だから、助けて。外へ放り出すっていうのなら、窓か煙突からまたはいってくるだけよ。どんなことをしてでも、あの中へだけは戻らない」彼女は目を細めて男を見た。「それで、わたしを殺すっていうなら化けて出てやる」

迫ってくるテンペランスを男はあっけにとられて見下ろしていた。大男で、ぼさぼさの髪がシャツの襟まで届いている。黒っぽく、険しい目、真中が山なりで悪魔を思わせる黒い眉。顔の下半分は伸び放題のひげで覆われていたが、その下の唇はぽってりしていた。

じっさい、悪魔の絵を描けと言われたら、この男の顔を描くことだろう。ハンサムではあったが、どことなく悪魔的な顔だった。

しかし、テンペランスとしては、ほんとうの悪魔にでも立ち向かえそうな気分だった。

「その狭い心でどんなことを考えているのか知らないけれど、わたしはここに仕事をしに来ただけよ」

突然、心の中で何かがはじけた。テンペランスはニューヨークの共同住宅にいるような気分になった。悲しい話を聞かされて、なんとかその境遇を変えてやりたいと思った女たちのひとりになったような気分に。

「この仕事をするにはわたしがきれいすぎるとでも？　そういうこと？」彼女は傘で男を押しやりながら言った。男は傘を奪うこともできたはずだが、そうはせず、笛の音に誘われて出てきたコブラのようなまなざしで彼女を見つめていた。

「でも、このきれいな顔がすべての問題を引き起こしてきたのよ。あなたたち、男のせいで！」とテンペランスは男に向けて吐き捨てるように言った。さらに傘で押すと男はあとずさった。「男なんて大嫌い。あなたたち男がわたしにどれだけひどいことをしたか。わたしには夫がいるわ。でもどこにいるかわかる？　もちろんわかるはずないわ。わたしにもわからないんだから。夫に捨てられてわたしは三人の子供をひとりで育てなければならなかった。アパートからも追い出され、子供たちは猩紅熱《しょうこうねつ》で次々に死んだわ。わたしも子供たちといっしょに逝ってしまいたかった。でも、なぜかわからないけど、ひとりこの世にとり残されたの。

あなたの叔父さんのアンガスが金持ちのアメリカ女性と結婚して、彼女にスコットランドでわたし向けの仕事があると言ったの。だからわたしは彼らに連れられてこの寒くて湿った島国にやってきたってわけ。売り込まれても誰もほしがらないようなところよ。それで、膝まで泥につかりながら四マイルも歩いて、ようやく着いたっていうのに、きれいすぎるから雇えないって言われるの」

男はテンペランスから目を離さずに耳を傾けており、傘で押されると後ろに下がった。大きくひと突きされたところで、膝の後ろが椅子にあたり、男はあっけにとられて彼女を見つめたまま腰を下ろした。

「ひとつ言わせてもらえば」とテンペランスは男のほうに身をかがめて言った。「わたしはあなたとなんか結婚したくないわ。あなたと結婚してこんな寒い場所に住みたい人がいるなんて信じられないくらい。それにわたしはすでに結婚してる——まあ、あの役立たずの浮気者に再会することがあったら、絶対にすぐにも未亡人になってやるけどね。で、家政婦は要るの、要らないの？」

一瞬、男はことばもなくテンペランスの濡れた顔を見つめた。「叔父のアンガスが送り込んできたってのに、きみは俺と結婚したくないって？」そんなことは信じられないといった口ぶりだった。

テンペランスは目をしばたたいた。「あなたってちょっと頭が悪いの？」

それを聞いて男の唇の片端が上がり、テンペランスが思うに笑みを浮かべたような顔になった。「きみは叔父がいつも送り込んでくる女たちとはちがうな」男は手でひげをなで、考え込むような目をした。男がすわり、テンペランスが立ったままだったため、二人の目は同じ高さにあった。

男が心を決めるのを待つあいだ、テンペランスはもとは上等だった帽子をとり、くたくたになったそれを石の床に放った。そしてまわりを見まわした。なんとも汚い部屋だった。天井にはクモの巣が張り、テーブルには乾いた食べかすがこびりついてかたまっている。食べかすは金槌と鑿《のみ》でも使わないことには、はがせそうもなかった。体からしたたった水が足元の床に落ちていたが、まるで気にならなかった。それで少しは床もきれいになるかもしれないと思ったからだ。

男に目を戻すと、男はテンペランスを上から下まで嘗《な》めるように見ていた。そういう目には以前にも出会ったことがあった。「マッケアンさん――あなたはジェイムズ・マッケアンでしょう？」

男はうなずいた。黙ったまま、まだ値踏みするような目を向けてくる。

「わたしは仕事がほしいんです。それに、どうやらあなたも誰かその……」テンペランスは部屋を見まわした。何て言ったらいいだろう。誰か……「エーゲ海の馬小屋だってこれよりは清潔だったでしょうよ」と彼女はつぶやいた。

「じゃあ、きみはヘラクレスか？」と男は訊いた。

テンペランスは驚いた顔で振り返った。男にはギリシャ神話を引き合いに出したことがわかったのだ。

不意に男は立ち上がって背を向けた。「わかった」肩越しに男は言った。「朝食は四時だ。しかし、俺と結婚しようという素振りを少しでも見せたら、すぐに追い出すからな。わかったか、女ヘラクレスさん？」

男が部屋の奥にあるドアの向こうへ姿を消したため、テンペランスに答える暇はなかった。

ひとりになると、勇気がすべて失せてしまった気分でテンペランスは男がすわっていた固い木の椅子に腰を下ろし、両手に顔を埋めた。どうしてあんな行動をとり、あんな嘘をついてしまったのか自分でもわからなかった。貧しい女たちのために働いているころ、嘘をついたり、盗みを働いたり、売春したりせずにいられないと女たちが口々に言うのを聞いたことがあった。今思えばひどく思いあがった態度で、もっとほかにできることがあるはずだとそうした女たちを諭したものだった。

しかし今日、寒さと飢えにたった一日さらされただけで、雨の中でひと晩過ごさなければならないかもしれないという状況に直面して、暖かいベッドほしさに簡単に嘘をついてしまったのだ。

それを考えると、体に震えが走った。一応〝安全〟な場所に身を落ちつけ、血管を駆けめぐる怒りがおさまったところで、寒さが身にしみてきた。テンペランスはテーブルの上の蠟燭を見つめた。家政婦の部屋はどこだろう？ そういう意味で言えば、ベッドにはいる前に何か温かいものを食べたいものだが、キッチンはどこだろう？

急いで立ち上がると、彼女は男が姿を消したドアから部屋の外へ出た。が、そこは暗い廊下で、目の前には階段があった。階段にはまるで……目が暗闇に慣れてくると、階段のあちこちに骨が散らばっているのがわかった。

テーブルのある部屋に戻ると、テンペランスは蠟燭を手に持ち、暖かいベッドを求めて家の奥へとはいっていった。

5

「うーん」テンペランスは温もりにすり寄りながら、ことばにならない声を上げた。半分夢の中にいながらも鼻は利き、シーツを換える必要があるのはわかった。しかし、ベッドは柔らかで温かく、彼女は疲れきっていた。昨晩は家の中で寝床を探している途中に蠟燭が燃え尽き、ドアが見つかるまで冷たい漆喰の壁を手探りしながら進まなければならなかった。

何度かドアを開けてみてから、夜に備えてまきを足し、火が燃え盛っているはずのキッチンを見つけるのはあきらめ、夕食代わりにチーズのひと切れでもと思う気持ちを封じこめて、テンペランスは階段を昇って寝室と思われるところに向かった。そして、マットレスが手に触れると濡れた服を脱ぎ、上下おそろいの下着姿になって厚さ六インチはあるにちがいない上掛けの下に身を滑り込ませた。何秒も経たないうちにテンペランスは眠りに落ちていた。

しかし今、部屋は暗く、眠くて目も開けられないほどだったが、そこに何かが……

誰かの腕の中だった。こんなふうにすっぽりと抱かれたことは今までなかった。頬にほかの人間の温もりも感じていた。お母さんね、と思い、テンペランスは身を寄せた。が、そこで手が体の上を走り、背中のほうに落ちた。目を閉じたままテンペランスはさらに身を寄せた。

「これも仕事のうちかい？」と低くささやくような声が耳元でした。テンペランスはまどろみながらにっこりした。手が腰から太ももへと降りてゆく。

頬の下には裸の肩があり、唇に温かい肌の感触を感じた。それからテンペランスは足を動かした。二本の大きくがっしりとした太腿が彼女の足をはさみ、さらに引き寄せた。

「ええ」とテンペランスはささやいた。手が背中から前へとまわされる。身につけている下着が腰の前の部分から後ろにかけてはだけており、手はそのすきまを見つけて直接肌に触れてきた。

男が上に乗ってきて、テンペランスははっきりと目が覚めた。慣れない男の重さに目をぱっちりと開き、上を見上げると……

何も見えなかった。部屋には明かりがなく、外もまだ暗かった。見えるのは暗闇だけだった。しかし、感じることはできた。男が、とても大きな男がいっしょにベッドにいて今――

テンペランスは屋根裏で寝ている鳩がぎょっとして目を覚ますほどの悲鳴を上げた。それから こぶしを振りまわし、足を蹴り上げ、叫びながら全力で抗い始めた。それは以前、貞淑な女性が名誉を守る方法について六つのコースからなる講習を受けたときに教わったやり方だった。男たちが必ずしも礼節ある行動をとらない場所に身を置くことが多かったテンペランスは、男性の講師から教わるだけのことを教わる必要があると感じたものだった。

「ちくしょう」と言って男は身を起こし、テンペランスは体の自由を取り戻した。すぐに男はマッチを見つけ、ベッド脇のカンテラに火を入れた。

のしかかるようにして立っているのはジェイムズ・マッケアンだった。一糸まとわぬ姿でいる。

「いったい何をしているの？」首まで上掛けを引っ張り上げ、目に本物の恐怖を浮かべてテンペランスは訊いた。男というものが女にどれだけひどいことができるかわかっていたからだ。鼻を折った女もいた。腕を折った人も。そういった話はいろいろと――

「俺が⁉」と彼は叫んだ。「きみが俺のベッドに寝ているんじゃないか。おい、肋骨が折れたみたいだぞ。こんなことをするなんて、どこかおかしいんじゃないのか？　自分から誘っておいて」

すぐにテンペランスには悪いのは自分であることがわかった。昨晩、あまりに疲れ果てていて、ベッドに先客がいることを確かめなかったのだ。だからといって謝るべきだろうか？　平身低頭して？　ともかく、こんな状況におちいったらどうしたらいいかなど、どのエチケット本にも書いていないにちがいない。どこまでも平然としていたほうがいいかもしれない。

「何か着てくださらない？」とテンペランスは顎をつんと上げ、目をそらして言った。

これが欲望ってやつなのね。部屋の反対側の色あせた壁紙を見つめながらテンペランスは思った。女たちが言っていたのはこのことなのだ。男の腕に抱かれるとほかのすべてを〝忘れ〟、〝我慢できなくなってしまう〟というのは。

その結果、女たちはお金もなく、養わなければならない三人の子供とともに見捨てられることになるのだ。

男が動く気配のないのはわかったが、まだ目を向けることはできなかった。彼はこちらが口を開くのを待っているようだ。

「俺のベッドで何をするつもりだったか教えてもらおうか」と彼は言った。「夫を求めているのでなければ、なぜ――」

もうたくさん！　裸であろうがなかろうがかまうものか。テンペランスは振り返って彼を睨みつけた。「まちがえたのよ、それだけ。単純なまちがい。疲れて、お腹が空いて――今でも空いてるけど――蠟燭が燃え尽きたので、手探りで廊下を歩いて、初めに見つけたベッドにもぐりこんだのよ。どうして女という女があなたと結婚したがってるなんて思うのか、教えていただけるかしら？」

男はまだ服を着ようという素振りも見せずに彼女を見下ろしていた。「俺と結婚するためにここへ来たんじゃないと言うのか？」

「言ったでしょう。わたしには夫がいるのよ」とテンペランスは言った。嘘のせいで咽喉が詰まった。つばを飲み込もうとしてもできそうになかった。

「ふん」と彼は鼻を鳴らした。嘘を信じたのかどうかはわからなかった。

テンペランスは男の裸体を見るまいとしたが、その体は美術館のギリシャ彫刻が生命を吹き込まれたかのように美しかった。筋肉質のがっしりとした肩、筋肉の刻みのついた広い胸。この男が何をして一日暮らしているにしろ、机について手紙を書いて過ごしているわけでないのは明らかだった。

「保証するわ。わたしはあなたとなんか結婚したくない」と言ってテンペランスは目をそむけた。男に目を向けていて、その目を下に落とさないでいるのは不可能であることがわかったからだ。男の裸は子供の裸や美術館の彫像でしか見たことがなかった。母はそういう彫像ですら見せたがらなかったが。

彼は彼女に目を向けたまましばらく突っ立っていたが、やがて振り返って椅子の背からタータン・チェックの服を手に取った。

テンペランスはなるべく目をそむけていようとしたが、男の背中を見たいという思いには逆らえなかった。がっしりとした筋肉質の背中、細いウエスト、固く、引き締まった丸いお尻。以前、ある女から、〝釘も曲がるような固いお尻〟を持つ恋人の話を聞いたことがあった。それを聞いた女たちはにぎやかに笑ったが、テンペランスは軽蔑するようにぷいとその場を立ち去った。そんなことを考えているからこそ、困ったはめにおちいるのだ。

しかし今、その女が言った意味がよくわかった。

男は厚手のキルトを腰にしっかりと巻いた。テンペランスは彼がキルトの下に下着を何もつけていないことに気づいて目を何度もしばたたいた。大きなコットンのシャツを頭からかぶり、袖口のひもを結びながら彼は振り返った。

「だったら、どうして叔父はきみを送り込んできたんだ？」テンペランスが口を開こうとしたところで、彼は手を上げて制した。「きみがアメリカ人であることはわかる。それに俺たちスコットランド人のことを時代遅れだと思っていることも。しかし、きみが言うように、誰も望まない国で暮らしているとはいっても、多少のおつむがある人間もいるんだ。きみは家政婦なんかじゃない。手は淑女の手だ」

彼は袖口のひもから目を上げ、声をひそめた。「それに三人の子供もいないだろう。その平らな腹を見ればわかる」

テンペランスは全身が赤らむなどということがあるとはそれまで思ってもみなかったが、このときばかりはつま先から髪の生え際まで真っ赤になった。彼女は気を落ちつけようと、しばらく目をそらした。早く！　早く答えを思いつかなければ。ほんとうのことを言ったら送り返されてしまう。そうなったら、アンガス・マッケアンに永遠にエジンバラから出してもらえず、二度とニューヨークには帰れなくなってしまう。

テンペランスはベッドのそばに立っているジェイムズ・マッケアンに目を戻した。だぼっとしたシャツを胸をはだけて着ている。胸の筋肉と胸毛がそこからのぞいていた。腰には幅の広い革のベルトをまわし、どっしりとした銀のバックルで留めている。バックルは今世紀に作られたものではない。賭けてもいい。

アグネスの姿が脳裡に浮かび、テンペランスはあることを思いついた。「確かにわたしは上流階級の人間よ」と手に目を落として小声で言った。「でも……」

「でもなんだ？」ジェイムズが鋭く訊いた。「一日がかりで話を聞いている暇はないぞ」

「わたし、男の人と駆け落ちして、そのせいで父に勘当されたの。それを彼が知って――」

「逃げ出したってわけだ。そうか。愚かで哀れな女だな」

テンペランスはそれはちがうと言いたくなる自分を抑えるのに舌を嚙まなければならなかった。わたしは男のために人生の目的を見失うような人間ではけっしてないのに。でも、その目的を取り戻すためなら、どんなことでもしてやる！

テンペランスはごくりとつばを呑み込み、大きく息を吸った。無力な女を演じるのはむずかしかった。「あなたの叔父様の新しい奥さんはわたしのような立場にある女を助けていて、それで――」

「ああ、慈善家ぶった女なわけだ。アンガスがそんな女に魅力を感じるとは思わなかったな」ジェイムズは考え込むようにして言うと、椅子にかけてある厚手のセーターに手を伸ばした。「アンガスはかわいらしくて優しい女が好きで、女らしいことをするだけではあきたらない半分男みたいな女は好きじゃないはずなんだが」

テンペランスはむせそうになった。

「さあ、話を続けろよ！」とジェイムズは命じた。「それとも、アンガスのもとに送り返してほしいのか？」

テンペランスは演技ではなく身震いした。送り返されないためだったら何でもしよう！

「あなたの叔父様に言われたの。六カ月以内にあなたの生活をちゃんとしたものにしろって。それに失敗したら、わたしはニューヨークに送り返されて、ひとりで暮らしていかなければならなくなるわ」

「そう、面倒をみてくれる男もなしにか。そんなのは淑女の生活とはいえない、そういうことだな？」

声には同情の響きすら感じられた。おそらくそう言われてありがたがるべきなのだろうが、テンペランスは叫び出したい思いだった。わたしはもうすぐ三十になろうとしているけど、男に〝面倒をみて〟もらったことなどない。わたしのものであるお金さえ返してもらえばいいのよ。

セーターをかぶり、襟ぐりから頭を出しながらジェイムズが言った。「もちろん、わかってるんだろう？　叔父のアンガスがきみをよこしたのは俺と結婚させるためだということは」

「いいえ」とテンペランスは歯を食いしばって答えた。「そんなの知らないわ。もしご面倒でなければ教えていただきたいんですけど、どうしてあなたのところへ話をしに来る女という女が、たとえただ仕事がほしくて来た女であっても、あなたと結婚するために来たんだと思うんです？　あなたって結婚相手としてそんなに望ましいの？」

それを聞いてジェイムズはベッドの彼女の足元に腰をかけた。とはいえ、いやらしい感じではなく、二人でお茶を飲みながらおしゃべりでもしているような親しげな態度だった。

「いや、望ましいとは言えない。そこが不可解な点さ。まあ、そりゃ、俺は見てくれは悪くない。それは否定しない。ベッドで女を愉しませることもできる。それに俺の息子を産むとしたら、いい息子が授かるだろう。あれだけすばらしい祖先の血を引いているんだから。しかし――」

テンペランスは目をしばたたいた。なんともすごいうぬぼれだ。「そんなすばらしい血筋なら、あなたのどこがいけないっていうの？」

ジェイムズは馬鹿にされているのかと彼女に鋭い目をくれたが、テンペランスは上掛けで胸を隠してベッドに起き上がったまま、続きを促すようににっこりと微笑んでいた。

「ここの生活が都会の女たちには厳しすぎるんだ。我慢できないのさ。か弱すぎて。まいってしまうってわけだ。ああ、きみが考えてるようにベッドの中でじゃない。ベッドの中でまいるならいいが、そうじゃなく、外でだ」ジェイムズはカーテンが引かれた窓を指さした。

「ここは淋しい場所だ。誰よりも気丈な女じゃないと耐えられない」

テンペランスは上掛けをつかんでいた手を放し、彼のほうへ身を乗り出した。「領主であるあなたと結婚してここに住みたいっていう女性はきっといるわ――」

ジェイムズは嘲るように鼻を鳴らし、ベッドから立ち上がった。「そういうロマンティックなたわごとを叔父からさんざん吹き込まれてきたのか？　ああ、そうだ、俺は確かに領主だが、マッケアンはスコットランドでもっとも小さくて貧しい領地だ。俺がどうやってこの体を鍛え上げたかわかるか?」

テンペランスは目をみはった。この男には礼儀にかなったこととそうでないことの区別がつかないらしい。しかしそういう意味では、彼の寝室に二人きりでいて、下着姿で上掛けの下にもぐっていることも……だいたいにおいてこの状況についてはあまり深く考えないほうがよさそうだ。「どうやって?」とテンペランスは訊いた。

「俺は羊飼いをしている。家畜の世話もしている。納屋の掃除もすれば、屋根の修理もする。男たちと釣りに出かけて釣れた魚を売ることもある」

「でもあなたはお城を持っているんだと思っていたわ。この家も大きいようだし」

「城だって! 丘の上のあれは廃墟だ。あそこの石は村の家を修理するのに使っている。それにこの家だって俺の祖父が建てたものだ」彼は目を細めて彼女を見た。「祖父はかわいらしい女と結婚したんだが、その女がロンドンで暮らすような快適な暮らしがしたいと言うので、その願いをかなえようと祖父は家を建てるのに金を使いすぎた」

「それで、あなたが女嫌いになったのね」テンペランスは思わず口の端を下げながらあてこすりを言った。

「いや、ちがう」とジェイムズは目を大きくみはって言った。「女は大好きだ。ただ、言ったように女たちはここでの暮らしに耐えられない。辛すぎるというわけだ。さて、これ以上きみに俺の人生を語って聞かせている暇はない。叔父のところへ行って、ニューヨークに戻って運を天にまかせたいと言うんだな。お嬢さんにできる仕事などここにはない」

テンペランスは動かなかった。「ここでの暮らしがニューヨークの共同住宅での暮らしより辛いとは思えないわ。あなたさえよかったら、ここにいたいんだけど」

「勝手にすればいい」と言うと、ジェイムズはドアへ向かった。そして、かんぬきに手をかけて振り返った。「つまり、毎晩俺といっしょに寝るってことか？」

「もちろん、ちがうわよ！」

「なんだ、残念」と言うと、彼は部屋を出ていった。

しばらくテンペランスはまばたきしながらじっと動かなかった。「なんてすごい出会いなの」そう声に出して言うと、ベッドから降りた。しかし、着るものといえば、前の日にびしょ濡れになり、まだ乾かない服しかなかった。

6

午後二時になるころには、テンペランスは負けを認めようという気分になっていた。ニューヨーク市の共同住宅をきれいにすることは可能だろうが、ジェイムズ・マッケアンの住まいについては不可能だという気がし始めていた。

屋敷は大きく、たくさんの寝室と四つの客間があり、テンペランスが見たところ、建てられたころには美しい建物だったにちがいなかった。漆喰の天井、手描きのシルクの壁紙、象眼細工をほどこした床などの面影は残っていた。壁には色の薄い部分があり、そこにはきっと絵がかけられていたにちがいなかった。床のくぼみは家具があった場所を示していた。

しかし今、この屋敷は薄汚い廃屋だった。クモの巣がいたるところに張り、かつて美しかった壁紙にはカビが生え、床には何かの動物に食われたあとがあった。寝室のうち四つは屋根から天井まで穴が開いていて、鳩でいっぱいだった。寝室のひとつは鶏に占拠されていた。部屋に置かれた家具は傷だらけで、ほこりに覆われていた。

しかし、家具は多くなかった。じっさい、どの部屋にもあまりたいしたものは置かれていなかった。さほど想像力を働かせなくても、部屋にあったものは借金を返すために売り払われたのだろうと推測することはできた。

「金持ちも貧しくなりうるのね」テンペランスは六羽ほどの鶏が巣を作って卵を温めている寝室のドアを閉めながらつぶやいた。この家の状態を見るにつけ、この廃屋でなんとか暮らそうとしているジェイムズ・マッケアンにはおおいに同情を感じずにいられなかった。

前日からまだ何も食べていなかったため、キッチンと料理人を探しに出かけることにした。そうしてひとつのドアを開けると、そこは中庭だった。まるで地獄から天国に足を踏み入れたかのようだった。汚れたまま顧みられない家の中に比べ、中庭は清潔で美しかった。敷石は洗ったばかりのように光り輝き、見たかぎり、雑草の一本もなかった。

当惑して眉を寄せ、テンペランスはすぐそばにある厩舎のような建物に歩み寄り、中をのぞいてみた。中の光景には思わず目をしばたたいた。長いスレートで葺《ふ》かれた屋根の下には、六頭の馬がいた。テンペランスは馬車を引く生き物というぐらいしか馬については知らなかったが、六頭のうち、二頭は作業用だが、ほかの四頭はちがう目的で飼われているのはわかった。四頭の馬は神々しいほどに美しかった。つやつやと光り輝く毛並みでいかにも健康そうだった。

一時間半ほど家の中をぶらついていたときには誰にも会わなかったが、ここには三人の男と背の高い少年がいて、みな馬具を磨いたり、空の馬房を掃除したりと忙しそうだった。ひとりの男はすでにきれいになっている石にさらにきれいな水をバケツからまいていた。少年は一頭の馬にリンゴを与えていた。

誰もテンペランスに目を向けようとせず、関心を示す素振りもなかった。「すみません」テンペランスは声を張り上げて言った。少年が振り返った。男たちのひとりも馬具から目を上げたが、つばを吐くとまた仕事に戻った。

テンペランスは少年のそばに近寄った。「わたしは新しい家政婦なんだけど、あの――」そこで男たちのひとりが嘲るような音を出したため、テンペランスはことばを止めて振り返った。

「何ですか」とテンペランスは言った。「何かおっしゃりたいことでも?」

男はかすかな笑みを浮かべて彼女をちらりと見ると、「家政婦か、新しく来た」と言った。もっと若く、経験も少なかったら、男にそんな態度をとられただけで逃げ出していただろうが、テンペランスはつっけんどんな男たちと長年渡り合ってきた。彼女は男の目の前に立つと、腰に手をあて、男の頭のてっぺんを睨みつけた。「言いたいことがあるなら、面と向かって言っていただきたいんだけど」

男は顔を上げた。顔にはまだ笑みが貼りついている。口を開けて何か言おうとしたところで、少年が男とテンペランスのあいだに割ってはいった。

「これまでも家政婦は何人か来たけど」と少年は急いで言った。「みんな長くは続かなかった。マッケアンが追い出してしまうんだ」

それを聞いてテンペランスは驚いた。前の家政婦が死んでから、この仕事を請け負った人間は自分が最初だと思っていたからだ。少年の後ろにいる男と、仕事の手を止めて視線を向けてきたもうひとりの男を無視して、テンペランスは言った。「前の家政婦が亡くなってどのぐらいになるの？　お年寄りだった人よ。それから何人がここへ来たの？」

しばらく少年は黙ってまばたきしながら彼女を見つめた。ハンサムな少年だった。まだ十二歳ほどだろうに、背もテンペランスと変わらないぐらいある。明らかに栄養が足りているようだ。

「六人」しばらくして少年が答えた。ほかの男たちにくすくす笑われて、少年は少し赤くなり「十人以上」と言い直した。まるで謝っているような言い方だった。

「十人以上の女性がやってみてだめだったって言うの？」テンペランスは目を丸くして訊いた。そんなことを言うつもりはなかったのだが。どうりで厩舎にいる男たちが自分に関心を払わなかったわけだ。どうせ夕方までにはいなくなると思っているのだろう。

「でも、どうしてだめだったの？」とテンペランスは訊いた。腹立ちはおさまっていた。彼女は少年のそばにいる男たちを見まわしながら答えを待った。

「マッケアンのせいさ」と男のひとりが言った。

テンペランスは馬の糞をシャベルで掘り起こしている男に目を向けた。「そう、マッケアンのせいだ」と男は言った。

もうひとりはただうなずいて、石の上にまかれた水を幅の広いほうきで掃いた。テンペランスは少年に目を戻した。「マッケアンのせいだ」と少年はあきらめるように小さくため息をついて言った。

「そう」とテンペランスは言ったが、納得したわけではなかった。それから不意に女性全体を弁護しなければならないような気分になった。「今朝マッケアンさんが言っていたわ。これまで会った女たちはか弱くて、彼女たちにはここでの暮らしは厳しすぎるって。言っておいたほうがいいと思うけど、わたしはか弱い女じゃないわ。いろいろと経験も――」

男たちが笑い出したために、テンペランスは途中で話をやめた。最初男たちは彼女が知らないことを自分たちは知っているとでもいうように互いに顔を見合わせてにやりとしていただけだったが、やがて持っていたシャベルやほうきや馬具を下ろして、大声で笑い始めた。

テンペランスの胸に怒りが戻ってきた。ただひとり大笑いに加わらなかった少年のほうを振り向き、問いただすように眉を上げた。しかし、少年も説明はできないようで、ただ肩をすくめて「マッケアンさ」とだけ言った。そこにすべての答えがあるらしかった。

脇に下ろした手を握り締め、テンペランスは踵を返して家の中に戻った。小さな木の扉があったので開けてみると、そこはかつては壮麗なキッチンだったと思われる場所だった。が、今はほかの部屋と同じように薄汚れて何も置かれていなかった。

部屋の真中にあった大きなテーブルの下から磨り減った椅子を引っ張りだすと、テンペランスはどさりと腰を下ろした。人に何かをあきらめさせようと思ったら、体を極限までいじめるのが早道だ。もう二十四時間近くも何も食べていなかった。着ている服は濡れて冷たく、ここの雇い人たちにはさしたる理由もなく嘲笑われた。

音がして目を上げると、ひとりの年老いた女がキッチンにはいってきた。髪も肌も真っ白で、着ている格子縞の長いスカートも古びて色あせていたため、一瞬テンペランスは幽霊を見ているのかと思った。こんな家だから幽霊もたくさんいるのに、誰も気づかないのかもしれない。しかしそこで、幽霊だって、こんな今にも崩れそうな汚い廃屋には住みたくないだろうと思った。

「あなた、幽霊じゃないの？」女が近づいてくるのを見て、テンペランスはつぶやいた。

それを聞いて、女ははじけたように笑い出した。クリスタルも割れそうな声だった。家の中のどこにもクリスタルなどはなさそうだったが。この冷え冷えとしたキッチンは言うまでもなく。

「そう、生きている人間だよ」と女は言った。「家の中は見てまわったんだね。じゃあ、そろそろおいとまかい？　アレックがミッドリーまで送ってくれるよ。今日明日じゅうにはそこから乗合馬車が出るからね」

それでどうするの？　テンペランスは心の中でつぶやいた。永遠に義父のもとで暮らすの？　自分でも嫌でたまらない会合を開いて彼を悩ませる生活に戻るの？　脳みそなどこれっぽっちも持ち合わせていない女たちが、ディケンズの作品についてあれこれ言い合うのをまた聞かなければならないのだとしたら、気が狂ってしまう。

テンペランスはどうにか立ち上がった。「いいえ、おいとまなんかしないわ。ここはひどいところだけれど、使用人が手伝ってくれれば、きっとどうにかできる。必要なのは――」

「使用人なんていないよ」

「何ですって？」

「使用人なんていないのさ」と老女は声を張り上げて言った。「あんたと、わたしとエピーだけさ」

「エピーって？」

「わたしの姉さんだよ」

テンペランスは椅子に腰を戻し、「姉さん？」と女を見つめたまま小声で言った。岩山にでも、目の前に立っているこの女よりは生じて日の浅いものがあるだろう。

マッケアン氏がこんな家に住んでいる以上、それなりの身分がある若い女性を説得して彼と結婚させることなど、どうしてできるだろう？　ほかに選択肢があったなら、きっとすぐにもこの汚らしい家から逃げ出すにちがいない。

しかし、マッケアン氏本人がいるではないかと、ふとテンペランスは思った。何かしら男たちが冗談の種にするところもあるようだが、彼自身も言っていたように、見た目は美しい男だ。きっとあの外見に惑わされて家の汚さに目をつぶる女もいるにちがいない。

やらなければならないのは、この家をできるだけきれいにして花嫁候補をすてきな夕食会に招くことだけで、あとはマッケアン氏に魅力を発揮してもらえばいい。

その女性にその気がないと彼が判断すれば、それはそれだけのこと。

テンペランスは目の前に立っている年老いた女に目を戻した。「料理人はどこ？」

「七カ月前に埋葬されたよ」と女は答えた。自分の冗談を自分で愉しんでいる様子だった。

「わかった」テンペランスは立ち上がりながら言った。「あの人たちを呼んできて手伝ってもらうわ。きっと――」

「だめだね。男たちは馬の世話で忙しい。家の中のことを手伝う者はいないよ。マッケアンの命令だ。家の中のことに時間を無駄にしたくないのさ」

「そんなこと、見ればわかったはずだわね。でも、馬にはお金に糸目をつけない？」

「ああ、そう、馬のためだったら何でもする」

女は目を輝かせていた。テンペランスの窮状を愉しんでいるのだ。「アレックが町まで送ってくれるよ」とまた同じことを言った。

しばらくテンペランスはキッチンを見まわしていた。大きな旧式の暖炉がある。ヘラジカを丸ごと焼けるほどの大きさだ。しかし、炉床に鳥の糞が落ちているところを見ると、今は鳩の寝ぐらになっているのだろう。キッチンの床は家が建ってこのかた掃除されたことがないかのようだった。テーブルには赤錆びた銅のフライパンが三つ、一インチの厚さに重なったクモの巣によって貼りついている。テンペランスはこれほどの巣を作るクモの姿は絶対に見たくないと思った。

「彼はどこで食べるの？」テンペランスは女に目を戻して訊いた。

「グレイス（感謝の祈りという意味がある）のところさ」

女のことばは理解できなかった。「お祈りを捧げてということ？」

年老いた女はまたくっくと笑った。「そうじゃない。グレイスだよ。愛人の」

「彼の……？　ああ、そういうこと」と言ってテンペランスは顔をそむけたが、老女が嘲笑っているのはわかった。あの男が結婚したがらないのも無理はない。男が女に求めるものをすべて手に入れているのに、どうしてわざわざ結婚などしなければならない？

大きく息を吸うと、テンペランスは女のほうを振り返った。悪いことにばかり目を向けるのはやめたほうがよさそうだ。まず、問題をはっきりさせなくては。今のうちに状況を把握しておいたほうがいいだろう。「わたしの理解が正しいかどうか教えてほしいんだけど、この大きなお屋敷の家事はあなたたち二人きりでしてるのに、馬のほうは大人の男が三人と少年がひとりで面倒をみてる。そういうことね？」

「まあ……ラムジーは別に……」

「ええ」テンペランスはぞっとするようなキッチンを見まわしながら言った。その瞬間、母の再婚相手を殺せと言われたら、喜んで殺していただろう。「あの子はまだ小さいからそれほど役に立つとは思えないけど、でも拭き掃除なんかはさせられるはずよ。小柄だから煙突掃除もさせられるでしょうし」

テンペランスはあることを思いつき、顔を上げた。「厩舎の男たちを掃除に駆り出せないとなれば、あの男の子に伝言を届けに行ってもらうことはできるかしら？　あの馬の一頭に乗っていってもらいたいんだけど、あの子の父親が許してくれる？　マッケアンさんひとりで四頭の馬を充分運動させているとはとても思えないし」

女は黒い目でテンペランスを見た。その目は無表情だったが、顔にはそんな頼みは初めて聞くとでも言いたげな表情が浮かんでいた。ほかの家政婦からそんな質問を受けたことなどないと。

「ラムジーは馬を運動させてもいいとは言われているけどね」年老いた女は値踏みするようにテンペランスを見ながら言った。「いったい、何を考えているんだね？」

テンペランスは答えようと開きかけた口を閉じた。誰にも打ち明けないほうがいい。ただ、母にはここがどんな状況にあるか真実を告げよう。結婚した忌まわしい男が娘をどんな状況におとしめているか。真実を知ればきっとメラニー・オニールも娘を救い出さなければと思ってくれるだろう。

「ペンと紙が要るんだけど」とテンペランスは年老いた女に言った。そして、女が突っ立ったままなのを見て片方の眉を上げ、「ペンと紙よ」ともう一度言った。声を張り上げることはしなかったが、声の調子に年老いた女は踵を返して部屋を出ていった。

三十分後、戻ってきたときには、古びてはいるものの、すばらしい品質のライティング・ペーパーの分厚い束と、カット・グラスのインク壺、さらにはなんと鵞ペンをキッチン・テーブルのテンペランスの前に置いた。

しばらくのあいだ、テンペランスは鵞ペンをただ見つめることしかできなかった。羽根ペン？　と胸の中でつぶやきながら。羽根ペンで？　二十世紀の世の中で、羽根ペンを使って手紙を書けと？

ため息をついてテンペランスはペンを手に持ち、女に何か食べるものを見つくろってくれと頼んだ。「何でもいいわ」と彼女は振り返って言った。

〝親愛なるお母様

ここは信じられないような状態にあります〟と彼女は書き始めた。それからゆっくりと

——先端が丸くなった羽根ペンでは素早く書くなんてことはできなかった——自分が置かれている状況をつぶさに説明した。

〝この仕事はわたし向きではありません。わたしよりもずっとうまくやれる人がいると思います〟

テンペランスは二十九年間培《つちか》ってきたすべてを母親あての手紙にこめた。娘をこの国から脱出させてやらなければという気持ちにメラニーがなるように、思いつくかぎりのことをしたためた。母親に罪悪感を起こさせるべく、涙や懇願といった手を用いたのである。

〝最後に〟——とテンペランスは二十ページ目に書いた。〝これだけは絶対ですが、わたしが家に帰るためのお金を送ってもらわなければなりません。

愛をこめて。あなたを愛してやまないたったひとりの子供

テンペランスより〟

彼女は蠟をたらして重い真鍮の印章を押す昔風のやり方で手紙に封をすると、それをラム

ジーにたくし、できるだけ急いでエジンバラの彼女の母親に届けてくれと頼んだ。

＊

テンペランスも馬の脚が速いことは認めなければならなかった。さらにラムジーもきちんと頼んだことを果たしてくれた。二十四時間以内に、彼女は母親からの返事を受け取っていた。

今の状況から解放されるものとわくわくして震える手で、テンペランスは母の手紙を開けた。

愛する娘へ

お餞別にあげた料理の本を使いなさい。おいしい料理のためなら男たちは何でもするものよ。お金を三シリングとその他こまごましたものを送ります。男たちがあなたのために丸一日働いてくれるまでは食べさせてはだめよ。

愛をこめて

母より

封筒からは鉄ペンが転がり落ちた。

7

四日が過ぎた、とモップをバケツに浸しながらテンペランスは思った。手が赤むけてひび割れるまで掃除や床磨きに明け暮れた人生最悪の四日間。

「何かもっと強力なものが要るんじゃないのかね？」最初の日が過ぎようというときに、テンペランスがキッチンを最初はほうきで、次はモップで、最後にはナイフを使って掃除しようとしても、大昔にこびりついた汚れを落とせないでいるのを見て、年老いたメイドのグリッセルは言った。

テンペランスは命令を下す以外、誰とも口をきこうとしなかった。唯一無二の願いはこのおぞましい場所から逃げ出し、好きになれないここの人たちから離れることだったからだ。厩舎の男たちは最高におもしろい冗談だとでもいうように嘲笑い、二人の年老いたメイドは遠くからまるで余興でも見るような目で見ていた。

しかし、テンペランスが何を言おうと、この汚らしい古い家をきれいにするのに誰も手を貸そうとはしなかった。

ジェイムズ・マッケアンはといえば、彼のベッドで目覚めて以来、姿を目にすることもなかった。

「たぶんグレイスのところよ」とメイドの片割れが肩をすくめて言った。たいしたことではないとでも言うように。

大人になってからずっと苦境におちいった女たちのために働いてきたとはいえ、テンペランスはそんなおおっぴらな背徳行為にはショックを覚えずにいられなかった。田舎というのは、善悪の区別を重んじる健全な人たちばかりが暮らすところではなかったの？

それに、無理やりあの男の愛人にされているかわいそうなグレイスという女性は？　こんなふうに道を踏み外すとは、いったいどんな不運に見舞われたのだろう？

テンペランスがジェイムズ・マッケアンの家に来て二日目、母から荷馬車いっぱいの荷物が届き、それといっしょに衣類が詰まったトランクも届けられた。トランクを目にしたときほど嬉しかったことはこれまでなかった。というのも、この家に到着してから、永遠に乾かない旅行用の衣服をずっと着続けていたからだ。荷物の中には溶けかけた氷が詰まった大きな木の容器が三つもあり、中には目の粗い綿布と紙で包まれたものがはいっていた。野菜や果物でいっぱいの木箱も二つあり、何本かワインまであった。

もちろん、マッケアンの家で〝働いている〟者たちは、荷馬車が到着するのを見てまわりに集まり、好奇心もあらわに中をのぞき込んだ。

「それは牛肉かい？」今ではアレックという名前であることがわかった男が言った。荷馬車に何が載っていても気にもならないとでもいうような何気ない口調だった。

テンペランスはすでに疲れきってうんざりしており、礼儀を示す気持ちの余裕などなくしていた。「ほしかったら、手伝って」と有無を言わさぬ口調で言った。

次の瞬間、彼女は脇に押しやられ、厩舎で働いている三人の男が氷桶から大きな包みを引っ張り出そうとしていた。しかし、彼らが荷馬車からトランクを下ろしもせずに行こうとするのを見て、テンペランスは腰に手をあててその背中を睨みつけた。彼女の殺気立った視線に男たちも振り返らずにいられなかった。

マナスが重いトランクを荷馬車の端まで引きずり出し、身をかがめて背中に載せると、「どこへ運んだらいいんだ？」とテンペランスに訊いた。

「この人は女王様の寝室に泊まっているのさ」と年老いたエピーがおもしろがるように言った。

それを聞いてテンペランスは啞然とした。二日目に見つけたあの忌まわしい古びた部屋が〝女王様の寝室〟ですって？　いったいどんな女王よ？　何世紀の話？

ほかの男たちも残ったトランクを中に運び入れ、階段を昇って、テンペランスが自室とした汚らしい寝室へと運び込んだ。キッチンの脇にはグリッセルが家政婦の部屋と呼ぶ空き部屋もあったが、窓が壊れ、家具がひとつもないその部屋で寝ることを、テンペランスは断固として拒んだ。それから二階に四柱式ベッドのある部屋を見つけ、その晩は疲弊しきっていてそのベッドが清潔かどうか気にする余裕もなく、そこに倒れ込んだのだった。

「こんなに長く残った人はほかに四人しかいないよ」ほかの者たちが家の中へはいってから、ラムジーが小声で話しかけてきた。

「ほかの四人って？」とテンペランスは訊いた。

「家政婦さ」と少年は答えた。背丈がほとんど変わらない少年の目をテンペランスはまっすぐ見つめた。「ほとんどみんな一日で出ていったから。あなたはいつ出ていくの？」

「仕事が終わったらね」と思わず言って、テンペランスは口をきつく閉じた。

「ははあ……」と少年は言った。「つまり、ここにいなくちゃならない理由があるんだ。もしかして――」

「だから手助けして。マッケアンと結婚したいのかと訊くつもりなら、今この場であなたのこと殴り倒してやるから」

少年はにやりとした。いつかたくさんの女たちと数多くの問題を起こすことになりそうな笑みだった。テンペランスは目を細めて少年を見た。「キッチンの床をどうやって洗ったらいいかわかる？　あなたたちスコットランドの男たちに洗わせようと思ったら、まず馬の糞をばらまかなきゃならないのかしら？」

ラムジーは降参というふうに掌を上に向けて両手を上げた。「何にしても洗おうとした家政婦は二人しかいなかった」

「いたとしてもずいぶん昔のことね」とテンペランスはきっぱりと言って家の中へ戻った。

荷馬車の中には母からの手紙もあった。シャーメイン・エーデルステン嬢が二日以内にそちらに着くと知らせる手紙だった。〝彼女は訪問の目的もそれが内密であることも心得ています〟と手紙にはあった。〝あなたが望んでいたとおりの女性であるのがわかってもらえると思います〟

それを読んでテンペランスは、会ったこともない男の妻にいったいどんな女性を望んだのだったろうと記憶の糸をたぐり寄せなければならなかった。ああ、そう、かわいくて、あまり頭がよくなくて、教育もあまりない人。家の中を見まわしながら、その若い女性が目も悪い人であってほしいと願わずにいられなかった。

そのため、それからの二日間、テンペランスは精一杯こすったり、磨いたり、こそぎ落としたりして過ごした。非協力的な三人の男と二人の年老いた女と少年にもできるかぎり手伝わせ、見返りとして母が送ってくれた牛肉を分けてやった。どうやら母の言うことは正しかったようだ。男を動かすには彼らの胃に働きかけること。

テンペランスは斧の鋭い刃を使ってキッチン・テーブルにこびりついた汚れを削り落としながら、そのことについて考えていた。ニューヨークに戻ったときにもこの知識を利用すれば、市《まち》の気むずかしい御仁たちから資金を引き出すことができるかもしれない。もしくは、見捨てられた女たちの浮気者の夫相手にその秘策を用いてみるのだ。

突然テンペランスはテーブルをこするのをやめた。共同住宅で料理の講習会を開いたらどうだろう？　女たちが持てる少ない能力を最大限活用するすべを学び、よりよい生活を手に入れられるかもしれない。ふうむ、と心の中でつぶやき、彼女はまたこすり始めた。

料理を手段として使うという考えを母が思いついたのは不思議だった。どういう状況にしろ、母が助けになってくれるとは思わなかったからだ。テンペランスが十四歳で父をなくしてからというもの、メラニー・オニールはいつも誰かが面倒をみてやらなくてはならない人で、その逆になったことはなかった。

エーデルステン嬢が到着する予定の日となり、テンペランスはそわそわし始めた。どうにか四つの部屋はきれいにした。キッチンと玄関ホールとダイニング・ルームと、お嬢さんが泊まることになったときのために小さな寝室をひとつ。もちろん部屋の照明は蠟燭の明かりだけにしておいたほうがいい。そうでないと、じつは荒れ果てた家だということがばれてしまう。

それでも、きれいになった部屋を見まわし、テンペランスは自分がなし遂げたことを誇らしく思った。一部きれいになった古い家は、もっと誇らしげに見えた。

玄関ホールの入り口に立ち、テンペランスは手を側柱に這わせた。そして天井を見上げ、きれいと心の中で言った。雲の絵から天使が顔をのぞかせているのがわかる。

「ここは愛情を持てる家だわ」とテンペランスは小声で言った。が、すぐに頭を振ってそんな思いを心から追い払った。やることがありすぎて、美しいかどうかなど考えている暇はなかった。

まず、エーデルステン嬢をジェイムズ・マッケアンと引き合わせなければならない……

それを考えると、頭は真っ白になった。愛についていったい自分が何を知っているだろう？〝恋に落ちる〟という感情など、それに近いものすら一度も抱いたことがなかった。世の人々はそのせいで愚かな行動に走るらしかったが、正直に言って、どんな感情なのかもわからなかった。これまで見聞きしたことからいって、わかりたいとも思わなかったが。

何にしても、ジェイムズ・マッケアンを未来の花嫁に引き合わせなければならない。料理が厩舎の男たちを動かすのにひと役買ったというのならば、その主人にもきっと効き目はあるはずだ。

しかし、テンペランスは料理については何ひとつ知らなかった。確かめたところでは、二人のメイドも同様だった。とはいえ、料理がそれほど大変なことだろうか？　指南書だってあるのだ。母からもらったファーマー嬢の料理本を広げて腰を下ろすと、テンペランスは母が送ってくれた鉄ペンでメニューを書き出し、ラムジーに、どこにいるにしろマッケアン氏のところへ届けてくれと頼んだ。

クレソンのクリーム・スープ
子羊のフリカッセ
マッシュポテトと煮トマト
サヤインゲンとラディッシュのサラダ
アップルパイ

一時間後、ラムジーは息を切らして戻ってくると、マッケアンは暗くなったらすぐに夕食に戻ってくると告げた。それから、鞍に載せていたかわいらしい小さな子羊をテンペランスの腕の中に投げてよこし、「夕食用に」と言うと、乗っている大きな馬をまわれ右させ、走り去った。

テンペランスは腕の中の子羊を見つめた。子羊は何度か彼女の顔を嘗めた。厩舎の前に敷き詰められたきれいな石の上に下ろしてやったが、子羊はキッチンまでついてきて、大きな目で彼女を見上げた。

それからその晩のメニューの写しを取り出すと、テンペランスはミルクをボウルに入れて子羊の前に置いてやった。テンペランスはミルクをボウルに入れて子羊の前に置いてやった。

それからその晩のメニューの写しを取り出すと、〝子羊のフリカッセ〟を消し、〝鮭のキュウリ・ソース〟と書いた。そしてラムジーを呼んで、釣り竿を見つけて魚を釣ってきてくれと頼んだ。

テンペランスはレシピに従って料理する方法を考え始めた。

＊

日が沈み、ジェイムズ・マッケアンが夕食に戻ってきたときには、テンペランスは気が立って苛々していた。いったいお母さんが送ってよこした女性はどこにいるわけ？　ミッドリーの住民たちに会ってあきらめたのだろうか？　女性が誰も来てくれなかったら、マッケアンに花嫁を見つけることなどできるはずがない。つまり、ここから永遠に出ていけないということだ。この家の人たちに冗談の種にされながら一生を送らなければならない。もしくは、エジンバラに戻って、アンガス・マッケアンの束縛のもとで暮らすことになるのだろうか？

ジェイムズがドアをばたんと開け、一陣の風とともにキッチンにはいってくると、テンペランスはかみつくように言った。「ドアを閉めて！　どうしてキッチンからはいってくるの？　あなたは領主なんだから、正面のドアからはいってくるものじゃないの？」

「きみは俺の妻に立候補するつもりはないと言っていたはずだが」おもしろがっている声だった。

テンペランスも思わず笑った。エプロンをつけてはいたが、服は小麦粉やサーモンの皮の切れ端だらけだった。ひとつだけ確かなことは、料理の講習会を開くとしても、自分が講師になることはないということだった。

しばらくジェイムズは突っ立ったまま、まるで知らない場所だとでもいうように、目をぱちくりさせてキッチンを見まわしていた。大きな古い暖炉には火が入れられ、部屋の中央にある古いオークのテーブルは磨かれて光り輝き、その上に食べ物がいっぱい詰まった鍋がずらりと置かれていた。

「きみが書いてよこしたディナーはあれか？」暖炉のそばに敷かれた羊の皮の上で眠っている子羊を見ながら、ジェイムズは言った。

「まあね」テンペランスは赤くなった顔を見られないようにうつむいた。食卓に供するための動物を殺せない家政婦などいるだろうか？

キッチンはだだっ広く見えていたが、ジェイムズがはいってきて、狭くなったように思えた。彼は泥だらけでぼろぼろの古いキルトを身につけていた。たぶん、訪ねてくる女性は——ほんとうに来たとしたら——剝き出しの膝をセクシーだと思うだろう。

「夕食はダイニング・ルームでお出しします」テンペランスは彼に背を向けると、スープ用の深皿をドアの向こうへ運んだ。

ダイニング・ルームのテーブルに深皿を置くと、テンペランスは大きな体で戸口をふさぐようにして立っているジェイムズのほうを振り返った。彼は部屋を見まわしながら、あっけにとられて口をぽかんと開けている。

「これはどうやって？」と彼は訊いた。きれいになった部屋のことだ。銀の燭台、美しくセッティングされた清潔なテーブル、赤々と火の燃える暖炉。

「男の人たちに手伝ってもらったの」と彼女はそっけなく言うと、キッチンに戻ろうとした。が、彼が前に立ちはだかった。

「どうしてひとり分しかセッティングされていないんだ？　それにどこから皿を見つけてきた？」

「言っても信じてもらえないと思うわ」とテンペランスは怒ったように言った。

「ほかにやることもないから聞こうか」彼は彼女を見下ろしながら静かに言った。「それにひとりでは食べられない。少なくとも子羊のフリカッセはね」

不意にテンペランスは、自分がどれほど人と話をしたかったか気づいた。この忌まわしい場所へ来て以来、口から出たことばといえば、これを持ってきて、あれをして、これを動かしてといったことばかりだった。おまけに体は疲れきっていた。足を投げ出してしばらくすわりたかった。馬鹿なお嬢さんがほんとうに現れたら、そのときに席をはずせばいい。

「わかったわ」と彼女は言った。「ごいっしょします」

＊

「飾り棚の裏？」ジェイムズはサーモンの最後のひと切れを食べながら訊いた。

「飾り棚の下半分には上の部分ほど奥行きがなかったの。だから、秘密のスペースがあるのがわかったわ。ラムジーが金てこを使って板をはずしたら、中にお皿がはいっていた。ウェッジウッドよ」

「価値があるものなのか？」ジェイムズはパン皿を持ち上げ、光にかざして見た。

「模様と製作年代によるわ。新品同様だから、価値があるかもしれない。どうしてあんなふうに隠してあったのかしら？」

ジェイムズはテンペランスの母が送ってよこしたワインをひと口すすった。「俺の祖母は金使いが荒かった」そう言って唇を引き結び、顔をそむけた。しばらくして、彼はテンペランスに目を戻した。「俺が子供のころ、父から聞いたことがある。祖母は物を買っては、夫に見つからないように隠していたらしい」

「わたしの友だちでもそういう人がいるわ」とテンペランスは言った。「三十五歳で未婚だった。お父さんが求婚者を十一人も断ったからよ。それで……そう、浪費するようになった」

「きみたち女性は男を傷つける方法をよく心得てるよ」ジェイムズは皮肉っぽく言った。

「きみたちって！」テンペランスは椅子から立ち上がらんばかりにして言った。「わたしがこの目で見てきたようなことを知ったら……女性たちがどんな目に遭っているか。みんなあなたたち……あなたたち男のせいよ！」

「はっ！」ジェイムズは言った。「きみが何を言おうと俺の話のほうが悲惨だね。俺には十一人の子供を持つ友人がいる」

テンペランスはどんな悲惨な話が待っているのかと身構えたが、彼はサヤインゲンのサラダを口に運び、話を続けようとはしなかった。「それで？」

「そいつは子供のころ、事故に遭って、ひどい話だから詳しくは言わないが、とにかく子供を作れない体になったんだ」

テンペランスは目をぱちくりさせ、それから微笑んだ。「ああ、そういうこと。自分の子供ではないと人に言えば、どうしてそう確信できるのか説明しなければならなくなる。でも、自分の子供ということにしておけば、精力絶倫だと思ってもらえる」

「ジレンマだろう？」ジェイムズは笑みを返しながら言った。「きみならどうする？」

「男だったらってこと？　それとも女のほうだったら？」

「どっちになりたい？」とジェイムズが切り返し、二人は声を合わせて笑った。

ちょうどそのとき、ドアを叩く音がした。テンペランスは「やっと来た！」と声に出して言わないようにするのが精一杯だった。ナプキンをテーブルに置くと、「いったいこんな時間に誰かしら？」と言って玄関ホールに走っていき、ドアを開けた。

戸口に立っていたのはこれまで見たこともないほど美しい若い女だった。小さなハート型の顔に青い目、小さな鼻、ちょっと突き出しているように見えるぽってりとした唇。目の色に合わせたターコイズ色の帽子の下からは、美しいブロンドの巻き毛がはみ出している。この愛らしい顔が載っているのは、細いウエストと豊かな胸を持つ小さな体だった。歳は十八にもなっていないだろう。申し分のない女性だった。どんな男もこの女《ひと》を拒むことはできないだろうとテンペランスは思った。

しかしそれから、そのかわいらしい小さな口が開き、ことばが発せられた。

「あらあなたがテンペランスね。わたしシャーメインよ。でもわたしがチャーミングだからみんなチャーミングって呼ぶの。あなたの義理のお父様はあなたのことオールドミスだって言ってたけど思ったよりきれいだわ。目のまわりには皺があるけど。うちのママが言うにはあんまり目をすがめたり笑ったりしなければそんな皺はできないそうよ。でもママは子供のころに笑いすぎて皺があるの。だからわたしは何があっても笑わないようにしてるわ。でもそんなにおもしろいこともないけどね。その人ここにいるの？　わたし貴族には会ったことがないのよ。あなたのお母様はその人は貴族ってわけじゃないって言ってたけど。でもアメリカではああそうあなたもアメリカから来たのよね。その人とてもハンサムなのかしら。ひどくロマンティックよね。だからこそ御者はハンマーを使って馬車の車輪をはずさなくちゃならなかったのね。そうすればここに足止めされることになるから。夕食は何かしら。でもこの国の食べ物ってあまりおいしくないのよね。家ではなんでも好きなものが食べられるけど。でも春に結婚式をするのってすてきじゃない？　王も出席してくれるのかしら。彼はいるの？」

少女が話し終えたとわかるまでしばらくかかり、テンペランスは「王がここにいるの？」と聞き返した。

「ちがうわ」とシャーメインはゆっくりと言った。まるでテンペランスの頭が鈍いとでも言うように。「彼よ。ご領主よ。ジェイムズ閣下」

「ああ」テンペランスは自分の頭が空《から》になって何も残っていないような気分にさせられた。

「会いたい。わたしのこと好きになってもらいたいの。でも男の人はみんなわたしを好きよ。あなたのお母様が言っていたわ。わたしのこと彼がきっと気に入るだろうって。それともあなたが彼に引き合わせたいと思っているタイプだって言ってたのかしら。どっちだったか忘れちゃった。でも彼と結婚したらこんなひどい場所では暮らしたくないわ。だから彼に会う前に全部はっきりさせておきたいわ。そうすればちゃんと――」

「シャーメイン！」テンペランスは思わず声を張り上げてしまい、ジェイムズに聞かれたのではないかとドアのほうをうかがった。「わたしに話をさせてくれる？　つまり、あなたが

――」

「わたしがチャーミングだからみんなチャーミングって呼ぶのよ。でも話をさせてあげる。あなたはわたしよりずっと年上だからあなたがママだって振りをしてもいいわ。だってよく似てるんだもの。その目のまわりの皺はほんとうにどうにかしたほうがいいわ。クリームを持ってきたから貸してあげる。でもあなたの歳だとママが使ってる膏薬《こうやく》のほうがいいかもしれない。ママが言うの――」

「黙って！」とテンペランスは声を殺して言うと、シャーメインの背中に手をあててダイニング・ルームの方向へと押しやった。

こんな脳みそのない馬鹿女を送り込んでくるとは、いったいお母様は何を考えているのだろう？　そうテンペランスは思わずにいられなかった。こんな女と恋に落ちる男なんているのかしら？

しかし、少女がくびれたウエストの下のヒップを振りながら歩く様子を見て、もしかしてこの子の口を閉じておけたら、好きになる男もいるかもしれないと思った。まあ、男というものは頭よりも顔のほうに惹かれるものだから、心配することは何もないのかもしれない。

シャーメインのあとからダイニング・ルームへ向かいながら、テンペランスは壁にかかっている鏡をちらりと見た。鏡の裏板は黄ばんでいたが、シャーメインに何度も指摘された目の端の皺は充分よく見えた。

「ああ、いやだ！」とうんざりしてつぶやくと、シャーメインより先にダイニング・ルームにはいろうと、テンペランスは廊下を早足で歩いた。

テンペランスはシャーメインに向かって唇に指をあてて見せると、ダイニング・ルームのドアを開け、「お客さまのようです」と明るく言った。「シャーメイン・エーデルステン嬢をご紹介してもよろしいでしょうか、ジェイムズ・マッケアン卿」ジェイムズの名前に卿がつくものかどうかは知らなかったが、言ってみると響きは悪くなかった。「エーデルステンさんは乗っていた馬車が故障してしまったそうで、そのときに明かりが見えたのでここへいらしたそうです。御者が馬車の修理をするあいだに夕食をお出ししてもよろしいでしょうか？」

ジェイムズは少女から目を離せないようだった。ありがたいことに、シャーメインは慎ましやかに手に目を落としている。

「もちろんだ」とジェイムズは嬉しそうに言うと、彼女のために椅子を引いてやろうと急いで立ち上がった。

わたしには椅子を引いてくれなかったわ、とテンペランスは思わず胸の内でつぶやいた。が、彼がシャーメインに紳士らしいところを見せたのは悪くないと自分に言い聞かせた。テンペランスはサイドボードの上に皿を用意しながら、美しいウェッジウッドの皿が見つかったことを感謝した。しかし、大きな覆いを開けて見ると、サーモンはひと切れも残っていなかった。数人で食べても充分なだけ用意したはずなのに。ジェイムズと二人で魚を全部平らげてしまったことに気づいてテンペランスはぞっとした。

「スープはいかが?」と言って、テンペランスはクリーム・スープの残りをすくってスープ・ボウルに入れた。

「それで、なぜはるばるマッケアンくんだりまで?」ジェイムズは美しい女相手のときに男たちがよくするように、からかうような口調で訊いた。

シャーメインが口を開こうとすると、テンペランスが大声で言った。「景色よ！　それに歴史！　エーデルステンさんはどちらも大好きなんです。そうでしょう、エーデルステンさん?」

またもシャーメインは口を開こうとしたが、そこでテンペランスに目を向けながらジェイムズが言った。「どうしてこの人が歴史を大好きだと知っているんだ?　前に会ったことがあるのか?」疑うような声だった。

「お会いしたのは今夜が初めてよ」とテンペランスは甘い声でほんとうのことを言った。

「でも、廊下にいるときにいろいろお聞きしたの」

「じゃあ、よければ俺にも話を聞かせてもらおうか」ジェイムズはシャーメインに目を戻し、また表情をゆるめた。「さて、何を話していたんでしたっけ?」

シャーメインは口を開こうとした。

「エーデルステンさんはスコットランドの氏族の歴史が大好きなのよ」とテンペランスが声を張り上げた。「でも、わたしもそうなの。明日、三人で散策してもいいわね。戦いが行われた場所を教えてもらえるでしょうし」

ジェイムズは気でも狂ったかという目でテンペランスを振り返って見た。「戦いって何のことを言っているんだ?」

「スコットランド全土が戦場になったんだと思っていたわ。氏族同士の争いや何かで。〝すてきなチャーリー殿下〟が活躍したのもここじゃなかった? ノルマン征服もこの近くじゃなかったかしら?」

「ちがう」ジェイムズは静かに言った。「〝すてきなチャーリー殿下〟はこの地では何もしていない」それから声を大きくして言った。「ノルマン征服もここじゃない。いいかい、オニールさん」――ジェイムズは叫ばんばかりに声を張り上げていた――「ノルマン人に征服されたのはイングランドだ!」

「あら」とテンペランスは言ったが、シャーメインが口を開こうとしているのを見てあわててつけ加えた。「エーデルステンさんはきっと知ってたわ。ほんとうに歴史に詳しいんですもの、そうでしょう、エーデルステンさん?」しかし、シャーメインに答える暇を与えずに続けた。「たぶん、明日は領主として、スコットランドのこのあたりで起こったことを何から何まで説明してくださったほうがいいわ、それで――」

「オニールさん」ジェイムズは静かに言った。「こちらの若いお嬢さんに話をさせないつもりなら、きみのことは馬に乗せて叔父のところに送り返してやるからな。今晩じゅうに。わかったか?」

テンペランスは大きく息を吐いてテーブルにつき、ジェイムズに弱々しく微笑んで見せた。

　ジェイムズはシャーメインのほうを振り返った。「さて、エーデルステンさん、あなたのことを聞かせてください」

「あら誰もわたしのことをさんづけで呼んだりしないわ。誰にとってもただのシャーメインなんですもの。ママはわたしの名前はいい名前だって言うの。そうしようと思えばわたしの魅力で鳥だって木から落とせるって。でもそんなの嫌だわ。鳥って怖いじゃない。それに歴史のことだって何にも知らないんだからどうしてテンペランスがそんな話をでっち上げたのかわからないわ。あなたにはありのままのわたしを知ってもらいたいの。だってあなたは領主だからきっとわたしのことはお見通しだと思うし。つまり心の中って意味で服の中身ってことじゃないのよ。そうわたし冗談を言ったのに笑えないのよ。じゃないとテンペランスのような皺ができてしまうからできないの。だって――」

　ジェイムズは一瞬テンペランスに目を向けたが、テンペランスは目を合わせられなかった。もちろん、この若い女を招いたのがテンペランスで、送り込んできたのが彼女の母親であることを彼は知らない。が、だからといってテンペランスの良心は晴れなかった。わたしはポーカーの名手にはなれないわ。そう胸の中でつぶやくと、テーブルについているどちらの顔も見ようとせずに正面の真っ暗な窓の外へ目を向けた。

「――ここをあちこち見てまわりたいわ。とくにそのチャーリーっていう殿下に会いたい。だって〝すてきな《ボニー》〟って言うのはボンネットをかぶっているからなのか知りたいし。あらまたわたし冗談を言ったわ。わかるでしょうときどき笑わないでいるのはむずかしいのよ。こんなにユーモアのセンスがあると。ママが言うのわたしは自分の言うことを書きとめておいたほうがいいって。だってこんなに冗談ばかり言っているんだもの」

ジェイムズが席を立ち、テンペランスは振り向いた。部屋を出てゆくつもりかしら。しかし、彼は部屋を出ていこうとはせず、窓のところへ行って窓を大きく開いた。部屋の中は少し息苦しかったが、それはたぶんテンペランスが息もできないような思いでいたからだった。

「――召使はあなたのこと閣下って呼ぶのかしら。なぜそれが知りたいかっていうとあなたの花嫁になったらお城で働く召使たちに何て呼ばれるのかしらって思うからなんだけど。でもここってお城ではないわね。誰かが住んでいるお城には今まで行ったことないけど。でもあなたの花嫁は奥方様って呼ばれるのかしら。それともあらあなたわたしを好きになったのね閣下。でもわたしと会うとたくさんの男の人がそんなふうになるのよ――」

テンペランスは驚愕のあまり口をぽかんと開けた。ジェイムズ・マッケアンがシャーメイン・エーデルステン嬢を抱き上げると、開いた窓のところへ運んだのだ。なんと、シャーメインは息をつぐために口を閉じようともしなかった。おそらく男に抱き上げられるのは日常茶飯事で彼女にとっては珍しくもないことなのだろう。

「――でもママが言うの。男の人はわたしがあんまり魅力的なので恋に落ちずにいられないって。口を開くだけで男の人たちがみんなわたしに夢中になるものだからママはわたしがいつかあなたみたいな高貴な人の奥さんになって奥方様とかお后《きさき》様とか呼ばれるようになるかもしれないって言ってたわ――」

ジェイムズはじゃがいもの袋を放るようにぞんざいにシャーメインを窓の外に投げ出した。彼女は小柄な女性にしては驚くほど大きな音を立てて地面に着地した。

ジェイムズは窓を閉め、重いダマスク織りの赤いカーテンを引いた。ほこりが部屋じゅうに舞い上がった。

何事もなかったかのように、ジェイムズはテーブルにつき、何か言いたいことがあるなら言ってみろと挑戦するような黒い目をテンペランスに向けた。

「ここのカーテンは洗ったほうがいいと思うが?」

そう言って一瞬目をそらした。その唇にかすかな笑みが浮かぶのをテンペランスは見逃さなかった。ふたたび目が合うと、「パイは温かいほうがいいかしら、それとも冷たいほうが?」とテンペランスは訊いた。

「静かなのがいいね」とジェイムズが答え、二人は同時にふき出した。

親愛なるお母様

かわいいシャーメイン《チャーミング》はうまくいきませんでした。今度は同じぐらいきれいで、でも、あそこまで頭の悪くない人を送ってください。それと、多少教育もあったほうがいいかもしれません。年ももう少し上のほうがいいでしょう。

愛をこめて
テンペランス

8

翌朝六時にテンペランスははっと目が覚めた。どんな妻が望みか、彼自身に訊いてみるべきなのではないだろうか。

それはさしてすばらしい思いつきではなかったが、彼女にとってはささやかながら画期的なことだった。これまではいつも男を女から引き離すのに骨を折ってきた。わずかな稼ぎを飲み代にしてしまい、妻と子供たちに貧しい暮らしを強いる男たちと渡り合い、暴力を受けたあげくに捨てられた女たちに仕事を見つけてやろうとしてきたのだ。

男と女を結びつけようなどと思ったことは一度もなかった。

着替えをしながら、テンペランスは衣類のはいったトランクから目を離さず、けっして部屋を見まわそうとはしなかった。昨晩、ネズミが何かをかじっているような音を聞いたのだ。〝ドブネズミ〟などということばは、思い浮かべるのも嫌だった。

少なくともこれで共同住宅で暮らす女たちの気持ちになって問題に対処できる。ここは巨大な共同住宅以外の何物でもないからだ。

くるぶしまでの長さしかないウールのスカート（見るたびに〝みっともない！〟と母は言ったものだ）、長袖の綿のブラウス、幅の広い革のベルト、頑丈な短ブーツを身につけると、階下《した》へ降りた。

「彼は昼間どこにいるの？」キッチンに足を踏み入れるや、テンペランスは訊いた。驚いたことに、テンペランスがきれいにしたキッチンが今や家じゅうの活動の拠点になっていた。必ず二人の老女のどちらかはおり、少なくともひとりは男の姿があった。ラムジーはいつぞやの子羊に大きな赤ん坊用のミルク瓶でミルクをやるようになっており、生き物を殺せない子供について書かれた聖書の話にちなんで、子羊にイサックと名前までつけていた。

今日は老女二人、男が二人、少年がひとりそこにいて、質問に答えようと一斉に口を開いた。

「あなたたちのひとりでも、〝グレイス〟ということばを口にしたら、今晩は夕食なしよ」

五人全員が顔をうつむけ、口を閉じた。

テンペランスは心の中で十数え、それからゆっくり言った。「彼は羊を追ったり魚を捕ったりしているって言っていたけど、そういうことをどこでしているの？」

ほっと安堵の色を浮かべた五つの顔が彼女のほうに向けられた。ミルクを飲みながらもぞもぞしている子羊を抱えてキッチンのテーブルについていたラムジーが答えた。「山の上だよ。一日じゅうそこにいるんだ。でも、行くつもりで訊いているんだったら、あそこには行けないよ」

「どうして？」とテンペランスは訊いた。答えを聞くのが怖かった。雇い人たちが〝マッケアン〟と呼ぶジェイムズは、この土地では絶対的な権力を有しているらしい。山頂で愛欲にふけっているとでもいうの？　グレイスと？

「険しすぎて町のご婦人には登れないからさ」とアレックが言った。

それを聞いてテンペランスは信じられないというように両手を広げた。ここにいる人たちほど鼻持ちならない人間にはついぞお目にかかったことがなかった。町で育った女はまったく使い物にならないと思っているのだ。

彼女はその場にいる全員ににっこりと微笑みかけて言った。「きっとあなたの言うとおりね。でも正しい方角を教えてくれたら、ゆっくりと町を歩くようにして行ってみるわ。お弁当をこしらえてから」

一時間後、テンペランスは布のリュックサックにコーニッシュパイやオレンジや水で薄めたワインを入れた素焼きの瓶などを詰め込んだ。テンペランスが肉や野菜を切ったり、ドウを伸ばしたりするのを、キッチンにいた全員が、関心があるのにないふりをしながら見守っていた。

午前七時、テンペランスは「ラムジー、準備ができたわ」と言い、リュックサックのひもに腕を通して背負った。

外へ出ると、大きくて神経質そうな馬が鞍をつけられ、後ろ足を跳ね上げていた。テンペランスはぎょっとしたが、顔には出さなかった。キッチンには人の出入りはなかったはずだ。どうやらみな前もってこちらがしようとしていることを見抜いていたらしい。

テンペランスは咽喉が詰まる気がして、どうやって馬を準備するよう合図を出したのか訊けなかった。そこで何も言わず、ラムジーが馬に乗るのを待ち、差し出された手につかまって彼の後ろにまたがり、馬が動き始めると、鞍につかまった。

マッケアンの領地に到着したのは夜で、それ以来、家の外にはほんの数フィートしか出たことがなかったため、テンペランスは興味深く田園風景を眺めた。ラムジーは大きいくせにおどおどした馬を、片側に険しい崖がそびえ、左側にはまったく何もない狭い岩だらけの道に進ませた。テンペランスは「降りたい」と叫びたくなる衝動と戦わなければならなかった。

ラムジーはテンペランスの恐怖を感じとったらしく、鞍の上で身をよじり、にっこりと微笑みかけた。「都会にはこんなのはないでしょう?」

「背の高いビルだったらいくつかあるわ」死ぬほど怖がっているのが声に出ないように努めながら彼女は答えた。馬が一歩踏みまちがえれば左側の道の端から落ちて二人とも命を落とすことになる。しかし、鞍をつかむ手の節が白く浮いても、テンペランスは顔を右側の切り立った崖に向け、恐怖に呑み込まれまいとした。

「ほら、あれがマッケアンの領地だ」とラムジーは小声で言い、恐ろしいことにそこで馬を立ち止まらせた。

テンペランスは大きく息を吸い、左に顔を向けた。目に飛び込んできた美しさが恐怖を追い払った。

眼下には、妖精が出てくる絵本の挿絵のように美しい小さな村が広がっていた。二十軒ほどの家々が、今二人がいる山のふもとまでくねくねと続く狭い道の両側に一定の間隔で建っている。水漆喰の壁と藁葺き屋根の家々。いくつかの煙突からは煙が上がっており、道には鶏が歩きまわっている。何人か人の姿もあった。バスケットを持っている女たち。通りで遊んでいる子供たち。

どの家も裏に庭らしきものがあり、納屋や家畜用の囲いもいくつかあった。

「きれい」とテンペランスはささやいた。目をさらに遠くに向けると、この小さな村がほかの地域と細長い土地だけで結ばれているのがわかった。ここはそのほとんどを山が占める島と言ってよかった。片側には村の家々があり、もう一方にはジェイムズ・マッケアンの崩れかかった古い石の家がある。そして、その真中に山がそびえていた。

「ずいぶんと隔離された場所なのね」とテンペランスは言った。「子供たちは大きくなったらここを出ていくの？」

「うん、そう、出ていくよ」とラムジーは答え、先に進むよう馬を促した。ひどく悲しそうな声だった。

「でもあなたは出ていかないのね？」と彼女は訊いた。

なぜか、この問いは少年をおもしろがらせたようだった。「うん、僕はね」とまるで冗談でも言うように答えた。「あなたはほかの家政婦とはちがうね」しばらくしてラムジーが言った。

「お褒めのことばとして受けとっていいのかしら?」

答える代わりに少年は肩をすくめ、馬を前に進めた。テンペランスは鞍にしがみつきながら歯をくいしばった。この土地の人たちから褒めことばをもらうなどありえないことだった。きれいになったキッチンを気に入ってそこから離れようとしないとはいえ、そこにいる誰もが「でかした、お嬢さん」とかなんとか、スコットランド風の言いまわしで褒めことばを口にするぐらいなら、死んだほうがましだと思っている人たちだった。

何時間もかかったように思えたが、ようやく山頂らしき場所へ到達し、少年が馬を止めた。

「ここで降りてもらわなきゃ」と言って少年はテンペランスを助け降ろした。「こんなところまで馬を登らせたのを、マッケアンに見つかるといけないから」

岩だらけの地面に降り、ふらふらする足でどうにか体を支えようとしながら、テンペランスは少年を見上げた。「どうしていけないの?」

少年はにっこりして手綱を引き、降りる方向へまわれ右をした。「彼の大切な馬には危険すぎる道だからだよ。崖から落ちるかもしれないだろう。馬がいなくなったら、ほかの領主たちと何でレースをしたらいいのさ。うちにはそれほどたくさんの馬はいないけど、いつもレースには勝ってるんだ」そう言うと、少年は目にいたずらっぽい光を浮かべて馬を蹴り、針のように細く険しい山道を、テンペランスが思わず息を呑むようなスピードで駆け下りていった。

「あの子がわたしの息子だったら、絶対に……」テンペランスは声に出さないつぶやきを途中で止めた。ラムジーほど大きくなった息子に誰が言うことを聞かせられるだろう？　しばらくテンペランスはあたりを見まわしながらじっと突っ立っていた。そこは春の花々が咲き乱れる草原で、小鳥がさえずり、空気は新鮮で澄んだ匂いがした。

「都会とはちがうだろう？」

背後で声がして、テンペランスはびっくりして飛び上がりそうになった。振り返ると四フィートも離れていないところにジェイムズが立っていた。手で胸を押さえて心臓を鎮めようとしながら、テンペランスは言った。「ええ、都会とはちがうわ。でも、都会には都会のいいところもあるのよ。バレエやオペラや――」

ジェイムズは踵を返し、彼女を置いて歩み去ろうとした。

テンペランスは岩やもつれた草につまずきながら、追いつこうとした。「ねえ、教えて、マッケアンさん、スコットランドの人ってみんながみんな無礼なの？　それともこの島の人たちだけ？」

「ここは島じゃない、まだ」ジェイムズは振り返って言った。「それと、あの子はどの馬を使ったんだ？」

「馬？」ラムジーを困った立場におとしいれたくなかったために、テンペランスはとぼけた。

「まさか歩いてここまで登ってきた振りをしようってわけじゃないだろう?」

「どうしてあなたたちってみんなそんなふうに思うのかしら——」

足を止め、ジェイムズは振り返って彼女を睨みつけた。嘘をついてもしかたなかった。

「大きいのよ。赤毛で右足の後ろに白い斑点があるやつ」

軽くうなずくと、ジェイムズはまた歩き出した。テンペランスは急いでそのあとに従った。

「で、どうして今日はここへ登ってきたんだ?」とジェイムズは訊いた。「俺に何か用か?何て言えばいいだろう?どんな女性だったら結婚を申し込む気になるか教えてほしいとでも?そうすれば母にその女性を送ってくれるよう頼んで、わたしはここから逃げ出せるからって?まさか。

「まあ、ちょっと退屈したから」とテンペランスは答えた。「ここを見てみようかと思って」

「ふん!」ジェイムズは鼻を鳴らした。「それで、きみたちアメリカ人は俺たちスコットランド人を馬鹿だと思ってるって?」

「たぶん、わたしだけよ」考える前にことばが出ていた。が、ジェイムズが大笑いするのを見て、テンペランスもにっこりした。「あなたは一日何をしているの?ここにひとりでいるの?」

最後の質問に彼は足を止め、片方の眉を上げて振り返った。「それでここまで登ってきたのか？　俺と二人きりになるために？」

「まさか」とテンペランスは言った。それを聞いてジェイムズはにやりとし、また歩き始めた。

彼のあとについて小さな谷を下り、また登って頂上に着くと、羊の鳴き声がした。立ち止まったジェイムズの前方に目をやると、山の南側の斜面が無数にも思える羊で覆われていた。そこここに羊の踵に嚙みつきながら走りまわっている犬の姿もある。何人か山の急な斜面を歩いている男たちもいた。

「あら、わたしたち、二人きりじゃなかったのね」とテンペランスはひどく残念そうに言った。「今日はお楽しみはなしか」

一瞬ジェイムズはぎょっとして彼女を見た。が、すぐに頭を後ろにそらして首の静脈が浮いて見えるほどに激しく笑い始めた。確かに美しい男だわ、とテンペランスは思った。わたしが情事にふけるタイプの女だったら、まずこの人に走るだろう。

眼下では、二人の男が笑い声を聞きつけ、足を止めて目を上げた。テンペランスは手を振ったが、そのせいで、男たちは凍りついたようになってしまった。

「いっしょにいるのがグレイスじゃないのが信じられないのね」とテンペランスは言った。ジェイムズが何も答えなかったので振り返ってみると、彼は眉をひそめて彼女を見つめていた。

「噂話が過ぎるな」

「厩舎や家の中にたむろさせているあの怠惰な田舎者たちのことを言っているなら、あの人たち、噂話しかしてないわよ。地主が雇い人を鞭打つのって法にかなってるの？」

ジェイムズはまた笑い声を上げた。「きみたちアメリカ人ってのは。いったい俺たちを何だと思っているんだ？　とにかく、ここまで来て何をするつもりなんだ？」

「掃除だけはしないわよ！」とテンペランスはきっぱりと言った。

「わかった。じゃあ、俺に手を貸すってのはどうだ？」と言って、ジェイムズは小道を下り始めた。

小道の脇にある小さな茂みの陰に大きな羊が横たわり、あえいでいた。

「死んでしまうの？」テンペランスはジェイムズを見上げて言った。

「手を貸してやれば死なないさ。さあ、そっちを押さえて。俺は出てくるほうを押さえるから。手伝って出してやろう」

彼が何を言っているのかしばらく理解できなかった。それから、羊がお産をしようとしているのだとテンペランスにもわかった。「ああ、ああ、そうなのね。獣医を呼んだほうがいいわ」

「ああ、そう。それで請求書を送ってもらうってわけだ。いや、ここではこのマッケアンが獣医だ。いいかい？　押さえて。赤ん坊は逆子だから、向きを変えてやらなくちゃならない」

続く一時間に起こったことは、テンペランスにとってとうてい信じられないような出来事だった。雌羊の産道に手を突っ込んだジェイムズは生まれてくるのが双子であることを知ったが、彼の太い腕は奥まではいらなかった。

産道から手を出してしゃがみこむと、ジェイムズはテンペランスに目を向けた。「俺の腕ではいらない。きみにやってもらわなければならないな」

「わたしに？」とテンペランスは言った。「でも――」

「汚れるといけないから、そのきれいなシャツを脱ぐんだ。それで、腕を中に入れて子羊たちを引き出してくれ。やってくれなければ親羊も子羊もみな死んでしまう」

「脱ぐって――」

「さあ、お嬢さん、早く。誰も見ないから」

「あなたがいるじゃない」テンペランスは目を丸くして、あえいでいる羊越しに彼を見つめた。

「俺が女の裸を見たことがないとでも？」ジェイムズはうんざりした顔をした。「だったら、好きにすればいい。血や胎盤がシャツについてもいいならな。ただし、いいか、お嬢さん、絶対にやってもらうからな」

〝お嬢さん〟と言われたことで、従う気になったのかもしれなかった。昨晩、チャーミング・シャーメインと会ったせいで、テンペランスは自分を十八歳の子を持つ母親よりは若い世代の人間だと思いたくなっていた。

できるだけすばやくブラウスのボタンをはずすと、スカートから引き出し、茂みの上に投げた。あの憎むべきアンガス・マッケアンに散財させてやったおかげで、今も小ぎれいなキャミソールを身につけていることをちらりとありがたく思った。真っ白で、ピンタックがはいっており、肩のところにアイレット刺繍の花を手で縫いつけた、小さくて繊細なデザインのキャミソール。

「いいわ、どうすればいいの？」テンペランスは羊の尻のほうにまわりながら言った。

雌羊の中に手を突っ込んで四苦八苦しながら、最初の小さな子羊の向きを変えるのに四十五分もかかった。数分ごとに雌羊の子宮が激しく収縮し、腕がきつく締めつけられた。痛みに思わず目に涙がにじむほどだった。

「その調子だ」ジェイムズが後ろからそっと声をかけた。感情移入するあまり、スコットランドなまりがきつくなっている。大きな手がテンペランスの肩に置かれ、収縮によって彼女の腕が締めつけられるたびに肩をもんだ。「リラックスして。深呼吸するんだ」とジェイムズは耳元でささやいた。

収縮がゆるみ、テンペランスがまた腕の感覚を取り戻すと、ジェイムズは雌羊の子宮の中で何を探ればいいか言った。「足を探すんだ。どうだ、つかんだか？　つかんだら引っ張れ。大丈夫だ、雌羊を傷つけることはないから。痛みのあまり、きみのやっていることには気づかないはずだ。さあ、いいぞ。引っ張れ。ゆっくり。そうだ！　もう一度引け。今度は強く」

突然、子羊が雌羊の中からテンペランスの膝の上に飛び出してきた。びしょぬれで血や粘液にまみれていたが、これほど美しいものは見たことがないとテンペランスは思った。その小さな生き物を抱えたまま、彼女は途方にくれてジェイムズを見上げた。

「もう一頭いるんだぞ」とジェイムズは微笑みながら言った。「そいつも出してくれ。そうしたら、二頭ともきれいにして、あとは母親にまかせればいいから」

最初の子羊が出たので、二頭目を引っ張り出すのは楽だったが、テンペランスは収縮が弱くなっているのに気づき、不安に駆られてジェイムズを見上げた。

「とにかく子羊を引っ張り出すんだ。母親のことはそれから考えよう」

数分のうちに、もう一頭がテンペランスの膝の上に飛び出してきた。ジェイムズはひと握りの草をむしりとり、それで子羊たちの体をきれいにしてやろうとした。テンペランスは自分が何をしているのかよく考えもせずに、茂みの上にあった白い布で二番目に生まれた子羊を拭いていた。

ジェイムズが拭いていた子羊が本能的に乳を求めて母親のそばに寄ったが、雌羊はまだあえぎながらそこに横たわっていた。

「こいつは助からないな」とジェイムズはテンペランスに小声で言った。「きみにとって最初のお産だったのに、こんなことになって悪かった」

「わたしの最初の羊」テンペランスは一語一語区切るように言うと、抱いていた子羊を兄弟のそばに置いた。それから手を大きな雌羊の腹にあてた。「人間の女性のお産に三度立ち会わなければならないことがあったんだけど」と言ってテンペランスは雌羊の腹にあてた手の上にもう一方の手を載せ、押し始めた。「一度、後産が遅れたことがあって、産婆が女性のお腹を何度も押して――」

テンペランスは必死で力をこめていたため、それ以上話を続けられなかった。

ジェイムズが子羊を脇によけ、テンペランスのそばにひざまずくと、押すのを手伝った。しばらくして雌羊から大きな胎盤が押し出され、液体を跳ね飛ばしながら地面に落ちた。

ジェイムズとテンペランスは腰を下ろし、しばらく成りゆきを見守った。羊はしばし息を止めたかと思うと、目を開け、頭をもたげて足を持ち上げようとした。

「立ちたいんだ」とジェイムズが勝ち誇ったように言った。

二人は膝をつき、大きな雌羊が立ち上がるのを助けた。雌羊は二、三歩よろめいただけで、子羊をあとに従えて走り去った。

「恩知らず！」とテンペランスは笑いながら言って、ジェイムズのほうを見た。ジェイムズは彼女のそばを離れ、真っ白だったブラウスを拾い上げようとしていた。子羊をぬぐったせいで、子羊の体についていた汚れがあちこちについている。

「だから着たままでいたほうがいいって言ったのよ」と彼女はにっこりしながら言った。そして、人差し指と親指でつまむようにしてブラウスを受け取った。「さあて、何を着て山から下りたらいいかしら？」

ジェイムズは笑みを浮かべたまま急いで袖口のひもをほどき、頭からシャツを脱いだ。裸の胸が日の光にさらされた。

テンペランスはシャツを受け取って着たが、袖口が何インチもあまり、裾が膝までくるのがおかしくて笑った。ジェイムズは彼女の手を持ち上げ、袖を押し上げて手首のところでひもを結んだ。もう一方のひもにとりかかりながら、雌羊を見たときにテンペランスが投げたまま地面に転がっているリュックサックのほうへ顎をしゃくった。

「その中には何か食べるものがはいっているのかい？」

「コーニッシュパイよ。とても――」

「こんなスコットランドの片田舎にいても、そういう変わった食べ物のことは聞いている」

ジェイムズは微笑んだ。「さあ、行こう。食事するのにいい場所がある」

ためらうことなく、テンペランスは長い足でどんどん先へ行くジェイムズのあとを追いかけた。男たちが羊の世話をしている斜面とは反対の方向に向かっていた。

山肌にしがみつくように古木が生えており、その下の地面は危険なほどとがった岩だらけだったが、ジェイムズは二フィートほど崖をはい降りると、テンペランスに向けて両手を差し出した。彼女はその手につかまろうとしたが、ジェイムズはそうさせなかった。

「飛ぶんだ。受けとめるから」と彼は言った。「そのスカートで降りるには急すぎる」

テンペランスは飛ぶなんてとんでもないと抗おうとしたが、次の瞬間には、信頼しきって彼の腕の中に飛び降りていた。ジェイムズは彼女を腰のところでつかまえ、くるりとまわすと、小道に下ろした。〝小道のようなもの〟と言ったほうがいいかもしれなかった。幅六インチほどしかなかったのだから。一歩踏みはずしただけで、まっさかさまに崖から落ちてしまいそうだった。

「怖かったら俺のベルトにつかまるといい」歩き出しながらジェイムズが言った。

「シャツは脱ぐし、ベルトにつかまれと言うし、結婚したがらないわけよね。そうやって女という女を思いどおりにしていたら」

前を歩くジェイムズの笑い声が聞こえてきて、テンペランスは微笑んだ。こんなふうに憎まれ口をきくのはやめにしなければ！　しかし、自分が一生かけてやり通そうと思っている仕事を辞めてくれとも、結婚してくれとも言わない男といっしょにいるのは、正直言って気が楽だった。ときどき、男たちにとって自分は、高い山があれば登ってみたくなるのと同じように、挑みたくなる相手なのではないかと思うことがあった。どれだけの男に「こんなことはやめて、私の妻になってほしい。私の子供を産んでくれないか？」と言われたことだろう。

みな同じ結論を導き出そうとしているように思え、テンペランスは自分のユーモラスな考えを口に出すことができなかった。相手がどんな男でもそれを分かち合おうという気にはならなかったのだ。

しかし今はちがった。ジェイムズ・マッケアンはそれがどんな結果をもたらすか不安に思うことなくいっしょに笑うことができる男だった。そのため、どんどん自分のことばの辛辣さが増すような気がした。

ジェイムズが不意に立ち止まったため、テンペランスは片手を彼の背中にあてて自分の身を支えなければならなかった。ほんとうに温かい！　テンペランスは放したくないと思いながら手を放した。

「どうだい？」ジェイムズは振り返って言った。

テンペランスはそびえ立った崖の側に背中をあずけて下を見た。眼下には村があり、ラムジーといっしょに馬の背から見たのと同じ、息を呑むような景色が広がっていた。左に目をやると、そこには小さな洞窟のようなものがあった。「きれい」テンペランスは心底そう思って言った。

次の瞬間には、ジェイムズは角を曲がって姿を消していた。テンペランスも急いであとを追った。そこは六フィートほどの深さの洞窟で、中には荒削りの板に羊の皮をかけたベッドと、小さな石を丸く並べた中で何度も火をおこした跡があった。

ジェイムズを見ると、まるで少年のような顔をしている。自分の秘密の場所を見せたくてたまらなかったという顔。

「家の中よりきれいだわ」とテンペランスは冗談でなく言った。

ジェイムズはにやりとすると、リュックサックを地面に下ろした。そして、「すわれよ」と明るく言って羊の皮を一枚地面に放った。「きみのことを話してくれ」

「そうね……」目をいたずらっぽく輝かせてテンペランスは口を開いた。ジェイムズはリュックサックの中を漁り始めた。「――ママがわたしはすてきすぎるって言うの。でもわたしにもそれはわかってるわ。男の子がみんなそう言うんだもの。だからわたしは貴族と結婚して王女様になるの。それで――」

顔をほころばせ、ジェイムズは袋の中からパイを取り出すと、片肘をついて身を倒し、パイに食らいついた。そして、「きみほど笑わせてくれる女には会ったことがない」と考え込むようにして言った。

テンペランスは突然、今自分が置かれている状況に気がついた。小さな洞窟の中に二人きり。半裸の男と……

「それで、ほんとうのところ、どうしてきみはここへ来たんだ?」彼は目をすがめてテンペランスを見ながら訊いた。

「あなたには家政婦が必要で、わたしには仕事が必要だったから」彼の裸以外に考えることができてありがたかった。

顔を浅い洞窟の入り口に向け、村を見晴らしながらジェイムズは鼻を鳴らした。「きみが家政婦だっていうなら、俺は牧師になれる。叔父は俺についてほんとうは何て言ったんだ?」

テンペランスの頭は嘘を思いつくほど速くまわらなかった。そこで、黙ったまま遠くの村に目をやった。

「叔父は今度は俺をどうしたいっていうんだ?」彼女の横顔を見つめながらジェイムズは言った。「きみの美しさにまいって結婚せざるをえなくなるとでも思ってるのか?」

「そんなこと絶対にないわ!」答えを返すのが早すぎた。

「へえ、でも、きみは俺の古い家を掃除するためだけに来たんじゃないだろう」テンペランスが答えようと口を開くと、ジェイムズは手を上げて遮った。「いや、言わないでくれ。俺は謎々が好きなんだ。ここでは頭を使うことなんてほとんどないからな。そう、きみみたいなアメリカの都会の女がスコットランドの片田舎にわざわざやってきて床まで磨こうと思うのはなぜか？　スコットランドの魅力にとりつかれたからってわけじゃないだろう？　領主のそばで暮らしてみたいとかそういうことか？」

「まさか」テンペランスは自分で作ったパイに目を落とした。牛肉と玉ねぎとジャガイモをパイ生地で包んで焼いたもの。自分で言うのもなんだが、パイはおいしかった。もしかしたら、ほんとうは料理の才能があるのかもしれない。

無関心な素振りはしていたものの、彼の謎解きに耳を傾けているほど愉しい会話はスコットランドに来て初めてだった。

ジェイムズが少ない情報のかけらを組み合わせようとしながらじっと見つめてくるために、テンペランスは笑み崩れないように気を張らなければならなかった。

「ヒントをあげましょうか？」自分で自分を止める間もなく、ことばが口から出ていた。

「は！　女が何をたくらんでいるか見抜けなかったら、降参して結婚するさ」

テンペランスは思わずにやりとしたのを隠すために顔をそむけなければならなかった。が、やがてまた彼に目を向けた。しかしそれはまちがいだった。彼はキルトに幅の広いベルト、ふくらはぎまで届く柔らかいブーツしか身につけていなかったのだから。村を眺めているほうが安全だった。

「あなたとあなたの叔父様のあいだに何があるのか教えてもらえるかしら？　叔父様はあなたのこと、気遣っているようだったけど、あなたが嫌がることをしているみたいでもあるし」

ジェイムズは起き上がってテンペランスのほうに身を曲げ、リュックサックに手を伸ばした。裸の体があまりに近くに来たために、テンペランスは息ができなかった。これで男の人に欲望を感じるというのがどういうものかわかったと女性たちに言ってやれるわね。でも、わたしはそういう荒々しい感情をコントロールできたとも言えなくては。

「……で、結婚というわけだ」とジェイムズが話し続けていた。

「ごめんなさい。聞いてなかったわ」テンペランスは絶えずニューヨークに舞い戻ろうとする心を引き戻し、今いるところを自分に思い出させなければならなかった。

「つまり、叔父は俺を結婚させようと思っているが、俺のほうは結婚したくないということだ」

「どうして？」テンペランスは彼のほうを振り返って訊いた。その理由に対する興味が欲望に勝った。

「結婚したら自由がなくなるからさ。妻は夫に毎晩夕食に帰ってきてほしいと思うものだろう。それに、エジンバラに買い物に付き合ってほしいと思う」胸が悪くなるとでもいうような言い方だった。

テンペランスは思わずふき出さずにいられなかった。「あら、なんてかわいそうな人。じゃあ、妻にどうしろっていうの？　あなたと山に登って羊の出産を手助けしろとでも？」

「そうだ」答える声はほとんど聞こえないほど小さかった。

テンペランスは彼の目をのぞき込んだ。険しく暗い目。合わせた目を彼女はようやくの思いでそらした。

話し始めたテンペランスの声は軽かった。「マッケアン、わたしと恋に落ちたりしたら、あなたは傷つくことになるわ。あなたの叔父様からは気前よく賃金をいただいているの。だから充分なお金が貯まりしだい、わたしはニューヨークに戻るわ。向こうで仕事があるから。わたしを必要としている人たちがいるのよ」

ジェイムズはにやりとした。思わず胸の谷間に汗がふき出るような笑みだった。「きみと結婚したいとは思わないよ。ただ、ベッドに連れて帰りたいだけだ」

「あなたと、わたしと、グレイスと？　ちょっとベッドが狭くなるんじゃない？」テンペランスはまばたきもせずに言った。

それを聞いてジェイムズは笑い出し、また肘で体を支えた。「どうも俺はきみのことが気に入ったようだ。ほかの女たちとはちがう。まあ、それならそれでいいが、だったら、俺の何が知りたくてわざわざここまで登ってきたんだ？」

テンペランスは虚をつかれた。この人は洞察力が少々鋭すぎる。あまり多くを隠しおおすことはできないかもしれない。そこで、真実になるべく近いことを言おうと腹を決めた。そのほうがうまく逃れられるにちがいない。「どうしてあなた自身よりも叔父様のほうがあなたの結婚を望んでいるのかはわからないわ。じつは、あなたの叔父様とこのことについて話し合ったのは一度きりだったから。ただあなたの家政婦として……」彼女は言いよどんだ。「六カ月間、夏のあいだ働いたら……」アンガスは期限をもうけなかった。そのためにときどき不安になることがあった。十年もジェイムズに花嫁を見つけられなかったらどうなるのだろう？

「……六カ月働いたら」と彼女は続けた。「アメリカに戻れるように手配してくれて、わたしがやっている慈善事業に寄付までしてくれるって言われたの」

「きみの慈善事業？」

「困っている女性たちを助けているのよ」

「ああ、きみ自身のようなね。掃除婦の仕事に就こうと思うほど困り果てているってわけだ」

テンペランスが彼のほうへ向けた顔には本物の怒りがあらわになっていた。「あなたの叔父様は道理に耳を貸そうとしない、軽蔑すべき嘘つきの悪党よ――」そう言ってしまって恐怖に駆られて目をみはった。

「ああ、そうだ。まったくそのとおりだ。もっとひどいかもしれない。きみに言われるまでもなく、叔父のことはよくわかっている。それにしても、いったい叔父がきみに何をしたっていうんだ？」

「この仕事がすばらしい仕事のように思わせたわ。氏族の長が田舎の大きなお屋敷で暮らしているって。わたしは大勢の召使を指図して過ごすつもりだったのよ。一日数時間で済む仕事だと思っていた」

「そのつもりが、ここにいたのは俺たちだったってわけだ」とジェイムズが言った。おもしろがっている口調だった。

「厩舎はとてもきれいにしているのに、どうして家の中はあんな……」

ジェイムズは肩をすくめ、もうひと切れパイに手を伸ばした。「家には何の価値もないが、レースには毎年勝って賞金をもらっている。だから、俺にとっては馬のほうが家よりも大事なのさ。それに大きな家があったってどうするっていうんだ？　俺はここで暮らしているのに」

「でも、結婚したら――」

「結婚は一回で充分だ」

「あら」テンペランスの顔に徐々に笑みが広がった。「それでわかったわ」彼女は村へ目を戻しながら、膝を胸に引き寄せて抱えた。「それで全部はっきりしたわ。あなたは失恋したせいで、女という女を嫌うようになったのよ。そんな話、本で読んだことがある」

ジェイムズが何も言わなかったので、テンペランスは振り返った。彼は妙な目で彼女を見つめていた。「きみと俺の叔父はそりが合わなかったんじゃないのか？　叔父は洞察力のありすぎる女は好きじゃないはずだ」

テンペランスは笑った。「ええ、合わなかったわ。それで、前の奥さんのことを話してくれるの？」

「だめだ」と彼は言った。「何もかも想像がついているんだろう？　わざわざ話す必要はないはずだ」

テンペランスは軽々しい言い方をしてしまったことで舌を嚙み切りたくなった。もっとうまい訊き方をしていたら、彼だって自分の結婚について何かしら話をしてくれ、それを花嫁探しにうまく利用できただろうに。「どうして叔父様はあんなにあなたを結婚させたがるのかしら？　跡取りが必要だから？」

ジェイムズはにやりとした。「ああ、そうだ、俺が死んだらこの瓦礫の山をめぐって大変な争いが起きるだろうよ」

「だったら、どうして叔父様はあなたを結婚させようと躍起になっているの？」テンペランスは食い下がった。

ジェイムズは少し間を置いてから答えた。「たぶん、叔父自身、結婚してみてよかったからだろう。つい最近再婚したと手紙をくれた。相手にはまだ会っていないが、叔父によれば、今まで結婚した中で最高の妻だそうだ。とても優しくて、気性も穏やかで。アンガスは優しい女が好きなんだ」

「それで、あなたはどんな女性が好きなの？」テンペランスは鋭く突っ込んだ。

「あまり詮索好きなのは嫌だね」とジェイムズは素早く答え、「さあ、羊の世話に戻らなければならない」と言って立ち上がろうとした。

「でも――」テンペランスは言うべきことばを見つけられなかった――まだ知りたいことに答えてもらってないから行かないでとでも？　「グレイスってどんな人なの？」彼女は立ち上がりながら訊いた。

「なぜそんなにグレイスが気になるんだ？」

「別に。あんまり何度も名前を聞かされるものだから、きっとあなたと彼女は恋仲なんじゃないかと思って……その、あなたがもし……」

外の陽射しの中に立っていたジェイムズが、テンペランスを見下ろした。「みんなは噂話がすぎるし、きみはそれに耳を貸しすぎだ。これから毎日弁当を届けてくれるつもりかい？」

「あの家をきれいにするのに、手伝いを雇ってもらえないかしら？　わたしには屋根を直したり、寝室の鶏を追い払ったりできないから」

「あの家をきれいにしたからってきみにとってどうだっていうんだ？　どうしてただ叔父から金を受け取って六カ月の刑期をやりすごさない？」

何て答えたらいいかしら？　お母さんが送り込んでくる花嫁候補があそこをひと目見たら尻尾を巻いて逃げてしまうからって？　「アンガス・マッケアンはわたしがちゃんと仕事をしているかどうかスパイを送り込んでくるかもしれないわ」

「それはどうかな。きみだって本気でそうは思っていないだろう」ジェイムズは値踏みするような目をくれながら穏やかに言った。

テンペランスは赤くなったのを隠すために顔をそむけなければならなかった。まだ何か隠しているだろう、そう疑われているのがわかった。この人はそれが何か推し量ろうとしている。

テンペランスはジェイムズのあとに従って、狭い道を戻った。古い木の下の険しい坂のところではジェイムズが先に登って引っ張り上げてくれた。

「広い道をまっすぐ下るんだ。道をはずれないように注意して。そうすれば、村に行ける。そこで左に曲がれば家に戻れる」

「あなたのシャツはどうしたらいいの？」とテンペランスは手を前に伸ばして訊いた。ジェイムズは上半身裸であり、膝まで届く大きなシャツを着た彼女は妙な恰好に見えるにちがいなかった。

「シャツは予備がある」と彼は丘の上を身振りで示した。「さあ、行くんだ。きみのおかげでかなり時間をとられた」

「わたしだってそうよ」邪魔者扱いされたのが癪にさわって彼女は言い返し、素早く踵を返すと、山を降り始めた。降りる途中ずっと、ジェイムズと彼の叔父とのあいだに結婚に関してどんないきさつがあったのだろうと考えていた。お金の問題？　共同アパートにおける慈善事業での経験から言って、すべての問題はお金かセックスか、もしくはその両方に原因があった。アンガス・マッケアンが甥を結婚させようと躍起になっている陰には、どんな問題があるのだろう？

「探り出してやるわ」とテンペランスは声に出してささやいた。それから、頭の中で母に書き送る手紙の文面を練り始めた。

しかし、険しい小道を下りきって分かれ道に出ると、母への手紙は頭から消えた。左へ行けば、住めるようになるまでまだ何カ月もかかる汚い家に戻れる。右は村へ通じる道だ。村の家々では、女たちがエジンバラで売るためのセーターでも編んでいるのだろうか？　ここの人々から、ニューヨークへ戻ったときに役立つ何かを学べるとしたら、それはいったい何だろう？

9

テンペランスは村の入り口にさしかかったところで足を止めた。領主のシャツを着たこんな恰好で〝表通り〟を歩くわけにはいかなかった。彼女が誰で、何をしているのか——もしくは、彼女とジェイムズ・マッケアンが何をしていたのか——すぐにもみんなが噂するようになるだろう。

「ああ、嫌だ!」テンペランスは道をはずれ、岩場へ向かった。岩場の向こうは海のはずだった。水辺を歩けば、いい考えも浮かぶかもしれない。

「四つ見つけたわ!」テンペランスが岩の上に登ったところで、女の子の声がした。見下ろしてみると、背の高いすらりとした女と大人になりかかった年頃の少女が岩だらけの浜辺で何かを掘っていた。

女の姿にはどこかなつかしいものがあった。その歩き方や首の傾げ方が、新聞いわく、〝オニール嬢に救われた見捨てられた女たち〟と同じだったのだ。

旧友に出くわしたような気分でテンペランスは急いで岩を降り、「こんにちは」と呼びかけた。

少女はぎょっとして母親のそばに駆け寄り、テンペランスが近づいてくるのを好奇心に満ちた目で見つめた。

「わたしはテンペランス・オニールよ」とテンペランスは女に向かって言い、握手のために手を差し出した。しかし、女は突っ立ったまましじっとテンペランスを見つめているだけだった。「わたしはあの……あのお屋敷の新しい家政婦よ」

「あなたのことは知っているわ」と女は小声で言い、少女を守るようにその前に立った。テンペランスに子供を奪いとられるのではないかと恐れているような仕種だった。

「それで、あなたのお名前は？」テンペランスは少女ににっこりと微笑みかけて言った。

しかし少女は答えず、目を丸くしてテンペランスを見つめただけだった。それから、つま先立って母親に何か耳打ちした。

女はテンペランスに目を戻した。きれいな女だったが、肌は太陽にさらされすぎていた。あと五年もすれば老け込んでしまうだろう。

「娘が、どうしてマッケアンのシャツを着ているのかって」

「羊のお産を手助けして子羊を二頭ばかり取り上げたら、わたしのブラウスが血だらけになってしまったんで、彼がシャツを貸してくれたの」テンペランスは微笑んだが、母娘はどちらもにこりともしなかった。

「わたしはグレイスよ」と女が顎をこわばらせて言った。「わたしのことは聞いていると思うけれど」

テンペランスは女のそういった態度には慣れていた。共同住宅の女たちはみな、テンペランスが〝淑女〟であるために、きっと自分たちを批難し、軽蔑するだろうと思い込んでいたものだ。テンペランスはにっこりと微笑んだ。「ええ、そう、もうそればっかり。グレイスがこれをした、グレイスがあれをしたって一日じゅう聞かされてるわ」

女の敵意に満ちた表情が困惑に変わった。「でも、聞いたかしら、わたしが……」

「あなたがマッケアンの友だちだってこと？　ええ、聞いたわ」テンペランスは明るく言った。「彼、ちゃんとあなたの世話をしているの？　もししてないとしたら、わたしが少しは力になれるかもしれないわ。ちゃんと住める家をもらってる？　暖かい家？　二人とも食べ物は足りてるの？」

「わたし、あの……」女はつばを飛ばして言いかけた。

「で、どうして彼が結婚を嫌がるのかあなたは知っているの？」

一瞬女は大きく目をみはり、せわしくまばたきしながらテンペランスを見つめた。それから黙り込み、何か考えているように見えた。「あの人、わたしと話をする時間はないのよ」しばらくしてそう言うと、女は目をきらりと光らせた。

テンペランスは笑い出した。それを見て、グレイスも笑ったが、笑い声の感じからして、日ごろ笑うことはあまり多くなさそうだった。

「それで、その桶の中には何がはいっているの？」とテンペランスは少女に訊いた。「おいしいもの？」

「見せてほしい？」とグレイスが優しく言った。

「ええ、もちろん」とテンペランスは言った。「ぜひ見せてほしいわ。広まっている噂も全部聞きたいし。わたしのほうはあの家の男たちについて誰かに相談したいんだけど」グレイスと娘が歩き出し、テンペランスはその横に並んだ。

「どの男？」

「全員よ。マッケアン以下全員。あの大きな古い家をきれいにするのに、男たちを買収しなければならないんだけど、マッケアンは馬にしか関心を払う価値はないって言うの。何かいい考えはある？」

「どうしてあの家をきれいにしたいの？」とグレイスが小声で訊いた。

それを聞いてテンペランスは足を止めた。「あなたのこと、どのぐらい信用していい？秘密は守れる？」

グレイスの整った顔が険しくなった。「わたしにはお墓まで持ってゆく秘密だってあるわ」慈善事業でテンペランスが成功をおさめたのは、女を正しく評価する能力に長けていたからでもあった。男を見る目があるとはけっして言えなかったが、女に関しては千里眼と言ってもよかった。仕事を遂行する上でそれは欠くべからざる資質だった。たとえば、女がほんとうに売春行為をやめたがっているのか、それともただ単に援助金ほしさで言っているのか見きわめなければならないこともあった。

グレイスの苦悩に満ちた目をのぞき込みながら、この人は友だちを求めているとテンペランスは思った。

「マッケアンとは恋愛関係にあるの？」とテンペランスは訊いた。男と〝恋〟に落ちている女には何をしても無駄なことがわかっていたからだ。

グレイスは微笑んだだけだった。

「よかった。だって秘密っていうのは、わたしが彼に花嫁を見つけようとしてるってことだから。彼の叔父様がなぜ彼を結婚させたがっているのかはわからないけれど、叔父様にとっては何よりも重要なことみたい。彼の叔父様がわたしの母と結婚して父がわたしに遺してくれた財産を管理しているものだから、わたしにとってもマッケアンを結婚させることが重要なことになったってわけ」テンペランスは振り返ってグレイスを見た。「彼のことはあなたが一番よくわかっているみたいだから訊くけど、あの人、どんな女性が好きなの？」

「自分の問題で彼を悩ませない人よ」とグレイスは即座に答えた。その声には苦々しい響きがあった。

「そう。つまり、あなたはテーブルいっぱいの食べ物がある小さな居心地のいい家で暮らしているわけじゃないのね」

「ふんっ！」グレイスは答える代わりに鼻を鳴らし、山腹にぽつねんと建つ小屋を指差した。「あれはもともと羊飼いの小屋だったのよ」

「でも、あなたのためにちゃんと手入れしてくれているんでしょう？」とテンペランスは訊いた。

「そんなことしてくれる人じゃないわ」とグレイスは答えた。それから、自分を弁護しなければならないと思ったようだ。「わたしは孤児でエジンバラに住んでいたの。夫に連れられてここに来たのよ。でも三年前に夫が溺れ死んでから、誰も頼る人がいなくなったわ。幼いアリスを養わなければならないのに、いったいわたしに何ができるというの？　ここではお金を稼ぐ方法なんてないし、わたしには何の技術もない。それで——」

テンペランスは女の肩に手を置いた。「料理の仕方も知らないっていうの？」

「そんなの誰でもできるわ」グレイスは用心深く言った。

「だったら、わたしといっしょに来てあの家で暮らすといいわ。あなたを料理人として雇うことにする」

「そんなことできない」グレイスはテンペランスのそばからあとずさって言った。「彼が怒り狂うわ」

しかし、テンペランスは彼女の手をつかんだ。「わたしが慣れっこになっているものがひとつあるとすれば、それは怒り狂う男たちよ。これまでわたしがどんなひどい男たちに立ち向かわなければならなかったか話してあげてもいいわ。きっと信じられないから」

「あなたが？　でもあなたは上流階級の人でしょう」

テンペランスは笑わずにいられなかった。血の染みがついた男物のシャツを着て、首のあたりでもつれた髪の毛をし、泥だらけのスカートを穿いていたのだ。いったい誰が上流階級の人間とまちがえるだろう？

テンペランスは母親の後ろに隠れている少女を見下ろした。「お屋敷で暮らしたくない？部屋を掃除できれば、あなたもきれいな部屋に住めるのよ」

少女は母親の後ろにさらに身を隠したが、大きく見開かれた目はテンペランスを見上げていた。その目は今の小屋を出てよそで暮らしたいと訴えていた。

「どう？」テンペランスはグレイスに言った。「この仕事をやる気はある？」

「そうね、たぶん」グレイスは言った。「ええ、あるわ」

「よかった！」と言ってテンペランスは手を伸ばし、グレイスの手を握った。

＊

親愛なるお母様

手紙を書いている暇はあまりないのですが、二、三、お願いしたいことがあります。まず、あなたのご主人がこんなに急いでジェイムズ・マッケアンを結婚させたがっている理由を知る必要があります。何か秘密があるという気がします。調べてみてください。

次に、料理人を雇う許しをあの人から得る必要があります。お給料を払ってもらうことになるかもしれないので。マッケアンはその女性をほかのことで利用していたため、料理人としてはお給料を払ってくれないのではないかと思います。

花嫁探しはどうなっていますか？ 多少運動能力のある人のほうがいいと思います。彼は山登りや羊の世話ができる女性が好きみたいですから。

ところで、この土地でわたしにも友だちができたようです。それに、そうそう、マッケアンとわたしはいっしょに双子の子羊を取り上げました。

愛をこめて
テンペランス

テンペランスは手紙にざっと目を通し、最後の文章に思わずにやりとした。お母様には好きに想像させておこう！

＊

「何をしたって⁉」ジェイムズ・マッケアンは夕食の席でテンペランスに怒鳴った。「誰を料理人として雇ったって？」

「グレイスよ」テンペランスは冷静に答えた。ジェイムズは立ち上がったが、テンペランスはすわったままでいた。「もう少しじゃがいもはいかが？」

「いや、このおせっかい女め、クソじゃがいもなんか要らない。あの女をこの家から追い出せ」

テンペランスはバターで味つけしたじゃがいもをたっぷりほおばった。「それは残念。とってもおいしいのに。グレイスは料理の腕がすばらしいだけじゃなく、いろんなことを知っているのよ。村から食料を調達する方法も心得ているし。誰が牛を飼っていて、バターを作ってくれるかとか――」

「追い出せと言ってるんだ！ 俺の言うことがわかるか？」

テンペランスは邪気のない目を丸くして彼を見上げた。「でも、どうして？」

「あの女は――きみにはわからないだろうが、あの女は――」

「結婚するつもりのないあなたとベッドをともにするような倫理観の低い女ってこと？ それともあなただけじゃなく村のすべての未婚男性と？」

ジェイムズはショックを受けたような顔をした。「そうじゃない――」

「あら、じゃあ、相手はあなただけなの？」とテンペランスは言った。

ジェイムズは腰を下ろしてテンペランスを睨みつけた。「きみは冷静なんだな」と言って値踏みするような目を向けてくる。

「どうして？ 彼女がどんな目に遭ってきて、なぜそうしなければならなかったか理解できるから？ もう少しお豆はいかが？ 要らないの？」テンペランスは皿を下ろしてジェイムズを見た。「わかったわ。彼女をしっかりした監督の下で働かせるよりほかに、村からこの小さな罪を取り除くいい方法がある？」

ジェイムズは唇を引き結んで身を乗り出した。「しかし俺はきみの言うその〝小さな罪〟を村から取り除きたくないんだ。その罪だけは残しておきたいんでね」

「それはあなたの個人的な意見なの？　それとも女性も含めた村人全員の意見？」

「女は数にはいっていない」とジェイムズは即座に言った。「少なくともこの件に関しては」

「でも、これこそ女の問題だわ。あなたがグレイスに、いっしょのベッドにはいることは許しても、キッチンにはいることは許さなかったから、彼女が馘《くび》になったたってみんなに知られてもいいの？」

「きみの胸に『不要』と書いたメモを留めて叔父に送り返したらどうする？」

「やれるものならやってみなさいよ。でもそんなことをしたら、こんな食事は二度と食べられないわよ。ドブネズミだってすぐに家に戻ってくるし、山の上までパイを届ける人もいなくなるし――」

ジェイムズは椅子に腰を戻した。テンペランスには自分が彼を言い負かしたことがわかった。グレイスはこの家で暮らすことを許されるだろう。「じゃあ、そういう……必要に駆られたときはどうすればいいんだ？」とジェイムズは小声で訊いた。

「結婚するのはどう？」とテンペランスは優しく言った。「グレイスとだったらいつでも結婚できるわよ。いい人だわ」

「きみは叔父みたいなことを言うようになってきたな。どうして俺が誰かと結婚することにそんなに関心を持つんだ？」

「結婚に関心のない女なんている?」テンペランスはあわてて答えた。「あの気の毒な女性の話を聞いて同情したのよ。彼女がどんなにひどい目に遭ってきたか、あなたも話を聞くべきよ。幼くして孤児となり、狂おしい恋に落ちて――」

ジェイムズはテーブルを立ち、部屋から出ていった。テンペランスは話をやめた。何年も前、人生を台無しにしてくれたと、ある男に怒鳴りつけられたことがあった。テンペランスはその男に、彼の愛人が売春をするようになった悲しいいきさつを話して聞かせたのだった。男は同情するあまり、二度と彼女とベッドをともにすることができなくなった。

しかし、その話には最悪のおちがあった。というのも、翌日彼の愛人が、人のことに首を突っ込まず、人助けするのも頼まれたときだけにしてくれと、テンペランスのところに怒鳴り込んできたのだ。おかげでまた別の金持ちの紳士を見つけて世話をしてもらわなければならなくなったと、その女は言った。その一件以来、テンペランスは助けを求めてくる女だけに救いの手を差し伸べるようになった。

そして、嬉しいことに、昔からそこにいたかのようにすんなりキッチンを引きついだグレイスは助けを求めていた。

10

「牧師様」力強いノックに答えてドアを開けたテンペランスはにっこりして言った。「訪ねてきてくださって光栄ですわ――」

背が低く、雄牛のようにがっしりとした体つきで、顔も牛に似ている男は、彼女の脇をすり抜けて玄関ホールにはいった。牧師の長衣を身に着けていなかったら、テンペランスはその男が聖職者であるとは思わなかっただろう。どちらかといえば、ニューヨークで家に氷を配達していた男に似ていた。

「あなたはご自分の不道徳な都会の流儀を、このマッケアンに持ち込もうというのではないでしょうな」男はテンペランスを睨みつけながら言うと、上から下までじろじろと見た。その肉づきのよい顔を引っぱたいてやりたくなるような目つきだった。

「どういうことでしょう」と彼女は言ったが、男の訪問の理由はよくわかっていた。教会の威を借りて言うことを聞かせようとする男は、この男が初めてではなかった。テンペランスには男がグレイスのことを言っているのはわかっており、必要とあれば、命をかけてでも新たな友人を守ろうという心構えでいた。

男は腕を上げ、家の奥を指差した。「あなたはこの家に不道徳を持ち込んだ。あなたは――」

テンペランスの顔にはまだ笑みが浮かんでいたが、それは冷ややかな笑みだった。「グレイスのことをおっしゃってるんですね」

「そう、あなたは神の恩恵《グレイス》に対して祈りを捧げるべきです」

「グレイスは自分で祈ることができるわ。それに、もといた家にいるよりもここのほうがずっとましな暮らしができるんです」

それを聞いて男は気でも狂ったのかという目でテンペランスを見た。しばらくして、「ゲイヴィーのグレイスのことかね？」と言った。

ゲイヴィーというのがグレイスの夫の名前にちがいない。そうテンペランスが気づくのにしばらくかかった。「グレイスの話をしているんじゃないんですか？　彼女とジェイムズ・マッケアンの話を？」

「グレイスとジェイムズ・マッケアンの話など私は何も知らない」と男は口を引き結んで言った。

まったく現実に目をつぶるとはこのことね！　テンペランスは心の中でつぶやき、男のほうに身を乗り出した。「では、何のことで腹を立ててらっしゃるの？」

「あなたのことだ！　教会の礼拝には参加しない。スカートは見苦しいほど短い！　村の女たちがあなたの真似をしたいと思うようになってきておる。すぐにみんな――」

「車の運転をしたり、煙草を吸ったり、自分のお金を持つようになる！　自分の考えを口に出すようになる！」

そう言い終えたときには、テンペランスは男と鼻と鼻を突き合わせていた。男の小さな目に怒りの火花が散った。テンペランスは怒りに燃えて大きく息を吸う男の鼻の穴で鼻毛が揺れているのが見えるほど男に顔を近づけていた。

「私にそんな口をきいたことをきっと後悔するぞ」と言って、男は踵を返し、家を出ていった。

テンペランスはしばらく玄関ホールに突っ立ったまま、閉まったドアを睨みつけていた。なんて嫌な小男だろう。そう声に出さずにつぶやいていると、後ろで物音がした。振り返ると、そこにはグレイスが立っていた。髪の毛に粉をつけたままでテンペランスをじっと見つめている。

「あの人の名前は？」

「ハーミッシュよ」テンペランスを見つめたままグレイスは答えた。

テンペランスは怒り心頭に発していた。以前にも批難を浴びたことはあったが、こんなふうに面と向かって言われたことは初めてだった。「あの人、どうしてわたしのことを責めてたの？」とテンペランスは訊いた。「あなたは……その……」グレイスの気持ちを損ねたくなかったが、それでも……

グレイスは肩をすくめた。「主人はここで育った人間だったわ。彼が自分たちの身内だったから、だから――」

「自動的にあなたのことも身内と考えている。でもわたしは――」

「よそ者なのよ」

「わかったわ」とテンペランスは言ったが、納得したわけではなかった。「わたしが不道徳な影響を与えているとしても、ここで生まれ育った人間だったら、受け入れてもらえたのね」

「ここで生まれ育ったら、あなたは今みたいな人じゃなかったでしょうよ」グレイスはいたずらっぽく目を輝かせながら小声で言った。「たぶん、ハーミッシュは、あなたがここをあなたが住んでいた都会のように変えてしまうのではないかと不安なのよ。たったひとりの力でね」

「生活がよくなるなら、多少変えたって悪いことじゃないはずだわ」とテンペランスはつぶやいたが、すぐにあの男のことは忘れてしまうのが一番だと思い直した。「ねえ、わたし、まだこの家の中を全部見たわけじゃないの。いっしょに見てまわって、どこをどう直したらいいか調べたほうがいいんじゃないかしら。マッケアンに修理のお金を出させる方法を思いつけるかもしれないし。絶対に必要なのはダイニング・ルームのカーテンだけど」最後のことばには自分でも思わずにっこりしたが、階段を半分昇ったところでテンペランスはグレイスを振り返って言った。「ねえ、マッケアンは礼拝に行ってあの男のお説教を聞くの?」

グレイスは思わずにやりとしそうになるのを隠そうとした。「マッケアンは教会の中に足を踏み入れたこともないと思うわ。わたしが知るかぎりではないわね」

「でも、村のほかの人たちは?」

「ええ、行くわ。わたしでさえね。ジェイムズ以外のマッケアンの人々が礼拝に現れなかったら、ハーミッシュがどんな行動に出るか想像もできないわ」

「たぶんお説教で死にいたらしめるわね」とテンペランスは顔をしかめて言い、また階段を昇り始めた。

階上《うえ》には寝室が八つあった。どれも手入れされず、ひどい状態だった。

「昔はきれいだったんでしょうね?」グレイスはぼろぼろになったシルクのカーテンを手にとりながら言った。「色はまだきれいだわ」

「いったい誰が部屋の装飾をしたのかしら? 誰にしても、趣味は悪くないわ」テンペランスはひとつの部屋をのぞき込みながら言った。残っている数少ない家具もかつては美しかったものだ。壁際にある小さいながら優美なドレッシング・テーブルはおそらくは高価なものだったのだろうが、哀しいことに今は脚の上のほうまで白いカビに覆われていた。テンペランス自身は家具のことはまったくわからなかったが、彼女の母は詳しかった。たぶん、お母様に見せるべきかもしれない。お母様なら……

「彼のおばあさんよ」とグレイスは言った。

「え？」

「誰が部屋の装飾をしたのかって訊いたでしょう。マッケアンのおばあさんがしたのよ」

「もちろんそうよね。偉大なる浪費家の」

「ジェイムズによればそういうことになるわね」とグレイスは静かに言った。「でも、彼は金使いが荒かったという一面しか見てないから」

「どういうこと？」

「地主の妻には村人たちの世話をする義務があるの。マッケアンのおばあさんは村人たちにとてもよくしたのよ。わたしの夫の家族は彼女についてはいいことしか言わないわ」

テンペランスはグレイスと肩を並べて部屋を出ると、ホールに下り、「ジェイムズのおばあ様については狂ってるっていう印象しかなかったわ。だって、買ったものを隠してたのを見つけたから」と言った。

「たぶん、夫にお金をギャンブルでみなすられてしまわないようにしたのね」

「ふうん、おもしろくなってきたわね。わたしはてっきり彼女が――」

「マッケアンを破産に追い込んだと思った？　ちがうわ。この一族にはギャンブル好きの血が流れているのよ。ジェイムズの弟がそうなの。彼がこの土地を相続していたら、一時間後には賭けで失ってしまっていたでしょうね」

テンペランスは別のドアのノブをまわした。ドアは肩で押して開けなければならなかった。中にはいると、鳩が一斉に飛び上がった。二人の女は腕を上げて身を守りながらあとずさり、部屋を出てドアを閉めた。

「屋根」と二人は口をそろえて言い、笑い出した。

「どうしてこの一族についてそんなに詳しいの？　それとも、村のみんなが知っていること？」

「わたしの夫はジェイムズの土地管理人を務めていたの」

テンペランスは眉をひそめた。「だからこそ、ジェイムズはあなたのご主人が亡くなったあと、あなたの面倒をみてくれたってわけね？」

「そんなに厳しい目でジェイムズを見ないほうがいいと思うわ。正直に言って、最初はわたしが……」消え入るような声になり、グレイスはテンペランスの目を避けて玄関ホールを見下ろした。

経験から、テンペランスにはグレイスが秘密を抱えているのがわかった。最初に行動を起こしたのが彼女のほうだという秘密を。「淋しさから後悔するようなことをしてしまうことは誰にでもあるわ」もうこの話はおしまいというふうにテンペランスは言った。そして、「さあ、あそこの部屋の中を見てみましょうか？」とホールの端にあるドアに顎をしゃくった。「マッケアン一族の話を続けて」

「ギャンブル好きの血は世代や人によって出たり出なかったりするらしいわ。ジェイムズのおじいさんには出たけど、彼のお父さんやアンガスには出なかった。ジェイムズにもないけど、彼の弟のコリンにはあるわ。ジェイムズが長男だったのは、ここに住みたいと願うみんなにとって幸運だった」

「このドアは開かないわね」とテンペランスはドアを押しながら言った。

グレイスは肩をドアにあてて力を貸しながら話し続けた。「ジェイムズのお父さんはギャンブルはやらなかったけど、自分のことを紳士だと思っていて、おじいさんがギャンブルで使いきれなかったマッケアンの財産をみな使い果たしてしまったの。その弟でジェイムズの叔父のアンガスは金持ちになったわ。この土地という重荷を相続しなくて済んだから、エジンバラへ逃げ出して、布の商いでひと財産築くことができたのよ」

「それにアンガスが紳士だったはずはないし」とテンペランスはドアを押しながら小声で言った。それから、「ちょっと待って」と言って、別の部屋へ行き、火かき棒を持って戻ってくると、錆びたドアのちょうつがいをそれでこじ開けようとした。

テンペランスがドアをこじ開けようとしているあいだ、グレイスは壁に寄りかかり、話を続けた。「ジェイムズとコリンの時代になるころには、お金はほとんど残っていなかったの。主人が言っていたわ。財政状況は最悪で、領地はひどいありさまだって」

「今は誰がここの経理を見てるの？」

「さあ」とグレイスは答えた。「ジェイムズは長く机についていられるタイプじゃないし。どちらかと言えば肉体労働を好む人よ。馬に乗っているときの姿を見るといいわ！　レースに出ているラムジーにも劣らないぐらいのすばらしい乗り手よ。それはともかく、子供のころ、ジェイムズはよくマッケアンを訪ねてきて、この土地がとても気に入ったの。それで、お父さんが死んでからは、ここをかつてのような場所に戻すのが彼の人生の目標になったのよ。品質のよいマッケアンの羊毛が広く知られるようになってほしいと願っていて、叔父さんのアンガスに買い手を紹介してもらっているの」

テンペランスはちょうつがいを押していたが、火かき棒が滑って指を引っかいた。傷ついた指を口に突っ込むと、テンペランスはドアにもたれ、グレイスに目を向けた。「マッケアンの奥さんだった人は？」

「ああ、あの人。かわいそうな人よ。結婚していた二年間泣きどおしだったわ。マッケアンと名のつくものは何もかも忌み嫌っていた。彼もこの土地も」

「その気持ち、よくわかるわ」と言ってテンペランスはまたドアをこじ開けにかかった。

「この家の状態を見て、きれいにしようなんて気持ちにはならなかったのよ。それどころかめそめそ泣く以外、ほとんど何もしなかったわ」

「地主の妻としての義務も果たさなかったってこと？」テンペランスは火かき棒でちょうつがいをえぐるようにしながら言った。

「何もしなかったわ。あそこに鍵があるの知ってた？」

「どの鍵？」とテンペランスが訊くと、グレイスはドアのてっぺんを指差した。

テンペランスはぐらぐらする椅子を玄関ホールから持ってくると、ドアの前に置いてバランスをとりながらその上に乗り、鍵をつかんだ。鍵はぴたりと鍵穴にはまり、何度か試みると、錆びた鍵穴の中で鍵がまわった。

その部屋はボールルームだった。大きながらんとした部屋。ダンス用に床には木が張られ、部屋の奥にはてっぺんがカーブしている背の高い窓がある。壁には、花が咲き鳥が舞う日当たりのよい庭の絵が描かれていた。

「きれい」テンペランスは息を呑み、天井からぶらさがっているクモの巣を払いのけた。頭上には大きなクリスタルのシャンデリアが下がっている。そこに火のついた蠟燭を立てれば、この部屋が楽園のようになるのはまちがいなかった。

テンペランスが床を歩くと、ほこりの上に足跡が残った。大きな窓は汚れがひどく、陽光はほとんど射し込まなかった。

「ああ、そう、ここはボールルームだった」とグレイスはまわりを見まわしながら言った。

「こんな部屋があったことなんて忘れていたわ」

「前に見たことがあるの？」

「いいえ、聞いたことがあるだけよ。主人から聞いたの。子供のころにここで開かれたパーティに参加したって」

「ああ、そう、慈善の催しね」テンペランスは少々軽蔑するように言った。

「いいえ、ちがうわ。ジェイムズのおばあさんはマッケアンのみんなのためにパーティを開いたのよ。確かに今は見る影もないけど、五十年前のマッケアンは豊かだったの。羊や魚を売ってたくさんお金がはいったし――」グレイスはきまり悪そうにことばを途切らせた。

「でもお金は使い果たされてしまった」テンペランスはかつては赤いヴェルヴェットのカー

テンだったと思われるものに触れながら言った。ぼろぼろになった布が手に落ちた。

「たぶん」とグレイスは壁画を見ながら言った。「主人によれば、ジェイムズのおじいさんはお墓にはいるときに、自分がギャンブルですったお金よりも妻が使ったお金のほうが多かったって言っていたそうよ。物を買っては隠していたって」

「わたしが見つけたお皿や蠟燭立てみたいにね」

「ええ。でももっと高価なものよ。ゲイヴィー——というのがわたしの夫の名前だったんだけど——彼によれば、二人の喧嘩はそりゃあもうすさまじいものだったって、厩舎で働いていた年寄りがよく言っていたそうよ。お金を使い果たしたのはそっちだって大声で批難し合っていたらしいわ。何にしても、二人が死んだときには財産らしい財産は残っていなかったの」

テンペランスはシャンデリアを見上げ、蠟燭を何本立てられるだろうと数えた。「金使いという意味では夫のほうが上手ね。だって妻のほうは物を買っていたわけだから、いくつかはあとで売れたかもしれないじゃない」

「そのとおりよ」とグレイスは言った。熱のこもった声だった。「彼女が買った物はどうなったのかしら?」

テンペランスはグレイスを見た。「どういう意味?」

テンペランスのほうへ歩み寄りながら、グレイスは声をひそめた。「ゲイヴィーは若いころからずっとここの経理を見てきたわ。数字に強い人だったから。ジェイムズのおばあさんが夫に責められただけの買い物をしたのだとしたら、今でも批難されているように、マッケアンの財産を全部使い切ったのだとしたら、いったい買った物はどうなってしまったの？」

「ギャンブルの借金を返すために売られたとか？」

「いいえ。ジェイムズのおじいさんは有り金をすべてギャンブルにつぎ込んだけど、死ぬときに借金はなかったわ。財政状態はかなり厳しかったけど、誰にも借りはなかった。ゲイヴィーが経理を見るようになったときに、何年にもわたって引き出しにためておかれた領収書の山があったそうよ。ゲイヴィーはそれを整理し始めて、夜、家に帰ってきては、見つけたものについて話してくれた。ジェイムズのおばあさんは銀器をたくさん買っていたわ。パンチ・ボウルや花瓶などをね。それに金でできた銅像のようなものも買っていた。セル……なんとかって人が作った銅像。名前は忘れてしまったわ。外国の人よ」

テンペランスは片方の眉を上げた。「セリーニ（一五〇〇～一五七一。フィレンツェの彫刻家。フランスの王やメディチ家に好まれた）？」

「そう、それ」

「なんですって」とテンペランスは言った。「家具の中にも買った人の趣味のよさがわかるものがあったけど、わたしだって、セリーニの名前ぐらい聞いたことがあるわ」彼女はしばらく口をつぐんだ。「あなたのご主人は、二人は喧嘩ばかりしていたって言ってたのよね？　もしかして彼女は、夫がギャンブルで財産を全部使い果たしてしまわないように物を買っていたんじゃないかしら？　投資として？」

「ゲイヴィーもそう思っていたわ」とグレイスは静かに言った。「いつも言っていた――」

「なんて？」テンペランスは鋭く訊いた。

「――ジェイムズのおばあさんが買った物はみんなまだこの家のどこかにあるって。夫がそれを売ってギャンブルの資金にしてしまわないように、隠さなければならなかったんじゃないかって」

「それがほんとうなら、息子たちはどちらもギャンブルをしなかったんだから、息子たちに隠したことを打ち明けて、それがどこにあるか教えなかったのかしら？」

グレイスは言っていいものかどうか考えあぐねているかのように、逡巡《しゅんじゅん》してから口を開いた。「たぶん、言おうと思っていたんじゃないかしら。でも、誰にも何も言えないうちに夫に殺されてしまったのよ」

「え？」テンペランスは目をみはって訊いた。

グレイスはさらに声を小さくし、誰も聞いている者がいないか確かめるようにあたりを見まわした。「うちのゲイヴィーだけがほんとうのことを知っていたの。死ぬ前に教えてくれたわ。ジェイムズのおじいさんは奥さんといつもよりずっと激しい喧嘩をしたの。それで、買った物をどうしたのか教えなければ殺してやるって脅したのよ」

グレイスは大きく息を吸って気持ちを落ち着かせた。「誰もそのことは知らないわ」

「誰にも言うなということなら、言わないわ」とテンペランスは約束した。

「ジェイムズのおじいさんは恐ろしい人で、うちの主人もずいぶんと怖い思いをしたの。のぞきまわってばかりいるって言われて、もしまた禁じられた場所にいるのを見つけたら、鞭で打ってやると脅されていたそうよ。だから、その日、まだたった七つだったゲイヴィーはチョコレートを失敬しようとご主人様の寝室に忍び込んでいたんだけど、声が聞こえてクローゼットの中に隠れたの」

「そこで殺人を目撃したのね？」とテンペランスは訊いた。

「殺人じゃないわ、事故だった。拳銃を取り合っているうちに、銃弾が発射されてしまい、彼女は即死したの。でも恐ろしいのは、それが自殺だったと夫である彼が言いふらしたことよ」

「あまり立派な人間じゃなかったのね？」

「それどころじゃなかったわ。妻の遺体を聖化されていない場所に埋めるのも許したのよ。おまけに息子たちには彼女をけなすようなことばかりふき込んだ。息子たちは今度は自分の息子たちにそれを伝え、そして……」

「今もジェイムズはおばあ様の名前が出るたびに嘲笑い、彼女が作った美しい家を嫌うあまり、それが廃墟となるにまかせているってわけね」

「そのとおり」

しばらくテンペランスは口をつぐみ、汚い部屋の中を見まわした。汚れの下には美しいものが隠されていた。これまでも、不当に批難されたり、罪もないのに責められたりした女たちのぞっとするような話を耳にしてきたものだが、そうやって女を苦しめているのはたいてい男たちだった。ボールルームの壮麗さから、この家を作った女性が美を愛する人であるのは明らかだった。しかし、村人たちのためにパーティを開いたこの女性の身にどんなことが起こっただろう？　自分の夫によって殺され、名声までも奪われたのだ。

しばらくしてテンペランスは「行きましょうか？」と言った。部屋を出るときに、「ハーミッシュという男について詳しく教えて。けっしてジェイムズが好むような人間じゃないのに、どうして村に留まるのを許されているの？」と訊いた。

「ハーミッシュは彼の母方の親戚なのよ。だから放り出すわけにいかないわ。ここを住まいとする権利があるのよ。マッケアンを名のる者はみなこの地に帰ってくることができて、必ず家をもらえることになっているの」

「それじゃあ、生活のために働きたくないという人がたくさん出てきてしまうんじゃないかしら」ホールへと階段を降りながらテンペランスは言った。

「ジェイムズのもとでは、それはないわ。ジェイムズのところで暮らしていて働かない人間はいないもの」

「でも、彼ほど仕事熱心な人はいないわよね」テンペランスは自分のものとした寝室のドアを開けながら小声で言った。

すると、鏡の前にグレイスの娘、アリスが立っており、その足元にはテンペランスの帽子が一面に散らばっていた。アリスの頭には直径が彼女の背の高さもあろうかと思われるほどつばの広い帽子が載っている。

テンペランスにとってはおもしろい光景だったが、グレイスは動転し、娘の二の腕をつかんだ。

「よくもこんなことをしてくれたわね！」とグレイスは言った。「いいこと――」

「別に何でもないことだわ」とテンペランスが言った。「ほら、その帽子が好きだったら、持っていっていいのよ」

グレイスは娘が再度帽子に触れる前に帽子を取り上げた。「もうあなたはわたしたちに充分なことをしてくれたわ。施しを受けるつもりはないの」

ついさっきまで秘密を打ち明け合う友人だったグレイスが、目の前で誇り高い女に豹変したことに、テンペランスは一瞬まごついた。しかし、テンペランスにもプライドというものがどういうものかよくわかっていた。

「わかったわ」とテンペランスは優しく言って少女に目を向けた。「じゃあ、この帽子はどう？」そう言って、マッケアンの家まで歩いてきたときにかぶっていた帽子をクローゼットから取り出した。今や原形を留めず、まだ泥に覆われている。縁についていた花もほとんどなくなっており、残っているものもちぎれたり汚れたりしていた。「遊びのときにかぶる帽子になる？」

「ええ、もちろん」少女は息を呑んで惨めなありさまの帽子に手を伸ばそうとしたが、その前に母親を横目で見た。

「いいわ」と言ってグレイスはテンペランスにかすかに微笑んでみせた。そして、「ほんとうにいろいろありがたく思っているわ」とささやいた。

「そうでしょう」とテンペランスは言った。「だから、恩返しにすてきなランチを作ってくれてもいいわね。わたしが山に持っていけるように」

グレイスは動こうとせず、突っ立ったままテンペランスを見つめた。「また今日もマッケアンのところへ行くの？」

テンペランスは笑った。「色っぽい話があると思っているなら、大はずれよ。彼が妻となる女性に何を求めているのか知りたいだけなんだから。まあ確かに……あの人、見た目は悪くないけど」

テンペランスはグレイスが微笑んでくれるものと思ったのだが、グレイスはにこりともしなかった。ただ何かを推し量ろうとするようにテンペランスをじっと見つめている。あまりに長く見つめているので、嫉妬しているのだろうかと疑いたくなるほどだった。グレイスがジェイムズ・マッケアンに秘めた思いを抱いているとでも？

しばらくしてグレイスが言った。「子羊はないけれど、鮭が少し残っているわ。それでどう？」

テンペランスは笑った。キッチンには今や三頭の子羊がいた。どれも肉料理の材料としてジェイムズが山から送ってよこしたものだが、テンペランスはペットとして飼うことにしたのだった。ラムジーがつきっきりで子羊たちの世話にあたっていた。

「鮭でいいわ」とテンペランスが言い、女たちは笑みを交わした。

11

「それで今は誰が経理を見ているの？」とテンペランスはジェイムズに訊いた。二人は小さな洞窟の前で陽溜りの中にすわっていた。

「きみはいったいどういう女なんだ？　一日をただ愉しく過ごすことはできないのか？」ジェイムズがきつい口調で言った。

「あなたはどうしてそんなに不機嫌なの？」すかさずテンペランスは言い返した。「グレイスのところに定期的に行けなくなったから？」

「定期的だなどと誰が言った？　きみにこう尋問ばかりされていては、どんな男も食欲を失うだろうよ」

「あなたは失ってないみたいだけど。自分のだけじゃなく、わたしの分も食べてしまったじゃない」

「きみは食べ物以外のことで頭がいっぱいみたいだからさ。何か言いたいことがあるんだろう、何なんだ？」

「ちょっと考えていただけ……」テンペランスは胸に膝を引き寄せた。何て言えばいいだろう？　あなたの祖先のことを考えていたと？　あなたの村のことを考えていたと？　あなたのギャンブル好きの弟のことを考えていたと？

テンペランスが黙り込んだのを見てジェイムズが言った。「経理は俺が自分で見ている。ほかにしようがないから。きみが代わりにやってくれるかい？」

「わたしが？　ただの女のわたしが？　女が経理を見るなんて神の意志に反するってあなたのハーミッシュに言われるんじゃない？」

答えが返ってこなかったため、テンペランスは彼に目を向けた。彼はじっと彼女を見つめていた。

「今日はいったいどうしたっていうんだ、お嬢さん？」ジェイムズは穏やかな口調で訊いた。

テンペランスにはほんとうのことを言うつもりはなかった。山を登る途中、頭を占めていたのは、悲惨な人生を送った彼の祖母やそのギャンブル好きの夫のことであり、彼女が聖化されていない土地に埋められている事実だった。魂はきっとさまよっているにちがいない。彼女があまりにも不幸せな生涯を送ったあの家にとりついていると聞いても、テンペランスは驚かなかっただろう。

「あなたの家に幽霊はいる？」

「きっといるさ。今ここにいる誰かよりもいっしょにいてよっぽど愉しい相手のはずだ」

テンペランスは笑い声を上げながら、脚を伸ばして両手を後ろにつき、顔を太陽に向けた。「経理を見させてほしいと思うわ。もしよかったらの話だけど」

「やってくれるならきみの足にくちづけするよ」声が低くなった。「どこか別の場所でもいい。肌を見せてくれるなら」

テンペランスは自分が男の前にどんなふうに体をさらしているかわかっていた。もっと淑女らしいすわり方をすべきだということも。しかし、わざとそのままでいた。二人きりではあったが、彼といて危険は感じなかった。同意なしに彼が行動を起こすことはないとわかっていた。

とはいえ、同意したらどうなるのだろうと考え始めてもいた。三十にもなろうというのに彼女は処女だった。失う機会は数多くあったのだから、自分の意志で守っている処女だった。これまで失ってもいいと思うような男に出会わなかったのも事実だが。

二十世紀になって数年が過ぎた今、女たちは〝自由恋愛〟を語るようになっていた。何といっても今は避妊することもできるのだから――

「ほうら、いた」と声がして、二人はぎょっとした。テンペランスの靴が転がっているところから一フィートと離れていない崖っぷちに女の頭が現れた。頭の次に首が現れたと思うと、女は地面に手をつき、えいやと力をこめて体を持ち上げ、崖の端に立ってテンペランスとジェイムズを見下ろした。

「この小道をたどっていけばあなたたちに会えるって聞いたんだけど、崖を登れるのにどうしてわざわざ小道をたどらなければならないのって、いつもわたし言うのよ」そう言って女はしばらく口をつぐみ、テンペランスを見下ろした。まるで商品でも値踏みするようなまなざしだった。

テンペランスは手庇《てびさし》を作って女を見上げた。それほど背は高くないが、たくましい体つきをしている。女は背筋をまっすぐ伸ばし、胸を張って手を腰にあてて立っていた。顔は日焼けしていて、歳を言い当てるのは不可能だったが、おそらく四十五にはなっているにちがいなかった。ジェイムズの知り合いだろうか？

「か弱いのね」と女はテンペランスに言った。

「何ですって？」

女はジェイムズのほうを振り返った。テンペランスのことは取るに足りない人間と片付けたようだった。「あなたが妻をほしがってるって聞いたわ」と女は言った。

それを聞いてテンペランスははっと息を呑み、それを隠すために小さく咳払いをした。

「結核ね」女は軽蔑するようにテンペランスを見下ろした。「肺に酸素がいかないのよ」

「酸素だったら充分――」

女は顔をそむけた。「わたしはペネロップ・ビーチャー。妻の役割を果たすにはぴったりの人間よ。ザーンドウ（ドイツのウエイト・リフティング・チャンピオン。ボディービルを普及させた）やマックファデン（アメリカの身体鍛錬の提唱者）を信奉しているの。羊を持ち上げることだってできるわ。世界でもっとも高い十の山のうち四つを踏破していて、あとの六つにも死ぬまでには登るつもりよ」

「ただちに俺の山から降りないと、その時期は早く来るぞ」とジェイムズは静かに言った。

女は聞いていないようだった。「わたしの首まわりは十三インチもあるのよ。上腕は収縮した状態で十二インチと四分の三、胸はふくらませたときには三十八、しぼませたときには三十四インチよ。ウエストは二十五。それもコルセットなしで」そう言うと、嘲るようにテンペランスを見下ろした。「わたしの――」

ジェイムズはどうにか自分を取り戻し、立ち上がって女を見下ろした。「俺にはどうでもいいことだ、きみの――」

テンペランスも立ち上がった。この人を崖から放り投げる気かしら？　誰かを窓から雨の中に放り投げるのもひどいけれど、崖から落とすのも考えものだ。

「マッケアンさんは子供がほしいのよ」とテンペランスはジェイムズと女のあいだに体を割り込ませて大声で言った。「思うに、あなたはちょっと歳をとりすぎているんじゃないかしら――」

「わたしは二十七よ」女はテンペランスに険しい目を向けてきっぱりと言った。「子供を産むのに歳をとりすぎているのはあなたのほうよ」

「二十七？」テンペランスはつぶやいた。それから、自分が山登りや、何にしろこの女をこまで老けさせたことをしてこなかったことを神に感謝した。とはいえ、女が歳を偽っている可能性もなきにしもあらずだった。

「わたしの腕の太さを見てみたい?」と女はジェイムズに言った。

「あんたのものは何にしても見たくない」とジェイムズは歯をくいしばって言った。「今すぐマッケアンの土地から出ていってもらいたいね」

「でも、あなたが結婚相手を探しているって聞いたわ」と彼女は言った。「羊を持ち上げることができて、一日じゅういっしょに働ける頑健な妻を。それを聞いてやっとほんとうの男にめぐり会えたと思ったのに。でもあなたがここでこの……この……」女はテンペランスを上から下までじろじろ見た。「この人、まったく筋肉なんかないわね。か弱い女だわ」

ジェイムズが女のほうに一歩近づいたのを見て、テンペランスは女の上腕をつかんだ。おそらく彼女にいつも以上の力を与えたのは恐怖だったのだろう。が、何にしてもテンペランスが腕を締めつけると、女は痛みに悲鳴を上げた。「今すぐ立ち去ったほうがいいわ」

「あなたみたいな女の扱いには慣れているわ」とペネロップが言った。「嫉妬してるんでしょう――痛っ! つねったわね。ずるいわ。あなた――」

「今すぐ立ち去らないと、この人があなたをつまみ上げて崖から放り落とすわよ」とテンペランスは息を殺して耳打ちした。

しかし、女はそれを警告とはとらなかったようで、「あら?」と言った。声におもしろがるような響きがあった。女はテンペランスから身を引き離そうとしながら、ジェイムズを振り返った。

しかし、テンペランスはふたたび女の腕を締めつけ、古木の脇を通る小道のほうへ押し出すと、「そこを登って右へ曲がるのよ。早く立ち去って」とささやいた。「この人が正気じゃないこと、聞いてないの？　わたしは看護婦なのよ。鎮静剤を打ち続ける必要があるから。そうしなかったら、この人……まあ、彼が過去に女性にどんなことをしたかは言えないわ。結婚したら、あなたは八番目の妻になるわね」

「それ、ほんとう？」女は興味津々といった顔でテンペランスの肩越しにジェイムズを見た。彼は洞窟の入り口に突っ立ったままだった。「でも、わたしが聞いた話では――」

「わたしにあてさせて。感じがよくて、ふっくらとした小柄な女の人に会ったでしょう。彼が結婚相手を探していることをその人から聞いたのね。赤っぽい金髪で右目の左側に小さなほくろのある人じゃなかった？」

「そう！　あなたも会ったことがあるの？」

「ええ、もちろん」テンペランスは一瞬母の姿を脳裏に浮かべてから、また入り組んだ嘘を続けた。「彼に女性を斡旋《あっせん》している人よ。彼は……」テンペランスの頭はそれ以上の嘘をひねり出せるだけ速くまわらなかった。母親をどうやって殺してやろうかとそれだけでいっぱいだった。こんなひどい女を送ってくるなんて、メラニー・オニールはいったい何を考えているのだろう？　こんな女に比べたら、瓶にはいった標本のほうがまだ若々しいかもしれない。

「女たちに何をするっていうの？　というか、前の妻たちに何をしたの？」ペネロップは目を丸くして訊いた。まだ興味津々という顔だ。

「知らないほうがいいと思うわ。ひどい話だから。さあ、行って。彼のことはわたしができるかぎり引きとめておくから」

しかし、女は怖がる様子もなく、その場を動こうとしなかった。

テンペランスはうんざりしてため息をつき、「この人は無一文なのよ」と冷ややかに言った。「自分の名義では一ペニーも持っていないの。あなたがどこの山に登りに行こうと思っても、資金なんか出せないわ」

それを聞いて女は急いで小道へと崖を登った。「あの人、マッケアン夫人に言っておくわ。疑うことを知らない女の子をこれ以上ここに送り込まないようにって」と肩越しに言うと、小道を走って下り始めた。

テンペランスはその後ろ姿を見送りながら鼻を鳴らした。「女の子ですって！」それから、洞窟のそばにいるジェイムズのところに戻った。「さあ、片がついたわ」

ジェイムズは目をそらし、村を見下ろした。脇に下ろした手でこぶしを握り締めている。

「叔父を殺してやる」彼は小声で言った。「何を考えてあんな……あんなものを送り込んでくるんだ？」

「あなたが羊の世話を手伝ってくれる人を求めているってふき込まれたんじゃないかしら。だからきっと……」

「きっと俺が雄牛を求めているだろうって？」ジェイムズはテンペランスのほうを振り返った。「いったい何があったんだ？　あんな二人を送り込んでくるなんて。最初はナルシスト女で、今度はアマゾネスだ。なぜ叔父はあんな女どもを送ろうと思いついたんだろう?」

テンペランスは自分の爪に目を落とした。じっさい、爪は手入れが必要な状態だった。

「さあ、想像もつかないわ」と口では言ったが、彼と目を合わせることはできなかった。頭が空っぽの女を送り込んでくれと母に頼んだのは自分だったからだ。それから、次には〝頑健な〟タイプを送ってくれと頼んだ。それにしても、母はこちらの言うことを文字どおり受け取りすぎではないだろうか?

テンペランスが目を戻すと、ジェイムズは答えを求めるように彼女を見つめていた。しかし、テンペランスはこの件で自分が果たした役割がばれるのを恐れて口を開くことができなかった。

「わたし、その……あなたの叔父様に手紙を書いて説明するわ」しばらくして彼女は言った。

「なんて説明するつもりだ?」片方の眉を上げて彼は訊いた。

「あなたがこれ以上馬鹿な女たちを送り込んでほしくないと思っているとか?」にっこりしてテンペランスは言った。

ジェイムズは笑みを返そうとはしなかった。その代わりにテンペランスに近づき、大きな手を伸ばして髪に触れ、「家政婦選びはうまくいったのにな」と優しく言った。

触れられて、この人に身をあずけてしまいたいと思う心とは裏腹に、テンペランスは身を引いた。ジェイムズ・マッケアンに好意を抱き始めたのは事実だった。しかし、ここにいるのも長くないのだから、あまり深く関わらないほうがいいだろう。テンペランスはあとずさり、いたずらっぽくにやりとした。「叔父様に、あなたが送り込まれた家政婦と恋に落ちたと説明しましょうか？　そうしたら、刑期を短くしてもらって、わたしも藁葺き屋根の下で暮らさなくていい文化的な生活に戻れるかもしれない」

笑わせようとして言ったことばだったが、ジェイムズは笑う代わりに、突然無表情になってあとずさった。

「はたから見たら、俺たちの暮らしぶりがどんなにひどく見えるものか忘れてたよ」と彼は冷ややかに言った。「さあ、もう行けよ。ここから逃げ出せる日まで指折り数えて過ごせばいい」

「そういう意味で言ったんじゃ――」とテンペランスは言いかけて、ことばを止めた。「あなたの言うとおりね。ここから逃げ出せる日が待ち遠しいぐらいよ。じゃあ、行くわ」そう言って上へ登る道のほうに体を向けた。が、彼が何も言わなかったので足を止め、振り返って声を大きくして言った。「家でやることがあるから戻らなくちゃならないわ」ジェイムズは依然口を開こうとしなかった。そこでテンペランスはふたたび踵を返し、歩き始めた。しかし、まるで足に重石がつけられたかのようだった。家に帰っても待っているのは掃除だった。それから料理の手伝いと――

「きみは数を数えることができるのか？」ジェイムズが後ろから呼びかけてきた。

テンペランスは急いで振り返った。「なあに？」ジェイムズはまだ眉をひそめていたが、目がきらりと光るのがわかった。

「羊を数えることができるか？　ファーガスじいさんが居眠りばかりしているから――」

「できるわ！」声には熱がこもりすぎていた。

ジェイムズの表情は変わらなかった。「しかし、降りたほうがいいかもしれないな。ハーミッシュときみのことを話したんだが、きみに日曜学校で聖書のクラスを受け持ってもらおうかと思っているそうだ。そのことを相談するために今日の午後訪ねてくると言っていた」

テンペランスは眼下に見える村を不安そうにちらりと見た。「どうしてわたしが聖書を教えられると思うの？」

「不幸な女たちを救うのがきみの仕事なんだろう？　少なくとも彼にはそう言っておいた。そうじゃないのか？　その見るからに罪深い態度を見逃してもらうために、きみがどれだけすばらしい仕事に従事してきたか、ずいぶんと熱弁をふるわなければならなかった」彼はすねがあらわになっているテンペランスのスカートに目を向けた。「俺は真実を言ったわけだろう？」

「まあ、そうね……」テンペランスはにっこりして言った。ジェイムズはからかっているだけで、そうやってからかわれるのは悪くなかった。これまでずっと男たちには〝恐ろしい女〟と呼ばれてきた。〝きれいだが、恐ろしい〟と言われるのが常だった。こんなふうにからかわれることはめったになかった。

不意に思いついたようにテンペランスは目を上げ、探るようにジェイムズを見た。「あなた、うまくことをおさめたのね？　あの男とわたしがいさかいを起こすかもしれないと思って、調停役を務めたんでしょう？」

ジェイムズはかすかな笑みを浮かべた。「ここは小さな村だ。お互いうまくやっていったほうがいい」

「へえ」とテンペランスは言った。「だったら、どうしてあなたは教会に行かないの？」

ジェイムズはにやりとした。「俺は村人たちの生活を守るためには身を粉にして働くつもりだが、教会の教えに耳を貸すつもりはない」

「でもそれって――」テンペランスは眉をひそめて言い返そうとした。

「ここに残って数を数えたいのか、それとも下に降りてハーミッシュに会いたいのか？」

「羽根ペンを使うの？」

「大きな岩に大きなノミで刻むんだ」

「羽根ペンで書く必要はないのね」とテンペランスは微笑んで言った。「じゃあ、羊を連れてきて」

＊

親愛なるお母様

テンペランスはペンの端をくわえ、書きたいことをどう表現したらいいだろうと考えた。

母の機嫌を損ねることなく、これまで見つけてくれた花嫁候補は最悪だったと伝える方法はあるだろうか？　言っておくけど、あなたをお金を出して雇っていたとしたら、一週間前に馘にしてるわ、とでも言って？　いや、それはまずい。

誤解を招いたのはすべてわたしの責任ですが、送り込んでくださった二人の花嫁候補は、ジェイムズやわたしが期待していたタイプの女性ではありませんでした。おそらく、もう少し彼のことをお話しすれば、もっといい人を見つけてもらえるものと思います。

彼は領主なので、贅沢に居心地よく暮らしていると思われるかもしれませんが、それほど真実から遠いことはありません。じっさい、羊飼い——と農民と漁師——に毛が生えたような存在です。身分が何であれ、労働者であることはまちがいありません。いつも所領の村の監督に出かけているため、その姿を目にすることはまれです。ほかの領主たちは税金を集めているだけかもしれませんが、ジェイムズは村人たちといっしょに働いています。

たとえば

テンペランスはまたペンの尻を口にくわえ、午後の山頂での出来事を思い出した。羊を数えるのは時間がかかったため、観察の時間はたっぷりあった。これまで村人にはあまり会ったことがなかったが、今日は山頂に六人の子供たちがいて、羊を追いかけたり、羊を数える大人たちを手伝ったりしていた。

一度目を上げたときに、ジェイムズが二人の子供を両脇に抱え、ぐるぐると振りまわしていたことがあった。笑い声が響きわたり、なんとも微笑ましい光景だった。

あるとき、ひとりの女の子に、どうして今日は学校へ行かないのかと訊いた。すると女の子は「先生が休ませてくださったの」と言って、ふざけながら行ってしまった。

「〝先生〟って誰のこと？」テンペランスは羊の皮で作った水筒にはいった水を飲みに、ジェイムズが最初に近づいてきたときに訊いた。が、彼に答える暇は与えなかった。「あの男、ハーミッシュね？」

「ああ、彼は学校の先生でもあるからね。きみがそういう意味で訊いたなら」とジェイムズは答えた。「彼とひと悶着ある前に言っておくが、きみ自身が十七人の子供たちを教える仕事に就きたいというのでなかったら、首を突っ込まないでおくんだな」警告するような真剣な声だった。テンペランスは口をきつく閉じ、男たちのひとりが大声で言った数字を書きとめた。

しかし、その沈黙も長くは続かなかった。「もしあなたに奥さんがいたら……」と彼女は小声で言った。

「でもいない、そうだろう？　何にでも鼻を突っ込む詮索好きな家政婦がひとりいるだけだ。悪ガキどもの力になりたいと言うんだったら、どうして日曜の午後に教えを垂れてやらない？」

「聖書はわたしの得意分野とは言えないから。だって、いくつか聖書の話は知っているけれど――」

ジェイムズに片眉を上げて見下ろされ、テンペランスは口を閉じた。彼が何かを伝えようとしているのは明らかだった。二人だけの秘密にしておきたい何かを。まわりに四人の男と三人の子供たちがいたために、それをはっきりとは口に出せないでいるのだ。

ようやく、彼女にもそれが何かわかった。これはマッケアンを二〇世紀に導くチャンスなのだ。「ええ、わかったわ。あなたの家で聖書のクラスを開きましょう。わたしと子供たちだけで」

「そう手配しよう」とジェイムズは小声で言った。それからまた水筒を口に持っていき、ウインクした。テンペランスは顔をうつむけ、赤くなった顔――と笑み――を隠そうとした。彼にウインクされるのはなんとも気分のいいものだった。

それから午後のあいだずっと、テンペランスは数を記録しながら、心の中では、誰にも干渉されないところで子供たちに何を教えようかと考えていた。女性にも参政権が与えられるべきだということ？　男の子が女の子を誘惑して捨てるのを許してはいけないということ？　ちょっとちがう。

しかし、どれほど頭を絞っても、村の子供たち全員を集めて行う日曜日のクラスにふさわしいテーマは思い浮かばなかった。子供たちには会ったこともなかったのだから。

テンペランスは母にあてて書いている手紙に目を戻した。

たとえば、彼は子供たちが大好きで、よく遊んでやっています。見たところ、学校のある平日と日曜日の午前中、子供たちはコットン・メイザー（一六六三〜一七二八。植民地時代のアメリカの清教徒牧師・著述家）の時代に逆戻りしたような男と過ごさなければならないため、その合間にジェイムズに遊んでもらうのが、唯一の愉しみのようです。

しばしテンペランスは手を止めて、自分の子供時代とのあまりのちがいに思いを馳せずにいられなかった。両親と公園で馬に乗り、アイススケートに興じ――

「スケート！」と彼女は声に出して言い、それからまた手紙に目を落とした。

お母様！　わたしに二十一足のローラースケートを送ってください。なんともすばらしいスケートリンクを見つけたので。ただし、中に何がはいっているかここの大人たちに知られないように、靴を入れる箱にはちがう品名を書いて送ってください。ああ、そうそう、できれば表紙に金色の天使の絵がついた白い聖書を十七冊送ってください。どうやら、日曜学校で教えることになりそうなので。

テンペランスは椅子の背にもたれ、手紙を見直してにっこりした。明日の朝一番にラムジーに持っていってもらおう。そう心の中でつぶやくと、寝室の古い机の引き出しに手紙をしまった。

テンペランスが母への手紙を書き上げたのは、翌日の夕方になってからだった。グレイスの娘がある秘密を教えてくれたため、そのころにはつけ加えることがかなり増えていたからだ。

「なあに？」少女にすてきなものを見せてあげると耳打ちされ、テンペランスは訊いた。アリスは静かにというように人差し指を口にあてて階段を昇り始め、いったん足を止めてテンペランスがついてくるのを待った。少女は母親といっしょに寝泊まりしている寝室にテンペランスを連れていった。

その部屋には、グレイスが暮らすようになってから足を踏み入れたことはなく、今も彼女のプライヴァシーを侵害するような気がして、はいるのをためらった。が、アリスにスカートを引っ張られ、中に引き入れられた。

グレイスによってその部屋は驚くような変化を遂げていた。可能なかぎりきれいにされ、修繕されていたのだ。じっさい、かつて美しい部屋だったことがわかるほどだった。

部屋にはほかに誰もいなかったが、アリスは足音を忍ばせてベッドの反対側にあるクローゼットに近寄り、そっと扉を開けた。扉がきしむ音を立てたので少女は飛び上がり、まわりを見まわした。カーテンの後ろから母親が飛び出してくるのではないかと恐れるような仕種だった。

　少女はクローゼットに顔を突っ込み、身をかがめた。背筋を伸ばして扉の後ろから出てきたときには、手に美しい帽子を持っていた。そして、まるで王家の財宝でも捧げ持つかのようにしてテンペランスに帽子を差し出した。

「どこでこれを？」ふちに手作りの花が飾られた帽子を見ながらテンペランスは訊いた。こういう帽子を見るのは初めてだった。ふちに飾られている花は小さなバラのつぼみやライラックやスイートピーだったが、独特だったのは、見たこともないようなその色合いだった。じっさいそれは彩色されたというよりも、陰影をつけただけのように見えた。遠い時代の遠い場所を思わせる色合い。まるで百年前のロマンティックな絵画から取り出してきたような帽子だった。

「家のどこかで見つけたの？」テンペランスは帽子を少女から受け取りながら訊いた。かぶってみたくなってかぶると、思ったとおり帽子はぴったりだった。部屋の中に古いスタンド・ミラーがあったので、自分の姿を映してみた。優しい色合いの花でふちどられた帽子の端に、ベールを少しつけてみれば、きっと……

「ロマンス小説のヒロインみたいね」テンペランスはため息をつき、馬鹿な振る舞いはやめようと自分に言い聞かせた。しぶしぶ帽子を取ると、「これはもとあった場所に返さなければ」と少女に言った。「昔どこかの女性がかぶっていたものだわ。だから――」

「あなたの帽子よ」少女はテンペランスが理解できないでいるのに苛立って言った。

「でも、自分のものでもないものをわたしにくれることはできないのよ」少女はなんて頭が悪いのとでも言いたげな目でテンペランスを見た。「あなたがわたしにくれた帽子よ。お母さんが直したの」

「直した……？」とテンペランスは言いかけて、急いで帽子を引っくり返して見た。内側にはニューヨークでひいきにしていた帽子屋のラベルがついていた。今手に持っているすばらしい帽子が、前の日にグレイスに手渡した泥だらけでびしょぬれの古い帽子と同じものだという事実を呑み込むまでにはしばらくかかった。

「どうやって？」テンペランスはようやくの思いで少女に訊いた。落ちつきを取り戻した少女は、はっきりした口調で言った。

「あなたが捨ててくれと言ったカーテンの裏地を使ってお母さんが花を作ったのよ。孤児だったころ、花を作っていたんだって。気に入った？」

「ええ。とても。きれいだわ」テンペランスはびっくりしながら帽子を見つめた。花が古く見えたのは、生地のシルクがとても古いものだったからだ。

テンペランスは今いる寝室の中を見まわした。家の中にある織物はみなぼろぼろに崩れ落ちてしまいそうなものばかりだった。カーテンやベッドの天蓋、家具の張り地など。しかし、どれもよい生地ばかりで、帽子の飾りに再利用しようと思えばできそうだった。

「アリス、ここにいるの？」と声がしてドアが開き、グレイスがはいってきた。が、自分が飾りをつけ直した帽子を手にテンペランスが立っているのを見て目を丸くした。

「アリスったら、そんなものであなたのお邪魔をして。お時間をとらせてごめんなさい」グレイスはテンペランスから帽子を取ろうと手を伸ばした。

しかし、テンペランスは手を引っ込めて帽子を渡そうとせず、「こんなきれいな帽子は見たことがないわ」と小声で言った。「こんなのは一度も見たことがない。ほんとうよ、わたしは帽子については詳しいの。ニューヨークでこんな帽子を作ったら、きっと……」

そう考えて、はっと目をみはってグレイスを見た。

「何？」グレイスは言った。テンペランスのことはよくわかっていなかったものの、何かを真剣に考えているのは見てとれたのだ。

「ラベルがいるわ。目立つような大きなラベルが。村に刺繍ができる人はいる？　うんと上手にできる人がいいんだけど」

グレイスにはテンペランスが何の話をしているのか見当もつかなかった。「わたしの義理の母は昔どこかの貴婦人のメイドをしていたけど、今は目が悪くなってあまり針仕事はできないわ。でもできたとしても、どこで糸を手に入れるの？　持っているお洋服に刺繍を入れたいの？」

「ちがうわ」テンペランスは言った。顔には徐々に笑みが広がっていた。「あなたとわたしで事業をおこすのよ！」

「何ですって？　どうやって——？」

テンペランスには説明している暇はなかった。「この世で一番の望みは何？」と訊いた。

「自分の家を持つことよ」間髪入れずにグレイスが答えた。

「それよ！ 〝グレイスの家〟と名づけましょう」とテンペランスは帽子のつばをつかんで言うと、寝室のドアへ向かって歩き出した。

「いったい何の話をしているの？」

テンペランスはドアに手をかけて立ち止まった。「帽子の飾りにできるようなシルクを裁断し始めてちょうだい。わたしは羽とか、その他必要な物をすべてそろえるから。アリス、ラムジーに一番速い馬に鞍をつけるように言って。今日、馬でエジンバラに行ってもらって、わたしが頼んだ物がそろうまでそこで待ってもらうことになるからって」ドアから外へ出ようとして、彼女はまた足を止めて振り返った。「グレイス、あなたのご主人は数字に強かったって言ってたわよね。あなたの娘がその才能を受け継いでいる可能性はないかしら？」

グレイスは誇らしげに娘に腕をまわして言った。「娘は村で一番よ。あのマッケアンだって計算をまかせているぐらいだから」

「彼が？」テンペランスは少女に言った。「だったら、あとで手伝ってもらうわ。母に手紙を書いてから」

自室に戻り、テンペランスは母親にあてた書きかけの手紙を取り出し、そこに書き加えた。

お母様、今は説明している暇はないのですが、ここである女性が事業を始めるのを手伝うことになりそうです。それにはお母様の協力がぜひとも必要です。下記に手に入れてもらいたい物とやってもらいたいことを列挙します。

一、何も飾りのない帽子――サラトガ、フェアファックス、ポートランド、ドレスデン、ラリー

二、羽――ダチョウとゴクラクチョウの羽、その他、剝製の鳥

三、黒玉製の帽子飾り、ラインストーンの留め金、さまざまなビーズ、わたしの帽子に使われていたような布製以外の帽子飾りの材料

四、さまざまな強度の老眼鏡、丸枠やシルクの糸や少なくとも四ヤードの上質の固いコットン糸など、刺繡用の材料

五、エジンバラで一番の帽子屋の名前と、おしゃれな女性たちが昼食をとる店の名前を教えてください

上記、できるだけ急いでお願いいたします。全部ラムジーに持たせてください。

愛をこめて、ご協力乞う

テンペランス

数分後には、ジェイムズの貴重な馬の一頭を駆ってラムジーはエジンバラへ向かっていた。荷馬車いっぱいの荷物がそろうまでは戻ってくるなと言い含められて。

そして、ラムジーがテンペランス・オニール嬢あての荷物を山と積んだ荷馬車とともに、たった二日後に戻ってきたときには、テンペランスは母がこれまでしたことをすべて許そうと思った。

「向こうからは何も事情は話してくれなかったけど、質問攻めに遭ったよ」と見るからに疲れた様子のラムジーは言った。「あんまりしつこいから死にそうになっちゃった」

「おまえにとっちゃ初めてのことだな」と厩舎の男のひとりが言った。

ラムジーは男のことばを無視してテンペランスにっこりと微笑みかけた。「でも、いい人だった」

「そうでしょう?」と言って、テンペランスは荷馬車の後ろに積まれた箱を漁った。帽子の材料がはいった箱が三つ、〃名作文学全集〃というラベルがつき、中はローラースケートでいっぱいの木箱がひとつ、刺繍の材料がはいった箱がひとつ、老眼鏡が十余り、表紙に金の天使がついた白い聖書のはいった箱がひとつ。もうひとつの箱にはオレンジが詰まってお り、チョコレートのはいった大きな箱もあった。

母からの手紙もあった。エジンバラのゴールデン・ドーヴというレストランに、三日以内にテンペランスと客が昼食に訪れること、費用はアンガスのつけとなることを連絡しておいたという。それから、最初に送り込んだ二人の女性があまりにひどかったことは申し訳なかったが、ぴったりの女性を見つけるのはむずかしいとも書いてあった。

スコットランドの女性はマッケアンのことを知っていて、絶対に関わりを持とうとはしません（と母は書いていた）。だから、外国の女性を口説かなければなりません――ほとんどがアメリカ人です――が、それも簡単なことではありません。どうぞ、怒らないでね。でも、ジェイムズのことをもっと詳しく教えてくれれば、わたしもぴったりの女性を見つけられると思うのですが。

アンガスがジェイムズを結婚させることにこれほど熱心なわけは今探ろうとしているところです。わたしもそこには何か秘密があると思います。わたしにまかせておいて。探り出してみせるから。

スケートは子供たち用だと思ったので、勝手にほかの物も同梱しておきました。


手紙にはエジンバラの帽子屋のカードも同封されていた。カードの裏には母の手で〝おしゃれな女性たちが帽子を買う唯一の場所〟と書いてあった。

「やったわ！」テンペランスは手紙を高く掲げて言った。それからラムジーの肩をつかみ、当惑する少年の頰に心をこめてキスをした。

「そんなに喜ばしいことがあるなら、いっしょにお祝いしたいものだな」と見物していた厩舎の男が目を輝かせて言った。

「そうね」と言ってテンペランスは顔をそむけた。経験から言って、女がお金を稼げるかもしれないということは男には教えないほうがいい。男というのは女に頼られたいものなのだ。

その日の夕方六時には、アリス、グレイス、テンペランスの三人は刺繡用のハサミで花や葉の形を切り取る作業に没頭していた。テンペランスはグレイスの義理の母で未亡人のシーナに引き合わされ、シーナは新しい眼鏡を鼻に引っ掛けて四つの大きなラベルの刺繡に取りかかった。テンペランスは内側にそのラベルを縫いつけた帽子を、グレイスといっしょにランチに出かけたときに、エジンバラの貴婦人たちに見せびらかそうと思っていた。

午前三時、テンペランスは疲弊しきって椅子に背をあずけた。「一週間でも眠り続けられそうよ。火曜日まで起こさないで」

「今日が日曜日だって忘れたの？」とグレイスがあくびをしながら言った。

「すてき。安息日ね」

「マッケアンではそうじゃないわ」とグレイスは軽い口調で言った。アリスとグレイスの義理の母はベッドで眠っていたが、グレイスとテンペランスは帽子作りの道具に囲まれてテーブルについていた。

「わたしにとっては安息日よ」とテンペランスは手を腰にあてて立ち上がりながら言った。テーブルの上にはようやくできあがった四つの帽子が載っていた。テンペランスは長年帽子を愛用してきたが、それをひとつ作るのがどれほど大変な作業かなど考えたこともなかった。

「あとたった数時間で聖書のクラスを教えることになってるじゃない」とグレイスが言っ

た。

「は……？　ああ、そのこと。とりやめにするわ。来週にする」と言ってテンペランスはドアへ向かおうとした。ベッドにはいること以外考えられなかった。

「ええ、そうでしょうね。子供たちにそう言っておくわ」とグレイスが冷ややかに言った。

その口調にテンペランスはドアノブをつかんだまま足を止めた。振り返りたくはなかった。振り返れば、グレイスの不満顔を見ることになり、罪の意識に駆られるだろう。テンペランスはベッドにはいりたかった。眠りたかった。この村のために必要以上には何ひとつやりたいと思わなかった。領主に妻を見つけてやろうとあくせくしているばかりか、今はその愛人のために事業をおこそうとして疲弊しきっているのだ。もうたくさん！

彼女はドアを開け、廊下に一歩踏み出した。が、背中にグレイスの視線は感じていた。

テンペランスは涙混じりのため息をついたが、振り返ってグレイスの不満顔を目にすることはしなかった。「起こして」とひとこと言うと、廊下に出てドアを閉めた。

12

「この子たち、愉しむってことを知らないの？」テンペランスはボールルームの壁際にしゃちほこばって立つ子供たちを見まわした。部屋の中央にはローラースケートが山積みにされている。

「もちろん、知っているわ。ただ、ボールルームの中にはいるのが初めてで、あなたが淑女だからよ」とグレイスがささやいた。〝淑女〟ということばを、まるでテンペランスがお茶もマグカップからは飲もうとせず、必ず最高級の磁器を使うほどお上品な人間だとでもいうように発音して。

テンペランスはため息をついた。「アリス、あなたとラムジーで――」と言いかけて、途中でことばを止めた。最年長の二人の顔に恐怖を見てとったからだ。できることなら、羽目板の中に消えてしまいたいという顔だった。

「こんなことのために睡眠を削ったってわけね」とテンペランスはあくびをかみ殺しながら

言った。マッケアンの子供たちに内緒で愉しい一日を与えてやろうというのはすばらしい考えに思えたのだが、現実はこんなものなのだ。おそらく食べ物が出されれば多少は元気になるのだろう。エピーとその姉に午前四時から料理をさせており、母が送ってくれたオレンジとチョコレートもある。だから……

しかし、テンペランスはがっかりせずにはいられなかった。二日前には、あの恐ろしいハーミッシュと――顔と顔をつき合わせて――会わなければならず、態度もあらためなければならなかった。初めて会った日の無礼を詫び、物静かで控え目な態度で日曜日に聖書のクラスを教えさせてほしいと頼まなければならなかったのである。子供たちにあげるつもりでいる聖書も見せた。

もちろん、胸のむかつくようなあの男が、わざとこちらが卑屈にならざるをえないように仕向けたのだ。あの男はどの一節を子供たちに教えるつもりかあらかじめ知る必要があるとまで言った。作ろうとしている帽子の形や、母が次にどんなひどい女を送り込んでくるか考えるだけで頭がいっぱいだったテンペランスは、聖書の物語をひとつも思い出せなかった。しばらく時間稼ぎをしてから、彼女は白い聖書を開き、〝エスター〟という単語を見つけた。

「エスターと王……の物語を。昔から大好きな話だったんです。いい教訓になる話だと思います」

「解釈の仕方によりますな」とハーミッシュは疑うように言った。

「あなたはどう解釈されますの？」とテンペランスは訊き、にっこりと微笑んだ。慈善事業への寄付を頼むときに男たちに向けるとっておきの笑顔だ。

そしてそれからの四十五分間、エスターの話の教訓について、たっぷり講釈を聞かされることになった。

「なのに何にもならなかった」テンペランスはつぶやいた。

「何ですって？」とグレイスが訊いた。

「あんな大変な思いをして、何にもならなかったって言ったの。ピクニックに行って子供たちにご馳走してあげるだけでもよかったんだけど、何かただ食べるより愉しいことを教えてあげたかったの」しかし、どれほど懸命に促しても、子供たちをローラースケートに触らせることもできなかった。

「でも、危険そうに見えるわ」とグレイスは床に山積みされたローラースケートを見て言った。

「そんなことないわ」とテンペランスはうんざりして言った。「わたしは子供のころ、よくニューヨークの路地を走りまわったものよ。ローラースケートを履いたわたしは凶器だったから、母はよく苦情を受け取っていた。近所でわたしより速く走ったり、わたしよりすごいいたずらができる子供はひとりもいなかったわ」

「でも、この子たちはあなたのことを知らないのよ。ローラースケートを見たことだってないわ。だから、少しばかりびくびくしてても当然よ」

それを聞いてテンペランスは自分の靴にローラースケートを結びつけた。そして、ボールルームの床を何周かした。とくに変わったことをしたわけではなく、ただ滑ってみせて、子供たちにスケートが簡単で愉しいものであることを教えようとしたのだ。しかしそれでも、子供たちは妙な形の器具をつけてみようとさえしなかった。

ラムジーならきっとこういった冒険をするチャンスに飛びつくものとテンペランスは思っていた。なんと言っても、日々危険な馬に乗って過ごしているのだから。しかし、その彼も気でも狂ったのかという目でテンペランスを見て、「そんなのに乗ったらけがをするよ」と言ってあとずさり、「いつ食べ物が出るの？」と訊いただけだった。

とどのつまり、つまらない礼拝を終えたばかりで眠そうにむっつりした十人余りの子供たちは、壁際に並んで突っ立っているだけで、テンペランスがどう頑張っても動こうとしなかったのである。

「たぶん、わたしが――」とテンペランスが言いかけたところで、ボールルームのドアが勢いよく開き、戸口にジェイムズが現れた。

テンペランスを含む全員がはっと息を呑んだ。誰もローラースケートに触れてもいないとしても、聖書の授業を行っているのでないことは一目瞭然だったからだ。

「いったいここで何をしているんだ？」とジェイムズは部屋を見まわしながら怒鳴った。

「日曜学校を開いているんじゃなかったのか？」

確信は持てなかったが、テンペランスはジェイムズの目にいたずらっぽく光るものを見た気がした。怒っている振りをしているだけなのかしら？　それともほんとうに怒っているの？

テンペランスはいちかばちか試してみることにした。ボールルームの中央に滑っていくと(部屋は静まり返っており、羽が床に落ちる音すら大きく響きそうだった)、ローラースケートをひとつ拾い上げ、彼のほうに差し出した。

「あなたにはできないわね」と言って彼女は息をこらした。

ジェイムズ・マッケアンの目に宿っていた光は、今や銀河がそこにあるがごとく光を増していた。「賭けるかい、お嬢さん？」ローラースケートを受け取りながらそう言うと、ジェイムズは椅子に腰を下ろしてローラースケートを靴に結び始めた。

しかし、彼の大きな靴に合うように先端部分を広げるための鍵をテンペランスから手渡されても、彼にはその使い方がわからなかった。そこで鍵を使う代わりにスケートをひねったが、うまくいかず、靴底を無理やりフックの中に押し込もうとした。

くすくす笑いを聞いて、テンペランスは手伝ったほうがいいだろうと思った。子供たちに笑われることになって、彼が気を悪くするかもしれない。「こうするのよ」と言ってテンペランスは鍵を差し込んでまわした。そして手早くローラースケートのサイズを調節し、彼のどっしりとしたワークブーツを結びつけた。

「さあ、わたしの腕につかまって」テンペランスは一歩下がって言った。「支えてあげる」

「はっ！」立ち上がりながらジェイムズは言った。「俺はマッケアンの領主だ。女の手なんか必要な——あっ！　あ——っ！」立ち上がると、ローラースケートが勝手に滑り始めた。

ジェイムズは長い腕を広げ、バランスをとろうとしてそれをぐるぐるまわした。

子供たちはくすくす笑っていたが、やがてひとりが大笑いし始めた。床の上を滑り出すと、ジェイムズの動きはさらに大きくなった。両足が離れ、スピードが増すと、両手を大きく振りまわすあまり、飛び上がろうとしているかのように見えた。

さらに二人の子供が笑い出した。笑い声は大きくなく、手で口をふさいでいるが、笑っていることに変わりはなかった。ほかの子供たちもほとんどが笑顔になっている。

ジェイムズはテンペランスのいるほうに進んできて、目の前で転んだ。

しかし、なんという転び方だったろう！　顔はまともに彼女の胸につっこみ、手はお尻をつかんでいた。

思わずテンペランスは小さな悲鳴を上げて彼を押しやった。けれども、ジェイムズは足が滑るために支えが必要で、彼女につかまらずにいられなかった。振りまわす手が太腿をつかんだり、尻をつかんだりと、〝禁じられた〟場所ばかりつかんだのである。一度など、足が空を切り、彼女の胸をしっかとつかんで上にのしかかったこともあった。テンペランスは急いでまわれ右をして彼のそばから離れた。

「あ――っ！」という悲鳴を洩らし、足に言うことを聞かせようとしながら、ジェイムズは彼女のいるほうへ滑った。

まるで地獄の門の番犬が追いかけてきたとでもいうように、テンペランスは広いボールルームの一方の端へ逃げた。しかし、ジェイムズはすぐ後ろに迫っており、前に伸ばされた手が近づいてくる。彼が転んだら、道連れになるのは必至だった。

死に物狂いになってテンペランスは逃げようとしたが、彼の力と予測不可能な行動にはかなわなかった。どこへ行ってもすぐ後ろにジェイムズが迫ってきた。

ついにつかまったのは窓の前だった。窓ガラスの前まで追いつめられたときには、彼が猛スピードですぐそこまで迫っていた！　両足を大きく開き、腕をせわしなく振りまわしながら、ぶつかってこようとしている。もう逃げるすべはなかった。

両腕で頭を防御し、テンペランスは激突を待ち構えた。ぶつかった衝撃で二人して窓の外に投げ出されることがありませんようにと祈ることしかできなかった。

しかし、ぶつかりそうになったところで、ジェイムズに抱きかかえられるような恰好で前に引き寄せられた。彼女は木の床に倒れ込んだが、腰にまわされた彼の腕のおかげで衝撃は和らげられた。倒れたというよりも彼に抱き上げられて床に下ろされたといった感じだった。ただし、次の瞬間、ジェイムズがもんどりうって倒れ、後頭部を彼女の腹に押しつけ、聴衆に挨拶するかのように両腕を突き出して転がった。

そのとき初めてテンペランスは目を上げた。しばらくこの狂った男に部屋じゅうを追いかけまわされ、逃げるのに必死だったが、気がつくと部屋の中にいる誰もが大声で笑い転げていた。グレイスは腹を抱え、身を折り曲げて笑っており、ラムジーの顔は笑いすぎて真っ赤になっていた。子供たちもみな甲高い声で笑っていた。立っていられずに床に転がって笑っている者までいた。

「できない振りをして」とテンペランスは声を殺してジェイムズ・マッケアンに耳打ちした。「滑れるんじゃない」

「滑れないなんて言わなかったぞ」とジェイムズは子供たちに微笑みかけながらささやいた。「俺はマッケアンで育ったわけじゃないから、外の世界のことも多少は知っている。しかし、ニューヨークには歩道が多いからな。きみが自分のほうが多少はうまく滑れると思ったとしても無理はない」

テンペランスは彼の頭を見下ろした。まるでその日はそのまま過ごそうとでもいうようにまだ彼女の腹の上に載っている頭を。それから子供たちに目を向けた。みな笑いの発作をおさめ、おしゃべりを始めている。しかし、聞こえることと言えば、マッケアンがこうしたあしたといったことばかりだった。

テンペランスは今感じているのがやきもちだということは絶対に認めたくなかったが、かつては常に自分が注目の的でいることに慣れていたのは確かだった。なんといっても、大勢の人々を前にして演説を行っていたのだから。しかしこのスケートのメロドラマではピエロを演じたにすぎなかった……そう、たぶんわたしは子供たちの尊敬を集めたかったのだ、とテンペランスは思った。とはいえ、ここはマッケアンの土地であり、ここにいるのはマッケアンの人々で、わたしはすぐにいなくなる身だ。だから、彼のせいで子供たちが一生忘れないような笑いの種にされても、大目に見るべきなのかもしれない。

「冗談じゃないわ」テンペランスは息を殺して言うと、上に乗っているジェイムズを押しのけ、立ち上がった。

「よくもこんな目に遭わせてくれたわね」彼女は大声で言った。部屋にいた全員が笑うのをやめ、彼女をじっと見つめた。

テンペランスはジェイムズに目を釘づけにしながら後ろに滑り始めた。「わたしを馬鹿にしてただで済むと思っているの？」となかば叫ぶように言い、こぶしを突き上げて戦う構えをとった。

ボールルームはしんと静まり返った。

ゆっくりとジェイムズは立ち上がった。「俺が馬鹿にするまでもなく、すでにきみは馬鹿そのものじゃないか」と静かに言うと、黒っぽい目を怒ったように険しくした。

一瞬、テンペランスはためらった。この人、本気かしら？　しかしすぐに彼の目がいたずらっぽく光るのがわかった。テンペランスはほっとしてにやりとしそうになったが、どうにか笑みを押し隠した。

「わたしに挑戦できるほどあなたが男らしいかしらね？」サーカスのピエロのように、テンペランスは怒った振りをしながら後ろ向きに滑り、大きく開いた足をジグザグに動かして加速した。

立ち上がったジェイムズは最初、バランスと威厳を保つのがやっとの様子だった。もはや腕を振りまわしはしなかったが、足元はおぼつかなかった。

ほんとうは上手なんだわ。ようやくテンペランスにもわかった。わざとバランスを崩しながらも制御はできている。子供のころ、テンペランスに追いつける者は誰もいなかったが、そのころ十一歳のジェイムズ・マッケアンに会っていたら、彼はお金を賭けてレースを挑んできたことだろう。

二人は今や、ボールルームの端と端にいて、そのまわりでは子供たちが黙ったまま目を丸くして成りゆきを見守っていた。テンペランスには子供たちが怖がっているのがわかった。ほんとうに喧嘩してるの？　それともこの二人の大人はまた喧嘩の振りをしているだけなの？

ジェイムズを見上げると、彼は素早く顎を下げた。何を考えているのかすぐにわかった。「命はもらったわ」と叫び、テンペランスは何度か力強くスケートをこぐと、ジェイムズに飛びかかっていった。うまくいくかしら？　彼に近づきながらテンペランスは思った。あの素振りだけで彼の思惑を正しく理解できたのだろうか？　ちゃんとつかまえてくれるのだろうか？　それとも部屋の奥の窓から外へ飛び出すことになるのだろうか？

しかし、テンペランスはジェイムズを信頼することにした。

思いきりぶつかりそうになる直前にテンペランスはしゃがみ込み、首をすくめ、片足を前に出して両手を上げた。そしてそのまま猛スピードで彼の足のあいだに滑り込んだ。ジェイムズは彼女の手首をつかみ、稲妻のように素早く力強い動きで、くるりとまわった。瞬時に二人は反対の方向に向き直っていた。ジェイムズはテンペランスの両手をつかんだままスケートであとずさった。テンペランスは彼のまたのあいだで体を縮め、片方の足でバランスをとった。

ジェイムズが反対側の壁際でようやく止まったときも、テンペランスは動かなかった。頭を垂れ、片足を上げたままだったため、太腿の筋肉が痛みに悲鳴を上げている。子供たちからは何の声も聞こえなかった。

「子供たち、まだそこにいるの？」とテンペランスはジェイムズにささやいた。

「怖がっている」と彼はささやき返した。

しかし、次の瞬間、誰かが拍手したと思うと、すぐにも部屋は笑いと喝采に包まれた。しばらくして拍手喝采が一段落したところで、脇の下に手がさし込まれ、テンペランスはジェイムズの足のあいだから引っ張り出された。彼女は立ち上がろうとしたが、慣れない激しい運動と子供たちがうまくだまされないのではないかという不安から、体が固まってしまっていた。

助け起こしてくれたのはラムジーだった。そのそばにいたグレイスが、「あんなの生まれて初めて見たわ」と驚愕しきった目でテンペランスを見ながら、息を呑むようにして言った。「二人で練習したの？」

「いいえ」とテンペランスは腰に手をやりながら答え、「ただ――」と言いかけてジェイムズを見上げた。彼は子供たちに囲まれていた。どの子も手にローラースケートを持ち、履くのを手伝ってくれと頼んでいる。グレイスはまだ答えを待っていた。「ただ――」ただなんだろう？　ちょっとした身振りで通じ合えるほど、心が通い合っているとでも？

そのときドアが開いて、エピーと妹が食べ物を山ほど載せた四つのトレイの最初のひとつを運んできたために、テンペランスは質問に答えずに済んだ。一斉に歓声を上げ、子供たちは食べ物へと走った。グレイスもその後ろに従ったため、ボールルームの端にはテンペランスとジェイムズだけが残された。

テンペランスは何と言っていいかわからなかった。ある意味、たった今二人でしたことはひどく親密な行為だった。

「で、来週の日曜日には何を教えるつもりだ？」と彼が訊き、二人はふき出した。気まずい空気は一瞬にしてふき飛んだ。

「馬用の塗布剤はある？」青あざができたにちがいない腰に手をあてながら、テンペランスは訊いた。

「俺は使う必要に駆られたことなんかないけどな」とジェイムズは言った。「山に登ったり、羊を追ったりしているから——」

と、そのとき、年長の子供のひとりがスケートのコントロールを失い、ジェイムズの腰にぶつかってきた。彼も今度はほんとうに倒れることになったが、倒れるときにテンペランスにつかまったため、いっしょに倒れた彼女はジェイムズの上に乗る恰好となった。

もちろん子供たちはまた見世物が始まったと思い、食べ物で口をいっぱいにしたまま二人を見て笑った。

テンペランスはジェイムズから身を引き離すと、脚をもつれさせたまま、小山のように床にすわりこんでいる彼に目を向けた。

「それで？」今にも笑い出しそうな目で見つめたまま、テンペランスは言った。

「馬具庫の右側にある棚の上から三番目だ。でも、まず、これをはずしてから行ってくれ」

にっこりしながらテンペランスは身をかがめ、首からひもでぶら下げた鍵を使って彼のローラースケートをはずしてやった。それから自分のスケートもはずしたが、そのあいだ彼はそこにすわったままでいた。そのころには、ボールルームはローラースケートを履き、互いに引っ張り合いながら滑る子供たちでにぎやかだった。しばしば転んでは甲高い笑い声を上げている。

ジェイムズは腰を上げ、テンペランスの肩に手をまわして片足で立った。「ここから俺たち二人がいなくなったらまずいと思うか？」

テンペランスは食べたり滑ったりしながら甲高い声で笑っている子供たちに目を向け、「まずいことはなさそうね」と答えた。グレイスと目が合うと、グレイスはテンペランスのしたことを認めるようにうなずいた。

「おいで」とジェイムズが言った。「ワインとチーズと柔らかい背もたれがある場所に行こう」

「いいわ」とテンペランスはにっこりして言った。彼の手が肩にまわされている。彼女は一方の手を彼の腰に、もう一方の手を固く平らな腹に置いていた。男にワインと〝柔らかい背もたれがある場所〟に誘われたときには、たいてい逆の方向に逃げ出したものだった。ついてくる男には、傘の先端の金属を使って撃退する女だと思われていた。「悪くないわね」と言って、テンペランスは足を引きずって歩く彼を支えながらドアの外へ出た。

＊

〝柔らかい背もたれ〟とはあまり清潔ではない藁の山だった。ワインとチーズも同様だった。出てきたのはワインの瓶とチーズの塊で、グラスもなければきれいな磁器の皿もなく、蠟燭もなかった。必要最低限のものというわけだ。

しかし、馬や古い革の臭いがする汚い馬具庫にはいると、すぐにジェイムズはひと束の藁の上にすわり、頭からシャツを脱いだ。そして「ここだ」とワインの瓶を差し出しながら左の肩の後ろを指差した。

そこに塗布剤を塗ってほしいのだとテンペランスが気づくのにしばらくかかった。

これまでずっと彼女は〝自由な魂〟の持ち主であり、啓蒙された人間であると自負してきた。そんな人間として今、どう振る舞ったらいいのだろう？　たしなみとして、男と瓶からワインを交互に飲むことなどできないと言ってやろうか？　半裸の男と二人きりでいるなどとんでもないと？　とはいえ、ほんの十分前に彼のまたのあいだにはさまってスケートをしていた自分がそんなことを言うのは馬鹿げてはいないだろうか？

「何を待っているんだ？」と彼がもどかしそうに言った。

「母が押しかけてきてわたしに罪の宣告をするんじゃないかと思って」とテンペランスは答

えた。

裸の肩越しに向けられた彼の目が、きみのジレンマはよくわかると語っていた。その目が優しく誘うような目になった。「俺を前にして臆病風に吹かれたわけじゃないだろう?」

頭をすっきりさせておきたかったため、差し出されたワインの瓶は無視し、棚から塗布剤の瓶を取り出すと、中身を手にとって彼の肩にすり込み始めた。なんともがっしりとした広い筋肉質の肩だった。浅黒い肌は温かく、滑らかだった。

湧き上がる感情を理性で抑えようとしながら、テンペランスは考えた。いいわ、前もそうだったけど、また欲望を感じることになっても、それを克服したと胸を張って言えるようにしよう。原始的な欲求に屈することなく——

「干草の中でセックスしてみるかい?」ジェイムズはテンペランスに流し目をくれた。

それを聞いてテンペランスは笑い出し、おかげで呪縛が解けた。「前の奥さんのことを話して。好きじゃなかったのなら、どうして結婚したの?」

ジェイムズは眉をひそめた。目から誘うような光が失われた。「家政婦のくせに、きみは仕事とは関係ないことに首を突っ込みすぎる」

「あなたの村の子供たちを愉しませることだってわたしの仕事じゃないけど、やったでしょう?」

「はっ? 俺が行ったときには、あまり愉しませている様子ではなかったけどな。まるで穴があったらはいりたいという感じだった。おい! 爪に気をつけてくれ」

「ごめんなさい」テンペランスはあまりすまなそうでもない口調で言った。「自分でやりたかったら、そう言って」

「いや、そのまま続けてくれ。もっと下だ。そう、そう、そこだ」

触られて恍惚とした表情で目を閉じている彼を見て、テンペランスは逃げ出すか、もっと早口でしゃべるかしなければと思った。

「奥さんよ、いい？　あなたは奥さんの話をしようとしていたのよ」

「ちがう。またきみが俺のことを詮索しようとしていただけだ。俺は話すつもりはないが」

それを聞いてテンペランスは裸の背中から手を離した。

するとジェイムズがすぐに話し始めたので、テンペランスはまた薬をすり込み始めた。

「俺は村の娘と恋仲だったんだが、父にロンドンに連れていかれ、目の前にきれいな女ばかり並べて見せられた。それで降参してそのうちのひとりと結婚した。父が選んだ女だ。それから新婚生活を始めるために、ここマッケアンに花嫁を連れ帰った。結婚してから丸二年、彼女が泣き暮らしていたこと以外、何も話すことはない」

「それで、奥さんはどうしたの？」

ジェイムズはしばし黙り込んだ。それから、壁に一列にぶら下がっている馬具に目を向けた。「月のないある晩、逃げ出そうとした。レース用の神経質な馬に飛び乗って、おそらくはミッドリーに向かおうとして、道に迷ってしまったにちがいない」声が低くなった。「馬といっしょに崖から落ち、海に沈んでしまった」

テンペランスは訊きたくなかったのに、訊かずにいられなかった。「自殺だったの？」

「ちがう！」ジェイムズはきっぱりと言った。「身内にもうひとり自殺者が出るなど耐えられない。祖母がしたことで、俺たちはもう充分罪深い一族なんだから」

「でも、あなたのおばあ様は自殺したわけじゃないわ」とテンペランスは言ったが、言ってしまってから恐怖に駆られ、塗布剤にまみれた手で口を覆った。秘密にするという約束を破ってしまった！

しばらくジェイムズはまっすぐ前を見つめたまま何も言わなかった。それから、「よし、口を滑らせたな」と小声で言った。「その詮索好きな性格が今度は何をほじくり返したんだ？」

「そんな口をきくなら、何も答えないわ」と言ってテンペランスは塗布剤の瓶にコルクの栓をはめた。

次に彼が口を開いたときには、声に命令するような響きがあった。優しい口調ではあったが、冗談で言っているのでないのは明らかだった。「祖母について知っていることを話すんだ」

しかし、テンペランスは気圧《けお》されまいとした。「あなたはおばあ様のことを嫌っているんだと思っていたわ。大の浪費家だって言ってたじゃない」

立ち上がってジェイムズはシャツを拾い上げた。「あの人が欠点を持っていたからといって、嫌いにはなれなかった。祖母は俺にとって優しい人だったから。さあ、知っていることを話すんだ」

テンペランスは何も話したくなかった。何がなんでも口をつぐんでいられたらと願った。が、彼の顔を見れば、話さずにはここから出してもらえないことは明らかだった。

「すわれよ」とさっきまで自分がもたれていた藁の山を顎でしゃくりながら彼は言った。

テンペランスはそのことばに従い、黙って腰を下ろした。ジェイムズは彼女のブーツのひもをほどいた。

「ここが幸せな家ではなかったと思っているんだろうな」ブーツを脱がせながら彼は言った。

テンペランスは否定するような声を出すしかできなかった。ギャンブル、殺人、復讐。そう、確かに幸せな家庭とは言えなかった。

「村の連中が俺の家族の噂をしたがることはわかっている。グレイスがおしゃべりだってこともな」

「そりゃあ、わかっているでしょうよ」と言ってから、テンペランスは目を大きくみはった。自分の声が苦々しげに響いたからだ。どうしてそんなことを言ってしまったのだろう？彼がグレイスの名前を口にすると、かつての二人の親密な関係を即座に思い描いてしまう。グレイスが同じ家で暮らしている今、また二人はベッドをともに……？

「これは……」ジェイムズはストッキングを穿いた足に顎をしゃくった。

「あ」と言ってテンペランスはスカートをたくし上げ、彼の前でガーターをはずそうとしてためらった。あっちを向いていてと言うべきかしら？　心の中に住む小悪魔がささやいていた。わざと脚をさらすのよ、そして――

しかし、ジェイムズが脇を向き、急いで両方のストッキングのガーターをはずすあいだ顔をそむけていてくれたので、問題は解決した。テンペランスはストッキングをポケットにしまった。彼女がストッキングを脱いだのを見て、ジェイムズはひざまずき、大きな手でテンペランスの小さな足を持った。

ジェイムズは彼女の苦々しげな口調には気づかなかったようだった。「わが家に代々伝わるギャンブル好きの血と身内のあいだの争いについて聞いたんだろうが――」

「身内のあいだの争いについては誰も教えてくれなかったわ」とテンペランスは興味を覚えて言った。

ジェイムズはその大きな手でテンペランスのくるぶしを握った。「話を聞く気があるのか？　それとも俺からさらにあれこれ聞き出そうってわけか？」

「謎を解く手がかりを全部知りたいのよ」

ジェイムズは首を振った。「いいかげんにしろよ、お嬢さん！　俺の祖母は聖化されていない場所に埋められているんだ。そのことで俺がどれだけ苦しんでいるか。祖母の死について何か知っているなら、聞かせてくれ」

「あなたのおじい様に殺されたのよ」とテンペランスは言った。そして、息を止めて彼が怒りを爆発させるのを待った。

しかし、何も起こらなかった。何の反応も見せずに、ジェイムズは塗布剤の瓶を開け、それをあざのできたテンペランスの足首にすり込み始めた。「ああ、そうだろうな」としばらくして彼は言った。「祖父はひどい癇癪もちだったから」

「彼は女の子を何人窓から放り投げたの？」テンペランスはその場の空気を軽くしようとして言った。結局、ことが起こったのは何年も前のことなのだ。

ジェイムズはにやりと片方の口の端を上げて彼女を見上げた。「ほんの数人さ。さあ、知っていることや聞いたことを全部話してもらおうか」

テンペランスは誰にも言わないと約束したからと言いかけたが、こうなってはもう遅かった。そこで、グレイスの夫が、誤って銃が発射されたのを目撃したこと、その後ジェイムズの祖父が妻は自殺したと主張したことを話した。

「なんてやつだ！」とジェイムズは息を殺して言い、テンペランスのもう一方の足を持ち上げた。

「二人の結婚は親が決めたものだった」と彼はくるぶしをこすりながら言った。「お互い憎み合っていた」

「あなたとあなたの亡くなった奥さんのように」とテンペランスは小声で言った。

「ああ」と彼は冷ややかに言った。「死んだ妻と俺のように。しかし、祖父母のは最初から愛のない結婚だった。どちらも互いを傷つけることしか望んでいなかった。祖父はギャンブルに走り、祖母は浪費に走った」

それを聞いてテンペランスは真剣な顔で身を乗り出した。「でも、あなたのおばあ様が買った物はどこにあるの?」

目を上げたジェイムズの顔にはおもしろがるような表情が浮かんでいた。「古い言い伝えを信じたなんて言わないでくれよ。あの家のどこかにアラジンの宝物が隠されているっていうのか?」

「ふう」テンペランスはため息をつきながら後ろにもたれた。ジェイムズは彼女のくるぶしに塗布剤をすり込んだ。「もしかしたらと思っていたんだけど……」

ジェイムズは片方の眉を上げて彼女を見た。「もしかしたら何だ? 俺と二人で壁を崩して探しまわろうと思っていたのか? 俺の祖父がしなかったと思うか? 俺の父も。弟と俺があの家で宝探しをしないときがあったと思うのか?」

否定されたからといって、テンペランスはけっしてあきらめない人間だった。「でもグレイスが言うには、彼女のご主人があなたのおばあ様が買った物の領収書を見つけたそうよ。銀製品やセリーニの金の彫像まで」

しばらくジェイムズは口をつぐんで彼女のくるぶしをもんでいた。沈黙が長引くにつれて彼女の心臓の鼓動は速まっていった。子供のころ、『宝島』は大好きな本だった。

「何の領収書だ?」とジェイムズが静かに訊いた。

テンペランスは勝利の喚声を上げたかった。が、そうする代わりに大きく息を吸い、気持ちを落ち着かせた。「わからないわ。でも、宝物がないんだとしたら、どうでもいいことじやないの？　ただ、あなたのおばあ様はギャンブル好きの夫に使い果たされてしまわないように財産を使い込み、買った物をどこにしまったか誰にも教えずに死んでしまったから――」

テンペランスのことばは途中で切れた。ジェイムズが彼女の肩をつかみ、口で口を封じたからだ。最初は激しいキスだったのが、すぐに優しく甘いキスに変わった。テンペランスはいつまでもキスが終わらないでほしいと思った。

あっという間に思えるひとときが過ぎ、ジェイムズは身を引き離してテンペランスを見つめた。ハンサムな顔におもしろがるような表情が浮かんでいる。「きみがこれまで何をしてきたのかは知らないが、キスでなかったのは確かだな」

それを聞いてテンペランスはうっとりとした夢から覚め、彼の手を払いのけた。「あなたとキスなんかしたくないからよ」

「ほんとうに？」ジェイムズはまた身を乗り出した。

しかし、下手だと言われるほど情熱に水を差すことはなかった。結婚前にはキスが上手ではいけないと母はよく言っていた。何にしても、テンペランスはすっかり不機嫌になっていた。

ジェイムズはテンペランスの顎の下に手をあて、顔を持ち上げて目を合わせた。「傷つけてしまったかな？」

「そんなことないわ！」テンペランスは虚勢を張った。「でも、あなたはセックス以外のことに興味ないの？」

ジェイムズは目をしばたたいて彼女を見た。どうやら女からそんなことを言われるのに慣れていないらしい。「ああ、考えるのはセックスのことばかりさ。ベッドで女に何をしてやろうかと考えると仕事も手につかなくてね。だから――」

からかわれているのはわかったが、会話の成りゆきが気に入らなかった。「領収書よ、覚えてる？　すべてそこから始まったのよ――ちょっと！」

ジェイムズがテンペランスの手首をつかみ、馬具庫を出て家へ向かおうとしていた。彼女の靴があとに残されているのにも気づいていないようだった。しかし、テンペランスのほうは石や何か柔らかいものを踏むたびに、自分が裸足でいることを意識していた。なかば引きずられるように家へとはいりながら、踏んだものが馬糞ではありませんようにと祈った。

テンペランスは裸足の足をスカートの下にたくしこんであくびをした。昨晩はグレイスの帽子作りを手伝って明け方まで起きており、今日は今日でローラースケートの激しい勝負に挑んだというのに、夜も更けた今、帳簿の見直しなどをしていたのだから。しかもいっしょに作業している男には、きみはキスの仕方を知らないと言われたのだ。

「何もないな」とジェイムズが言った。少なくとも十七回目だった。

二人のまわりには一七六二年までさかのぼる帳簿があった。「アメリカだったら、こんな帳簿は博物館におさめられてるわ」とテンペランスは再度あくびをしながら言った。

「ベッドにはいりたかったらそうすればいい」とジェイムズは言ったが、ほんとうにそうしたら、この先ずっと根性なしと見なすと宣言しているような口調だった。

テンペランスは前に足を伸ばし、裸足のつま先を小刻みに動かした。部屋には六本の蠟燭が灯されていたが、それでも古い書斎は暗く、まるで洞窟の中にいるようだった。「わたしが知りたいのは、どうしてあなたのおばあ様は自分のしていることを誰にも言わなかったのかってことだわ。物を買っては隠していたんだったら、どうしてそれを誰にも言わなかったの？」

「あんなに早く自分が死ぬとは思っていなかったのさ」

「誰だって自分が死ぬとは思っていないけど、それでも遺言書を作るでしょう。事故でほんの一瞬のうちに命が奪われることだってあるんだから。それに、あなたのおじい様の気性から言って、喧嘩のときに殺してやると脅されたとしても意外じゃないわ。どうしてそんな危険に備えなかったのかしら？」

「事故だったんだ」

「え？」

「あれは事故だったんだ、そうだろう？　殺人ではなかった。祖父が拳銃を祖母に向けて発射したわけではなかった」

「ええ、そうよ。でも、最初に拳銃を取り出したのは誰だったの？　おじい様が拳銃を突きつけて脅したのかしら？　『買った物をどこに隠したのか教えろ。教えないと頭を撃ち抜くぞ』とかなんとか言って」

「アメリカには絶対に行きたくないものだな」とジェイムズは五度目に帳簿をめくりながら、心ここにあらずといった口調で言った。「ゲイヴィーが見つけた帳簿をどうしたか、グレイスは知っていると思うか？」

「何も言ってなかったわ。自分で訊いてみたほうがいいわね。彼女の寝室の場所はわかっているんでしょうから」言ってしまってからテンペランスは愕然とした。なぜこんなことを言ってしまったのだろう？

ジェイムズは目を上げようともしなかった。「きみがグレイスに嫉妬心を剝き出しにするのは二度目だな。マッケアンに残りたくないってのは本心かい？」

「嫉妬ですって？」とテンペランスは言った。「変なことを言わないで。ニューヨークにはわたしを必要としている人たちがいるのよ。ねえ、もうわたし、寝るわ。あなたが何を探しているのか知らないけど、明日の朝探せばいいじゃない」そう言って立ち上がった。「あなたの大好きなおばあ様が、どこに何を隠したか教えてくれるほどあなたを信頼してなかったのはお気の毒だったわね」

「なんてことだ――」ジェイムズは息を呑んで言った。

テンペランスが振り返ると、大きくみはったジェイムズの目にはショックが浮かんでいた。「何⁉」彼が何も言わずにすわりこんでいるので、彼女は訊いた。

「祖母はトランプをくれた」

「りっぱな美術品を買い漁っていたのに、愛する孫にはトランプしか遺してくれなかったっていうの？　あなたが兄弟の中でもギャンブルをやらないほうだってこと、わかってなかったのかしら？」

「それだよ」とジェイムズは小声で言った。「コリンや祖父からはトランプを隠しておけと言っていた。彼らに取り上げられたら終わりだと。とても大切なトランプだと言って」

テンペランスは素早く考えをめぐらした。「ほかの物だったら、ぼろぼろになるまでそれで遊んだのに、トランプはずっと安全な場所に隠しておいたっていうの？」希望に声が上ずった。

「ああ」ジェイムズはやっと聞き取れるほどのささやき声で言った。「俺の部屋の箱の中にある」

テンペランスはドアへと突進した。と、同時にジェイムズも急いで立ち上がり、走り出した。二人は部屋の戸口に同時に到達し、われ先に外へ出ようとした。絶対に先んじようと決心していたテンペランスは無理やり体を押し込んだが、狭い戸口でジェイムズの体に体を押しつけることになった。

しばらくして、少しも前に進めないことがわかると、テンペランスはジェイムズを見上げた。ジェイムズはいつものように口の片側だけを上げてにやりとしている。二人の体はまともに抱き合う恰好になっており、彼はわざと体を押しつけて彼女が戸口を通り抜けられないように邪魔をしていた。

テンペランスは脅すように目を細めた。ジェイムズは笑い声を上げ、一歩下がって彼女を先に通すと、「きみは子供たちを愉しませるのは下手かもしれないが、俺のことはいつも愉しませてくれるよ」と言った。

テンペランスは答える間も惜しんで二階の彼の寝室へと走った。戸口で立ち止まると、彼もすぐ後ろについてきていた。彼女は部屋をのぞき込んでから、振り返った。「わたしに触ってごらんなさい。来週ずっと食事に砂を入れてやるから」

「きみにキスをしてみた感じでは、誘惑を感じることもないね」と彼は言い、彼女の脇をすり抜けて寝室にはいった。

しばらくテンペランスは顔をしかめて部屋の外に立っていた。これほど腹の立つ男には会ったことがなかった。踵を返して自分の寝室へ行き、ベッドにはいりたいという思いもあった。彼の家族の秘密を解き明かすのは彼自身にまかせておけばいい。

しかし、祖先が中世の時代に十字軍に携えていったにちがいない大きな古い箪笥の中を漁っている彼の姿を見て、部屋の中へはいり、彼の肩越しにのぞき込んだ。

「あった！」ジェイムズは小さな箱を取り出しながら言った。そしてそれをベッドのところに運んだ。「蠟燭を持ってきてくれないか？」

〝お手伝い《ガール》〟のひとり、エピーかその妹が彼の寝室に一本だけ蠟燭を灯していた。そこでテンペランスはそれをとってきて、ベッドのそばにあるテーブルの上に置いた。「いや、こっちに置いてくれ」とジェイムズが眉をひそめながら言った。いっしょにベッドにすわれということだ。

テンペランスは彼が手に持っているものが気になるあまり、ためらわずに高いベッドの上によじ登り、重いヴェルヴェットのベッド・スプレッドの上にぶら下がっている錫製の蠟燭立てに蠟燭を載せると、彼の手の中をのぞき込んだ。

「ここ何年も見てなかった」片肘をついて彼女のほうに身を寄せ、彼が言った。「九つのときに祖母がくれたものだ。亡くなるほんの一年前だ」

ジェイムズの声は優しかった。どっしりとしたベッド・スプレッドのせいで、まるでちがう時代にいるようだった。不意に彼に対する腹立ちが跡形もなく消え去った。ギャンブル好きの家族や危険なほど短気な祖父に囲まれて育った小さな男の子が目に見えるようだった。

ジェイムズは箱を開けて小声で言った。「これはとても貴重なものだから、肌身離さず持っていろと祖母は言っていた」ジェイムズはテンペランスを見つめた。二人の顔は数インチと離れていなかった。「これこそが俺の将来を決めるものだとも言っていた」

テンペランスはそれについてはいくつも言いたいことがあったが、舌を嚙み、沈黙を守った。

「占い用のカードだと思っていたんだが、使い方がわからなかった」

ジェイムズがカードをベッドの上に広げるころには、テンペランスの心臓は早鐘のように打っていた。カードはきれいな扇形に並べられた。その形から、彼がカード・ゲームをまったく知らないわけではないことは明らかだった。

しかし、カードを見るやいなや、心臓の鼓動は規則的になった。カードに特別なところは少しもなかったからだ。裏側がカード会社が好んで作るような赤と白の複雑な模様になっているカード。興味を引かれるようなところもまったくなかった。

テンペランスはがっかりした顔でジェイムズを見た。

ジェイムズはにやりとしてみせ、それからカードを見下ろした。そして、ゆっくりと引っくり返し始めた。

カードの表にはダイヤモンドのネックレスの絵が描いてあった。四隅にはダイヤのエースのマークがあった。

次に引っくり返したカードにはハートが三つと、小さな金の天使の絵が描いてあった。

恐る恐るテンペランスはカードを拾い上げ、蠟燭の明かりにかざして見た。「イタリアのものみたいね」そう言ってジェイムズに目を戻すと、彼は解釈を待つように微笑みかけてきた。

その心を読もうとしながら見つめていたテンペランスは、ふとあることを思いついた。カードに目を戻すと、扇の形に置かれたカードを一度に全部裏返した。表にはそれぞれ美術品や宝石や銀食器の絵が描いてあった。

「なんてこと」とテンペランスは言った。「ここに描いてあるのがおばあ様が買った物だとは思わない？」

「昔からそう思ってはいたんだが、証拠を見つけられなかった。もちろん、祖父も教えてくれなかったし。だからゲイヴィーが見つけた領収書について知りたいと思ったんだ」

「でも、今までずっと何も見つからなかったっていうの？」

「たいしたものはね。何度か皿などを見つけたことはあった。きみも見つけただろう。しかし、ほかは何もなしだ。最初に皿を見つけたときには、祖父に見せたら割られてしまった。だから、それからは何を見つけても内緒にしておかなければならなくなった。探していること自体もね。祖母を思い出させることはすべて祖父の気に入らなかったから」

「理由は想像できるわ。罪悪感よね、たぶん？」テンペランスはカードを一枚取り上げて見た。ダイヤの四とサファイヤの指輪が描かれていた。「銀器のいくつかを除けば、どれも小さくて劣化するものじゃないわ。油絵が腐るわけもないし。長期の保存に耐えるものばかりよ」

「いったいそれをどこにしまいこんだのか、思いつかないか？」とジェイムズが訊いた。

「あなたにこそ訊きたい質問だわ。いい、領主はあなたでわたしはよそ者よ」

「そうだな」と微笑んで言うと、彼は別のカードを取り上げた。スペードの六には小さなブロンズの彫像が描かれていた。おそらくは古代ギリシャのものだろう。「さあこれで在庫品目は手にはいったわけだが、品物をどうやって見つけようか？」

「おばあ様、ほかに何か遺してくれなかったの？　見取り図とか？　よく考えて」

ジェイムズにはからかわれているのがわかっていたが、それでも笑わずにいられなかった。宝探しは子供時代の一部だった。領主になってからは仕事以外のことを考える時間はほとんどなかったが。トランプを集め、箱に戻しながら、彼は言った。「どうやら、これのおかげで俺たちが宝物の発見に一歩近づいたということはなさそうだな」

その〝俺たち〟という言い方に、テンペランスは不意に寝静まった家で二人きりでいることを意識した。彼の部屋の彼のベッドの上に二人きりで。

急いでテンペランスはベッドの反対側に転がり、床に足をつけた。「ひと晩の出来事としてはもう充分だわ」そう言って死ぬほど疲れているとでもいうようにあくびをする振りをした。が、じっさいは眠気はふき飛んでしまっていた。

ゆっくりとジェイムズがベッドのもう一方の端から降りた。「そうだな。明日はエジンバラに行かなければならないんだろう。眠っておいたほうがいい」

「エジンバラ？」彼が何のことを言っているのか見当がつかなかった。「いったい――」

「グレイスと何か家で使うものを買いに行くと言っていただろう、忘れたのか？」

「あ、そうそう、そうだったわ」とテンペランスは言った。グレイスと二人で町へ行く理由として自分でこしらえた嘘を忘れてしまっていた。明日はグレイスの帽子をかぶって内緒の昼食をとる日だった。「買い物ね、忘れるところだったわ」

「俺の買い物もしてきてくれないか。煙草と洗羊液、オオカミ用の罠がいくつかと馬具を少し」

ジェイムズの一語一語にテンペランスはしだいに大きく顔をゆがめた。「オオカミ用の罠？」

「そうだ。荷馬車と男を二人連れていくといい。買い物だったら荷馬車がいるはずだ。どうせ荷馬車で行くんだから、いっしょに俺の物も受け取ってきてくれてもいいだろう？」

「オオカミ用の罠を買うのも家政婦の仕事なの？」とテンペランスは訊いた。

「それはそうだな。俺もいっしょに行ったほうがいいかもしれない。少しここから離れるのは俺にとってもいいことだろうし。ズボンがあるか探してみよう――」

「だめよ！」ジェイムズがいっしょに行ってはいけない理由を思いつこうとしながら、テンペランスは言った。しかし、あまりにも眠すぎて、はっきりものを考えられなかった。

「ズボンはだめだって？　俺に膝をむき出しにしたままでいてほしいと女が思う理由はわかるけどな。きみがどうしてもというなら――」

テンペランスはどんな嘘も思いつかないほど疲れ切っていた。「あなたが何を着ようと気にしないけど、いっしょに行くのはだめよ。一日この家とあなたから離れる日がほしいの。それにオオカミ用の罠もなし。羊具とか――」

「洗羊液だ。それと馬具」

そのときになって、彼がまたからかっているのがわかった。最初からエジンバラに行く気などなかったのかもしれない。彼の性格から言って、町で一日を過ごすよりは有刺鉄線の上を裸足で歩くほうがましだと思うにちがいなかった。ましてやズボンなど穿いたこともないのではないだろうか。そういう意味では下着も。

テンペランスは戸口まで行ってドアを開けたが、閉める前にジェイムズに呼びとめられた。

「今日、子供たちのためにしてくれたことには礼を言うよ」優しい声。「ありがたかった」

テンペランスは褒められた嬉しさで赤くなった顔を隠そうとした。「どういたしまして。いい子供たちだったから、愉しかったわ」

「俺も」とジェイムズは言った。その興奮した子供っぽい言い方に思わず彼女は笑った。

「おやすみなさい」

「ああ、おやすみ。明日は出かける前には会えないかもしれないな。買い物を愉しんできてくれ」

「ええ、ありがとう。おやすみなさい」テンペランスはドアを閉めかけたが、また開けて「ジェイムズ」と呼びかけた。

「ん？」

「その村の娘はどうなったの？　あなたが恋仲だったたっていう」

「俺の母が気の毒に思ってグラスゴーの学校へ送った。それから何年かしてどこかの年寄りと結婚したと噂で聞いた」

定かではなかったが、彼の声にはまだいくばくかの恨みがこもっているようだった。初恋のことはいつまで経っても忘れられないと多くの女たちが言っていた。男にとってもそれは同じなのかもしれない。

「じゃあ、おやすみなさい」とテンペランスはもう一度言うと、静かに廊下に出てドアを閉め、自分の部屋へ向かった。
数分後には夢の中にいた。

13

「やったわ！」テンペランスは古い荷馬車の固い座席に背をあずけて言った。

「ほんとうね」グレイスは馬の手綱をとりながら小声で言った。「わたしはまったく協力できなかったけど」

テンペランスはそのことばを無視した。「あのとりすました怖い女の人が、さよならって言ってきたとき、どんな顔をしてたか覚えてる？　してやったりといった顔だったわよね？　グレイスの家。明日にはエジンバラじゅうにあなたの噂が広まるわ」

「わたしの噂じゃなくてあなたのよ」とグレイスはしつこく言った。「わたしは何もしなかったもの」

「わたしがこれまで見たこともないほどの美しい帽子を作っただけ、それだけってわけね」

「でも、それがどうしたっていうの？　才能を持っている人は多いわ。ブレンダはすてきなお話ができるし、リリアは海藻からお酒を作れるけど、どちらもエジンバラでその才能を売ろうなんてしない。才能があるからって、それでお金もうけができるわけじゃないのよ」

「ええ、まあ、確かにわたしも多少力を貸したけど」

「いいえ」とグレイスは断固として言った。「世界を相手にしても何でもできるという信念が必要なのよ。ここマッケアンにはないものだわ」声が低くなった。「あなたがいなくなってしまったら、そういう信念を持たないわたしたちはどうしていいかわからない」

「はいはい」と褒められて恥ずかしくなったテンペランスは言った。今はうまくいったことだけを考えていたかった。ほかのことは考えたくなかった。「今考えなくちゃならないのは、あなたが事業を始めたことをマッケアンの人々からどうやって隠しておくかってことよ。ともかく、女がお金を稼ぐのをハーミッシュが許すはずはないわ。とくに、あなたがこれから稼ぐほどのお金は。そういう例はニューヨークでたくさん見てきたわ。子供とぐうたらな夫を抱えた貧しい女性たちに生計を立てる方法を見つけてあげるの。それで女性が自立すると、男のエゴがそれを台無しにしてしまうのよ。お金を稼ぐのをやめさせるってわけ。もう何度となくそんな例を目にしてきたわ」

「ジェイムズもやめさせたがるかしら？」とグレイスは手綱を握りながら言った。月の光だけに導かれる暗い夜道でも、馬たちには厩舎への道がわかっていた。

「彼のことはあなたのほうがわかっているわ」と言って、テンペランスは顔をしかめた。それを口に出したときに少しばかり胸が痛んだことが自分で気に入らなかったからだ。つまり彼に惹かれているということだ。だからといって、世界が終わるわけではない。

「そうでもないわ」とグレイスが言った。「確かにわたしは彼とベッドをともにはしたけれど、彼はあなたに話すようには誰にも話したことないのよ」

「そう？」と言って、テンペランスは笑み崩れた顔をグレイスに見られないように顔をそむけた。「あの人はいい人よ。まあ、やってはいけないことをしたりもするけど。女性を窓から放り投げたり、殺すと脅したり。でも、ふだんはあんなにみんなの世話をしてあげているんだもの」

グレイスは首をかしげてテンペランスを見た。「殺す？」

「あ、たいしたことじゃないのよ。ちょっと脅しただけ。その場にいたんじゃなかったらわからないわね。ねえ、ここマッケアンを事業の拠点にしたいって本気？　母にエジンバラで小ぢんまりとしたすてきなお店を探してもらうこともできるわよ」

「結構よ！」とグレイスはきっぱりと答えた。「わたしがエジンバラで育ったこと忘れたの？　あんなところに住んだら、死んだも同然よ。誰もアリスの面倒をみてくれないし。でもここだったら……」

「そうね」とテンペランスは優しく言った。「わかってる。アリスはここで生まれたんですものね。ここが故郷なのよ」テンペランスがマッケアンで心底すばらしいと思うようになったのは、そういう人々の心だった。村人たちの絆は固かった。孤立したり、疎外されたりする人はいなかった。領主の愛人となったグレイスでさえ、ほかの者たちと同じように村の一員として扱われていた。テンペランスは口もとをほころばせ、胸の中でつぶやいた。そう、そういう村人たちの態度はとてもいい。

「あらあら、ずいぶん遅くなったわね」テンペランスは物思いから脱し、声に出して言った。「ベッドにはいったら、一週間は起きないわよ」

ちょうどそのとき、荷馬車は曲がり角を折れ、前方に古い石造りのマッケアンの屋敷が現れた。テンペランスが初めてその家を目にした晩は、家の中でたった一本蠟燭が燃えているだけだった。ところが、今夜は家全体が燃えているように見えた。

「何かあったのよ」とテンペランスは小声で言い、声を大きくして「何かあったのよ」と繰り返した。そして突然グレイスから手綱をとると、「ハイヤ」と馬車を引く二頭の馬に向かって叫んだ。が、思ったほど馬がスピードを上げないのを見て立ち上がり、座席のそばのホルダーから長い鞭を取り出した。薄い革の鞭が馬の頭上で鳴った。

横にいたグレイスは、不意をつかれて座席から後ろに投げ出され、荷馬車の床に落ちて横腹を何か固いもので打った。彼女はうめき声を上げたが、痛みのことなど考えている暇はなかった。何かにつかまっていないと、後ろに飛ばされて道に落ちることになりそうだったからだ。帽子がずれて顔を隠してしまったため、馬車の横の部分を手探りしなければならなかった。つかまるものを見つけると、グレイスは帽子を押し上げ、目を上げた。月明かりにテンペランスのシルエットが浮かび上がっていた。荷馬車の前の部分に立って鞭を振るうその姿は、昔見たサーカスのポスターに似ていた。鞭の音が空気を切り裂いている。

馬車はすさまじいスピードで家に向かって走っており、衝突は避けられないような気がした。その衝撃に備えるため、グレイスは身を丸め、荷馬車の側面とテンペランスが買って荷馬車に積み込んだ荷物とのあいだに身を押し込むようにした。

しかし、衝突する寸前にテンペランスは全体重をかけて手綱を引いた。馬の前足が地面から浮いたのはまちがいなかった。それから、まだ馬が完全に止まらないうちに、テンペランスは荷馬車から飛び降り、家の中に駆け入った。

地獄の馬車に乗ってきた気分で恐怖に身震いしながら、グレイスも荷馬車から降り、家の中にはいった。

＊

親愛なるお母様

もう夜も更けており、わたしは死にそうに疲れていますが、どうしても今晩起こったことをお伝えせずにはいられません。今日グレイスとエジンバラに出かけた際に、そちらに寄れなくてごめんなさい。でも、やらなければならないことが多すぎて時間がありませんでした。

まず、グレイスの帽子は大成功をおさめました。みんなの注目と関心の的になって、グレイスは二十五個の帽子をできるだけ急いで作る契約を結びました。帽子屋の経営者にグレイスが使っているような古い布を集めるのは非常にむずかしいと言ってやったところ、経営者の女性は五割増しの金額を言ってきました。ジェイムズの古い屋敷にある崩れかけたカーテンの量を思えば、グレイスが世紀末まで帽子を作り続けても足りるぐらいです。

わたしとグレイスが家に帰ると、家の窓という窓から明かりが洩れていました。ここマッケアンでの暮らしがふだんいかに慎ましいか知っていたら、それがどれほど異常なことかわかっていただけることと思います。何か恐ろしいことが起こったにちがいないとわたしはぞっとしました。そして、考える前に手綱をつかむと馬を早駆けさせていました。お父様がわたしに馬車の御者台に立って鞭を振るうやり方を教えてくださったのを覚えていますか？　教わったことを披露した唯一無二の機会には、お母様の意識を戻すのに気つけ薬を使わなければなりませんでした。

とにかく、マッケアンじゅうの人々が家に集まってわたしたちを待っていたのです。お母様、これがどういうことかわかっていただかなくては。三日というもの、グレイスと彼女の義理の母とグレイスの娘アリスとわたしは、みんなに内緒で帽子を作っていました。完全な秘密で、誰にも何をしているのか教えませんでした。でもなぜか、村のみんなが知っていて、わたしたちがマッケアンに戻ってくるのを待っていたんです。

あの光景をお見せしたかったわ！　子供たちも全員集まっていました。グレイスの夫のはとこのところで生まれたばかりの娘さえ、母親の腕に抱かれて来ていました。傲岸な牧師、恐ろしいハーミッシュまでがいて、グレイスの帽子がエジンバラでどういう反応を得たか教えてもらおうと、みんながわたしたちの帰りを待っていたのです。

マッケアンで秘密を持とうとしてもこうですからね！　わたしが日曜日の午後にジェイムズの脚のあいだにはさまれてスケートをしたことは、あまり詳しく牧師には知られていないと思いたいけれど、きっと絵が描けるぐらいよく知っていることでしょう。

いずれにしても、聴衆がいるとわたしがどれほど頑張ってしまうかご存じでしょう。いつもカエルの子はカエルっておっしゃってたわね。たぶんそのとおりだと思います。じっさいその日は長い一日でわたしは疲れ切っていました。ローラースケートをしたり、ジェイムズと宝探しをしたりと、それまでも何日か長い一日を送ってきて、ほんとうに疲れていました。でもぜひ話を聞かせてほしいというあの人たちの顔を見た瞬間、疲れなんかふっ飛んでしまって、わたしは話を始めていました。

それもなんという話だったでしょう！

グレイスとわたしは失敗するのが怖くて、エジンバラへ行くほんとうの理由を誰にも打ち明けませんでした。でもみんながわたしたちの計画を知っていたわけですから、わたしたちがどれほど知恵を絞って内緒にしようとしていたかという話はおかしくてしかたがなかったにちがいありません。

日用品を買いに行くと言っていたので、わたしたちは普段着で出かけました。でも町まであと一マイルというところで荷馬車を停め、二人でわたしのよそいきの服に着替えました。グレイスはわたしよりもちょっと痩せているけど、服が大きすぎて困ることはありませんでした。そしてもちろん、二人ともグレイスが美しく飾りつけた帽子をかぶりました。

町では予約してくださったゴールデン・ダヴでお昼を食べましたが、わたしたちが店にはいって三十分もしないうちに、ひとりの女性がやってきて、どこで帽子を買ったのかと訊きました。わたしはこう答えました。「お教えできないわ。お教えしたら、これを作った帽子屋に注文が殺到して、わたしの帽子を作ってもらえなくなるでしょう？」

その女性が腹を立てて立ち去ったときには、グレイスは今にも死にそうな顔をしており、なだめるのにしばらくかかりました。落ちついてからも、ずいぶんと緊張していたらしく、あんなにすばらしいお料理だったのに、ほんのちょっぴりしか食べませんでした。

でも、わたしには自分のしていることがわかっていました。あの女性はきっとあきらめない。あきらめるような人だったら、グレイスの帽子を手に入れる資格はないって。

昼食も終わるころになって、ウェイトレスがわたしの帽子にまともにケーキを落としてしまいました。そして、わたしには何も言う暇を与えず、帽子を頭から取りました(幸い、その前にピンははずしてありました。おかげで食事のあいだじゅうあまり前かがみになることはできなかったけど)。ウェイトレスはきれいにしなければと言い張って帽子を持っていき、何分かして平身低頭謝りながら持って帰ってきました。

グレイスはさっきよりももっとびくびくしていましたが、わたしは気を落ちつけてエクレアを食べるように言いました。しばらくして、ウェイトレスが帽子屋の名前を訊いてきた女性に紙切れを渡すのが見えました。

わたしの帽子の内側にあったラベルから、名前と住所を書き写したのはわかっていました。ラベルは強い近眼の女性でも眼鏡なしに読めるほど大きな文字で書いてありました。

そうやってウェイトレスがメモを渡しているのを見て、グレイスとわたしはおかしくてこらえきれなくなり、外へ走り出て思いきりふき出しました。

昼食のあと、わたしたちは一時間ほど町をあちこちまわって過ごしました（ジェイムズのためにいくつか買い物をしなければならなかったのです）。それから、お母様が教えてくださった帽子屋の前をぶらぶら歩きました。馬鹿な店主が表に出てこようとしなかったので、〝ちょっと見るだけ〟に中へはいらなければなりませんでしたけど。でも、すでに三人の客からグレイスの家の帽子について問い合わせが来たということで、三十分後には店の女主人と帽子製造の専属契約を結ぶことになっていました。

交渉のあいだずっとグレイスはひとこともしゃべらず、ただすわってわたしを見つめて手をもみしぼっていました。店の女主人が言うには、「芸術家って、みんなこんな感じよ」ということでした。褒められてグレイスは気を失いそうになっていました。芸術家ですって！

そういうわけで、グレイスは女性用帽子の最先端を行くデザイナーとしての地位を確かなものとしました。わたしはここにいるあいだ、経理を担当し、帽子の値段を決めるつもりです。わたしがいなくなってからは……まあ、誰か代わりの人が見つかるでしょう。

そうして家に着くと、家じゅうの明かりがついていて、村の人々が一部始終を聞こうと待っていたというわけです。ジェイムズが言うには、村でどんな事業を始めても収益はみんなのものだから、グレイスの帽子作りもみんなのものなんですって。

ここはニューヨークとは確かにちがいます。ニューヨークでは二十年も隣同士で住んでいてもお互い名前も知らないことだってあるのに！

とにかく、わたしたちは――ジェイムズのおごりで――飲み食いし、わたしはその日一日のことを話しました。そして、そう、お母様、それがとっても愉しかったのです。みな熱心に耳を傾け、おもしろさをわかってくれる人たちで、わたしのほうにも聞いてもらいたいおもしろい話があったのですから。

ああ！　でも、見ていてもすばらしいものでした！　グレイスがとても重要な存在になったのがわかりました。これを思いついたときには、まさかグレイスが従業員を選ぶようなことになるなんて夢にも思いませんでした。ジェイムズが冷え冷えとした石の床の広いダイニング・ルームを暖めようとおこした暖炉の火の前にグレイスが立ち、誰を選ぼうかと考えながら、期待をこめて見つめる人々を見まわしたときには、わたしは誇らしさで胸がいっぱいになり、ボタンが飛んでしまうのではないかと思うほどでした。

ああ、お母様、ほんとうにグレイスのことはとても、とても誇らしく思います。従業員として選んだのは、養ってくれる夫のいない四人の女性でした。そのときには、それぞれどういう境遇の女性なのか知らなかったのですが、あとでジェイムズがすべて教えてくれました。グレイスのおかげで、マッケアンの四つの家族の運命が変わったのです。わたしが思っているとおりにグレイスの帽子が売れれば、もっと多くの家族が幸運に恵まれることになってもおかしくありません。

その日のことをすべて話し終えたときに——信じられないことですが！——一番の笑いをとったのはあの恐ろしいハーミッシュでした。〝グレイスの家〟のグレイスが現実に住んでいる家は、事業をおこすにはあまりにもみじめな場所だと言うのです。

彼がそう言った瞬間、みんながジェイムズに目を向けました。グレイスの家は彼の持ち物だからです。絶えず修理はしていましたが、それでも、どう見ても羊飼いが住む小屋に毛が生えたものに過ぎません。

ジェイムズは自分の古い屋敷に帽子作りのために使える部屋があると言いましたが、ラムジーが、夫のいない何人もの女性といっしょに暮らすことについてぶしつけなことを言ったため、村人たちはジェイムズがかつて羊の皮の倉庫だった建物を改装する費用を持つべきだと口をそろえて言いました。巨大な建物だけど、今は放置されているということでした。直すには時間とお金が必要ですが、ジェイムズにその費用をすべて払ってもらおうというのです。

もちろん、ジェイムズはそんなことをするお金も時間もないと抗いましたが、村人全員に不満の声を浴びせられました。その余裕があるかどうか判断できるだけ、みんな彼の財政状況を承知しているという感じでした。わたしはジェイムズに経理を見てほしいと言われていますので、彼について何かわかったことがあれば、お知らせします。自分で言っているほど貧しくないことだけは確かです。

グレイスの仕事にはミシンと材料がどうしても必要です。そこでジェイムズは毎年参加している大きな馬のレースで得た賞金を、今年は〝グレイスの家〟に寄付すると言いました。それを聞いて村人たちからやんやの喝采が起こり、そのあまりのにぎやかさに屋根が落ちるのではないかと不安になるぐらいでした。きっと賞金というのはかなりの額にちがいありません。

ジェイムズはラムジーの背中を叩き、レースに向けてこの子を最高の騎手にするために毎日山を登り降りさせて鍛えると言いました。それを聞いてあの恐ろしいハーミッシュが、荷馬車を家まで駆ってきた様子からして、わたしこそが騎手になるべきだと言いました。さらにびっくりしたことに、ローラースケートのレースがあったら、わたしを選手として出せばいい、そうしたら、賞金を全部かっさらって世界じゅうのミシンを買い占めることができるだろうなんて言うのです。

そんなことを言われたのと、あの恐ろしい男がとても陽気なのにびっくりするあまり、わたしはぽかんと開けた口を閉じることができませんでした。グレイスはわたしに、「リリアが彼の奥さんよ。彼、明日になったら何も覚えてないわ」と耳打ちしました。彼女が何の話をしているのかわかるまでにしばらくかかりました。それから、リリアが海藻からおいしいお酒を作るという話を聞いたことを思い出しました。なんてことでしょう！　どうやら、その女性、夫を毎晩酔っ払わせているようなのです！

お母様、お酒を瓶詰めして売るにはどうしたらいいか、調べてもらえますか？　リリアが作ったものの味見はまだしていませんが、きっと買う人はいるのではないかと思います。そのお酒があの恐ろしいハーミッシュを冗談が言える人間に変えられるのだとしたら、霊薬が見つかったと言ってもいいかもしれません。何はともあれ、ユーモアの秘薬ではあります。

さて、そんなところです。ベッドにはいらなければ。明日もしなければならないことがたくさんあります。ジェイムズはわたしに帳簿を見させるつもりでいますし、わたしは宝物について何かわからないか、ジェイムズのトランプを調べてみるつもりです。そのことについては次の手紙ですべてお話ししますね。

ああ、そうそう、洗羊液を百ポンド分送ってくれますか？　どうやらわたしは石灰を受けとってきてしまったようです。ジェイムズは石灰などどう使えばいいんだと辛辣なことを言い、わたしは婦人用の帽子には詳しいけれど、羊についてはさっぱりだと言いました。わたしは世の中の何についても、あなたよりは上手にできると言ってやりました。売りことばに買いことばでやり合ううちに、じっさいわたしが今度のレースで騎手を務める可能性までが出てきました。ジェイムズのレース用の駿馬が騎手を乗せて跳ねまわる様子を見れば、お母様もわたしのために祈らずにはいられないでしょう。
さて、ほんとうにベッドにはいらなければ。
愛情をこめてキスを送ります。

あなたの娘
テンペランスより

14

「なんて途方もない手紙でしょう」声を出して手紙を読み終え、メラニー・オニールは夫のアンガスに言った。

「あの娘《こ》をこちらへ戻したほうがよさそうだな」とアンガスは顔をしかめて言った。「どうやら甥の村全体を大混乱に落とし入れているようだ」

「ほんとうにそうですわね。でも考えてみると、テンペランスはあの子の父親にそっくりだわ。障害を障害と思わないところが。前にどんなに高い山がそびえていても、まっすぐそこへ向かっていって笑顔で乗り越えるの」

「彼が恋しいのかね？」とアンガスは言い、老眼鏡の縁越しにメラニーを見つめた。

「いいえ、全然。彼との暮らしはまるでハリケーンの真っ只中にいるみたいだったんですもの。わたしには精力的すぎる生活だったわ」彼女は手紙に目を戻した。「でも、この手紙、ジェイムズの名前が何度も出てくるのが妙ですわね。ほら、〝ジェイムズとスケートをした〟

とか、〃ジェイムズと宝探しをした〃とか、〃ジェイムズが事業について何を言った〃とか、〃ジェイムズが食べ物と飲み物のお金を払った〃とか。ジェイムズが親切だったとか、暖をとるために火をおこしてくれたなんてことも書いてあるわ」

「私に言わせれば、燃料と金のひどい無駄使いだね」と言って、アンガスはまた新聞に顔を埋めた。

メラニーは手紙に目を戻した。「最後のほうではジェイムズのことしか書いてないわ。ジェイムズが、ジェイムズが、ジェイムズがって。テンペランスが男の人のことをこんなふうに言うのは聞いたことがないわ」そう言って手紙から目を上げ、夫を見た。「ねえ、あの子、恋に落ちているんじゃないかしら?」

「テンペランスが?」アンガスは鼻を鳴らした。「まさか。しかし、まあ、尊敬できる男に出会ったということだろう」

「ここに書いてある宝物って何のことです?」

アンガスはもう一度鼻を鳴らした。今度はふき出したためだった。「愚かで馬鹿げた言い伝えにすぎない。父がよく言っていた。母がマッケアンの財産を使い果たして、買った物を家のどこかに隠していると。もちろん、馬鹿馬鹿しい話だが、子供というものは宝探しに心を惹かれるものだ」

「それで、このトランプというのは?」

アンガスは新聞を脇にずらして、「さあ、わからんね」と言った。が、それから新聞を下ろしてメラニーに目を向けた。「あのトランプのことにちがいない。母が四組作らせてそれぞれ……誰にかは覚えていないが、渡したんだ。ギャンブルをしない者にだと思う」

「でしたら、あなたもひと組受け取ったの？」

「ああ、受け取った。受け取った者はそれを秘密にすることを誓わせられ、絶対にトランプを手放さないよう約束させられた」

「そう」メラニーは小声で言った。「それで、今はどこに置いてあるの？」

アンガスはまた新聞を持ち上げた。「さあね。たぶん、屋根裏だろう。古いトランクのどれかの中だ」

「ほかのトランプのありかを知っているのは誰かしら？」

「姉だ。姉は誰が何をしたといったことをすべて知っている。そういったことに昔から関心があったからね。私とちがって」

「そう」ともう一度言ってメラニーは立ち上がり、部屋の隅に置いてある小さな書物机のところへ行くと、近くに住むアンガスの姉にあてて手紙を書き始めた。木曜日にそちらでお茶をごいっしょできないかと問う手紙だった。

＊

「あらあらひどい人ね」とアンガスの姉、ロウィーナがメラニーに言った。「あのシャーメインというろぬぼれた馬鹿な女の子にはわたしも会ったことがあるわ。恐ろしい母親にも。

どうしてあんな娘を、こともあろうにジェイムズに会いに行かせたりしたの？　生きたまま食べられてしまうわよ」

「ええ、アンガスの話を聞くと、そうみたいですね。でも、うちの娘をニューヨークでの大変な暮らしからしばらく遠ざけておきたいと思ったものですから。テンペランスは労を惜しまないとてもまじめな娘なんです。もう何年も、お願いだから休暇をとってと言い続けてきたんですけど、絶対に休もうとしなかったわ。だから、テンペランスに甥の花嫁を見つけさせるつもりだとアンガスに聞いたときには、彼女に休暇をとらせるいい機会だと思ったんです。でも、最初からすてきな若い女性を送り込んだら、テンペランスはすぐにマッケアンを去って、とるべき休暇もとらないで終わってしまうでしょう」

「あなたの話を聞いていると、彼女は慈善の仕事から片時も離れるつもりはないみたいね」

メラニーはティーカップを置いた。アンガスの姉のことは会った瞬間から好きになった。アンガスに言わせれば、ロウィーナは少々親分風を吹かせすぎるということだったが、メラニーはそういう人間が嫌いではなかった。嫌いだったら、テンペランスの父親やアンガスとは結婚しなかったはずだ。

「あら、でも、テンペランスも今は休暇をとっていますわ。スケートだって子供のとき以来ですもの。いったい、ニューヨークの町に匹敵する何がマッケアンで起こっているというのかしら？」

それを聞いてロウィーナは鼻で笑った。歳はアンガスとひとつ二つしかちがわないはずだったが、見た目は百歳にも見えた。手編みにちがいないレースでできた古いドレスに身を包んでいたが、レースで囲まれた顔は黒く、皺が寄っていた。天候によらずいつも馬に乗って過ごしてきた女の肌だった。「レースのドイリーの上に鉄のティーカップを載せたような感じさ」とアンガスはめったに会わない姉について言っていた。

「あの場所についてわたしが知っていることを聞いたら、身の毛もよだつ《カール・ユア・ヘア》わよ」とロウィーナは言った。

「髪の毛をカールしてくださったら、わたしのメイドがありがたがるわ」とメラニーは小声で言った。

ロウィーナには一瞬その意味がわからなかったが、やがて声を上げて笑った。「アンガスの前の二人の奥さんよりもあなたのこと気に入ったわ。見かけは丸っこくて小さいお菓子みたいだけど、芯には鋼の強さがあるのね。たぶん、本人たちが思っている以上に、そのおてんばな娘さんにもあなたに似たところがあるんだと思う」

「まあ、アンガスには言わないでくださいね」とにっこりしてメラニーは言った。「自分は優しい女性が好きだと思っているんですから」

またロウィーナは嬉しそうに笑った。「それで、ここへはマッケアン一族の話を聞きに来たのね」

「ええ、もしよかったら。それと、二組のトランプがなくなっていることについても」

「おやおや、ずいぶんと調べてまわってるのね。わたしが二組持ってるのよ。わたしのと亡くなった妹のと。アンガスのを見つけたなんて言うんじゃないでしょうね？」

「見つけました」とメラニーはうんざりした口調で言った。「三人のメイドといっしょに二日もかけて。でも見つけたわ」

「まったくね。芯には鋼の強さ」もっとよく顔をのぞき込もうと身を乗り出すようにしてロウィーナは言った。醜い女性に多いのだが、彼女もひどく虚栄心が強く、絶対に眼鏡をかけようとはしなかった。「何がねらいなの？　ほんとうのところ？」

「わかりません。でも、もしかしたら、わたしは娘とあなたの甥ごさんの縁結びをしているのかもしれないわ」

「おや、おや。あなたの娘がジェイムズのような乱暴者に立ち向かえるとでも？」

「あなたの甥ごさんがわたしの娘のような自由な精神を持つ者に立ち向かえるとでも？」

ロウィーナは声を出しては笑わなかったが、にやりとした。それからその笑みがさらに広がった。「トランプのことを知っているんだったら、遺言書についても知っているの？」

それを聞いてメラニーは目を丸くした。「遺言書？」

「弟は馬鹿よ！　弟がジェイムズに花嫁を見つけるためにあなたの娘をわざわざマッケアンに送り込んだのは、甥を結婚させるキューピッド役を演じたかったからだと思ってるんじゃないでしょうね？」

「あら、じつを言えば、そうだと思って疑わなかったわ」

「アンガスが！　キューピッド役を演じるですって？　はっ！　彼はジェイムズの羊毛を売

りたいだけよ」

「でも、今だってジェイムズの羊毛は売ってます。おっしゃってることがわからないわ」

「アンガスはマッケアンの羊毛を今後もずっと売り続けたいと思っているの。それで——もう少し紅茶を持ってくるように言いましょうか……」ロウィーナはメラニーを上から下まで眺めた。「——それとケーキも少し。かまわないでしょう?」

メラニーはにっこりして、「ケーキは大好きです」と言った。

ロウィーナもにっこりした。「わかったわ。あなたにはケーキと、わたしにはウィスキーをほんの少し。かまわないわね?」

「誰しも悪癖を持っているものだわ」とメラニーは笑みを浮かべて言った。

「じゃあ、ゆっくりしてくつろいでちょうだい。あれやこれやお話しすることがたくさんあるのよ」そう言ってロウィーナは小さなベルを手に取ると、思いきり鳴らした。すぐさまメイドが現れた。

「はい、奥様」

「紅茶とケーキとウィスキーを。みんなたっぷり持ってきてちょうだい。それと、そこの箱をここへ持ってきて」

言われたとおりにすばやくメイドは女主人に小さな黒檀の箱を手渡し、部屋を出ていった。ロウィーナは箱をメラニーに渡した。

中には二組のトランプがはいっていた。二つともふつうのトランプだったが、唯一ふつうとちがっていたのは、表に美術品や宝石の絵が描いてあったことだった。

「アンガスは全然信じようとしなかったし、妹も同じだったけど、わたしはここに描かれている物が、母が買ってマッケアンのどこかに隠した宝物だと思うの」

「なんてこと」メラニーはトランプを一枚手に取って言った。そこにはサファイヤの指輪の絵が描かれていた。「メイドがケーキも紅茶もたくさん持ってきてくれるといいんですけど。だって、お話ししてくださること、ひとこと洩らさず聞きたいんですもの」

「喜んで」とロウィーナは言った。「自分より若い世代の人に話すのは愉しいでしょうからね。友だちはみんなわたしの話にうんざりしてばかりなの」

メラニーは思わずにやりとした。若い世代と呼んでくれるとは、なんて優しいんでしょう。

＊

メラニー・オニール・マッケアンが義理の姉の家を出たのは三時間後のことだった。そのころにはロウィーナは酔っ払っており、メラニーは上品な小さなケーキを三皿も食べていた。もっと食べてもよかったのだが、コルセットがきつくて食べられなかった。

さて、馬車で自宅へ向かいながら、メラニーは物思いにふけっていた。なんとも驚くべき話を聞いたからだ。ジェイムズ・マッケアンは、これから三十五歳の誕生日を迎えるまでの六週間のあいだに愛のある結婚をしなければ、マッケアンの所有権を失うというのだ。

「領主の称号はそのままだけど、そんなのにはたいした価値はないわ。土地を失うことになるんだから」とロウィーナは言った。

「でも、娘の話ではジェイムズはあの土地と土地の人々を愛しているということだったわ。彼の人生そのものだって。彼以上に誰があの場所をほしがっているんです？」

「ほしがっている人なんていないわ」と言いながら、ロウィーナはウィスキーのお代わりを注いだ。「でも、彼の弟のコリンは手に入れてもいいと思うかもしれないわね。売り払ったってたいした額にはならないかもしれないけど、そのお金でギャンブルができるから。コリンは一族の病気を受け継いでいるの。わたしみたいに酒飲みじゃなかったのは残念ね。そのほうがずっと安上がりなのに」

「まあ、そんな」とメラニーは口いっぱいにケーキをほおばりながら言った。「でも、正直、わからないわ。ジェイムズが村を愛していて、ずっとあそこにいたいと思っているのなら、どうしてうちの主人が花嫁を見つけてあげようというのに抵抗するのかしら？」

「ジェイムズは遺言のことを知らないからよ」

「知らない……？」

メラニーは空の皿をテーブルに置いた。ロウィーナはウィスキーの瓶を手にとってお代わりを注ごうとしたが、瓶は空だった。そこで、ソファーのクッションに身をあずけ、メラニーに目を向けた。「そのせいでアンガスとわたしはひどく言い争ったのよ。兄、つまりジェイムズの父親がなくなるちょっと前、ジェイムズはひどいありさまだった。みじめな結婚生活に押し込められて、彼にしてみたら、夢も希望もないように思えたんじゃないかしら。父親もまだ若かったしね。ジェイムズは羊やら何やらであれこれ試させてくれと頼んだものだけど、兄はけっして許さなかったわ。

それから、兄のアイヴァーが事故で亡くなったの。イングランドの大領主のところで金曜から月曜までぶっ続けで開かれていたハウス・パーティに参加していて、屋根から落ちて死んだのよ。誰も彼といっしょに屋根にいたことを認める者はいなかったけど、あの女好きの性格からして、きっとメイドを追いかけていたんだと思うわ。

とにかく、ジェイムズは父親の死後三週間もつかまらなかった。案内人だけを連れて北部に狩りに出かけていたのよ。誰も彼がどこにいるのか知らなかったから、アンガスとわたしとで遺言書が読み上げられるのを聞いて、それを執行することになったの」

「つまり、ジェイムズが三十五歳になる前に愛のある結婚をしなければならないということね」とメラニーは考え込むようにして言った。「でも、当時ジェイムズはすでに結婚していたんでしょう」

「ええ。遺言書が書かれたのはその何年か前だったの」そこでまた、ロウィーナは鋭くメラニーの目を見つめた。

「なるほど」とメラニーは言った。「愛のある結婚。そこが重要なんですね。誰が見てもジェイムズと妻のあいだに愛はなかったから、つまり、三十五歳まで彼がその妻と結婚したままでいたら、あの土地は自動的にコリンのものになる」

「そう、そのとおり。でもコリンは——彼が遺言を一語一句承知しているのは確かよ——まさか若いジェイムズの妻が一年以内に亡くなって、ジェイムズが遺言の条件を満たす二度目のチャンスを与えられるとは思っていなかった」

メラニーはしばらく考えをめぐらしていた。「でも最初の結婚がひどかったせいで、当然ながらジェイムズは結婚に懲りて今までずっと独身のままできてしまったんですね」

「ええ。アンガスとわたしは彼を再婚させようと、思いつくかぎりの手を打ったわ」

「理由を教えないまま」とメラニーが言った。「そう、〝愛のある〟結婚をしなければならないとわかったら、絶対にそんな結婚なんかできない、そうでしょう？　努力して恋に落ちることはできないけれど……」彼女は声をひそめた。「嘘をつくことはできる」

「これで、アンガスとわたしが口論した理由はおわかりね。アンガスはジェイムズにすべてを教えるべきだと言ったわ。そうすればどこかのきれいな小娘を愛している振りをして結婚し、望むものを手放さずにいられるからって。それほどむずかしいことじゃないわよね？」

「でもコリンはろくでなしだって聞いたけれど、ジェイムズはそうじゃないんでしょう？」とメラニーは言った。「コリンならそんなこともできるかもしれないけれど、ジェイムズにはできない。ところで、このことは誰が判断するんです？」

「そのとき国を統治している君主よ」

「え？」メラニーは信じられないというような声を発した。

「アイヴァーが死んだときにはヴィクトリア女王の時代で、女王がこの問題の仲裁者となることに同意したの。アイヴァーとコリンはよくバルモラルの女王の屋敷を訪ねていて、ほかのみんながそうだったように、女王もコリンの魅力に籠絡され、〝愛のある〟結婚という考えが気に入って、それが本物かどうか判断する役目を請け負ったのよ」

「きっと自分は永遠の命を授かっているとでも思っていたんでしょうね？」とメラニーは言った。

「まあね、でも、わたしの知るかぎりでは、その約束は息子のエドワードにも受け継がれているわ」

「まったく」メラニーは言った。「わたしだったら、誰かが恋に落ちているかどうか判断する責任なんて負わないわ」

「王様ってものはその方面には多くの経験を積んでいるものだから。わたしの言っている意味はおわかりかと思うけど」

メラニーは微笑んだ。エドワード七世が繰り広げている美しい女性たちとの情事は社交界の噂の的だったからだ。こっそりと交わされる噂ではあったが、広く流布《るふ》しているのは確かだった。「まったくなんてことでしょう」とメラニーは言った。「なのに、ジェイムズは何も知らない？」

「ええ。わたしがアンガスを言い負かして、ジェイムズには言わないでおくことになったの」

「どうりでアンガスが若い女性を次から次へと甥のもとへ送り込むわけだわ」

ロウィーナは首を振った。「もう十年もよ！　甥のところへ送り込んだ女性の数は想像をはるかに超えているわ。それに、ジェイムズが町に来ることでもあれば……ああ、まったくね、目の前にずらりと並べてみせるわけ」

「でも、ジェイムズはその気にならない」

「そう、ちっとも」そう言ってロウィーナはしばらく目を閉じた。「ああ、疲れてこれ以上は話せないわ。明日また来て。コックにシード・ケーキを焼かせておくから。きっと気に入るわ。半分バターでできたケーキよ」そう言うと、がくりと頭を胸に垂れ、たちまち眠りに落ちてしまった。

メラニーはクロシェ編みの掛け布を固い小さな長椅子の背から取ってロウィーナに掛けてやり、部屋を出た。が、心ここにあらずで、今聞いたばかりのことを初めから思い返していた。

15

「ジェイムズは彼女を好きなのかしら?」アリスは帽子につける優美なバラの花に小さなステッチをつけようと悪戦苦闘しながら、母親に訊いた。彼女は帽子作りのために学校を休んでもいいと内緒で許しを得ていた。なぜ内緒かといえば、ミス・テンペランスには学校を休んでいることを知られてはならないからだった。「このこと、どうして知られてはいけないの?」アリスは最初の質問の答えが得られないうちに、次の質問を発していた。「校長先生がいいっておっしゃってるのに、どうしてミス・テンペランスはだめとおっしゃるの?」

「そんなにたくさん質問してはいけません」帽子の縁に花をつけようとして口一杯にピンをくわえたままグレイスが言った。

「マッケアンのほんとうの主が誰か知りたいだけよ。校長先生なのか、ミス・テンペランスなのか、マッケアンなのか」

グレイスはピンを打つ手を止め、怖い顔をして娘を黙らせ、叱りつけてやろうと口を開いた。が、そこで、手の中でどんどん崩れていってしまう忌々しい古い布地と悪戦苦闘しているあいだ、表は陽射しにあふれていたことを思い出した。

グレイスは帽子をテーブルに放った。朝四時から働きづめで、もう夕方の六時になろうとしていた。これ以上根を詰めたら、目がつり上がってしまいそうだった。グレイスは娘に目を向けた。娘も六時間は手伝ってくれていた。「外へ行かない?」

「ええ、いいわ」と言って、アリスは即座に帽子を投げ出した。数分後には母といっしょに浜辺を歩いていた。裸足の指のあいだに砂を感じるのは気分がよかった。母といっしょに大きな屋敷で暮らしている今は、一日じゅう靴を履いて過ごさなければならず、屋敷での暮らしは悪くなかったが、ときどき裸足で砂の上を駆けまわる自由な生活が恋しくなることがあった。

「彼女がいなくなったら、わたしたちどうなるの?」とアリスが言った。

〝彼女〟とは誰のことを言っているのか、訊き返す必要はなかった。「さあ」とグレイスは小声で答えた。「正直に言って、わたしもどうなるんだろうと思っているのよ」

「だから、できるだけたくさんの帽子を作ろうとしているの? 彼女がいなくなったら、もう帽子を作ってほしいって言われなくなると思って?」

「ええ」とグレイスは率直に答えた。いわゆる〝大人の問題〟に対する娘の洞察力にはもはや驚かされなかった。

「わたしが学校を休んだと知ったら、彼女、怒るかしら?」

「それはそうよ。アメリカ人ですもの。女の子も大きくなったら大統領になれると信じている人よ」

「〝大統領〟って何?」

「王様と下院議員を足して二で割ったようなものよ」

「アメリカの大統領にも、わたしたちの王様みたいにたくさんの女友だちがいるの?」

「もちろんいないわよ!」グレイスはショックを受けて言った。「アメリカの大統領があんな人間だったら、国民に放り出されてしまうでしょうよ」

「彼は彼女を好きなの?」しばらくしてアリスが訊いた。母と二人きりで暮らすようになって何年も経っており、アリスは母が何かを真剣に悩んでいるのを知っていた。そしてそれはおそらく将来への不安だろうと思っていた。グレイスはこの帽子作りの事業を自分ひとりで引き受けることになるのではないかと恐れていた。テンペランスがマッケアンを去れば、すぐにもそういうことになる。

グレイスが答えないでいると、アリスがしつこく訊いた。「彼女、すぐに行ってしまうのかしら?」

「もちろんよ。ここにはあの人を引きとめるものは何もないんだもの。仕事が必要だと思わせようとしているけど、誰が見たって彼女が金持ちなのはわかるわ。着ている服や、話し方や……」

ことばを途切らせて、グレイスは海に目を向けた。ある意味で、テンペランスがマッケアンに来るまでは、あるがままの生活で満足だった。これからどんな未来が待っているのかもわかっていた。しかし今は、目の前に開けた未来を手に入れたいと思うがゆえに不安になった。テンペランスが近くにいてくれれば、すべてが可能な気がした。帽子の事業を軌道に乗せて娘をエジンバラの大学にやるお金を作ることが、けっして法外な望みではないと思えた。

「アリスは頭のいい子よ」とテンペランスに言われたことがあった。「もうびっくりするぐらいに。あの子ほど数字に強い人間には会ったこともないわ。それに、科学の分野にも才能があるような気がするし。エジンバラの学校へやることを考えたほうがいいかもしれないわよ。きっと学費ぐらい出せるようになるから」

そして今、きれいな帽子を作る喜びは失敗したらどうしようという不安に変わっていた。失敗すれば、娘からすばらしい将来を奪ってしまうことにもなりかねない。アリスの夢は――それが女に許されるのであれば――医者になることだった。そして、アリスがマッケアンを去れば、自分はひとり残されることになる。ゲイヴィーが死んだときよりも、もっと孤独になるのだ。

グレイスは心の中で自分をののしった。だからおまえは娘に学校を休ませ、帽子につける花などを作らせているのだ。この子は裁縫が下手で、大嫌いだというのに。

「……笑うの」アリスが話し続けていた。

「え？」グレイスはわれに返って言った。

「怒ってるの？」

「いいえ、もちろん怒ってなんかいないわ」とグレイスは娘ににっこりと微笑みかけながら言った。「ちょっと考えごとをしていただけ。大人の問題よ。それだけ」

アリスは海に顔を戻すと、石を三つ投げ、「彼のほうは彼女を愛してると思うわ」と静かに言った。「彼女は愛してないかもしれないけれど。彼女のほうがたくさんの人に会っているから、混乱して誰がよくて誰がよくないかわからなくなっているのよ。でも、愛を告白されれば、彼女のほうも愛を返すかもしれない。そうすれば、二人は結婚して、彼女がマッケアンからいなくなることはないわ。そうして帽子の仕事もお母さんの代わりにやってくれれば、お母さんはわたしといっしょにエジンバラに行って、わたしが医者になるまでいっしょに暮らせるわ。わたしが医者になったら、ここに戻ってきて、みんなを健康にしてあげられる」

アリスが話し終えるころには、グレイスは驚きのあまり口をぽかんと開けて娘を見つめていた。アリスをどこの学校へやって何を勉強させたらいいかについてテンペランスが言ったことを、アリス自身が聞いていたとは思わなかったのだ。娘が医者になるための勉強をするあいだ、何年も離れて暮らさなければならないことについて、グレイスが悩みを口に出したことも一度もなかった。

しばらくグレイスは娘をじっと見つめていた。選択肢はいくつかある。ひとつは、すべて心得ている振りをし、おまえは子供なのだから何もわかっていないのだと言うこと。ゲイヴィーだったらそうしただろう。

しかし、ゲイヴィーはもういない。全人生がこの瞬間にかかっているような気がした。

二つ目は、正直にすべてを話すこと。グレイスは後者を選んだ。

「どうしたらいいと思う？」しばらくしてグレイスは言った。

「ラムジーとわたしにまかせておいて」アリスがあまりに勢い込んで言うので、グレイスは笑わずにいられなかった。

「あなたとラムジーに？」

母に向けたアリスの顔は真剣そのものだった。

「いったい、子供二人で何を考えているの？」笑いを含んだ声でグレイスは訊いた。

「まだわからないわ。少し調査しないと」

アリスがあまりに真剣なので、グレイスはふき出してしまわないように必死で自分を抑えなければならなかった。「わかったわ」しばらくして彼女は言った。「ラムジーと二人でやってごらんなさい。すぐに行ってラムジーを見つけたらどう？」

アリスは厳《おごそ》かにうなずくと、母をひとり浜辺に残して走り去った。グレイスは小石を拾い上げて投げ始めた。心のどこかに、テンペランス・オニール嬢がマッケアンに来なければよかったのに、自分たちの生活に干渉してこなければよかったのにと思う気持ちがあった。

しかし、ほんとうのところ、心につきまとって離れないことがあったのだ。娘はジェイムズ・マッケアンがテンペランスを愛していることは一目瞭然だと言った――グレイスにもそれはわかっていた。この感情は嫉妬なのだろうか？　それとも……

グレイスは顔を上げた。もとの暮らしに戻るのは嫌だった。望みどおりにアリスを学校へ行かせてやりたいという気持ちは本物だった。手にはいりそうに見えるすべてがほしい。そしてそれは、テンペランスがいっしょにいてくれてこそ、かなうことだった。

「何か失うものがあるのかい？」ゲイヴィーの声を聞いた気がした。そして、そのことばに心が固まった。グレイスは意を決したようにスカートをつかむと、屋敷に向かって歩き出した。

＊

ジェイムズは書斎で机に向かっていた。目の前には書類が置かれている。陸に打ち上げられた船長に負けないぐらい〝幸せ〟な様子だった。

「どうして彼女に愛してるって言わないの？」グレイスは閉めたドアにもたれて言った。

「馬鹿なことを言うんじゃない」

〝誰に？〟と訊かなかったことで、グレイスには自分の推測が正しかったことがわかった。

「わたしに嘘はつけないわ。裸のあなたを見ているわたしには」

顔をしかめただけで、ジェイムズは目の前の書類から目を離そうとしなかった。「そういうことは言わないほうがいい。なんといっても、今きみは……」

「なあに？」とグレイスは机に近づきながら訊いた。「事業家だから？　そりゃあ、あなたの家の古いカーテンからきれいな花を作ることはできるけど、それだけよ。思いついたのは彼女だわ。彼女こそ……」

グレイスがなんと言っていいかわからないでいると、ジェイムズが顔を上げた。「――何でもできるという信念を持っている？」

「ええ、そうよ。そして、彼女こそがマッケアンに必要な人だわ。お父さんに無理やり押しつけられた最初の奥さんのあとでは、あなたにとってもね。だから――」

「それ以上は言うな」ジェイムズは脅すような口調で言った。「よけいなおせっかいはたくさんだ。誰かを哀れみたいんなら、自分自身を哀れむといい」

「わたしは自分をかわいそうだとは思っていないわ。夫のことを愛していたし、夫が亡くなってからは、あなたがわたしのベッドを温めてくれた」

「きみにとって俺はそれだけの人間だったのか？」とジェイムズは声を和らげて訊いた。

「そうよ」とグレイスは答えた。声に安堵の響きがあった。最近、自分の心を悩ませているのが嫉妬ではないかとずっと恐れていたからだ。「あなたとわたしには辛いことが多すぎたから、この世がいいところだって信じる気持ちを失っていたのよ。でも彼女は……」

「彼女は傷ついたことがない。心底望めば何でも手にはいると信じている。だから、きみに帽子作りの事業をおこさせようとしているわけだ。頼めばきっとマッケアンの住人全員に事業を思いついてくれるだろうよ」

「たぶんね」とグレイスは言った。「でも、事業は愛とはちがうでしょう？」

「ほかにやることはないのか？　帽子を作るとか、食事の用意をするとか？」

「ええ、たくさんあるわ。でも、あなたが彼女のことを思いつめながら、何も手を打とうとしないのは見ていられないわ」

「思いつめる？　俺はただ帳簿をつけているだけだ」

「ええ、そうみたいね」と言って、グレイスはジェイムズの目の前にある紙のほうへ顎をしゃくった。そこにはいたずら書きのような文字しか書かれていなかった。

怒った振りをしてジェイムズは紙を丸め、部屋の隅に放った。「彼女のことが好きなわけじゃない」

「へえ、そう？　彼女みたいに笑わせてくれる女が今までいた？　この死にかけた村を気にかけて、滅んで当然のこの村をなんとか救おうと骨を折ってくれる女が？」

「いや、それは……俺は……」

「俺は何よ？　妻なんて要らないってこと？　この土地に新しい血を注ぎ込んでくれる人間は必要ないってこと？　まわりを見てごらんなさい。こんな朽ちかけた家にいるなんて、墓場で暮らしているのといっしょよ。あなたのおじいさんの憎しみが今でもこの家に満ちていて、臭いがするほどだわ——死の臭いが」

「出ていけ」とジェイムズは小声で言った。それから立ち上がってドアを指差した。「出ていけ」

ジェイムズが怒っているときは、グレイスにはそうとわかった。今もそうだった。唇をきつく引き結ぶと、彼女は背を向け、部屋を出た。しかし、外へ出て重いドアを閉めると、予想どおり、部屋の中で何かが落ちて壊れる音がした。グレイスはにやりとして階段を昇り、未完成の帽子が山積みされたテーブルへと戻った。

＊

「今日はみんなどうしたの？」その晩、夕食のときにジェイムズの隣にすわりながらテンペランスが訊いた。

ジェイムズは皿を見下ろしたまま答えず、皿の上の食べ物をつつきまわしていた。しかし、それは三度目のお代わりの皿だった。何で頭を悩ませているにしろ、食欲旺盛なことには変わりなかった。

「まあ、じつを言えば」ジェイムズが答えないのを見て、テンペランスは声を作って言った。「俺が不機嫌なのは、グレイスがほかの男と会っているのを見て、彼女を愛していることを悟ったからだ」

「俺は誰のことも愛してなんかいない！」ジェイムズは立ち上がって叫んだ。不意に立ち上がったため、椅子を倒してしまった。「それに、誰とも結婚なんかしたくない！」

テンペランスは目をしばたたいて彼を見上げ、「きっと、あなたと結婚したいという人だって誰もいないわよ」と軽く言い返した。

ジェイムズは一瞬動きを止めた。が、やがてかすかな笑みを浮かべて椅子を起こすと、すわり直し、食事に戻った。

テンペランスは会話を続けようとした。「それで、今日は何をしていたの？」

「帳簿つけだ」とジェイムズはもごもごと言った。

「ああ、だから機嫌が悪いのね」

「機嫌なんか悪くない」とジェイムズはぴしゃりと言い、顔をしかめた。「人のことに口出しするやつには、いつも不愉快な思いをさせられるが」

「あら、で、誰が人のことに口出ししてきたの？」

ジェイムズは口いっぱいに鶏肉をほおばると（テンペランスが見ていないところでエピーが絞めた鶏だ）、彼女に目を向けた。「ここに来ることになったいきさつをもう一度教えてくれ。きみのだんなはどこにいるんだ？」

「わたしの——？　ああ、そう、主人ね」

「キスの仕方も教えてくれなかっただんなさ。きみはそこから逃げ出してきたんだろう。忘れたのか？」

「キスの仕方なら、ちゃんと心得てるわ」とテンペランスは目を細めて言った。「わたしの主人は……まあ、どこかにはいるわ」彼女は手を振って言うと、サイドボードに目をやった。「今日のお料理はグレイスがほかの人に頼んだんだけど、どうかしら？　鶏肉がちょっと固いかもしれないわね」

「どうして叔父はきみを送り込んできたんだ？」

「いったい何を気にしてるの？」とテンペランスは語気を荒げたが、すぐに気を落ちつけた。「知ってた？　アリスは彼女の父親と同じぐらい計算が得意なのよ。問題を出してみたんだけど、すばらしいできだったわ。グレイスとわたしはアリスをエジンバラの学校にやろうと思っているの。ところで、あれからあのトランプは見ていないわよね？」

「きみは結婚していないんだろう？」とジェイムズは穏やかに言った。「一度も。そうだな？」

「わたし、あの……鶏をもっといかが？　それともパイのほうがいいかしら？　ラムジーが午後いっぱいかけてブラックベリーを摘んでくれたの」

テンペランスは途中でことばを止めた。ジェイムズが椅子に背をあずけてにやりとしていたからだ。まるで、きみの知らないことを俺は知っているとでも言いたげな顔だ。

「お願いだから、この家で何が起こっているのか誰か教えてくれない？」とテンペランスは言った。「みんな行動が変よ。アリスはラムジーと内緒話ばかりしているし、グレイスは葬儀に参列しているような顔をしているし、あなたはあなたで『嵐ヶ丘』のヒースクリフも顔負けなぐらい物思いに沈んでいるし」

しかし、ジェイムズは答えなかった。質問に答える代わりにパイをくれと頼んだ。まるで謎が少し解けたという顔をしている。そして、そのことにとても満足しているようだった。

16

狂ってる。テンペランスは心の中でつぶやいた。島じゅうのみんながおかしくなってしまった。

あの日の夜、ジェイムズとの夕食が妙な感じで終わってからというもの、マッケアンの住民という住民が――そんなことがありうるものかはわからないが――気が変になってしまっていた。きっとみんなで毒草入りの飲み物でも飲んだにちがいない。そうテンペランスは思った。

今彼女は山頂にいた。傾斜の急な狭い山道を文字どおり駆け登ってきたのだ。何週間か前には怖いと思った道だったが、今は怖くなかった。村のほかの場所に比べれば、これほど安全な場所はないようにさえ思えた。

ここ一日半ほど、まわりの人間たちはまったく理解できない行動をとっていた。みんなでこっそり陰謀でもたくらんでいるかのようだった。

今朝はあの恐ろしいハーミッシュの妻がテンペランスのところへ息せき切ってやってきて、ハーミッシュに池で裸になっているところを見られたと耳打ちした。

虚をつかれ、テンペランスは言った。「見られたですって？　まさか、だって、わたし池で裸になったことなんてないわ。バスタブでってこと？」

リリアは、耳が悪いんじゃないのとでも言いたげにテンペランスを見て小声で言った。「あなたじゃないわ。わたしよ。それがハーミッシュとわたしの出会いってこと。崖の下にある池で水浴びをしているときに、ハーミッシュに見られたのよ。もちろん、彼がそこにいるのはわかっていたわ。それが――」シーナがやってくるのを見てリリアは口を閉じた。そして、内緒よというように人差し指を唇にあて、急いで行ってしまった。

リリアが重大な秘密を打ち明けてくれたのは確かだった。しかし、なぜそんな個人的な秘密を打ち明けてくれたのだろう？　彼女はハーミッシュに裸を見せようと服を脱いだのだ。テンペランスはそれを想像して嫌悪感に身震いした。彼女はどうしてあんな嫌らしい無神経な小男を望ましいと思ったのだろう？

肩をすくめながら、テンペランスは村の中央を通る道を歩き続けた。道の突き当たりには、グレイスの帽子作りの作業所にするために改装中の倉庫があった。テンペランスは改装工事の進捗《しんちょく》状況を見に行く途中だった。

しかし、倉庫へ行きつく前に、グレイスの死んだ夫のいとこ、モイラに呼びとめられ、耳打ちされた。夫が腕を折ったときに、なおるまで自分が看病してやったということだった。

「二人きりになることが多かったから、わかるでしょう」

テンペランスには弱々しい笑みを浮かべることしかできなかった。モイラが行ってしまうと、テンペランスは先へ進んだ。が、二歩進んだところで、会ったこともない女が話しかけてきた。夫になった男とはひと晩二人きりで小屋に閉じ込められたのだという。「そんなことがあって、結婚しなければならなくなったの」と言って女は高笑いすると、急いで行ってしまった。

倉庫に着くころには、テンペランスは村人たちが狂ってしまったのだと確信していた。倉庫にはグレイスがアリスといっしょにいて、作業をしている男たちに、窓をもっと大きくしてくれと指示を与えていた。「一日十四時間もろくに明かりのとれないところで縫い物なんかしていたら、目がどうなると思うの」グレイスはローリーを手厳しくやっつけていた。ジェイムズによって改装の責任者にされた男だ。

テンペランスは、工事に携わっている男たちのためにエピーが食べ物を詰めた大きな袋をドアのそばに置いた。「いったい何がどうなっているのか、誰か説明してくださる？」と彼女は言った。「改築計画にはお祭りも含まれているの？」

「いいえ、誰かほかの人が計画しているんじゃないかぎり」とグレイスが即座に否定した。

「どうして？」

「村の女性という女性が夫とのなれそめをわたしに話して聞かせようとしてるからよ。こんな静かで小さな村にしては、ずいぶんときわどい出会いもいくつかあったみたいね。マッケアンの女性たちって――」

テンペランスは途中でことばを切った。アリスが恐怖に目を丸くして母親を見ていたからだ。

「わたしたちに教えてって言ったのよ！」アリスはべそをかきながら言った。それからくるりと背を向けると、あやうくテンペランスを突き飛ばしそうになるほどの勢いで外へ出ていった。

「いったい、何なの？」テンペランスは目を細めてグレイスを見つめながら訊いた。

「子供たちはあなたを驚かせようと計画しているのよ」とグレイスはあわてて言った。「あなたにニューヨークに持っていってもらおうと、マッケアンの歴史をまとめているの」

「誰と誰が結婚せざるをえなかったなんてことを記した歴史なの？」とテンペランスは訊いた。「ここの女性たちから聞かされたことといったら、想像を絶するわ。ハーミッシュの奥さんなんか……」テンペランスは口を閉じた。内緒にするという約束を破りたくなかったからだ。しかし、内緒の話なのだとしたら、どうしてリリアはそれをマッケアンの歴史を記す本に載せようなどと思うのだろう？

「わたしが聞かされた話は歴史の本にはまったくふさわしくないと思うわ」とテンペランスは言った。「少なくとも出版するつもりだったらね。このあたりでは戦闘とか――歴史的にもっと重大な事件はなかったの？　それに、いずれにしても、結婚前に親たちが何をしていたか、子供たちに聞かせるのはどんなものかしら？」

そう言ってグレイスとローリーに目を向けたが、二人とも突っ立ったまま、ことばもなくテンペランスを見つめているだけだった。

ようやくローリーが口を開いたが、必要以上に大きな声だった。「たぶん、明かりは充分だ。こんな大きな窓をつけたら、冬に暖房費がかかってしようがないぜ」

グレイスはテンペランスに背を向けてローリーに向き直り、やはり大声で言った。「あなたには自分の言っている意味がわかってないのよ。わたしの作業場なんだから、わたしの望むようにしてもらうわ」

テンペランスは二人の背中を見つめて突っ立っていた。今聞いた話が嘘であることは明らかだった。ハーミッシュ夫人が堅物のハーミッシュの気を引くために池で裸で踊りまわったのはほんとうかもしれないが、マッケアンの歴史を本にまとめるという話は嘘だ。

しかし、隠し事が何であれ、テンペランスには関係のないことだった。彼らのほうも巻き込もうとは思っていないようだ。

ゆっくりとテンペランスは踵を返し、倉庫を後にした。しばらくぶりに、村にとって自分はよそ者なのだと思い知らされた気分だった。帰り道では、肘をつかまれてどうやって夫を誘惑したかという個人的な秘密を打ち明けられることもなかった。ぱったり会ったリリアは、真っ赤になってマッケアンに一軒だけの店の中へ駆け込んでしまった。テンペランスはそのあとをついていって、疑問に答えてもらおうかと思ったが、よそ者に心を閉ざした村人たちに、自分がはじき出されてしまっているのはわかっていた。

結局、テンペランスはその日一日部屋にこもり、マッケアンに来てから見聞きしたことをすべて書きとめておくことにした。そもそもどうしてここへ来ることになったのか思い出したため、村人たちに疎外されてかえってよかったのだと自分に言い聞かせることになった。そして、ニューヨークでほんとうに自分を必要としてくれる人々を救う新たな方法を見つけ出したいと思った。

しかし、文章にしようとするとむずかしかった。マッケアンでの出来事が絶えず胸に去来したからだ。子供たちとローラースケートをしたことも思い出した。

そして、ジェイムズの脚のあいだにはさまれて滑ったことも。

グレイスを手伝って帽子作りの事業を立ち上げたことも思い出した。昨日アリスに算数の質問をしたことも。「三六七かける四八一は？」じっさい一七六五二七が正しい答えなのかどうかはわからなかったが、合っているような気はした。少女はまっすぐな目で、この世で一番の望みは医者になることだと言った。確かに教育を受けることはいいことだが、どうしてこの少女は医者になりたいなどと言うのだろう。

テンペランスはジェイムズがチャーミング・シャーメインを窓から放り出したことも思い出した。そして、洞窟の外にたくましい女が現れた午後のことも。どちらについても、ジェイムズとどれほど笑い合ったことか。

ジェイムズといっしょに羊のお産を助けたこともあった。そのあとには彼のシャツを着ることにもなった。小さな洞窟で二人で昼食をともにすることもよくあった。彼はあの洞窟へ誰かほかの人を連れていったことがあるのだろうか。たぶん、前の奥さんを？ 前の奥さんはどんな人だったのだろう？ 不幸せだったのはわかっているけれど、そのほかには？ 考えてみれば、彼女はどうしてそれほど不幸せだったのだろう？ マッケアンではやることがこれほどたくさんあるというのに。わたし自身、事業をひとつ立ち上げることはできたものの、それでマッケアン全体を養うことはできない。男たちには羊がいるけど、女たちのほとんどは……

テンペランスは前にある紙に目を落とした。そこにはニューヨークに戻ったときにやろうと思うことを書きとめるはずだったが、気がつけば、マッケアンでやるべきことや、やれる可能性のあることを箇条書きにしていた。目の見えないブレンダはお話を語ることができると聞いた。それは本にするに足るものだろうか？

四度ほどニューヨークに心を戻そうとして失敗すると、ペンを放って階下《した》のキッチンへ降りた。年老いたエピーが木のテーブルの上で何かの肉を切っていたので、テンペランスは目をそむけた。ぜったいに子羊だけは食べられない。

「手紙が来てたよ」とエピーは血まみれの手で窓敷居をさして言った。

お母様からかしら？ ジェイムズの花嫁にぴったりの女性を見つけたから、すぐにここから立ち去っていいと知らせる手紙？

おずおずとテンペランスは手紙を手にとり、にっこりと微笑んだ。ニューヨークのアグネスからだった。ようやく心からマッケアンを追い出し、真にやるべきことに頭を向けられる。

テンペランスは外へ出て家の壁にもたれると、手紙を開けた。アグネスは手紙を書くのが不得手だったため、短い手紙だった。テンペランスは一枚だけの手紙に目を通した。万事うまくいっているので、何も心配ないと書かれている。

「嘘でも、わたしがいなくて淋しいと書いてくれればいいのに」とテンペランスは思った。ニューヨークを離れてからかなりの月日が経っていた。最初の六カ月はアンガス・マッケアンに道理を教えるために費やされ、それからここマッケアンに来て何週間にもなる。

〝あなたもこれをご覧になりたいと思って〟とアグネスは書いていた。〝とてもすてきな女性です〟

手紙には新聞記事の切抜きが同封されていた。そこに書かれていることを信じられるまで、テンペランスは三度も読み返さなければならなかった。

新聞記者は〝悪評高き〟テンペランス・オニールと、テンペランスが国を離れたために〝放棄した〟仕事を引き継いだデボラ・マディソン嬢なる人物を比較して記事を書いていた。

二度目に読み返したときには、テンペランスの両手はぶるぶると震えていた。その新聞記事には、テンペランスがアメリカを離れたのは彼女自身の意志であるかのように書かれていた。不幸な女性たちを救う仕事にうんざりして、女性たちをもとの状態よりもさらにひどい状態におとしめて置き去りにしたのだと。そうやって放棄された仕事を引き継いだのがマディソン嬢だという。

記事は二人を個人的に比較していた。デボラ・マディソン嬢のほうがずっと物柔らかで、テンペランスほど人と摩擦を起こすことがない。だからこそ、もっとずっとすばらしいことをなし遂げられるにちがいない。

記事はこうも述べていた。マディソン嬢のほうがテンペランスよりもはるかに若く、やり方が〝ずっと現代的〟である。テンペランスが百五歳の年寄りで、暗黒時代の方法をそのまま用いているかのような書き方だった。

「はるかに若い」「ずっと現代的」「人と摩擦を起こすことがない」「ともに働きやすい」テンペランスは記事を見下ろしてつぶやいた。

テンペランスがその手紙を読んだショックから抜けきらないうちに、ラムジーがやってきて、折りたたんで蠟で封がしてある紙切れを手渡した。

「これは？」テンペランスは新聞の切抜きとアグネスの手紙をポケットに突っ込みながら言った。

「さあ。あなたにって言われただけで、あとはわからない」

昨日だったら怪しいとは思わなかっただろうが、今日は何を言われてもすべてが嘘だという気がした。テンペランスはちらりと紙切れに目をやった。表には何も書かれていない。蠟に封印もなかった。開けないでおこうとテンペランスは思った。それから、誰がよこしたにしろ、ラムジーに持って帰ってくれと言うつもりで目を上げた。

けれども、少年は姿を消しており、家の前に立っているのは自分ひとりだった。好奇心を抑えてこの手紙を開けずにいられるような人間になれたなら！

しかしそんなことを願ってもしかたなかった。テンペランスは蠟をはがし、紙を広げて中を見た。ジェイムズが書いた字は二度ほど見たことがあったが、そこに書かれている文字が彼の字であるかどうかはわからなかった。急いで書かれたメモであるのは確かだった。

大至急来てくれ。今すぐきみの手助けが必要だ。このことは誰にも言わないように。いっしょに子羊を取り上げた場所の近くに羊飼いの小屋がある。J

宝物が見つかったのだ！　テンペランスの心に浮かんだのはそのことだけだった。ジェイムズが隠された宝物について何か見つけたにちがいない。

それ以外のことは考えられずに、テンペランスは急いで山頂へ向かった。こんな一日を過ごしたあとで、どこかで誰かに必要とされるのは悪くない。

山頂付近まで来て、初めてテンペランスは心配になった。あたりは暗くなり始め、雨が降り出しそうな気配だった。しかし、ここスコットランドでは雨が降ったり降りそうだったりという天気がふつうだ。だから、別に珍しいことではない。とはいえ、暗くなってから、土砂降りの雨にあたるのは嫌だった。

まわりを見まわし、ジェイムズが茂みの中から飛び出してこないものかと思った。ジェイムズは足音も立てずに歩き、思いもよらないところに現れる超人的な能力に長けていた。

「ジェイムズ？」とテンペランスは声に出して言った。しかし、羊の啼き声以外何も聞こえなかった。何歩か前に進むと、自分の足音だけがひどく大きく響いた。

こんなふうに呼び出されるのは最初からどこか気に入らなかった。ジェイムズは人づてにメモをよこすようなタイプではない。ラムジーに連れてこいと命令することはあっても、女をひとりで山に登らせるようなことはしないはずだ。暗くなってからはとくに。

踵を返し、テンペランスは山を降り始めたが、自分の名前を呼ぶ声が聞こえて足を止め、振り返った。「ジェイムズ？」と彼女は呼びかけた。

「こっちだ」ジェイムズらしき声が聞こえたが、ほんとうに彼の声かどうかはわからなかった。

ためらっていると、運の悪いことに雨が降り始めた。テンペランスはあっという間にずぶ濡れになって凍えてしまった。顔に降り注ぐ雨に手をかざし、テンペランスはすぐ前方にあるはずの小さな石造りの小屋に向かって走った。

小屋が目の前に現れた。開いているドアからは明かりが洩れていた。土砂降りの雨を透かして、中の暖炉に火が入れられているのがわかった。一瞬、テンペランスはデジャヴュにとらわれた。マッケアンに初めて来たときに屋敷から洩れていた明かりを暖炉の火だと思ったことがあった。

彼女は小屋の中に飛び込むようにして入ると、ドアを閉めた。たったひとつしかない部屋の片側にはテーブルと椅子が二つあり、もう一方には羊の皮がかけられたベッドがあった。

正面の壁には暖炉があり、泥炭が積まれて炎が上がっている。

火に近づくと、雨に打たれてずぶ濡れになった衣服から湯気が昇った。テンペランスは寒さに身震いした。暖炉の前で振り返ると、壁に打ちつけられた釘に羊の皮の水筒がぶら下がり、テーブルの上にはパンとチーズの大きな塊があるのがわかった。陶器のカバーをとると、皿にはローストしたばかりのチキンが二人分載っていた。

「いったい、何なの？」とテンペランスは震えながら腕を胸の前で組み、声を張り上げた。けれども答えはなかった。次の瞬間、ドアが勢いよく開き、ジェイムズが顔を怒りに引きつらせてはいってきた。

しかし、テンペランスの姿を見つけると、その顔に安堵の色が広がった。長い脚を一歩踏み出して部屋の奥まで来ると、ジェイムズはテンペランスを抱き寄せた。「無事だったか」ほっとした声だった。「心配でおかしくなりそうだった。みんながきみを探している。ここで会いたいと書いてあるきみのメモを受け取ったときには、誘拐されたんじゃないかと思った」

テンペランスの冷え切った顔は彼の濡れたシャツに押しつけられていた。身を振りほどき、自分が受け取ったメモのことを言わなければと理性ではわかっていた。そうすれば、村で何が起こり、誰がこんな陰謀めいた伝言を送ってよこしたのか、二人でゆっくり筋道立てて話ができるはずだ。いったい誰がここへ呼び寄せたのだろう？

しかし、テンペランスは何も言わなかった。あの忌々しい新聞記事のせいかもしれないが、今は自分が若くか弱い女だと思いたかった。以前はあまり歳を意識しなかったけれど、何カ月か前にアンガス・マッケアンに会ってからというもの、自分の歳が目の前につきまとい、まだ自分が干からびた年寄り女ではないことを何かで証明しなくてはという気持ちになっていた。

まちがっていることはわかっていたが、彼女は身を引く代わりに顔を上げてジェイムズを見上げた。ほかには何もいらない、ただキスしてほしい、そんな気分だった。

そして、ジェイムズはその思いに応えてくれた。ほんとうにいいのだろうかと一瞬ためらう様子を見せてから、唇を寄せてきた。

テンペランスはかつてある女に言われたことがあった。男に真のエクスタシーを感じたことのある人間でなければ、誘惑に逆らうということについて話をする資格はない。テンペランスは何人かの男と――ジェイムズとすら――キスをしたことのある自分は、エクスタシーを感じたことがある人間だと思っていたが、今感じているような感覚は初めてだった。

凍りそうだった体が、次の瞬間には温かくなっていた。ジェイムズの唇が迫ってくると、テンペランスはつま先立ちになって迎え入れた。彼の口が開き、その舌の先が触れた。一瞬、テンペランスは身を引こうとした。が、すぐに腕を彼の首にまわし、閉じた唇を彼の口に押しつけていた。

ジェイムズは顔を上げ、驚きに目を丸くして彼女を見つめた。「なんてことだ」と彼はささやいた。「きみは処女か」

一瞬、テンペランスは彼が身を引き離すのではないかと思ったが、すぐに腰にきつく腕がまわされ、そのままくるりと振りまわされた。彼女のつま先は床に触れるか触れないかだった。ジェイムズは心底嬉しそうな顔をすると、彼女の体を引き上げ、小さなキスの雨を首筋に降らせた。テンペランスは濡れた足元まで温まる気がした。

「俺の妻でさえ、処女ではなかった」という声を聞いたような気がしたが、さだかではなかった。何を言ったにしても、彼はそこでやめるつもりも、放すつもりもないようだった。

次の瞬間には、床に下ろされ、ブラウスのボタンをはずされ始めていた。ああ、なんてこと! ボタンをはずすのはお手のもののようだった。濡れたブラウスのボタンは彼女が自分でやるよりもずっと素早くはずされた。

小屋の中は暖かく、暖炉の炎は美しく揺らめいていた。泥炭の燃える匂いとテーブルの上に置かれた食べ物のおいしそうな匂いがしている。しかし何よりも、彼の匂いを強く感じた。温かく、かぐわしい男の匂い。

「いい?」テンペランスはささやくと、男の胸に手を載せた。最初はゆっくり、おずおずと彼女は手を下のほうへと動かした。しかし、温かい大きな手が、濡れた冷たいブラウスの中へと滑り込み、胸の先に触れてくると、ためらいはおおかた消えてなくなった。男の肌をじかに感じたいという抗いがたい欲望が湧き起こってきた。

たまらなくなり、急いで彼のシャツをキルトから引っ張り出し、上に引き上げた。またも小さく悦びの声を上げて彼は両腕を上げた。彼女は両手をシャツの中に滑り込ませ、太くて温かな筋肉質の腕にそって届くところまで動かした。それ以上彼女の手がはいらなくなると、ジェイムズは大きなシャツを頭から脱ぎ、暖炉のそばに放った。

テンペランスはしばらく彼の裸の胸を見つめていたが、やがてゆっくりと手で触れた。美しい体だった。浅黒い肌、広い胸に這う柔らかくカールした黒い胸毛。おずおずと手を彼の首から胸に滑らせ、腰のところまで下ろしてみる。それから、温かく平らな腹を撫で、そこで手を止めて彼の顔を見上げた。

こんなふうに男に見つめられたことは今までなかった。ジェイムズ・マッケアンの目に浮かんでいるような激しい情熱は見たことがなかった。今までだったら、こんなふうに男に見つめられたら、背を向けて逃げ出していたことだろう。しかし、今はちがった。今はにっこりと微笑みかけていた。自分の目にも同じような情熱が浮かんでいるのは確かだった。

次の瞬間、ジェイムズはまた彼女を両腕で抱き上げ、悦びのあまりくるりとまわった。テンペランスの笑い声がジェイムズの笑い声と溶け合った。自分たちが出会ったときから求め合っていたことがわからないほど、テンペランスも若く世間知らずなわけではなかった。それは閉じ込められ、高まっていた欲望が解放された笑いだった。

ベッドに落とされると、テンペランスは悦びの声を上げた。体がはずんでマットレスを吊るしている羊の皮でできたひもにぶつかると、それがさらなる笑いを生んだ。次の瞬間にはジェイムズも横に寝そべり、テンペランスは彼の腕に頭を載せて寄り添った。彼は空いているほうの手で彼女の服を脱がせ続けた。

ジェイムズは時間をかけた。服を破くこともなければ、脱がせるという愉しい手順を急ごうともしなかった。優しくブラウスをスカートから引き出すと、ボタンをはずし終えた。そしてそっと彼女の腕をブラウスから引き出し、スカートのボタンをはずし始めた。

そのあいだずっとテンペランスは横たわったまま、鑿で削ったようなたくましい横顔を見つめていた。ジェイムズの目は脱がせているテンペランスの服に向けられていたが、ときおり目が合うと、その黒っぽい目に宿るきらめきに、テンペランスの心臓は咽喉まで飛び上がり、鼓動が速くなった。

どちらもひとこともことばは発しなかった。しかし、テンペランスがマッケアンに来てからというもの、二人ですることと言えばことばを交わすことばかりだった。そして、そのあいだずっと、お互いこうしたかったのだとテンペランスは思った。彼女は手を彼の頬に添え、優しく撫でた。毎晩夕食の席でこの顎の線を見ては、どんな感触だろうと思ったものだ。

ジェイムズは服を脱がせるのが上手だった。ものの数秒ほどでテンペランスは、レースのついたコットンのスリップ姿でベッドに横たわっていた。体を覆っているのはスリップの薄い生地だけとなった。

ジェイムズはゆっくりと優しく一方のストラップを肩からはずし、次にもう一方のストラップをはずすと、肌があらわになった肩にキスをした。次にスリップの前についた小さなボタンをはずし始め、手のあとを顔で追うようにしてキスをしながら、徐々に下へと降りていった。唇が腹に達したところで、その感触がもたらす興奮に酔い、テンペランスは息を吸った。

スリップの前がはだけ、胸があらわになると、一瞬テンペランスは怖くなって逃げ出しそうになった。

そんな不安がジェイムズに伝わったにちがいなかった。彼は手を引っ込め、唇をテンペランスの唇に戻して落ちつかせようとした。そして、軽いキスや羽のように触れるだけのキスを顔や首筋に降らせた。

ふたたびスリップの前が開かれたときには、テンペランスは怖がらなかった。裸の胸に触れられ、彼女は身震いした。

「わからないの」と彼女はささやいた。「わたし、どうしていいか何も知らないのよ」

胸に触れるジェイムズの唇が微笑むのがわかった。彼に悦びを与えていると思うと、テンペランスの悦びも増した。

ジェイムズは彼女の胸の先を口に含んで優しく吸った。もう一方の胸に唇が移ったときに、テンペランスは思った。こんなふうに優しくではなく、もっと……経験がなく、自分が何を望んでいるのかはわからなかったが、何かをもっと望んでいた。

彼の顔を自分の顔に引き寄せようと思ったが、気がつくと彼の髪をつかんで唇に唇を押しつけていた。それも口を開いて。

あとになって考えても、テンペランスには自分が何をしたのかわからなかったが、何かがジェイムズの自制を失わせたらしかった。今までは相手に悦びを与えることしか考えられないという様子だったのが、次の瞬間にはこれ以上自分を抑えられないように見えた。

彼の濡れたキルトは、そのちくちくするウールがむきだしの肌に触れてひどく刺激的だったが、それを彼は片手でひとひねりしてはぎ、一糸まとわぬ姿となった。

「どうしてスコットランドの男がキルトを穿くのか今わかったわ」とテンペランスは上に来たジェイムズににっこりして言った。

しかし、ジェイムズの顔に笑みはなかった。情熱の炎が燃え盛るあまり、話すこともできないようだった。

女たちの性にまつわる問題に数多く遭遇してきた経験から、テンペランスはセックスという行為について正確にわかっていると思っていた。確かに話では何度も聞かされていた。そして、聞かされるたびに、避妊と〝抵抗〟について弁をふるったものだ。

しかし今、セックスについて自分が何ひとつわかっていなかったことを思い知らされていた。今の自分を止めることは、逃亡するゾウを止めるよりもむずかしく思えた。

ジェイムズがはいってくると、テンペランスはあえいだ。一瞬、痛み以外何も感じなかった。彼の顔を見上げると、その顔には張りつめたものがあった。彼女の痛みがおさまるまで動きを止めて待つのに、精一杯の自制を働かせていたのだ。痛みが増すことはわかっていたが、テンペランスは小さくうなずいてみせた。ジェイムズは奥まではいってきた。

一瞬、動きが止まった。テンペランスは彼の体に自分をなじませ、それからゆっくりと動き始めた。

それをジェイムズは待っていたようだった。許しを得て、ゆっくりと長く深く腰を動かし始めた。テンペランスは何度かぎごちなく体を動かしてから、どうすればいいか理解し、彼に合わせて動き始めた。

ジェイムズの手は彼女の体を撫で、肌を愛撫していた。昔ながらのやり方で二人は愛し合った。「わたしたち、いつもと同じように協力し合っているのね」と彼女は小声で言った。首筋にあてられたジェイムズの唇が微笑んだ。

体の内側で締めつけられるような感覚が強くなっていた。まったく想像もしなかった感覚にテンペランスはとまどい、頭をそらせ、目を閉じた。が、目を上げると、ジェイムズに見つめられているのがわかった。何かを待っている目。テンペランスにはそれが何かわからなかった。深くゆっくりとした動きによってもたらされた締めつけられるような感覚が耐えられないほどになり、はっきり物事を考えられる状態ではなくなっていた。

そんな感覚に彼女は驚いて目を開け、彼の顔を見つめた。その美しい顔に浮かんだ表情から、それこそが彼の待っていたものだとわかった。

ゆっくりとした動きがしだいに速くなり、どんどん深くなっていった。体の奥の何かを突かれた気がして、テンペランスは思わず小さな悲鳴を上げた。

その瞬間、テンペランスは口を開けて叫び声を上げかけたが、ジェイムズが上に倒れ込み、その首に口をふさがれてしまった。彼女の体はひきつけを起こしたように細かく痙攣していた。悦びが波のように次から次へと押し寄せてくる。

テンペランスがまわりの状況を認識できるようになるまでにはしばらくかかった。ジェイムズは横に降りていたが、まだ片手で彼女をきつく抱いたままだった。そして何枚か大きな羊の皮を引き寄せて二人の体にかけた。

二人の肌は汗ばんでおり、テンペランスは生まれてこのかた、これほど心地よくくつろいだ気分になったことはなかった。彼女は彼の肩に顔をすりよせ、キスをした。

「まだだめだ」と彼は言った。「少し時間をくれ」

最初テンペランスはそのことばの意味がわからなかったが、やがてふき出してキスを止めた。

「このときのこと、いつも想像していたわ」と彼女は彼の肩越しに暖炉を見ながら言った。

「どんなふうに？」

「終わったあとではきっと二人とも、ひどくきまりの悪い思いをするんじゃないかと思っていたのよ。だって、何て言うか、二人で動物的な行動をとったばかりなわけだから」

「それで、今はどう思う？」ジェイムズは彼女の濡れた髪の毛を額からかき上げながら優しく訊いた。

「このときが一番って言ってもいいぐらい」と彼女は答えたが、彼に顔を見られてにっこりと微笑んだ。「冗談よ」

温かさと幸せを感じ、安心しきって、テンペランスは夢うつつの境を漂い始めた。

「よし」とジェイムズが静かに言い、髪に触れてきた。「きみの望みどおりにしてやるよ」

テンペランスは目を閉じたまま笑みを浮かべた。「もうしてもらったわ。でも、もっとしたいって言うのなら、してくれてもいいわ」そう言ってにっこりと微笑んだ。恋人たちが交わすささやかな冗談のつもりだった。

「きみに結婚を申し込むよ」

「え？」彼の脚に脚を押しつけながら彼女は訊いた。

ジェイムズが負けを認めるようにため息を洩らすのがわかった。「降参してきみに結婚を申し込むことにしたのさ」

テンペランスはしばらく身じろぎもせずに横たわっていた。あまりに温かく、心地よかったために、そのことばの意味が理解できなかったのだ。「なんて言ったの？」

「きみと結婚してやると言ったんだ。きみの勝ちさ」

テンペランスは頭をもたげて彼を見つめた。「いったい何を言っているの？　降参するですって？」

「ああ、そうすることにした」

彼女はさらに身を引いた。「降参してわたしと結婚する？　そういうこと？」

にやりとしてジェイムズは頭を上げ、彼女の鼻にキスをした。

テンペランスはまばたきしながら彼を見つめた。「わたしと結婚するですって？　しかも負けたからって？」

片手を頭の後ろにまわし、ジェイムズは天井を見上げた。「俺と結婚させるために叔父がきみを送り込んできたのはわかっている。これまでは抵抗しようとしてきたが、今、負けを認めて結婚することにしたのさ」

しばらくテンペランスは何も言わなかった。彼女の性格をもっとよくわかっていたら、ジェイムズもその沈黙の意味を理解したことだろう。「そうなの？」と彼女は小声で言った。「あなたは……何て言ったかしら？　降参してわたしと結婚するですって？」

ジェイムズは驚いて彼女を見つめた。「怒ったのか？」

「あら、なんてすばらしい洞察力でしょう。わたしが怒ったかですって？　いいえ、わたしは怒り狂っているの」彼女はベッドの足元からブラウスを拾い上げると、裸の胸を隠した。「猛烈に怒っているわ。言い表すことばも見つからないぐらいに」そう言ってベッドから降り、羊の皮を胸にあてて立ち上がった。

「いったい、何を言っているんだ？」ジェイムズは肘をついて体を起こした。「きみがここへ来たのは――」

「あなたに花嫁を見つけるためよ」とテンペランスは叫んでしまってから、手で口を押さえた。

ジェイムズは目をしばたたいて彼女を見つめた。「何だって？」

「何でもないわ。何も言ってない」スカートをつかむと、彼女は体を隠しながら服を身につけ始めた。

　ジェイムズはその様子をじっと見つめていたが、しばらくして「叔父がきみをここへよこしたのは、俺に妻を見つけるためだったんだな?」と言った。「あの二人の女はそういうことだったんだな?　そうか。最初のはきれいだったが、頭が空っぽだった。ああいうのを俺が好むと思ったわけだ?」

「あのときはあなたのこと知らなかったから、それに――」罪悪感に駆られた声であるのは自分でもわかった。

「二人目の女は羊のお産に手助けが必要だろうと言っていた。きみが初めて山に来た日、二人で子羊を取り上げたことを叔父に手紙で知らせ、頑丈な女をよこせと言ったのか?」

　服を着る手を止め、テンペランスは答えようと口を開けた。が、ことばが出てこなかった。

「それがきみの大事な秘密だったたってわけだ」ジェイムズはベッドに身を戻しながら言った。「何か隠しているなとは思っていたんだが、馬鹿だな、俺も。叔父が送り込んできたのはきみだと思っていた。そうじゃなかったんだ。マッケアンの俺たちみんな、きみにとっては暇つぶしだったたってわけだ。退屈しのぎのおもちゃだったんだろう?　で、ほんとうの理由はなんだ?　叔父にどんな弱みを握られているんだ?」

　テンペランスが服を着る手を止めず、答えようとしなかったため、ジェイムズは首をまわして彼女を睨みつけた。「なあ、恥ずかしがることはないだろう。ベッドをともにしたばかりじゃないか。もしかしたら、俺が力になれるかもしれない。グレイスを取り上げられて、きみがその代わりになってくれそうもないとなると、結婚するのもいいかもしれない。しかし、それがきみにとってどんな得になるんだ？」

テンペランスはこれ以上嘘をつきたくなかった。「あなたの叔父様がわたしの母と結婚して、父がわたしに遺してくれた財産を管理してるの」と早口で言った。

「そうか。つまり、淋しい甥に妻を見つけてくれたら、金を返してやると言われたわけだ」

「生活費よ」とテンペランスはスカートのボタンをとめながら言った。こんな状況に自分をおとしいれたアンガス・マッケアンにはいまだに怒りを感じていた。

「そういうわけか」とジェイムズは言った。

突然テンペランスは顔を上げ、「ちょっと待って」と言って彼を睨みつけた。しかし、ジェイムズは天井を見上げ、目を合わせようとはしなかった。「わたしがここへ結婚相手として送り込まれたと最初から疑っていたとすると、これまでわたしがしたことはすべてその目的を達成するためだと思っていたのね」テンペランスは考え込むようにしながらジェイムズの横顔を見つめた。「あれだけお昼を作ったことも、ローラースケートをしたことも。グレイスのことだって！　競争相手を蹴落とすために、グレイスに仕事を与えたと思っていたんだわ」

テンペランスはこぶしを握り締めた。「なんてひどい人なの！　世間のほかの男たちと全然変わらない。女という女が自分に夢中になると思っているのね。どこにそんな魅力があるっていうの？　あなたや、あなたの激しい気性や、この貧しい孤島のような場所を引き受けようなんて女がどこにいるの？　ここをただ訪ねてくれる女性を見つけるだけでも、うちの母がどれだけ苦労しているか想像できる？　スコットランドの女性はここの噂を知っているから来てなんかくれないわ。マッケアンはスコットランドじゅうの笑いものなのよ！」

ジェイムズは首をまわして目を向けてきた。見たこともないほど冷たい黒い目だった。

「それだけ言えば、もう充分だろう」

しかし、テンペランスは口論であとに引いたことはなく、今もそうするつもりはなかった。「いいえ、充分じゃないわ。今までずっとあなたがわたしのことをどう思っていたのか考えると、今までやったことが全部あなたをつかまえるためだと思われていたなんて考えると、どれだけ言っても充分なんてことはないわ！」

それを聞いてジェイムズはベッドの上に起き直った。羊の皮が腰のところまでずり落ち、裸の胸があらわになった。口を開くと、その声は静かで穏やかですらあった。「いや、そうじゃない。きみは暇つぶしをしていただけだ。そうだろう？　退屈しのぎをしていただけだ。きみがここからいなくなったら、子供たちがどうなると思う？　ここの厳しい規律の中で生活することが嫌になるはずだ。すでに、十四歳になったらここを出て仕事を見つけるつもりだと三人の子供たちが言っていた。そうすれば、スケートやらオレンジやらチョコレートやらを買えるからと。それに、きみがいなくなったあと、帽子の事業はどうなるんだ？　買い手相手にうまく立ちまわれる自信がグレイスにあるとでも？　いや、もちろんあるわけがない。ミス・テンペランス・オニール、俺が思うに、きみは俺の一族に代々伝わるギャンブル好きの血以上に、きっぱりとマッケアンの息の根を止めたんだ」

テンペランスは浴びせられた批難に対し、言い返そうと口を開いたが、ちょうどそのとき、まるで誰かが押し入ってきたかのようにドアが勢いよく開いた。一瞬、テンペランスもジェイムズも誰かがはいってくるものと思ってドアに目を向けた。が、誰も現れなかった。

言い返そうとしていたことばはテンペランスの唇の上で消えてしまった。「これでお互いの立場がはっきりしたわね」とテンペランスは小声で言った。「明日の朝、マッケアンを出てゆくわ」

「そして、叔父といっしょに暮らすのか？　いっしょに暮らして叔父をまた地獄に突き落とすわけだ」

「だって――」テンペランスは言い返そうとしたが、何も言うことばは見つからなかった。人生でもっともすばらしい夜になるはずが、最悪の悪夢に変わってしまっていた。

床からキルトを拾い上げ、腰に巻きつけると、ジェイムズはベッドから降りた。それからドアを閉め、暖炉のそばへ行ってしばらく炎を見つめた。「今夜、お互い言うべきでないことを口に出してしまった」テンペランスが答えられないでいると、ジェイムズが続けた。「今夜のことは起こってはいけないことだった。きみもそう思うだろう？」

「ええ」とテンペランスはかすれた声で答えた。ジェイムズを傷つけるつもりなどなかった。マッケアンについてどうしてあんなひどいことを言ってしまったのだろう？　ここがそれほど最低の場所だと思ったことなどなかったのに。じっさい、好きになりかけてさえいたのだ。少なくとも、何日か前までは。

「俺はもう二度と結婚するつもりはない」とジェイムズは穏やかに言った。「今夜のようなことがあった以上、それだけは確かだ。きみには申し訳ないことをした。謝るよ」

「そんな……」と彼女は言いかけたが、彼の背中がこわばるのを見て口を閉じた。

しばらくして、ジェイムズは彼女のほうを振り返った。「叔父のことはよくわかっている。こうと決めたら、誰が何と言おうとそれを守る人間だ。俺に結婚相手を見つけないかぎり、きみを自由にしようとはしないだろう。俺は結婚するつもりはないんだから、きみには選択肢は二つしかないようだ。彼と暮らすか、ここマッケアンで暮らすか。どっちにする？」

「わたしは……」テンペランスは答えようとしたが、正直に言って、自分が何を望んでいるのかわからなくなっていた。ニューヨークに戻って、自分が始めた仕事をのっとろうとしているあの横取り女と闘いたいという気持ちもあったが、〝グレイスの家〟がうまく軌道に乗るかどうか見届けたいという思いもあった。それに、リリアの酒やブレンダのお話のこともあり、もちろん、子供たちもいる。

「決心がつきかねているのか？」とジェイムズが業を煮やして言った。「それほど俺たちはきみにとって嫌な人間か？　それとも、ここに残ってスコットランドじゅうの笑いものになっている人間のために働くことは我慢できないとでも？」

すでにテンペランスはそんな物言いをしたことを後悔していた。母には口に出す前によく考えろと言われていたが、いつも考える前に口が動いていた。

しかし、言ってしまった以上、撤回することはできなかった。おまけに、ニューヨークでの仕事に戻るという選択肢もなかった。永遠にアンガス・マッケアンの支配のもとで暮らすか、ここマッケアンで暮らすか？

「叔父は年寄りだ」とジェイムズは口を引き結んで言った。「おそらくそれほど長くは生きないだろう。そうすればきみは悪魔の契約から自由になれる」

「あの人は母の夫なのよ」とテンペランスは鋭く言い返した。「わたしはあの人のこと、嫌いだけど、母は……」ことばが咽喉につまりそうになった。「母は愛しているようだわ。あの人に死んでほしいとは思わない」

「それはきみの責任じゃないだろう？ で、どっちにするんだ？ ここに残るのか、戻るのか？」

「残るわ」と彼女は答えた。そう決めたことにほっとする思いが自分の中にあった。

しかしテンペランスが見るかぎりでは、ジェイムズは無表情のままだった。わたしにマッケアンからいなくなってほしいのかしらと彼女は思った。

「わかった。じゃあ、家に戻ったほうがいいだろう。もう話し合いはたくさんだ」と言って、ジェイムズはシャツを頭からかぶった。そして、暖炉の火にバケツ一杯の砂をかけるとドアへ向かい、彼女を先に通すために一歩下がった。「今夜のことはお互い忘れたほうがいい」小屋の外へ出てから、彼は言った。「言ったことも、起こったこともすべて忘れるんだ」

「ええ」とテンペランスは月明かりを見上げながら言った。しかし、どうやって忘れたらいいのだろう?

それを彼に訊くことはしなかった。ただ、暗闇の中、彼のあとに従って急な坂道を降りた。そのあいだ二人ともひとこともことばは発しなかった。

17

四週間後

「これよ」とロウィーナは興奮した様子で言うと、分厚い手紙を高々と掲げた。「でも、まだ読んでいないの。あなたが来るのを待っていたのよ」

メラニーは感謝の印に、今や親友ともなった義理の姉に微笑んで見せた。娘からはもう四週間もちゃんとした手紙が来ていなかった。もちろん、手紙は届いていたが、どれも徐々にそっけない口調になり、マッケアンで何が起こっているのか、何ひとつとして伝えてくれるものではなかった。テンペランスからの唯一の知らせといえば、もうジェイムズの花嫁候補を送ってくれなくていいということだった。彼は誰とも結婚するつもりがないからという。

三週間が過ぎるころ、メラニーは義理の姉のところへ行って助言を求めた。そしてそれからは、毎日互いに訪問し合うようになった。日々メラニーにはおいしいケーキが山積みされたトレイがいくつも用意され、ロウィーナにはシングル・モルトのウィスキーが丸々一本供された。それを飲み食いしながら、メラニーが過去にテンペランスから受け取った手紙をロウィーナに読んで聞かせ、二人でそれらと最近の手紙を比較するのが日課となった。「何か深刻なまちがいが起こったのよ」ひとつの手紙が朗読されるのを聞いて、ロウィーナが言った。

「アンガスはジェイムズに遺言書のことを教えるつもりでいます」三度目にロウィーナを訪ねたときにメラニーが言った。「ジェイムズも自分の身に何が起ころうとしているのか知らなければならないからって言って。可愛い奥さんを見つけなければ、コリンにあの土地を取られてしまうってことを」

「あなたはわたしの甥を知らないでしょう」と言ってロウィーナはグラスの中身を飲み干した。「ジェイムズはとても頑固なの。きっとあのひどい家の鍵をアンガスに渡してコリンのものになるなら大歓迎だって言うわ」

「まるでテンペランスね」とメラニーはため息まじりに言った。「ほんとうは結婚して子供を作りたいと思っていたとしても、それに満足している人があまりに多すぎるといって、しないんですよ。ニューヨークで少しでもあの子と関わった男性はみんな、あの子の人生に必要なのは男だって言ってたわ」

結局、何か打てる手はないか探るために、グレイスに手紙を書こうと思いついたのはロウィーナだった。「あの人のご主人のことは知っていたわ。首を突っ込むべきじゃないところに首を突っ込んでばかりいる人だった。彼の未亡人も同じタイプであることを祈りましょう」

そうして今朝、グレイスからの返事が届き、メラニーは躍起になってアンガスを仕事に送り出すと、グレイスが何と言ってきたか聞きに、ロウィーナのところへ駆けつけたのだった。

「準備はいい？」とロウィーナが訊いた。メラニーはケーキが山ほど載った皿と紅茶がたっぷりはいったカップを持ち、ロウィーナはウィスキーがなみなみと注がれたグラスを持っていた。

メラニーはうなずくと、ケーキの最初のひと口をほおばった。

「〝痴話喧嘩です〟と書いてあるわ。〝それしか言うことばが見つかりません。恋人同士の馬鹿げた幼稚な喧嘩です。何があったのかは誰にもわかりませんが、きっかけはみんなが知っています。わたしの娘とジェイムズ・マッケアンの息子のせいです〟」

「彼の息子ですって⁉」メラニーはあやうくレモン・ケーキのピンクのアイシングにむせそうになった。

「ラムジーはジェイムズの息子よ」とロウィーナは驚いて言った。「知らなかったの？」

「ええ。テンペランスも知らないんじゃないかと思うわ。伝言のやりとりをするのに、その子のこと、雇い人みたいに使っていたから」

「かまわないわ」とロウィーナは鼻を鳴らした。「あの子もでしゃばった真似をするべきじゃないのよ。さて、どこまで読んだかしら。そうそう、ジェイムズの息子ね」

アリスとラムジーはキューピッド役を演じようと決心し、ジェイムズとテンペランスを――何と言うか――近づけようとしたのです。その結果、二人が結婚するようにと。でも、まだ子供ですから、互いに好き合っていることを大人に認めさせる方法がわかりませんでした。「好き合っていることを認めさせる」とわたしが書いたこと、お気づきでしょうか。ジェイムズとテンペランスは好き合っているとみんなが思っていたのです。

子供たちがしたことはアリスの思いつきでした。二人は愛について〝調査〟を行いました。村の女たちにどうやって夫を結婚する気にさせたのか、聞いてまわったんです。正直言って、驚くような話もいくつかあり、ショッキングな答えすらありました。わたし自身まさかそんなことがここマッケアンであったとは夢にも思いませんでした。まあ、とにかく、ちょっとした勘ちがいがあって、村の女たちは自分たちのぞっとするような話を、テンペランスに聞かせたのです。

「テンペランスは村の女性たちが何の話をしているのか見当もつかなかったのね」メラニーはおもしろがって言った。

しばらく二人の女はそのことについて物思いにふけった。自分たちが好きな男をつかまえるのに何をしたか思い出そうとしながら。

「ふん」とやがてロウィーナが言い、また手紙を手にとった。

どうやら子供たちが思いついたのは、ジェイムズとテンペランスにメモを送り、それぞれが火急の用で相手に会いたがっていると見せかけるものだったようです。生死に関わる問題とかそういったことで。メモは功を奏したらしく、どちらも山の上へと向かいました。山頂にある古い羊飼いの小屋に子供たちがワインや鶏を用意し、暖炉に火を入れておいたのです。彼らから聞き出したかぎりでは、テンペランスとジェイムズが小屋にはいっていき、ドアを閉め、何時間かしてから出てくるのを見たそうです。

ロウィーナは手紙を膝に置き、ウィスキーのお代わりを自分で注いだ。「その何時間かのあいだに小屋の中で何が起こったのかは想像がつくわね」

「テンペランスの場合はありえないわ」とメラニーは顔をしかめて言った。「わたしの娘を知らないからそうおっしゃるんです。教皇でさえ恥じ入るんじゃないかというほど高い倫理感の持ち主なんですよ。まっすぐな気性で、不道徳なことなんて絶対しっこないわ」

「でも、月夜の晩にキルトを穿いたスコットランドの男に出くわしたことはないはずよ」ロウィーナは真剣な顔で言った。声にはユーモアのかけらも感じられなかった。

メラニーはケーキを口に運ぼうとしていたフォークを途中で止め、アンガスが二度ほど一族固有のキルトを身につけたときのことを思い出した。「たぶん、おっしゃるとおりかもしれないわ。手紙の続きを読んでくださいな」

……見たそうです。それ以降、二人は必要なときに短いことばを交わすだけになりました。

「そうよ」とロウィーナは言った。「ベッドをともにした男にしか、これほど女を怒らせることはできないわ」

メラニーはその点はうなずいて同意した。

ロウィーナは手紙に目を戻した。「あら、やだ、聞いて！」

翌日ジェイムズはエジンバラへ行って、アンガスと話をしました。わたしが探りを入れたかぎりでは（どんな節操のない手段を使ったかはお訊きにならないでください）、アンガスはジェイムズにテンペランスに関しての真実を語りました。ジェイムズと彼女を結婚させるつもりは毛頭なかったことを。テンペランスはジェイムズに花嫁を見つけるために送り込まれただけだったのです。

ロウィーナは問いかけるようにメラニーを見た。

「そのことについては何も知らないわ。夫はジェイムズと会ったことなんて教えてくれませんでした」

ロウィーナは手紙に目を戻した。

そうして、ジェイムズはほとんど家に寄りつかなくなり、テンペランスは村の人々を手助けするのに没頭するようになりました。出版社にブレンダのお話について書き送ったり、リリアのお酒の製造を醸造会社にもちかけたりしています。

表面的には何も変わっていないようにも見えますが、よく見れば、すべてが変わってしまったことは明らかです。わたしの帽子作りは事業として軌道に乗り始めましたが、それだけのことです。お客との交渉はテンペランスがしてくれていますが、以前のように交わした契約について笑いながら語ってくれることはなくなりました。

二人のあいだに何が起こったのかジェイムズに訊こうとしましたが、彼はテンペランスよりさらに手ごわく、テンペランスが自分で選んだ罰なのだから、それを甘んじて受けなければならないなどと言うのです。それがどういう意味かは誰にもわかりませんが。

じっさい、マッケアンの誰にも、子供たちが縁結びをしようとしたあの晩、二人のあいだに何が起こったのか、どんな会話か交わされたのかわかりません。でも結果は誰の目にも明らかです。ジェイムズもテンペランスも、どちらもひどく頑固な人ですので、自分の仕事はきちんと果たしていますが、何があったのかはまったく教えてくれようとしません。

マッケアンのほかの者たちの暮らしは以前と変わりありませんが、テンペランスとジェイムズの喧嘩がみんなに影響を及ぼしています。そちらから何か手助けか助言をいただけると幸いです。

かしこ

グレイス・ドゥーガル

「どうやらあの二人が結婚する望みはなさそうね」と眼鏡越しにメラニーを見てロウィーナが言った。「さて、どうする？　みすみすあの土地をコリンに渡してしまう？　あそこのことはきっぱりあきらめて？」

メラニーはストロベリー・タルトをほおばりながら、しばらくその問いについて考え込んでいた。「どうしたらいいかしら。でも、わたしにとってはこれが孫を持つ──おそらく唯一の──チャンスかもしれないわ。娘はあなたの甥ごさんのことを、ほんとうは愛しているんじゃないかと思うんです」

「ジェイムズがあなたの娘を愛しているのはまちがいないわね」

「でも、無理に結婚させることはできないわ」メラニーは声に無念さをにじませながら言った。「マッケアンを失うのはジェイムズには耐えられないことでしょうから、テンペランスとは結婚しないとしても、誰かほかの人となら結婚するかもしれないわ。今までに誰か、彼が愛した女性っていないんですか？」

「じつを言えば、ずっと昔にひとりいたわ。でも、まったくそぐわない娘だった」

「つまり、子供のころ好きだった相手ってこと？」メラニーは目をみはった。

ロウィーナはしばらく考え込んだ。「ケンナ。確かそんな名前だった。あまりよく覚えていないんだけど、人並みはずれた美人だったわ。きれいすぎて彼女のためにもならないほどに。あの子にそれなりの親がいて、それなりの後ろ盾があったら、王族とだって結婚できたでしょうよ」

「でも、じっさいは小作人の家に生まれたために、領主の長男との結婚も許されなかった」

アメリカ人らしくメラニーは声に嫌悪をにじませた。

しかし、ロウィーナはそういった感情とは無縁だった。「そのとおり」ときっぱりと言った。「でも、ジェイムズの母親は彼女をグラスゴーの学校に送ってやったわ。それでいい夫を見つけたんじゃなかったかしら。ジェイムズの母親はいつも寛大すぎるほど寛大だったから」

「あら」とメラニーは言った。「結婚してるんですね」

「いいえ、ずっと前に未亡人になったはずよ。じつは……そう、思い出したわ。アンガスとわたしで何年も前に話をもちかけたことがあるのよ。ことわられたけど」ロウィーナは飲み物をひと口飲んだ。「ジェイムズのところへはたくさんの女性を送り込んだって言ったでしょう。でも、もしかしたら、そろそろ彼女も未亡人でいるのに飽きてきたんじゃ……そうね、もっと説得力のある手紙を書いてみるべきかもしれないわね。ジェイムズと結婚すれば、社会的な地位も大きく向上するって強調してみるわ」

「でも、愛情はどうなるんです？　ジェイムズは結婚する女性を愛していなければならないのに、彼が愛しているのはうちの娘だと思うし」メラニーの口調には少々愚痴っぽいところがあった。

「そんなのたいしたことじゃないわ。土地と相続権がからんでいるのよ。あなたのおてんば娘を愛していることが自分でわからないほどジェイムズが馬鹿ならば、愛に関しては手にはいるもので我慢するしかないわ。どっちにしても、少なくとも子孫のためにマッケアンを救うことはできる」

ロウィーナはウィスキーのグラスを置いた。「でもわからないんだけど、どうしてあなた、今度のことにほかの女を引き入れようなんて言い出したの？」

「テンペランスが子供のころ、あの子に何かさせようと思ったら、してはいけないって言うのが唯一の方法だったんです。たとえば、『テンペランス、あなたは今日新しいピンクのドレスを絶対に着てはだめよ。それから大おば様がいらっしゃったら、自分のお部屋にいるのよ。大おば様は子供というのは騒がしくて汚いものだと思ってらっしゃるから』と言うんです。するともちろん、テンペランスはきれいなドレスを着て居間におとなしくすわっていることになり、夫の年老いた伯母が、なんて愛らしくて行儀がよい従順な娘に育てたのかと褒めてくれるというわけです」

「ふうん」とロウィーナは言ったが、わけがわからないというふうに眉をひそめた。が、やがてにっこりした。「ああ、そうね。そういうことね。ケンナへの手紙を書くのを手伝ってくれる？　前ほどきちんとした字が書けなくなった気がするの」

メラニーは控え目な笑みを浮かべ、喜んで手伝うと答えた。

＊

メイドが手紙を運んできたとき、ケンナ・ロックウッドはベッドの中にいた。シルクのシーツはよい匂いがしており、それは彼女が身につけているものも同じだった。シャンパン色の絹に包まれているときに自分が最高に美しく見えることを彼女はよく心得ていた。外は真昼の陽射しがまぶしいほどだが、窓のどっしりとしたダマスク織りのカーテンは閉められたままだった。ケンナの寝室はいつも夜のたたずまいで、太陽の光よりも蠟燭の光のほうが似合っていた。

ベッドのそばでは、アーティが服を脱ごうとしていた。ケンナの若い愛人のひとりで、彼女とは十近い歳の差があったが、彼のほうはそれを知らなかった。ケンナが好んで〝お友だち〟と呼ぶ男の中でもっと歳のいった者が、年を追うごとに寝室が暗くなるとケンナをからかったことがあった。だからきみは歳をとらないのだと。それ以降、その男がこの部屋に招かれることはなかった。

枕にもたれ、男のほうにもっともきれいに見える角度で顔を向けていたケンナは、手紙に興味をひかれた。手紙にはマッケアンの家紋がついていた。

アーティが永遠とも思える時間をかけてズボンのボタンをはずし終え、靴ひもをほどくためにサテンの椅子に腰を下ろすと、ケンナはため息をついた。ロマンスはどこへ行ってしまったの？　やむにやまれぬ思いは？　かつて感じていた狂おしいほどの情熱は？　男たちが捧げてくれていた欲望は？

ため息を聞いて、アーティは目を上げ、にっこりと微笑んだ。彼女は背中を向け、眉をひそめているのを見られまいとした。それからテーブルの上の手紙を手にとり、長く伸ばした爪で封を切った。そして、ざっと目を通した。

次の瞬間、彼女はベッドの上に起き直った。官能的で刺激的な媚態を保とうとしていたことなど、すっかり頭から消えてしまった。

「まあ！」ケンナは驚きのあまり叫んだ。「戻ってきてあの人と結婚してほしいですって。少なくとも、結婚する振りをしてほしいですって。なんてこと、あのばあさん、わたしが恩を感じていると思っているんだわ」

目を上げてアーティを見やると、その顔にはここ何週間も見たことがなかったような好奇の色が浮かんでいた。わたしの魅力が失せてきたってことかしら？

「誰がきみと結婚したいって？」ようやく椅子から立ち上がり、ベッドのそばまで歩み寄って彼は訊いた。

「誰でもないわ」と言ってケンナは手紙を脇に置き、彼に腕を伸ばした。

「でもいい紙を使っているじゃないか。誰からの手紙だい？」

　ケンナは腕を下ろし、一瞬顔をそむけた。結婚相手に恵まれ、死んだ夫がささやかな財産を遺してくれたとしても（全部即座に使い切ってしまったが）、そんなことは関係なかった。二年間グラスゴー大学に通ったことも何の意味もなかった。こういうお高くとまった男たちはみな、こちらの生い立ちを見抜いているようだった。ささやかな〝贈り物〟をもらったお返しに少しばかり好意を示しているからではない。尾羽打ち枯らした伯爵夫人で同じことをしている女も何人かいたが、アーティのような男たちはみな、誰がどの階級に属している人間かすぐにわかるのだ。

　ケンナは歯ぎしりし、「誰でもないわ」と繰り返した。アーティが背中のほうへと手を伸ばしてきたので、彼女は身を倒した。が、そこで男の興味が自分よりも手紙のほうにあることがわかった。しかし、まあ興味は興味だ。「二人の年寄り女からよ。そのうちのひとりとは何年も前に会ったことがあるんだけど、今になって、昔わたしが知っていた男と結婚してほしいって言ってきたの。結婚する振りだけでもいいからって。なんだか、よくわけのわからない手紙だわ」

「きみを利用したがってるってこと？」アーティの声には同情の響きがあった。ケンナは同情されるのは大嫌いだった。

「そうでしょうね。でもわたしはあそこへは戻らないわ」

「その二人はどうしてきみが戻ると思ってるんだ？」

「何かでわたしが恩を感じているだろうと変に思い込んでいるのよ。ジェイムズ――というのが相手の名前だけど——彼の母親がわたしの学費を払ってくれたから、今度はわたしが向こうの頼みを聞いて恩返しすべきだと思っているわけ」手紙に書かれていたことを思い出し、彼女は怒りに声を張り上げた。あのロウィーナ・マッケアンという女は、わたしのような人間のそばには馬に乗ってでも近寄ろうとはしないだろう。

「でも、ほんとうに恩はないのかい？」アーティはケンナの腕をとり、手の甲にキスしながら訊いた。

「もちろんないわ。ジェイムズの母親は自分の息子をわたしが愛していないことを知っていたから、ばらしてやるって脅してきたのよ、わたしが……」

「不実だって？」アーティが手の甲にあてた唇を腕のほうへ滑らせながら言った。

「そう、息子のジェイムズに対して不実だって。ジェイムズは昔から女を見る目がなかったわ」

「それで、何て言って母親から学費を出させたんだい？」

ケンナは当時を思い出してにやりとした。「わたしを——体裁よく——よそへやらないと、ジェイムズをそそのかして駆け落ちするって言ったのよ」

「それできみを学校へやり、今になって恩があるはずだなんて言ってきたのか」

ケンナはつかまれていた腕を振りほどいた。男の声にはおもしろがっている響きがあり、彼も〝やつら〟の一員であることを思い出したのだ。「まだだめ」ときっぱり言うと、上掛けをはいでベッドから降りた。

若い男は枕に背をあずけ、部屋の奥へ歩いてゆく彼女の後ろ姿を見守った。

ケンナは奥の壁際にあるドレッシング・テーブルのところへ行った。年々、テーブルの上に置かれるオイルやクリームの入れ物の数が増えていた。「あのへんぴな村でわたしが興味を持った男はたったひとりだったわ。ゲイヴィー・ドゥーガルよ」彼女は引き出しの中を漁りながら言った。

しばらくして彼女はベッドへ戻ってきて、アーティのそばに腰を下ろし、持ってきた小さな赤い革の箱を開くと、中身をそっとシルクの上掛けの上に空けた。「もう何年も、こうやって見ることもなかったわ」と小声で言うと、乾いたヒースのネックレスをつまみ上げた。しかし、ネックレスが手の中で崩れ始めたため、それをそっと箱に戻した。小さな鉛筆がついた小さなメモ帳もあった。少女たちがダンスのときに踊った相手の名前を書きとめておくために持っているようなメモ帳だ。水に削られて滑らかになった小石もあった。

ケンナは小石を掌に載せて握りしめ、夢見るような目をした。「初めてセックスしたときに、ゲイヴィーがこの小石をくれたのよ」と彼女は小声で言った。「わたしたち、どちらも十四歳だった。今でもあのときのヒースの匂いは覚えているわ」

「でもきみとは結婚しなかった？　その色男は」アーティはからかうような声で言った。

ケンナは小石を箱に戻した。「ええ。結婚したがったんだけど、わたしには野心があったから。領主の長男でゆくゆくは領地を相続する男と結婚しようと決めたの。彼のほうがお金持ちだったんだもの。それでゲイヴィーはエジンバラへ働きに出たのよ。あとになって、彼がどこかの孤児と結婚して故郷に戻ってきたって聞いたわ。でもそのころにはわたしは学校に送られていて、ジェイムズはほかの誰かと結婚していた」

「これは何？」アーティが薄い真鍮の小さな板を持ち上げてケンナの回想を断ち切った。真鍮の薄片には穴が開けられ、紙の花瓶敷きのようなレース模様になっていた。

「初恋の人からの贈り物よ」ケンナは目の前の品々が呼び起こした幸せな思い出ににっこりしながら言った。

「そいつは賭けはしなかったんだろう？」

それを聞いてケンナははっと顔を上げた。美しい思い出が瞬時に心から消え去った。「なぜ？」

「子供のころ、これと同じものを見たことがあって、父が教えてくれたんだ。有名な賭博師が持っていた扇にそれがついていた。飾りのように見えるが、それを目の前にもっていってほかのプレイヤーのカードを見れば、そのプレイヤーがどのカードを持っているかわかるということだった。もちろん、カードによって使えないものもあったが。同じ印刷会社が作ったものでなければならなかったからね。その賭博師が印刷会社に金を払ってカードの裏の模様を変えさせたんだ」

ケンナは心臓の鼓動が速まるあまり、話すこともできないほどだった。「その賭博師の名前なんて覚えてないでしょうね？」

アーティは真鍮の薄片を掲げてにやりとした。「姓は覚えていないが、驚いたことに由緒正しい一族だった。それも家系を延々とたどれるようなね。王と戦ったこともある一族だ。父はとてもおもしろいことを言っていたものだ。その一族の男たちは名誉の死をとげるか――」

「不名誉のうちに殺されている。マッケアンね」ケンナは息をひそめて言った。「マッケアン一族」

「ああ、それだ。どうしてわかったんだ?」

「そう、それが争いの原因だったのね」と彼女は小声で言った。「ご老体のペテンの道具」ゆっくりと彼女はアーティからその薄片を取り上げ、邪悪なものでも見るように掲げた。「この小さな真鍮のかけらのせいで、ひとりの女が死んだのよ」そう言ってベッドの彼の手のそばに放った。

アーティはためらう様子もなく真鍮の板に触れ、手にとって明かりにかざした。「名前はエドウィーナ?」

「ええ」とケンナは言った。「どうしてわかったの?」

「端に彫ってある」

「あの人の名前が彫ってあるですって?」ケンナはぎょっとして訊いた。「でもそんなのおかしいわ。彼女がそれを見つけたから、夫が――」ケンナはこめかみに指先をあてた。「いいえ、待って。それをくれるときにゲイヴィーが何て言ってたかしら? 彼女の机の上で見つけたって言ったのよ。ゲイヴィーがこっそり忍び込んだのは彼女の寝室で、夫のほうじゃなかった。それを手にとったときに、誰かが来る音がして、ゲイヴィーはクローゼットに隠れたんだわ。まだその飾りを手に持っているのに気づかないまま。彼が言うには……」

ケンナはしばらく黙り込んだ。「そう、ゲイヴィーが言うには、彼女は狂ったように必死に引き出しを漁ってそれを探していたそうよ。彼女のことは好きだったから、申し訳ない気持ちでいっぱいだったって。ゲイヴィーは彼女が部屋を出ていったら、それを床に落としておくつもりだったそうよ。そうすれば、ずっとそこにあったと思ってもらえるだろうからって」

「でも、彼女は殺されてしまった？」

「ええ。夫が部屋にはいってきたので、彼女は真鍮の板を盗んだんだろうって夫を責めたの。ひどい言い争いになって、二人とも怒鳴ったり、金切り声を上げたり、ひどいことを言い合ったりして怒り狂ったそうよ。ゲイヴィーはそのころまだ子供だったから、クローゼットから出ていってそれを返そうなんて思いもしなかった。でも、次に何が起こったかといえば、ご老体が妻を撃ったの。ゲイヴィーは事故だったって言ってたわ。持ち出されたのは彼女の拳銃だった。彼女が、あなたにも、あなたにわたしの物を漁られるのにもうんざりと叫んで小さなデリンジャーを取り出したの。それで、夫がその小さな銃を取り上げようとしたときに、弾丸《たま》が発射されてしまったのよ」

間をおいて、ケンナはアーティに目を向けた。「そのあと、家じゅうが大騒ぎになったわ。混乱に乗じてゲイヴィーはクローゼットから逃げ出したの。外に出るまで手に真鍮の飾りをまだ握り締めていることにも気づかないぐらいだった。そのころには恐ろしくなって、目撃したことを誰にも話すことができなかったわ。じっさい、わたしとベッドをともにするまで、彼はそのとき目にしたことを誰にも話そうとしなかった」

「妻もギャンブル狂だったのかい？」

「いいえ。ギャンブルに狂っていたのは夫のほうだけよ。あとから聞いた話だと、孫のコリンもそうなんですって。ギャンブル好きはあの一族にとって隔世遺伝する病気みたいなものよ」

「じゃあ、その真鍮の板で彼女は何をするつもりだったんだ？　夫がギャンブルで負けるように模様を変えるつもりだったのかい？　ペテンをしているのがばれて夫が撃ち殺されればいいと思ってたのかもしれないな」とおもしろそうに真鍮の薄い板を眺めながらアーティが言った。

「たぶんね。でもどうしてそれに彼女の名前が彫られているの？　まるでもともと彼女のものであって、夫のではなかったみたいじゃない」

「自分でもギャンブルをやって、夫の得意分野で彼を打ち負かしてやろうと思ったんじゃないかな。でも何にしろ、そいつは彼女にとって大切なものだった。だから夫が盗んだと勘ちがいしたときに銃を取り出したのさ。彼女は全然ギャンブルはやらなかったのかい？」

「ある意味ではやっていたと言えるわ。夫以上にお金を使っていたから。夫がギャンブルですってしまわなかった分は彼女が使ったのよ。ゲイヴィーがよく言っていたわ――」突然ケンナは背筋をまっすぐに伸ばし、目をみはった。

「どうしたんだ？」アーティが興味を引かれて訊いた。

「宝物よ。全部残っているはずだわ。トランプ。ジェイムズにトランプを遺していた。コリンには遺さなかった。ジェイムズが見せてくれたんだけど、トランプには宝物の絵が描かれていた」

「言っていることの意味がわからないよ」とアーティが言った。何を話しているにしろ、ちゃんとわかるように言ってもらえないことにむっとしている様子だった。

ケンナは突然真鍮の薄い板をつかんだ。ベルを鳴らしてメイドを呼ぶと、ベッドから飛びおり、手紙を手にとった。「出ていって」

「何だって？」

「出ていって。今すぐ。帰って。もう二度と来ないで」

「いったいどうしたっていうんだ？」

「別に。結婚することになったのよ。それだけ。まさか自分が結婚するとは夢にも思っていない男と結婚するの。でもその人、とんでもないお金持ちなのよ」

一瞬、アーティは追い出されることに不快な顔をしたが、やがてゆっくりと誘うような笑みを浮かべた。「訪ねていってもいいかな？」

ケンナは彼を上から下までじろじろと眺めまわした。「確かジェイムズは」と彼女はささやくように言った。「羊の臭いがしたわ。もちろん、訪ねてきていいわよ。でも、結婚してからね」

「もちろんさ」と言うと、アーティは片手で脱いだ服を抱え、ぎょっとしているメイドの脇を真っ裸で通り過ぎた。

18

ジェイムズと喧嘩してからというもの、テンペランスは自室に引きこもっていることが多くなった。今も自室でマッケアンで目にしたことを書きとめ、ニューヨークに戻ってから実践できそうな計画をあれこれ立てるのに忙しくしていた。

ドアをノックする音がして、彼女は目を上げた。「どうぞ」

戸口に現れたのは年輩の女だったが、それが誰か思い出すのにしばらく時間がかかった。女はフィノーラの母親だった。

テンペランスはにっこりと微笑みかけたが、内心では目の前の書類に戻りたいと思った。女の訪問の目的がよくわかっていただけになおさらだった。「あら」とテンペランスは言った。「ドレスのデザインをしているのはあなたの娘さんだったわね。そう、すぐにとりかかるつもりなのよ。ただ、時間がなくて」

「いいえ」と女は答えた。「そのことで来たんじゃないの。あなたを夕食にご招待したくて」

「夕食?」テンペランスは気もそぞろに答えた。「ああ、夕食ね。キッチンにいるエピーに言って。何か食べるものをくれると思うわ」

女が動こうとせず、じっと見つめているのがわかった。テンペランスは苛立ちを覚え、ペンを置くと、「ほんとうにすぐにデザインは見るから」と女に言った。「忘れたりしないから」

女はにっこりと微笑んだままだった。「疑っているわけじゃないわ。グレイスのときと同じように、わたしの娘のことも手助けしてくれるって信じているわ。でも今は何か食べるというのはどう?」

しばらくテンペランスはことばもなく、目をしばたたいて女を見つめていた。長年女たちを助ける仕事をしてきた中で、夕食に招かれたことなど覚えているかぎり一度もなかった。助けを必要としている女たちを訪ねるときには、いつもバスケットいっぱいの食べ物を持っていったもので、食べ物を人に与えるのが自分の役割だと思うようになっていた。

「夕食をとらないなんて言うんじゃないでしょうね?」と女はテンペランスを信じられないという目で見ながら言った。

「いいえ。ただ……」

「ジェイムズが現れるのを待っているなら、長く待つことになるわよ。ご自慢の羊たちといっしょに山頂にいるから」

それを聞いてテンペランスは笑った。「ねえ、お腹は空いているのよ。あとでキッチンに寄って何か調達してから——」

「いいえ」女は口元を引き締めて言った。「手ぶらで来てくれるか、来ないかのどちらかよ」

「じゃあ、いいわ」と言ってテンペランスは立ち上がった。「手ぶらで行くことにする」

女に従って家を出て村へと向かう途中、六人ほどの子供たちに会った。スケートをいっしょにして以来、子供たちに会うことはほとんどなかった。じっさい、帽子の仕事やメモを書くのに時間をとられるあまり、めったに外にも出ていなかった。

村へ向かうテンペランスと女に、子供たちはおしゃべりをしながらついてきた。テンペランスは何とか笑顔を作ろうとした。どうやらお祝いのようなものが計画されていて、わたしが主賓ということのようね。いったい何が計画されているのだろう。さまざまなスピーチや賛辞？　大仰な謝辞を捧げられてきまりの悪い思いをするのだろうか？　仕事に戻らなければならないので、あまり長くかからないといいけれど。

女は水漆喰を塗ったコテージの前で足を止め、ドアを開けて中へはいった。そして、戸口でしばし立ち止まり、テンペランスを先に中に通そうとした。一瞬、テンペランスはためらった。この小さなコテージにはそれほどたくさんの人が集まることはできないのでは？　ほかの人たちはどこにすわるのだろう？

しかし、このパーティに関しては主催しているのは自分ではないのだから、そのことを指摘してこの女性の感情を害することは慎まなければならないと思い直した。もっと広い場所が必要なことはすぐにみんなにもわかるだろう。

家の中にはいると、暖炉では泥炭が燃やされ、男の子と女の子の二人の子供がテーブルについており、幼いほうの男の子は熱心に石板に記号を書き、女の子は本を読んでいた。ずいぶんと古風な光景だわとテンペランスは思った。

「すわって楽にして」と女は言った。

テンペランスがテーブルの反対側にある椅子に腰を下ろすと、男の子が目を上げ、「あなたがあんな大きな家にひとりでいるのは気の毒だってママが」と言った。

「しっ！」と母親は暖炉に吊るした大きな鉄鍋に身をかがめながら言った。

わたしが気の毒ですって？　テンペランスは心の中でつぶやいたが、口には出さず、にっこりと微笑んだ。ほかの人たちはどこかしら？　「何を読んでいるの？」彼女は女の子に訊いた。

「ホメロスのイリアスよ」と女の子は答えた。

「まあ」テンペランスはびっくりして言った。「読むの、とてもむずかしいんじゃない？」

「え、いいえ」女の子は答えた。「校長先生は最高のものを得ようと努力しなければ、学ぶことはできないっておっしゃったわ」

「そう」とテンペランスは言ったが、あのハーミッシュが嫌味以外のことを言うのは想像できなかった。しかしたぶん、あの男にも別の側面があるのだろう。「それで、ほかにハーミッシュは何て？」テンペランスは女の子に訊いた。そして、女の子の答えに思わず目を丸くせずにいられなかった。

＊

メラニー・マッケアンは脇を通り過ぎながら、娘に気がつかなかった。

「お母様！」と聞き覚えのある声がしたが、振り返ってメラニーが見たものは、子供向けの物語『ハイジ』から抜き出してきたような光景だった。都会的だった娘は、長い髪をいつものようにきちんとしたアップにする代わりに、三つ編みにして肩に垂らしていた。そして特別にあつらえた美しいドレスではなく、ここ五年ほど山の小川で手洗いしていたような格子縞のスカートと、きめの粗いリネンのブラウスというでたち。

しかし、見た目はひどく変わったものの、メラニーはこれほど健康そうな娘を見たことがなかった。

「テンペランス？」メラニーは目を丸くして訊いた。

「そんなショックを受けた顔をしないで」と笑いながら言うと、テンペランスは待っている子供にミルクのようなものを手渡した。

メラニーはテンペランスからそばにつながれているヤギに目を移し、娘に目を戻した。それからミルクのはいったボウルを手にした子供に目をやり、また娘に目を向けた。

「そうよ、お母様」テンペランスは笑いながら言った。「ヤギの乳搾りを終えたところなの」

それを聞いてメラニーは返事を思いつかなかった。突っ立ったまま驚いて口をぽかんと開け、娘をじっと見ることしかできなかった。

「ミルクを飲みたい？」とテンペランスが訊いた。「搾りたてのミルクにまさるものはないわよ」

「いいえ、結構よ」とメラニーはあとずさりながら言った。「ジェイムズの伯母様とわたしはあなたたち二人に大切な話があってここへ来たの」

「そうだったわね」と言ってテンペランスは愛情をこめて母親を抱きしめた。身を離してからも手は母の肩にまわしたままだった。二人はそろって屋敷へ向かって村の道を歩き出した。

「馬車があるのよ」とメラニーは目の端で娘をうかがいながら言った。

「いいえ、歩きましょうよ、ね？」

メラニーのとまどいはさらに大きくなった。娘はどこへ行くにしても歩くのは好きでなかったはずだ。馬車のほうが速いと言い、何をするにもできるだけ急いでやるのが好きだった。しかしここにいる、十二歳のころと同じ髪型をしているテンペランスは、母の知らないテンペランスだった。

「いったいあなた、どうしちゃったの？」とメラニーはこらえ切れずに訊いた。好奇心に満ち満ちた声だった。

テンペランスは母の肩に手をまわしたまま笑い声を上げた。「思ったより長く我慢したわね。これ、どう思う？」テンペランスは母から手を放し、色あせた長いスカートをひらめかせてくるりとまわった。腰には太い革のベルトをして、どっしりとしたピューター製のバックルを締めている。

テンペランスは振り返った。それから村と母のほうを向いたまま、後ろ向きに歩き出した。「ここ三日ほど、生まれて初めてと言ってもいいような驚くべき経験をしたの。そのせいよ」

「ヤギの乳を搾ること?」メラニーは眉を上げて訊いた。

振り返って前方に目を戻すと、テンペランスはゆっくりとした足取りになり、メラニーをほっとさせた。

「そうよ」としばらくしてテンペランスが答えた。「わたし……」ことばを止め、テンペランスは前方の大きな屋敷へ目を向けると、ここ数日の出来事に思いを馳せた。それから二人でゆっくりと小道を歩きながら、フィノーラの母親に夕食に招かれてからの数日の出来事を母に話して聞かせた。

「とても単純なことだったんだけど、わたしにとっては驚くべき経験だったわ」とテンペランスは言った。「夕食会やスピーチには慣れているけど――」

「でもこういうことはごくふつうのことよ」とメラニーは娘をまじまじと見つめながら言った。

「ええ、そうよ」とテンペランスはため息まじりに言った。「ここの人たちはわたしが誰で、何をしてくれるかなんて気にもしないのよ。それよりも、わたしのために何かしてくれようとするの」

「もっと詳しく聞かせて」とメラニーは熱心な口調で言った。「何ひとつはしょらずに」

そう言われて、母といっしょに歩きながら、テンペランスの口から次々とことばが飛び出した。歩みを遅くしたり、後ろ向きになったり、足を止めて村を振り返ったりしながら、ここ数日の不思議な体験を物語った。

「たぶん、今までやっていた仕事の性格上、世の中には幸せというものも存在するんだということを忘れがちだったのね。ひどい目に遭った女性にしか会わなかったし、男たちも……」そう言ってテンペランスはにっこりした。「ときどき、この世のすべての男が怠け者だったり酔っ払いだったりするわけじゃないってこと、忘れていたんだと思う」

「ジェイムズは仕事熱心だって言ってたわよね」メラニーは優しく言ったが、その名前を聞いて娘の口元が引き締まったのを見て、話題を変えた。「それで、夕食に招かれたって？」

「ええ」テンペランスはまた笑みを浮かべながら言った。「お祝いか何かだと思ったのよ。たいてい夕食会に招かれるといえば、そういう席だったから。でも、行ってみたら、ただの家族の夕食だったわ。それで、そのときスカートに火がついてしまって――」

「何ですって？」

「けがはなかったのよ。でもドレスはだめになってしまったから、フィノーラのお母さんがこれを長もちから引っ張り出してきてくれたの。着てみたら、なんとも着心地がいいのよ」

「おまけにとても似合ってるわ」

「ええ」とテンペランスは考え込むようにして言い、「村の人はとてもいい人たちよ」とささやいた。「自分たちの仲間だと認めた人間のことは気遣ってくれる。子供たちの話をさせて」

メラニーは娘をじっと見つめながら耳を傾けた。テンペランスはマッケアンの子供たちと過ごしたすばらしい一日について話し始めた。

「子供たちが言うの。わたしにたくさんのことをしてもらったから、今度は自分たちがお返しする番だって。感謝の気持ちから自分たちで思いついたことで、大人たちが促したことじゃないのよ。そんなこと、想像できる？」

メラニーはその質問に答えるのが怖かった。十四歳で父親を亡くしてからというもの、テンペランスは人生のすべての喜びを放棄するという誓いを立てているかのようだった。ときどき、娘が父親の死に責任を感じているのではないかと思うこともあった。自分があれほど浮わついていなくて、あの日親友の誕生会のことばかり考えていなければ、父は死ななかったのではないかと。とにかく、原因が何であれ、父親があえぎ、机につっぷして息絶えたあの恐ろしい日以来、テンペランスは人の役に立つ仕事にばかり没頭するようになった。パーティなどにも、何か有意義な目的があるものでなければ、けっして参加しなかった。

しかし今、ここにいるテンペランスは、もうすぐ三十歳になろうというのに、十四歳のころに戻って、それ以降の年月などなかったかのように話をしている。子供たちが小鳥の巣や、奇妙な形の岩や、秘密の場所にある小さな泉などを見せてくれた話を。

「ローラースケートを見たこともないというから、恵まれない子供たちだと思っていたのよ」とテンペランスは言った。「でも……」

「でも今風の遊び以外にも楽しみはある」

「そう」テンペランスはにっこりして言った。「子供たちはそれぞれの家族の一員として仕事を受け持ち、責任を負っているの。それにみんながほかのみんなのことをわかっているのよ」

テンペランスはことばを止めて息を継いだ。「それに、そうハーミッシュもいるわ」

「HHのこと？」とメラニーはひやかした。「恐ろしい《ホリブル》ハーミッシュ？」

「彼のことは誤解してた気がするの。その――最初はね――なかなか好きになれなくて。ひどく尊大な人だから。でも、彼は固定観念を持っていたのよ。わたしのこと――」

「子供たちに悪影響を及ぼす都会の娘だって？」

「ええ、そのとおり。でも、ここの人たちのためには骨身を惜しまないわ。ほんとうによくやっているの。子供たちひとりひとりに合った授業をしてる。子供たちが何が得意で、何ができないかきちんと把握しているのよ。それにもうひとつ、男女の差別をつけたりもしないわ。彼の奥さんが夜ごと夫に眠りを誘う飲み物を飲ませているのは、触られたくないからだろうと思っていたんだけど、今は働いてばかりの彼を休ませるために必要なんだって思うの」

二人は大きな屋敷に着いたが、メラニーはまだ娘の話を聞いていたかった。父親が死んでからというもの、テンペランスがこれほど……これほど……嬉しそうに昂ぶっている――そう表現する以外になかった――様子を見せたことはなかったからだ。

しかしロウィーナが屋敷の入り口に立っていて、二人をダイニング・ルームへと招き入れた。そこではジェイムズが二人を待っており、その姿を見るや、テンペランスの上機嫌がふき飛んでしまった。ジェイムズが彼女を上から下までじろじろ眺め、三つ編みにタータンチェックのスカートという装いに驚いて目を丸くし、かすかなせせら笑いを浮かべて「未開の民に溶け込もうっていうのか？」と言ったせいで、さらに事態は悪化した。次の瞬間、メラニーは二人が殴り合いを始めるのではないかと思った。

大きなため息をつくと、メラニーはテーブルにつき、ロウィーナが話し始めるのを待った。

「こんな馬鹿馬鹿しい話、今まで聞いたこともないわ」とテンペランスが言った。「いったい誰がそんな愚かな遺言書を書けるっていうの？」

「自分の所有する土地に関しては、誰でも好きなようにする権利を持っている」ジェイムズは口を固く引き結び、テンペランスを睨みつけて言った。

彼らはジェイムズの家のダイニング・テーブルについていた。暖炉では火が燃えており、二人の反対側にはジェイムズの伯母のロウィーナとテンペランスの母親のメラニーがすわっていた。この二人の女が、ジェイムズとテンペランスに、ジェイムズが三十五歳の誕生日までに〝愛のある結婚〟をしなければ、すべてを失うと書かれた遺言書のことを話して聞かせたところだった。

テンペランスは遺言書の話を聞いて、信じられないというように目をしばたたき、母親のことばをなかなか呑み込めずにいた。

「あいつにやればいい」とジェイムズは腕を胸の前で組んで言った。「この忌々しい土地をコリンにくれてやればいい。大歓迎だ」

それを聞いてテンペランスの堪忍袋の緒が切れた。「あなたほど自分勝手な人間はこの世にいないわ」と彼を睨みつけながら、息を殺して言った。ここ何週間か彼の姿を目にすることはほとんどなかった。あの夜以来……二人が……

「あなただけの問題じゃないでしょう?」自分でも思いのほかの怒りに駆られて彼女は言った。ともに過ごした夜のことは思い出したくなかった。「ここに住んでいるほかの人たちはどうなるの? この村がどれほどすばらしい場所か知らないっていうの? 人々が心を寄せ合う、この上ない小さな宝石のような場所よ。それをくれてやれだなんて! あなたのろくでなしの弟がギャンブルのかたにこの土地を手放してしまったら、誰がマッケアンの人々を守るの?」

「いつマッケアンがきみの慈善事業の対象になったんだ?」とジェイムズが言い返した。きみを「ここから逃げ出してニューヨークへ戻る日が待ちきれない様子だったじゃないか。きみをほんとうに必要としている人たちのところへ」一語一語に嘲笑うような響きがあった。「それに、弟を侮辱してくれたが、あいつの何を知っているっていうんだ? きみの父親のほうだろう、その……」

テンペランスは椅子から飛び上がった。「よくもわたしの父の名前を出したわね！　父は高潔な人だったわ。まるで聖人だった。とくにあなたのお父様と比べれば。わたしの家族はみんな――」

ジェイムズは立ち上がって罵声を浴びせようと、テンペランスのほうに身を乗り出した。

「どんな人でも聖人とまでは呼べないわ」メラニーが大声で割ってはいった。二人が振り返るほどの大声だった。メラニーは娘に目を向けた。「それに、テンペランス、石を投げ合うことになる前に、イザベラ叔母さんとデューガン叔父さんのことを思い出したほうがいいわね」

即座にテンペランスは真っ赤になって腰を下ろし、ジェイムズもそれにならった。

「ふう」ロウィーナがジェイムズとテンペランスを見比べながら言った。「もっと理性的に解決できると思っていたんだけど、どうやらあなたたちは話し合うだけの忍耐もない子供みたいね。メラニー、わたしたち、帰ったほうがよさそうだわ」

「ええ、もちろん」と言ってメラニーは立ち上がろうとした。

「待って！」とジェイムズとテンペランスが同時に言った。二人は思わず顔を見合わせ、それからぷいっと顔をそむけた。

「わたし……」とテンペランスが口を開いた。「わたしたち、このことを話し合うべきだと思うわ。この遺言、馬鹿げている――」そう言って、口をはさもうとするジェイムズを手で制した。「馬鹿げているけど、遺言は遺言よ。どうしてこんな遺言を書く男がいるのかわたしにはわからないけど、何とかしなければならないわ。そう、おっしゃるように理性的なやり方で。まず、コリンにここを渡すわけにいかないのは絶対よ。会ったことはないけれど、噂は充分聞いているわ」

彼女は冷ややかな顔でジェイムズを振り返った。「これだったら納得できる？　それとも愛する羊を全部ギャンブル狂に渡してしまいたいと本気で思っているの？」

「慈善家ぶったアメリカ人に比べれば、ギャンブル狂のほうがましさ」とジェイムズはぶつぶつと言った。

「何て言ったの？」ロウィーナが耳に手をあて、声を張り上げて訊いた。「もっと大きな声で言って、ジェイムズ。わたしの耳がちょっと遠くなっているのは知っているでしょう」

「それは知らなかった」ジェイムズは年老いた伯母に横目をくれて静かに言った。「三階下で使用人たちが大事なブランデーを失敬している音も聞こえるくせに」

そう言われてロウィーナはにやりとし、椅子に背をあずけた。「それで、あなたたち二人はどうしたいの？」

「この土地を守りたいわ」間髪入れずにテンペランスが言った。「人々を救うために誰かが犠牲にならなければならないのね」そう言ってジェイムズのほうを振り返ると、問いかけるように眉を上げた。

ジェイムズはゆっくりとその目をのぞき込んだ。それからしばらくしてそっけなくうなずいた。テンペランスはテーブルの向こうにいる母とロウィーナに目を戻した。

「わかったわ」とテンペランスは小声で言った。「わたしたち、結婚する。したいわけじゃないけれど、村を守るために。わたしたち以上に大切な人々の生活がかかっているんだもの」

それを聞いてロウィーナとメラニーはぽかんとした顔で二人を見た。それから互いに顔を見合わせ、またジェイムズとテンペランスに目を戻した。

「でも」しばらくしてメラニーが口を開いた。「あなたとジェイムズに結婚してほしいって言ってるんじゃないのよ」

「ちがうの？」テンペランスはぎょっとして言った。「でもそういうつもりなんだと思っていたわ」

「まさか！」ロウィーナが声を張り上げた。「あなたたち二人が結婚したら、ジェイムズの祖父母以上にひどいことになるわ。あの二人がどうなったかごらんなさいな！　夫から逃れようとして彼女はみずからの命を絶ったのよ」

「ちがう」とジェイムズとテンペランスがまた同時に言った。それから互いに目を見合わせ、また顔をそむけた。

「まあ、その真相についてはあとで教えてくれればいいわ」とロウィーナが言った。「今はもっと緊急の用件があるんだから。すべての鍵は〝愛のある〟ということばにあるのよ。ジェイムズ、言っておいたほうがいいと思うけど、あなたのろくでなしの弟がお父様を説得してその文言をあの——まさにテンペランスの言うとおりの——馬鹿げた遺言書に付け加えさせたにちがいないわ。コリンがどんな人間かはわかっているでしょう。あなたはあのひどい娘と結婚していたけど、ときが来ればあなたたちのあいだに愛情などないことは周知の事実になると思ったのね。コリンはあなたと自分が三十五歳の誕生日を迎える日を待てばよかった。そうすればマッケアンのすべてが自分のものになる」

「そんなところだろうな」ジェイムズはつぶやいた。

「きっとこの土地にもそれなりの価値があるのね」とロウィーナが言った。

「わかった」とジェイムズがきっぱりと言った。「それで俺にどうしてほしいんだ?」

「ケンナと結婚するのよ。テンペランスには結婚式の準備をしてもらうわ」

「誰だって?」とジェイムズが訊いた。テンペランスは黙ったまま目を丸くして母親を見つめた。

「ケンナよ、馬鹿ね!」ロウィーナが甥に向かって大声で言った。「ケンナ。あなたが少年のころに好きになって、結婚したがった娘よ。でも、あなたのお父様があなたを無理やりロンドンに連れていってしまった。覚えてる?」

「ああ」しばらくしてジェイムズが答えた。「ケンナか」そう言ってにやりとし、目の端でテンペランスをちらりと見た。が、彼女は顔をそむけ、母親にじっと目を注いだ。

「ケンナね」とテンペランスが冷ややかに言った。

「ええ」とメラニーは娘ににっこりと微笑みかけながら言った。「正直に言うと、わたしはあなたとジェイムズがその……まあ、母親の望むことはわかるでしょう。でも望みどおりにいかないことはわかったわ。あなたたちほど嫌い合っている者同士は見たことがないもの。それに、テンペランス、あなたの最近の手紙を読むと――ごめんなさい、ジェイムズ――あなたがマッケアンの何から何までを忌み嫌っているのがありありとわかったから」

「お母さんにマッケアンを忌み嫌っていると言ったのか？」ジェイムズが小声で言った。

「言ってないわ！」テンペランスはあわてて打ち消した。「お母様、わたし、そんなことひとことも言ってないわ。マッケアンを二十世紀に引き入れる必要があるとは言ったけど、ここ数日のことがあってからは、わたし――」

「ああ、そうか」ジェイムズが口をはさんだ。「きみが忌み嫌っているのは俺だけなんだ」

「そりゃそうよ」テンペランスがかみつくように言った。「わたしのこと誤解していたとわかってからはね！」テンペランスは母親に顔を向けた。「この人、自分と結婚するためにわたしがここへ来たと思っていたのよ。子供たちやグレイスに手を貸したのも、自分に取り入るためだと思っていたの。まるで浮わついた尻軽女みたいに――」

「こんな調子では何も結論が出ないわ！」ロウィーナが叫んだ。「ねえ、二人とも聞いて。今は誰が誰をどう思っているかなんてことは気にしていられないの。わたしにはまったくどうでもいいことだしね。問題は子孫にこの土地を遺してやるために、どうやってマッケアンを救うかということよ」

テーブルに身を乗り出し、ロウィーナはテンペランスとジェイムズにぎらぎらとした目を注いだ。「あなたたち二人は憎み合っているみたいだけど、どちらもこの土地が売られて村人たちが家を追い出されるのは望んでないようね。その点は間違いない?」

「ええ」とテンペランスは小声で言った。「この土地を滅ぼすのは罪だわ」

「ああ」とジェイムズがまたテンペランスの装いを値踏みするように見ながら言った。

「ジェイムズ、あなたが忌まわしいプライドを抑えてそのことを認めたのはいいことだわ」とロウィーナが言った。「ここで問題は、ジェイムズの誕生日まで時間がかぎられているということよ。それまでにジェイムズは〝愛のある〟結婚をしなければならない。あなたに花嫁を見つけるためのアンガスの目論見がすべてはずれた今、泥沼にはまってにっちもさっちもいかなくなった牛といっしょよ。どうにかして引っ張り上げてやらなくてはならないわ」

ロウィーナはジェイムズを睨みつけた。「わたしの言っていることがおわかり? あなた自身が何か手を打たなければならないのよ。そうでないと、大事な土地を失うことになるわ。そうなったら、どうするの? エジンバラに移り住んで仕事を探す? アンガスが自分のところで働かせてくれるとは思うけどね。大きな机に一日十四時間すわって過ごす仕事よ」

ジェイムズはそれには答えようとせず、黙ったまま身じろぎもしなかった。

「ほかに質問は?」ロウィーナはジェイムズからテンペランスに目を移して訊いた。

どちらもひとことも発しないでいるのを見て、ロウィーナは椅子に背をあずけた。「メラニーが言ったように、あなたたち二人が結婚してくれればと思っていたわ。でも、そんなことは問題外なのはよくわかったから――」テンペランスとジェイムズが同時に口を開こうとしたため、ロウィーナはことばを切った。

「あなたたちのどちらかでも、この土地を守るために犠牲になって結婚するなんて言い出したら、わたしは自分で王の証言台に立つわ。二人は憎み合っているから、遺言書の条件を満たしていないって。一族のあいだで憎しみに根ざす結婚はもうたくさんよ。わたしの言っていること、おわかりかしら？」

ジェイムズは年老いた伯母を見つめて押し黙っているだけだったが、テンペランスはうなずいた。

「このケンナという女の人はジェイムズと結婚したがっているの？」しばらくしてテンペランスが訊いた。

「きまっているじゃない！」とロウィーナが言った。「子供のころジェイムズと深く愛し合っていたんだから。覚えてる、ジェイムズ？　よく二人で崖に登って小鳥の巣を探していたじゃない。あなたたち、片時も離れなかったわ」

テンペランスはジェイムズのほうを振り返ったが、彼の目はロウィーナに向けられていた。「覚えているよ」とジェイムズは小声で言った。

「あなたがひとりでロンドンに行ってしまって、残されたあの娘《こ》はひどく傷ついたわ。あなたのお母様がそんなあの娘をかわいそうに思って、よい結婚相手が見つかるように教育を受けさせてやったの」

「だったら、これでいい結婚相手が見つかったたってわけね？」とテンペランスが言った。

「彼女が村の出身だというなら、マッケアンの財産がいくら少なくても、彼女よりは金持ちでしょうから」

「たぶん、ケンナはマッケアンの出身だということを恥じていたんだ」ジェイムズがすごみのある低い声で皮肉っぽく言った。「だから――」

「あら、ちがうわ」メラニーが声を張り上げた。「そういうことじゃまったくないのよ。ケンナは奥さんに先立たれた人と結婚したんだけど、気の毒に結婚して何年かでご主人を亡くしてしまったの。でも暮らしていくに困らないだけのものは遺してもらったわ。だから、誰とも結婚する必要はないんだけど、今度のことには同意してくれたのよ。ジェイムズを愛しているからって。これからもずっと」

「その人、今のこの人のこと知らないじゃない！」とテンペランスが言った。「もう何年会ってないの？　二十年？　今では歳をとりすぎているんじゃないの」

「二十年まではいかないわ。歳だってあなたより二つ上なだけよ」メラニーは娘に微笑みかけながら穏やかに言った。「それにとてもきれいだわ。美しいと言ってもいいくらい。どうかしら、きれいな人よね、ロウィーナ？」

「あんなきれいな娘には会ったことがないね。あなたのお母様にも言ったんだけど、ケンナのことは肖像画に残しておいたほうがいいぐらいだわ。ゲインズボロだったらあの美しさをうまく描けたかしらね？」

「そんなにすばらしい人なら、どうしてこれだけ長いあいだ会うこともなかった男と結婚しようなんて思うの?」とテンペランスは歯がみして訊いた。

「俺を愛しているからさ」とジェイムズが明るく言った。「昔からそうだった。これからもずっと。真の愛は失われないものだ。聞いた話では、色あせたりもしないそうだ」

「あなたが愛の何を知っているっていうの?」テンペランスはかみつくように言った。「毛むくじゃらで四つ足のもの以外、区別もつかないくせに」

ジェイムズは片方の眉を上げ、声を落とした。「きみは俺にも多少は愛というものがわかっていると思っていたみたいだったが、ちがったのか?」

「いったい、あなたたち二人のあいだに何があったのか、聞いておいたほうがいいのかしら?」とロウィーナが声を張り上げて訊いた。

「テンペランス、あなた、ニューヨークへ戻りたいのよね? 待っている人が大勢いるんですもの」とメラニーが言った。

テンペランスはジェイムズから目をそらし、母親と目を合わせると、「ええ、ニューヨークに戻りたいわ」と答えた。最後のことばの途中で声が乱れてしまったが、ありがたいことに本人以外、誰もそれに気づかなかった。

「だったらいいわ。すべてが丸くおさまることになるから」と言ってロウィーナはテンペランスに目を向けた。「お母様にあなたがここマッケアンでしてくれたことについてうかがったわ。だから、あなたにまかせることにする。ケンナがそれを引き継げるよう、すべて説明してあげてちょうだい。ここで生まれ育ったんだもの、彼女もきっとすばらしい働きをしてくれるわ」

「すばらしい教育も受けているし」とメラニーがつけ加えた。

「類いまれな美しさは言うまでもなく」とテンペランスも口をはさんだ。

「あら、それはジェイムズだけのものよ」とメラニーがうっとりと言った。

母親の頭を鋳鉄製のまき載せ台で殴った娘でも天国に行けるのだろうか、とテンペランスは考えた。しかし、顔には笑みを貼りつけたままでいた。

「では、これですべて決まりかしら？」ジェイムズとテンペランスを見比べながらロウィーナが言った。

「すべて了解とは言えないな」ジェイムズが伯母を見て眉を寄せながらゆっくりと言った。

テンペランスは怒り狂った形相でジェイムズを見た。「何を了解するっていうの？　あなたは愛のある結婚をしなければならないのよ。そうじゃなかったら、ギャンブル狂の弟にマッケアンをとられてしまう。だからこそ、こちらのご婦人方が、あなたといっしょに教会に行ってくれる人を見つけるために、大昔の恋を掘り起こしてきたんじゃない。その女性は教育があって、争いごとが起きてもおかしくないぐらい美しくて、わたしが始めた事業をわたしよりもずっとうまく切り盛りできるっていうのよ。いったい、何が了解できないっていうの？」

ジェイムズの目が怒りにきらめいた。テンペランスに向けた笑みは炎も凍るほど冷たいものだった。「何もかも悪くない」と彼は言った。「何から何まで気に入った。どこもかしこも悪くない。とくにきみが結婚式の準備をするという点が気に入った。いいか……」ジェイムズはテンペランスを上から下まで眺めた。「いいか、俺の花嫁にはすべて最高のものを用意したい。しっかりやってくれ、家政婦さん」

そう言うと、席を立ち、部屋を出ていった。

19

テンペランスは後ろ手にドアを閉め、頭をそらして一瞬目を閉じた。ようやく多少なりとも心の平和を取り戻せたことに安堵しながら。

「何かひどいことを言われたの?」グレイスが花をつけようとしていた帽子から目を上げて優しく訊いた。倉庫の作業場が完成していないため、帽子作りはまだマッケアンの屋敷の一室で行われていた。アリスは学校に行っていたが、グレイスは娘から聞いた話を思い出すと、今でも顔が真っ赤になるほどだった。アリスとラムジーが山頂の茂みに隠れ、ラムジーがジェイムズそっくりの声音でテンペランスに呼びかけたという話。

テンペランスはグレイスと反対側の椅子に腰を下ろし、ため息をついた。「自分の母親が敵になることってある?」

「それはアリスに訊いたほうがいいわね」とグレイスは微笑みながら言い、ピンを六本ほどとって口に入れた。

「あなたのお母様が何かしたの？　村じゅうに知れわたっていることは別にして」テンペランスは顔をしかめた。母とジェイムズの年老いた伯母がマッケアンに来てすべてを引っくり返していったのは、まだ昨日のことではなかっただろうか？

「そのことよ」とテンペランスは腹を立てて言った。「この村は米粒ほどのちっぽけな情報から、五十ポンドもの重さのある本を作ってしまうのよ。〝ケンナ〟という名前をもう一度聞いたら、大声でわめくわよ。彼女が来ることをみんなキリストの再臨のように触れまわっているんだから。じっさい、キリストの再臨だってこれほどの話題にはならなかったんじゃないかしら」そう言ってグレイスに挑戦するような目を投げかけた。「それに、わたしが嫉妬しているとか、だから力になるとか言ってごらんなさい。そうしたら……まあ、どうするかはわからないけれど、何か考えるわ」

「嫉妬してるの？」とグレイスがそっと訊いた。

テンペランスはためらわなかった。「あなたは彼の愛人だったじゃない。あなたこそ嫉妬してるの？」

グレイスはにっこりした。テンペランスが質問に答えなかったからだ。「嫉妬してるんじゃなかったら、村の人たちがどう思っているかなんてどうして気にするの、あの――」名前を口にする前に彼女はことばを切った。「ジェイムズの未来の花嫁をどう思っているかなんて？」

テンペランスは椅子から立ち上がり、窓辺へ寄った。古いカーテンの裏地にはたくさんの穴が空いていた。グレイスがバラの花びらの形に切り取ったのだ。生地が山と積まれたアンガスの倉庫に押しかけて古い家のために新しいカーテンを選ぶのは、自分の役目ではなくなった。「もしかしたら嫉妬してるのかもしれない。でも、みんなが思っているような意味でじゃないわ。わたし、ここの人たちに気に入られているんだと思っていたの。多少は役に立っていたともね」彼女自身の耳にも自分の声が子供の泣き声のように聞こえた。

テンペランスが村人たちのためにどれだけすばらしいことをしてくれたか、グレイスにもわかっていたが、それを言ってやろうとはしなかった。彼女自身、ケンナがやってくるのを恐れる理由があり、その理由を誰にも明かそうとは思わなかったからだ。「みんな何て言っているの?」

テンペランスは椅子に腰を戻した。「いいことばっかりよ。彼女のことではいいことしか思い出せないって。ずいぶんと若いころに村を出たはずなのに、何らかの形で村の人たちみんなを助けていたみたいね。おまけに、わたしの母が流したにちがいない噂なんだけど、ジェイムズと彼女がもう何年も付き合っていて、ここへきてやっと彼女が結婚に同意したっていうの」

「遺言書の中身がみんなの知るところになったら、そのほうがいいからよ」とグレイスは静かに言った。

「それと、ケンナはここを出ていったりしないって! ずっと村にいてくれるだろうって!」テンペランスは自分でも驚くほど突然興奮して言った。そしてグレイスに目を向け、眉をひそめた。「何にしても、わたしには怒ったり動揺したりする権利はないのよ。村の人たちにとっては仲間が帰ってくるんだもの、みんな大喜びでわくわくするのは当然よ。それにジェイムズもようやくほんとうに愛する人と結婚することになるんですものね。二人が深く深く愛し合っていることを示す逸話を、今日だけで少なくとも十一は聞いたわ。トリスタンとイゾルデだってそれほどは愛し合ってなかったでしょうし、ロミオとジュリエットの愛だってそこまで深くなかったはずよ。誰も――」

途中でことばを止め、テンペランスは目を細めてグレイスを見た。「いったいどうしたの？　どうしてほかの人と同じように喜ばないの？」

「わたし……」グレイスは口にはさんだピンを動かし、テンペランスと目を合わせまいとしていたが、やがて、「マッケアンのことよ」と言った。そう思いついて、ほっとしている様子だった。

「彼がどうしたの？」テンペランスは口を引き結んで訊いた。「この世でもっとも美しく、もっとも気高い女性を妻に迎えるのよ。ほかに何を望むっていうの？」

「わかっているんでしょう？　彼は怖くて取り乱しているのよ」

「マッケアンが？　いつからあの人が何かを怖がるようになったの？　女を怖がっているだなんて言わないでね。女のひとりを山の上から投げ落とそうとするのをわたしが止めなくちゃならないなんてこともあったんだから」

「最初の妻が、不幸せなあまり逃げ出そうとして死んだ話を覚えているでしょう」

テンペランスは絹糸の糸巻きを手にとってもてあそんだ。「どうもあなたが話をはぐらかしているの気がするんだけど、どうしてかしら？　あなたは何かにとても動揺してる。かなりひどくね。でもそれはジェイムズ・マッケアンとは関係ないんじゃないかしら」

　グレイスは顔を上げ、友に目を釘づけにした。「村人たちは大馬鹿者かもしれないけれど、わたしはちがうわ。あなたにここを出ていってほしくないのよ。マッケアンと結婚してくれたらと……」それ以上言う必要はないと感じ、グレイスは作っていた帽子に目を戻した。

「いいえ……」テンペランスはゆっくりと言った。「そういうことにはならないわ。わたしはここの人間じゃないもの。ここの人間になれたような気がして、この土地を心から愛するようになってはいたけど。でも——この二十四時間で、自分がこの土地の人間じゃないってことを思い知らされたの。あなたも自分で見てみるといいわ。仲間が帰ってくるというので村じゅうがどんなに沸いているか」

「村が活気づいたのがあなたのおかげだってことはみんなわかっているわ。でも、あなたがすぐにここを出ていってしまうこともわかっているのよ」

　テンペランスは糸巻きをもてあそびながら、「そう、たぶんジェイムズもそう思っているわ」と小声で言った。「ねえ、わたしってまるで自分勝手な二歳児みたいよね。村を救うためだけに何年も会っていない人と結婚しなければならないとすれば、愉しいはずないのに」

　テンペランスはグレイスに目を向けた。「そう思うのはわたしだけかしら？　だっておかしくない？　ジェイムズがそんなふうに結婚するのを村のみんなが当然だと思っているなんて。彼がその女性に永遠の誓いを立てることに、誰一人としてひとことも疑いのことばを発しようとしないのよ。だって、もし彼女が変わってしまっていたらどうするの？　みんなかわいらしくて、欲のない娘だったたって言うけど、人って変わるものでしょう。ロンドンに住んで、結婚して、何年もひとりで暮らしていたのよ。もしかしたら、この荒れ果てた古い屋敷には戻ってきたくないかもしれないわ」わたしが掃除した屋敷に、とテンペランスは心の中でつぶやいた。わたしが生気を取り戻してあげた家。わたしが――

「そういうことを言ってくれる人をジェイムズはありがたいと思うんじゃないかしら。あなたたち二人、少しのあいだお互いの性格のちがいを忘れて話し合ってみたらいいのに。わたしが思いちがいをしているんじゃなかったら、前はよく話をしていたはずよ」

テンペランスはジェイムズと二人きりになると考えただけで心臓が飛び出しそうになるのをグレイスに知られたくなかった。もう何週間もほとんど口をきかない状態が続いており、正直に言って、そう、恋しかった。昔ながらの単純な意味で彼が恋しかった。

しかし、ためらう気持ちのほうが強かった。「あなたが彼と話したほうがいいんじゃないかしら。わたしは嫌われているから」テンペランスは糸巻きを見つめたまま、グレイスに目を向けようとはしなかった。

「わたしが彼にとってどういう存在か、マッケアンのみんなが知っているわ。でもあなたが彼と過ごした夜のことは、ほんの数人しか知らない」

テンペランスは自分の顔が真っ赤になるのを感じた。何よりも恥ずかしい秘密を知られているとわかって、咽喉が詰まった。

「テンペランス」グレイスがうんざりしたような声で言った。「あなただって完璧な人間である必要はないのよ。この世でまちがいを犯すことも許されているわ。あなたは誰が何をしても許しているようだけど、たまにはほかの人に自分の行いも許してもらうべきよ」

テンペランスは弱々しい笑みを浮かべることしかできず、やがて目をそらした。グレイスの言うことはもっともで、真の友情から出たことばであるのは確かだったが、許しを得なければならない存在になりたいとは思わなかった。許しを必要とするようなことをしてしまったのはさらに嫌だった。

グレイスと目を合わせようとせずにテンペランスは立ち上がった。「彼と話してくるわ。お互いのあいだの重苦しい空気を一掃するころあいだと思う。結局、もう終わったも同然なんだから」

「そうね」とグレイスが優しく言った。「すぐにちゃんとしたマッケアン夫人が来て、すべてに目を配ってくれるんだから」

「そうよ」とテンペランスは言ったが、どうしてそのことを考えるとこれほど最悪の気分になるのだろうと思った。

＊

ジェイムズはいつものように山頂で羊に囲まれていた。テンペランスが開けた場所に現れると、男たちはぎょっとした顔をしたが、彼女はそれを無視した。村じゅうの人間がジェイムズとの仲たがいを知っているとは思いたくなかった。仲たがいの理由を知られていると思うのはもっと嫌だった。

「もう終わったも同然なんだから」彼女は心の中でつぶやき、背筋をぴんと伸ばしてジェイムズに歩み寄った。

ジェイムズは身をかがめ、丸まった角を持つ大きな羊の口の中をのぞき込んでいた。テンペランスはキルトからのぞいている彼のがっしりとした太腿から目をそらして声をかけた。

「わたしたち、話し合ったほうがいいと思うの」

彼は彼女がそこにいるのに気づかない様子だった。わざと無視しているのは明らかだった。「話し合いましょうよ！」あまりの大声に羊が飛び上がり、逃げようとした。ジェイムズは腕を羊の首にまわして押さえ込まなければならなかった。

「おや？」ジェイムズは大きな羊と格闘しながら穏やかに言った。「俺に話があるのか？」スコットランドなまりをわざと強調している。

テンペランスは両手を腰にあて、ぐるりとまわりを見まわすと、近くにいた男たちを睨みつけた。みな好奇心をあらわにして耳をそばだてている。

睨まれてにやりとすると、男たちは背を向けて去り、ジェイムズとテンペランスは二人きりになった。

「そのままその動物を絞め殺すつもり？　それとも放してわたしと話をする？」

羊を抱えたまま、ジェイムズはテンペランスに目を向けた。その目に彼女はともに過ごした夜を思い出した。何週間も前のあの夜から、二人きりになることはなかった。しかし、男たちが近くにいることで、不安は感じなかった。「何を話し合いたいかによる」彼は目を彼女の腹のあたりに落とし、声をひそめた。「話し合わなきゃならないことになったのか？」

「自分の繁殖能力を買いかぶりすぎよ」と彼女はぴしゃりと言った。

「もしくはきみの繁殖能力を買いかぶっているのかもしれないな」と素早く彼は言い返した。

テンペランスは必死で笑いをこらえなければならなかった。このうぬぼれたユーモアのセンスが恋しかったのだ。

「わたしの繁殖能力には何の問題もないわ」と彼女は言ったが、そこで自分が自己弁護にまわっているのに気がついた。つまり、会話の方向を彼が決めているということだ。「その羊に手を食われるといいのよ」彼女は羊に顎をしゃくって言うと、踵を返し、山を降り始めた。

そうするだろうと思っていたとおりに、ジェイムズが前にまわりこんで行く手をふさいだ。「さあ、ほかの連中のいないところへ行こう」

テンペランスはあとについていこうとしかけたが、見ると、ジェイムズはあの小屋に向かっていた。そこで踵を土にしっかりとつけ、一インチも動かない構えをとった。

「ああ、そうか、言いたいことはわかったよ」とジェイムズは言った。「洞窟は？」

テンペランスはかぶりを振った。そこまで二人きりになりたくなかった。拒まれてジェイムズは平らな岩を身振りで示した。テンペランスがそこへ腰を下ろすと、彼はそばの草の上に寝転んだ。

「で、わざわざここまで登ってきて話し合いたいというのはどういったことだ？　ここ何週間も怒鳴る以外は口をきこうとしなかったきみが。俺みたいなぼんくらに理解できることかい？」

あなたが恋しかったと舌の先まで出かかったが、テンペランスはこらえた。その代わり、「あなたの結婚式の準備をしなければならないわ」と言った。

「ああ、そのことか」と言ってジェイムズは草を摘んで口に入れ、空を見上げた。「何でもきみの好きなようにしてくれていい。結婚式は女の行事だ」

「わたし――つまり……ああ、もう！　あなた、その女の人とほんとうに結婚したいの？」

ジェイムズはゆっくり首をまわし、テンペランスに目を向けた。「ほかにこの大事な土地を守る方法があるのか？　世間の物笑いになっているこの土地を？」

テンペランスは大きく息を吸い、心の中で十数えた。「お互い……言ったことや、二人のあいだで……起こったことは忘れたほうがいいんじゃないかしら。あのあと聞かされたことのほうが、わたしたち個人の問題よりも重要なんだから」

ジェイムズは彼女のくるぶしに目を落とした。テンペランスはくるぶしの小さな骨のでっぱりにキスされたことを思い出した。だめよ！　彼女は自分に言い聞かせた。あの夜のことは忘れたほうがいい。女性たちにも何度言い聞かせたことだろう。ろくでなしの男に抱かれたときの感覚など忘れなさいと。

「あなたのこと、買いかぶっていたみたいね。何も忘れることのできない人だったなんて」彼女は鼻をつんと高く上げた。

答えが返ってこなかったので、テンペランスは彼のほうを振り返った。見返してくる目は凍るように冷たかった。「きみが身ごもっているというのでなければ、何でも忘れるさ」と彼は静かに言った。「今この瞬間からあの夜はなかったことにしよう」

「よかった！」とテンペランスはきっぱりと言った。「じゃあ、決まりね？」彼女は握手しようと手を差し出した。

手が触れた瞬間、それがまちがいだったことがわかった。ジェイムズはテンペランスの小さな手をしばらく握っていた。その手をほんの少しでも引かれたら、彼の腕に抱かれることになるだろう。テンペランスは目を合わせる勇気がなかった。

しかし、ジェイムズは手を引こうとはしなかった。二人の手が離れ、テンペランスは止めていた息を吐き出した。「よかった」と言いながらも、まだ彼の目を見ることはできなかった。「じゃあ、始めましょう」テンペランスは鉛筆と小さなメモ帳をポケットから取り出した。「彼女について知っていることをすべて教えてもらわなくてはならないわ。その……ケンナについて。結婚式の準備を始める前にね。好きな花は？　好きな色は？　堅苦しいほうが好きかしら、それともあまり堅苦しくないほうがいい？　マッケアンでとくに仲良くしている人は？」

テンペランスは息を継ぐためにことばを止め、書きとめる用意をして返事を待った。が、返事がなかったために、ジェイムズに目を向けた。彼は雑草をくわえたまま草の上に寝転んで空を見上げている。

「さあ、わからないな」

「どの質問について？」

「全部だ。本人のこともよく覚えていない気がする」

「でも村のみんなによれば、あなたたちはお互いに夢中だったそうじゃないの。熱烈に。心底好き合っていたって。二人を引き離すことは魂を二つに裂くようなものだったって」

ジェイムズは鼻で笑い、草を口のもう一方の端にくわえ直した。「どちらも子供だったのさ」

テンペランスは苛立ってメモ帳を下ろした。「でも、村の娘と恋仲だったってあなたから聞いたのをはっきりと覚えているわ。〝恋仲だった〟――そう言ったのよ」

「だったら、そうだったんだろう。恋のことなんて誰にわかる？」彼は首をまわし、彼女に目を向けた。「きみはわかるのか？」

「全然わからないわ」と彼女は即座に答え、メモ帳をまた取り上げた。「いいわ、じゃあ、最初に取り上げた子羊のことを聞かせて」

ジェイムズはにやりとして空に目を戻した。「体は白くて顔と三本の足が黒いやつだった。

コックに夕食の材料にされないように、山に隠しておかなければならなかった」

「その子羊の好きな食べ物は？」

「ヒナギクさ」と考えるまでもなくジェイムズは答えた。それからテンペランスに目を向けた。

「羊のことは覚えているのに、初恋の相手のことは覚えていないのね」テンペランスは目を細めて彼を見た。

「わかったよ。確かきれいな長い脚をしていた」にやりとしながら彼は言った。「ケンナのことさ。子羊じゃなくて」

「そう」テンペランスはメモ帳に書きとめながら言った。「あなたの馬と同じね。納得できるわ」

「馬と同じとは言えないな」とジェイムズは優しく言った。「ケンナはあとにも先にもマッケアンで一番の美人だった。父親は醜い小男で、母親は彼女が幼いころに死んだ。父親は娘を溺愛していたよ。ほしいものは何でも与えていた」

「そう」テンペランスはメモをとりながら言った。「甘やかされた一人っ子ね」

「嫉妬してるのか？　きみではなく彼女が俺と結婚するからって？」

「馬鹿なことを言わないで」とテンペランスはぴしゃりと言った。「わたしは誰とも結婚したくないわ。できるだけ早くニューヨークへ戻らなくちゃならないもの。向こうではたくさんの人が――」

「――きみを待っている。そういう話だったな。さて、どこまで話したっけ？」

「結婚式の準備をするのに役立ちそうな話はまだひとつも。彼女がいつここへ来るのか、伯母様から聞いてる？」

「三、四日のうちだそうだ」と言ってジェイムズは肩をすくめた。「覚えてないが。いつにしても、近いうちなのは確かだ」

そう聞いてテンペランスはまたメモ帳を下ろし、彼を見た。「ジェイムズ、わたしには関係ないことだけど、結婚ってとても重大な取り決めなのよ。結婚する前によく考えたほうがいいんじゃないかしら」

彼女に向けたジェイムズの顔は真剣そのものだった。「それで、ほかにどんな選択肢があるっていうんだ？」物静かだが、感情が昂ぶっているのがわかる声。「あそこにいる人々よりも自分の希望を優先させろっていうのか？」そう言って山のふもとの村を身振りで示した。「嫌だ、昔好きだった女となんか結婚したくないと言って、何百年も前からここで暮らしている家族たちがこの土地を追い出されるのを黙って見ていろって言うのか？　俺が結婚しなかったら、目の見えないブレンダのような人間はどうなる？」

「彼女も彼女の家族もみんな、ブレンダの本の印税で暮らせるわ」とテンペランスが言った。「彼女の本を出してくれるという出版社を見つけたばかりよ」

「きみはすべてに答えを用意しているんだな、え？　この世のすべての問題を解決する方法を心得ているというわけか？」とジェイムズは静かに言った。

そう言われてテンペランスは立ち上がった。「前は何があってもどう対処していいかわかっていたわ」ぞっとしたことに涙声になっていた。「健全でまともな暮らしをしていたし、目的だってはっきりしていた。でも今はもう何もわからなくなってしまったわ。自分が誰で、何をしたいのか……何についても何も」

彼女は両脇に下ろした手を握り締め、彼を見下ろした。しかし、ジェイムズは動かなかった。両手を頭の後ろにまわして草の上に横たわったまま、穏やかな目で彼女を見上げている。

ジェイムズが何も答えようとしないのを見て、テンペランスは彼の靴の底を蹴り、背を向けて山を降り始めた。

後ろでジェイムズが空を見上げて横たわったまま、微笑んでいるのには気づきもせずに。

「愛がそうさせるのさ」としばらくして彼はつぶやいた。それからようやく起き上がると、羊のところへ戻り、ラムジーを呼んだ。「今夜エジンバラへ手紙を届けに行ってほしい」

「彼女のところじゃないよね？」とラムジーは嘲笑うように言った。

「なんだ、その態度は！」とジェイムズは息子を叱りつけた。「ちがう。ケンナにじゃない。コリン叔父さんにだ」

その名前を聞いてラムジーの顔が輝いた。コリン叔父さんは愉快きわまりない人だった。

「彼にニューヨークから呼び寄せてほしい人がいるんだ」

「ニューヨーク！」ラムジーは息を呑んだ。「でも、それは彼女が行きたがっている場所でしょう。それは――」

ジェイムズの表情がラムジーを黙らせた。「俺がおまえにまちがったことを言ったためしがあったか？　もう俺の言うことは聞かないというのか？」

ラムジーは父と同じ目で父を見た。「彼女に愛してるって言うべきだと思うよ。馬を気遣うほども気遣ってやってないじゃない」

「子供の助言が必要なときは、こちらから頼む。アリスと問題を起こそうっていうんじゃないだろうな？　俺はまだ孫を持つ心の準備はできてないぞ」

「僕は妹を持つ心の準備はできてるよ」とラムジーは小声で言ったが、父親に聞こえてしまった。

「作ってやるように精一杯努力するさ」とジェイムズが真面目くさって言った。

「でも、母親は誰？」ラムジーは口を引き結んで鋭く言い返した。

「それは俺が選ぶことだろう？　さあ、手紙をとってこい。俺の寝室の机の上にある。コリンに直接手渡すんだ。ほかの人間にたくしてはだめだ。あとはコリンがどうすればいいか考えるだろう。さあ、行け。誰かにどこに行くのかと訊かれたら嘘をつくんだ」

「でも――」ラムジーは口答えしようとしたが、父の表情を見て口をつぐんだ。むっつりとした顔でラムジーは山を降り始めた。彼はテンペランスにいなくなってほしくなかった。彼女がここにいてくれれば、マッケアンのすべてに希望が持てた。しかし、父が村の女と結婚したら、いったいどんな希望が持てるだろう？　村の女の誰が帽子作りや出版界のことを知っている？ もしくはアルコール飲料の販売について。テンペランスは上流社会の女性だった。そのケンナという女がいったい何をしてくれるだろう？

山のふもとに近づきながら、ラムジーはエジンバラに行くべきかどうか自問していた。いったい父はコリン叔父さんに何を頼もうというのだろう。二人は双子だったが、似ているところはひとつもなかった。父は真面目な人間で、仕事ばかりで遊びを知らなかったが、コリン叔父さんは遊びが大好きだった。単なる気晴らしに千マイルでも旅をすると言っていた。

家に着いて父の寝室に入ると、机の上に、表にコリンと書かれた分厚い封筒があった。その手紙のそばには、新聞の切抜きの切れ端と落として踏みつけたように見える手紙があった。しかし、その二つにはラムジーは気がつかなかった。

ラムジーは父の手紙をポケットに突っ込み、肩をすくめた。少なくとも叔父さんのところではおいしいものを食べさせてもらえるだろう。

20

「着いたわよ」とグレイスが言った。階段を駆け昇ったせいで息を切らしている。

テンペランスはまわりに広げた書類の山から目を上げた。母からの手紙によると、アンガスはジェイムズがついに結婚すると知って喜ぶあまり、マッケアンではかつてないほどの盛大な結婚式の費用を持つつもりでいるという。

「それって彼にとっては痛い出費なのかしら?」テンペランスからアンガスの太っ腹な考えを聞いてグレイスが尋ねた。「それとも、ポケットの小銭を使うぐらいのこと?」

急遽結婚式がとり行われることになったという発表以来、グレイスはちがう人間になったとテンペランスは思った。出会ったときの穏やかな人間が、今は懐疑的で神経質になっていた。どれほど考えてもテンペランスには、何が彼女を悩ませているのかわからなかった。たぶん、わたしがまもなくここを去ってニューヨークに戻ってしまうので動揺しているのだ。そうテンペランスは考えたかった。

テンペランスが山でジェイムズと話してから四日が経っていた。感情をぶつけたことがきまり悪く、彼女は家に戻ってから、自分で自分を少しばかりなじった。気分や癇癪のままに子供のような振る舞いをしてしまった。どうして絶えず怒ったり、猛烈に幸せになったり、憂鬱になったり、そのときどきで気分が変わったりするのだろうと考えることもやめなければならない。何も考えずに結婚式の準備という最後の仕事をやりとげよう、とテンペランスは心に誓った。そして、それが終わったら永遠にマッケアンを去り、懐かしいニューヨークに戻るのだ。気分がしじゅう変わることなく暮らせる場所へ。

「考えても時間の無駄よ」と彼女は自分に言い聞かせ、母が送ってくれた商店主のリストに目を向けた。結婚式までに、調達する品々についてその全員と相談しなければならない。

「どうしてケンナが自分で結婚式の準備をするわけにいかないのかしらね」とグレイスがきゅっと口をとがらせて言った。

「きっと忙しいんでしょう」とテンペランスは答えた。グレイスを悩ませていることが何であれ、巻き込まれるのはごめんだった。テンペランスも自分なりの悩みを抱えており、これ以上悩みを増やしたくなかった。一日一日が過ぎるごとに、もう二度とマッケアンの人々には会えないのだという思いも募っていた。わたしが事務的な学校の理事を説得することなしに、アリスは医学学校に入学できるのだろうか？　ラムジーは将来どうするつもりなのだろう？　そのことを誰か考えたことがあるのだろうか？　彼の両親が誰かは知らないが、一度話してみたほうがいいかもしれない。

フィノーラが描いたウェディング・ドレスのスケッチを手にとって、テンペランスは物思いから覚めた。なんという才能だろう！　ほんとうに美しいドレス。「わたしのときもこんなドレスがいいわ」と彼女は息をひそめてつぶやいた。

「何て言ったの？」とグレイスが訊いた。

「グレイス、ちょっと話しておいたほうがいいと思うんだけど――」

「来たわよ！」戸口のところでアリスが言った。「会いたくないの？」

グレイスはテンペランスに目を向け、テンペランスはグレイスに目を向けた。二人の女はあやうく「ええ」と言いかけたが、すぐにアリスに目を戻し、弱々しく微笑んでみせた。

「もちろん」とテンペランスが言った。「もちろん、会いたいわ」

「とってもきれいな人よ」とアリスが夢見るように言った。「お伽噺《とぎばなし》に出てくるお姫様みたいに」

それを聞いてテンペランスは自分が着ている服に目を落とした。村ですばらしい三日間を過ごしてからというもの、美しいドレスはトランクにしまいこんであった。結局、シルクのスカートは茂みに引っかかるし、シルクには染みがつきやすかったからだ。仕事が山ほどあることを考えれば、コットンのブラウスと幅広のベルトのついた厚手のスカートがぴったりに思えた。しかし、このときばかりは、今朝もう少し身なりに気を遣えばよかったと思わずにいられなかった。

アリスとグレイスのあとからドアへ向かいながら、テンペランスは一瞬立ち止まって鏡に映った自分の姿をちらりと見た。髪の毛は乱れて顔のまわりにまとわりつき、ブラウスの襟には染みがついている。不意にテンペランスはあのチャーミング・シャーメインが目のまわりの皺について言ったことを思い出した。身を乗り出し、彼女は鏡をのぞき込んだ。皺はない。そう思ってにっこりとした——が、あった！

「来ないの？」グレイスが戸口から呼びかけた。ケンナ・ロックウッドに会うぐらいなら、いつも口にくわえているピンを呑み込んだほうがましだとでも言いたげな口調だった。目の端の皺のせいでテンペランスはまた不機嫌になった。「あなた、どうして最近そんなにむしゃくしゃしているの？」と眉をひそめて言った。

階段を降りながらグレイスは口を開いて答えようとしたが、一度口をつぐみ、また開いた。「すぐにわかると思うわ」と一瞬間をおいて言った。「わたしの心の中を見透かしたあなただから、きっとわたしが何を知っているかわかると思う」

そんな不可解なことばをつぶやくと、グレイスは階段を降り、テンペランスはひとり取り残された。

村人の大半がダイニング・ルームに集まっており、広い玄関ホールにはみだしている者もいた。テンペランスは階段を降りきったところで一瞬立ち止まり、村人たちを見まわした。マッケアンで過ごした何週間かのあいだに、そのほとんどすべての人々と知り合いになっていた。彼らの赤ん坊の名前や祖父母の名前も知っており、ネシーがイチゴを食べると蕁麻疹《じんましん》を起こすことも知っていた。ヘドリック夫人が夫のウィスキーをこっそり飲んでいることも、ミーンズ夫人が下着にすべて刺繍をほどこしていることも知っていた。そして彼女と夫が……

何にしても、ここにいる人々とはよく知り合うようになっており、この土地を離れると思うと辛かった。

でも、そうしなければならないのだから、と彼女は思った。だから、せめて残された時間を最大限に活用しよう。大きく息を吸うと、テンペランスは胸を張り、人ごみをかきわけて前へ進んだ。家政婦なのだから、非公式の女主人の役割を果たさなければならない。ほかの女に結婚の誓いをしたジェイムズに放り出されるまでは――

またも彼女は物思いに沈みそうになるのを抑え、顔に笑みを貼りつけた。目の前にかの有名なケンナが背を向けて立っていた。もう何日もマッケアンじゅうの老若男女の口に上りっぱなしの女性。すぐにジェイムズ・マッケアンの妻となる女性。

小柄な人、とテンペランスは思った。背が低く、とてもほっそりしている。パクィンのものにちがいない上品なドレスに身を包んでいるところを見ると、お金に困っている人ではない。赤っぽい髪を乱れなく整え、帽子はかぶっていない。

しばらくテンペランスは彼女の後ろに立ったまま、集まった人々の顔を眺めていた。みな久しぶりに会った最愛のケンナの顔を見つめている。天使の目を見つめていたとしても、これほどあがめるような表情にはならないだろう。

黙ったままテンペランスはケンナが振り向いて自分に気づいてくれるのを待った。そして、振り向いたケンナに思わずはっと息を呑んだ。

そう、ケンナは美しかった。黒っぽいグリーンの目と手入れを怠らないがゆえの染みひとつない肌。眉は自然に見えるように整えられていたが、完璧な曲線を描いていた。唇も申し分なく、鼻の形も美しかった。顔の形は――

ああ、そう、ケンナ・ロックウッドは確かに美しかった。しかし、こうした美しさをテンペランスは何度も目にしたことがあった。彼女の目のずっと奥にひそんでいるものも何度も見たことがあった。

「はじめまして」とテンペランスは明るく言った。突然、肩の重荷が下りたような気分だった。「わたしは家政婦のテンペランス・オニールよ」

一瞬、ケンナの完璧なグリーンの目に何かが光った。それからそれが温かいまなざしとなった。「わたしはケンナよ。マッケアンと結婚するために来たの」

「わたしたちのうちの誰かじゃなく、あなたでよかったわ」とテンペランスは声を張り上げて言い、まわりにいる村人たちから笑い声が起こってにっこりした。人生が終わったような気がしていたのが、晴れ晴れとした気分になっていた。

「ええ、わたしでよかったわ」とケンナは小声で言った。またあの光が目に走った。

なんて気性の人かしらとテンペランスは思ったが、顔から笑みは消さなかった。「お疲れでしょう。お部屋へご案内しましょうか？　この家で一番いい部屋よ。もちろん、あとでお部屋の飾りつけをしたいとは思うでしょうけど。ジェイムズから多少なりともお金を引き出せればの話だけどね」

またみんなが笑い、ケンナはテンペランスに感情を抑えた目を向けた。

「きっとなんとかなるわ」とケンナは小声で言った。「村の人たちが手伝ってくれるでしょうから。いっしょに生まれ育ち、いつも愛してやまなかった人たちが」目がテンペランスに語っていた。これにはかなわないでしょう。

しかしテンペランスはその挑戦には乗らなかった。ただにっこりして、ケンナに階上《うえ》についてくるようにと身振りで示した。

もちろん、村の半分の人たちが二人のあとに従った。ケンナが持ってきたたくさんのトランクや箱を背中に背負ったり、腕に抱えたりして。ケンナの寝室となる部屋に着くと、テンペランスは一行から離れてそっと廊下を裏の階段へと向かい、キッチンへ急いだ。

「彼はどこ？」と彼女はあえぎながら言った。階段を勢いよく駆け下りたために息を切らしていた。

「ほかの人といっしょじゃなかった？」むっつりとしたラムジーがミルクを瓶で小羊に与えながら言った。

テンペランスは少年にキスしてやりたくなった。彼女がマッケアンを去ることを残念に思ってくれているのは彼とグレイスだけだった。テンペランスはいなかったと首を振った。

「お金の計算をしているよ」とエピーが言った。つまり、書斎で帳簿をつけているということだ。

「じゃあ、きっと機嫌悪いね」とラムジーが言った。

「わたしと話をしたら、もっと機嫌が悪くなるわ」とテンペランスは肩越しに明るく言うと、走ってキッチンを出た。

あまりに急いで書斎へ向かったため、玄関ホールの石の床で足を滑らせたほどだった。ノックする手間も惜しんで彼女は書斎の両開きのドアを開け、中にはいってドアを閉め、そこにもたれた。書類が山積みになっている机からジェイムズが目を上げた。

「彼女とは結婚できないわ」テンペランスはまだ息を切らしながら言った。

「ふん!」とジェイムズは鼻を鳴らし、書類に目を戻した。「何かちがうことを言いに来たのかと思った」

「いいえ、本気で言っているのよ。あなた、彼女とは結婚できないわ」テンペランスは彼のほうに歩み寄ろうとしたが、スカートが両開きのドアにはさまれていた。

ペンを置き、ジェイムズは目を上げた。「わかった。話を聞こうじゃないか。今度は何が問題なんだ? なぜ俺はケンナと結婚できない?」

「あの人——」テンペランスはドアのあいだからスカートの裾を引っ張り出すために一瞬ことばを切った。「あの人……あの人は……」どうしたら上品な言い方ができるだろう。

「苦労してきた女だってことか?」片方の眉を上げてジェイムズが訊いた。

「ええ、でもそれだけじゃなくて——」

「夫以外の男と関係があった?」ジェイムズはためらうことなく言い、また目を書類に戻した。「帳簿つけを手伝いに来たのかと思ったよ。俺は事務仕事は大嫌いなんだ」テンペランスは机に歩み寄り、両手をついた。「知ってるの？　そんな女と結婚するつもりなの？」

ジェイムズは驚いてテンペランスを見上げた。「きみほどお高くとまった人間はいないかもしれないが、手紙を書けるのはきみだけじゃないんだぜ。ケンナとはきみのお母さんとロウィーナ伯母がここへ来て以来、ずっと手紙のやりとりをしてきた。彼女についてはよくわかっている」

「じゃあ、知ってるの？　彼女が……」

「ああ、知ってる、彼女が……」彼は嘲るように言った。「まったく、オニールさん、きみのような経歴の持ち主はもっと世慣れていると思っていたんだけどな。伯母が言っていた馬鹿げたロマンスなんて、本気では信じてなかったんだろう？　ケンナと俺が昔恋仲だったっていう？」

「でもあなたもそう言ったじゃない」テンペランスはショックを受けて彼を見つめた。

「そんなことは言っていない！」彼は傷ついたような声を出した。

「村の娘と恋仲だったけど、お父様にほかの人と結婚させられたって言ってたじゃない」

「ああ、そのことか」とジェイムズはにやりとして言うと、何枚か書類を手にとって眺めた。「きみを嫉妬させてやろうとしたんだな。そうすればベッドに引っ張り込めるだろうと思って。エジンバラで買った洗羊液の領収書はもらったかな？　どこにもないんだが」

むっとしながらテンペランスは書類をかきまわし、領収書を取り出した。「それしか考えていなかったの？」

目を上げ、彼は片方の眉を上げた。「男がほかに何か考えていると信じるには、きみはちょっと歳がいきすぎてるんじゃないのか？」

テンペランスは両手を上げ、彼に背を向けた。「誰かあとひとりでもわたしの歳のことを言ったら――」そこで息を吸って気持ちを落ちつけると、彼のほうに向き直った。「自分が何をするつもりなのか考えたことないの？　たぶんケンナは……」彼女は声をひそめた。「お客をとっていたのよ。ああいう目は何度も見たことがあるわ。ただ〝苦労してきた〟だけじゃないと思う」

ジェイムズは黙って彼女を見つめていたが、しばらくして「話はそれだけか？」と訊いた。「ケンナのことはわかっている。未亡人になって、夫が遺した金を誰かにすべて盗られてしまい、できることをして生活しなければならなかったんだ。彼女とグレイスにどんなちがいがある？」

「わからない」テンペランスは正直に言った。

「二人とも不運に見舞われた女であるのは同じなのに、ひとりは助けてやり、もうひとりのほうは尻を叩いて追い出そうとするのはなぜだ？　どうして結婚するに値しない女だと言えるんだ？」

「わからない」テンペランスは彼を見つめたまま繰り返した。最近そう答えることが多くなっていた。じっさい、この男と会ってからというもの、頭が混乱することばかりだった。ジェイムズは立ち上がって机をまわりこんでくると、テンペランスの肩に親しげに腕をまわした。「きみだって、彼女が愛情から俺と結婚するなんて本気で信じているわけじゃないんだろう？　遺言書の条件を満たすために彼女は俺に協力できるし、俺は彼女の力になってやれる。単純きわまりないことさ」

彼はテンペランスをドアのところまで導いた。「でも、結婚したあとは？」テンペランスは静かに訊いた。

「ケンナはエジンバラに戻り、俺は生活費を送ることになるだろう。きっとどちらにとっても願ってもない取り決めになるさ」ドアのところでジェイムズは足を止め、テンペランスを見下ろした。

「でもそんなの冷たすぎる。マッケアンの人たちはどうなるの？　彼女に大きな期待を寄せてるわ」

「家から追い出されずに済めば充分じゃないのか？」

テンペランスが答えようとしなかったため、ジェイムズは彼女の顎に指をあて、顔を上向かせた。「きみのおかげで帽子作りの事業もできたし、リリアの酒や、目の見えないブレンダの本もある。マッケアンがこんなに活気づいたのは久し振りのことだ。だからきみはニューヨークに戻ってほかの人たちに救いの手を差し伸べるといい。俺たちにはもう充分だ。さあ、行って結婚式の準備をしてくれ。村人たちのために孫の代まで語り継がれるほどの披露宴を開いてくれ。アンガス叔父に何千ポンドも出させてな」

身をかがめ、ジェイムズはテンペランスの額に父が娘にするようなキスをした。「さあ、行って仕事にかかってくれ。ケンナのことは心配しなくていい。俺の問題で、きみには関係ない」

彼はドアを開け、優しく彼女を廊下に押し出した。そしてドアを閉めると、ドアに背をあずけ、しばらく目を閉じた。彼女にこれほど近づいていながら、内なる欲望のままに抱きしめてキスできないのは辛いことだった。

しばし彼は目を天井に向け、「この計画がうまくいきますように」と祈った。「彼女が俺たちを選んでくれますように」そう言って書類が山と積まれた机に目をやり、今必要なのは足の速い馬を思いきり駆って遠出することだと思った。

＊

テンペランスはまだ階下《した》にいる村人たちを避け、心の平和を求めて寝室に逃げ込んだ。ベッドの足元には、マッケアンに来てから着ていないドレスがぎっしりつまったトランクがあった。美しい衣裳ではあったが、触れてみると、ここには場ちがいな気がした。

ドレスを脇に押しやり、テンペランスは母が作ってくれたスクラップブックを取り出した。そこにはテンペランスについて書いてあるすべての新聞記事の切抜きがおさめられていた。ベッドに寝転ぶと、ゆっくりページを繰り、記事を端から端まで読んでみる。ニューヨークではわたしも役に立つ仕事をしていたと彼女は思った。人々を救っていた。たくさんの人々を。

貧しい女性だけが借りられる最初の共同住宅が完成した日の自分の写真があった。エレガントなシルクのスーツを着て、巨大な帽子を頭に載せ、まわりを取り囲む大勢の記者や政治家とふざけ合って笑う自分は、今ではまるで知らない人のように見えた。背後には子供を抱いたりスカートにまつわりつかせたりしている女性が六人ほど写っている。

テンペランスは写真を見て笑みを浮かべ、ページを繰ろうとした。が、そこでふと写真を持ち上げ、背後にいる女性たちをしげしげと見た。以前は思いもしなかったことだが、写真に写っている記者や政治家の名前はひとりひとり覚えているものの、共同住宅に住むことになった女性たちについてはまったく何も知らなかった。住人となる女性は、ボランティアで働いてくれていた人たちから個々に事情を聞いて選んだのだった。個人的には共同住宅で暮らす女性には面談したこともなかった。

個人的には、と彼女は心の中でつぶやいた。そのことばが鍵ではないだろうか？　ニューヨークでは人助けはしていたものの、そこに個人的なものは何もなかった。しばらく目を閉じ、テンペランスは村での三日間を思い浮かべた。二日目、子供たちのひとりがごつごつした崖から転げ落ちたことがあった。テンペランスはすぐに進み出て救助の指揮をとろうとした。なんと言っても、そうした状況で先頭に立つのに慣れていたのだから。しかし、一個の大きな生き物のように一致団結した村人たちに脇に押しやられ、彼らに主導権を譲ることになった。ラムジーが子供を村に連れ帰り、コテージのベッドに寝かせると、誰かが「今、こっちに向かっている」と言った。ほかの人たちといっしょに後ろに控えていたテンペランスは〝誰が〟来るのか訊いてまわろうとしたが、すぐにもアリスがコテージに現れた。テンペランスがそばで口をぽかんと開けて見つめる中、少女は湯を沸かし、フェノールで消毒した糸と針を用意してくれと指示した。驚くテンペランスの目の前で、アリスは心配する母親にあれこれ指示を与えながら、女の子の脚にできた四インチの長さの傷口をそっと縫った。アリスに医療の心得があるとはそれまでテンペランスは知らなかった。頭がよくて数字に強いことは知っていたが、医者の役割も果たせるとは夢にも思わなかったのだ。

しかし今、テンペランスは二年前の写真を見つめながら、胸にぽっかりと穴が開いたような思いを感じていた。まだ若く美しい今は政治家や記者たちとふざけ合うこともできるが、四十歳、五十歳になったらどうなるのだろう? 夜、家に帰ったときに、いったい何が待っていてくれるの?

ゆっくりとテンペランスはスクラップブックを閉じ、しばらく革の表紙を見つめていた。母がよく言っていたものだ。「テンペランス、あなたは自分をかえりみずにみんなの世話ばかりしているけれど、与えてばかりで与えられることがないというのは、ときに淋しいものよ」母からそんなことばを聞くたびに笑い飛ばしたものだったが、ここマッケアンに来たおかげで、これまでにないほど深く人と関わることができ、それはほんとうに心から幸せと言えるひととときだった。

「子供ができたら、マッケアンで育てたいわ」と彼女は小声で言った。が、それから感傷的になるのはやめなさいとみずからに言い聞かせた。子供がいるわけでもなく、どうやらマッケアンの村人たちもわたしを必要とはしていない。

「仕事、仕事」と言って彼女はベッドから降り、スクラップブックをしまいこんだ。

21

あと三日、とテンペランスは心の中でつぶやいた。ジェイムズ・マッケアンがケンナと結婚するまで三日しかない。ケンナに会った日以来、結婚式の準備におおわらわで、これほど忙しい思いをしたのは生まれて初めてと言ってもよかった。花や料理の手配、招待客のための準備、その他こまごましたたくさんの仕事。

そして、テンペランスはそのすべてをひとりでやっていた。ケンナは式にはまるで関心がなく、ウェディング・ドレスですらどうでもいいようだった。ジェイムズにもまったく興味はないようだった。テンペランスが見たかぎりでは、二人がいっしょに過ごすことは一度もなかった。ジェイムズはいつも愛する山の上におり、ケンナは……そう、ケンナはたいてい家の中を引っくり返して過ごしていた。

「もうあの人がちらかしたあとを片付けるのはごめんだね」とエピーが骨ばった胸の前で腕をきつく組んで言った。「いったい何を探しているのかね?」

「さあ」テンペランスはうんざりして言った。

「宝物よ」とアリスが言った。「みんな宝物がほしいのよ」

テンペランスはお手上げというふうに両手を上げげた。何にもまして宝物のことなど考えたくもなかった。

じっさい、テンペランスはこの世の何についても考えないようにしようと努めていた。グレイスに言わせれば、大きなマッケアンの屋敷に〝隠れ〟、ジェイムズに会うかもしれない山頂へも、〝仲間〟が帰ってきたと喜ぶ声を聞かされる村へも行こうとしなかった。

「考えちゃだめ」とテンペランスは一日に少なくとも四度はみずからに言い聞かせた。「考えても感じてもだめ」心はひとつのことにだけ向けるようにしていた。つまり、ニューヨークでのほんとうの仕事に戻ることだけに。彼女はマッケアン行きが決まったときにやりたいと思っていたことを思い出そうとした。ここでは多くのことを学んだ。そのことをニューヨークでの仕事に役立てることができるはずだ。

「単に慈善を施すんじゃなく、女性たちが仕事を得られるように手助けするの。自立の道が見つかれば、安い家賃よりも長く支えになるはずよ」グレイスといっしょに、招待客のリストを見ながらどの部屋に泊まらせるか考えているときに、テンペランスは言った。ジェイムズには非常に多くの親戚がいた。「努力すればできることが何かわかったから、ほかの人にはあまり頼らないことにするわ」

「あなたがいなくなると淋しくなるわ」とグレイスが静かに言った。

テンペランスはそのことは考えないことにした。マッケアンのひとりひとりのことや、愉快なときを分かち合ったことなどは。テンペランスは別のリストを手にとり、目を走らせたが、文字がぼやけて見えた。目の見えないブレンダのコテージに行って、何人かの子供たちといっしょに巨人が地球を支配していた時代のお話に耳を傾けた晩のことを思い出した。そのときお話の途中でジェイムズが部屋にはいってきて、暖炉のそばに腰を下ろし、長い素焼きのパイプをふかした。彼が煙草を吸うのを見るのは初めてだった。

すわっているあいだに二歳の子供が彼女の膝の上で眠ってしまった。テンペランスはこの土地と村人たちから、いつまでも離れたくないと思ったのだった。

「わたしの話、聞いているの？」とグレイスが訊いた。

「いいえ」とテンペランスは正直に答えた。「考えごとをしていたものだから。あの人、ジェイムズにとっていい奥さんになるかしら？」

「ならないわ」とグレイスも同じぐらい正直に答えた。「でもほんとうは愛のある結婚じゃないわけでしょう？　遺言書の条件を満たすのと、彼女に社会的地位を与えるのだけが目的で。お互い望むものは手に入れるんだもの。あなたはどう？」

「わたしが何？」

「望むものを手に入れることになるの？」

「ええ、もちろん」とテンペランスは即座に答えた。「ニューヨークに帰ってもとの仕事に戻るのが望みなんですもの。今はちょっと……ちょっと感傷的になっているだけよ、たぶん。ここでの暮らしが愉しくて、村の人たちのことも好きになったから。でも向こうに戻ったら、それはそれでうまくいくわ。ただ……」

「ただ、何？」

「ちょっと前とはちがうやり方で物事を進めると思うけれど。たぶん――」

「お客様よ！」階段を駆け昇りながら叫ぶアリスの声が聞こえ、テンペランスは途中でことばを止めた。「おまけにとってもきれいな人！」

「マッケアンはもう花嫁を見つけたって言ってやって」とテンペランスがドアに向かって叫び、グレイスがにやりとした。

「ちがうわよ」戸口まで来たアリスが言った。「あなたに会いに来たのよ」

「わたしに？」とテンペランスは言った。「結婚式の招待客が早く着いたんじゃないといいけど」そう言ってアリスのあとに従って階段を降り始めた。

「デボラ・マディソンって人よ。アメリカから来たんですって」

それを聞いてテンペランスは階段の途中で足を止めた。最初はどこでその名前を聞いたのかはっきりしなかったが、やがてはっと思い出した。〝競争相手〟ね、と彼女は声に出さずにつぶやいた。そんなふうに名前を胸に刻み込んだ女。わたしが着手し、築き上げたものを奪い取ろうとしている女。ニューヨークでの仕事に戻ったらすぐに戦いを挑もうと思っている女。

デボラ・マディソンは美しいとは言えなかったが、かわいらしくはあった。ふさふさとした赤い髪、つんと上を向いた鼻、そばかす、少女のような口元。階段の途中に立って見下ろしながら、いつまで経っても実年齢よりも二十は若く見えるタイプの女だとテンペランスは思った。どうして男たちに好かれるのか理由もわかった。この大きなグリーンの目で上目遣いに見つめられ、まつげをしばたたかれたら、どんなに弱い男も自分が強くなったような気分になるだろう。

「いらしたわね」と女は目を上げて言った。「どこでお会いしてもあなただとわかるわ」声は興奮した子供のような声だった。

「おはいりになって」とテンペランスは用心深く言った。

「わたしが誰かおわかりなのね」と少女は言った。テンペランスには少女としか思えなかった。すでに自分がとんでもない年寄りのような気分になっていた。しかし、〝わたしが誰か〟と言ったときの〝誰〟という言い方に、テンペランスはなおさら用心しなければならないと思った。

「ええ、新聞の記事を読んだわ。この部屋ですわってお話ししましょう」と言ってテンペランスはめったに使わない応接間のドアを開けた。ひどくみすぼらしい部屋だった。ほとんど使わない部屋なので、あまり手を加えようとは思わなかったからだ。

「あなたが祖国から引き離されたとは聞いていたけれど、これはあんまりだわ」デボラは部屋を見まわしながらそう言うと、ピンをはずして帽子を脱ぎ、部屋の中央にあった丸いテーブルに載せた。「わたしの帽子はあなたのほど大きくないけど、まあ、これはわたしのトレードマークではないから」と言って、デボラは二人だけの秘密とでもいうようにテンペランスを見た。

黙ったままテンペランスは奥行きの深いソファーを示し、そこにデボラは腰を下ろした。

「どうしてここに？」自分も腰を下ろすと、テンペランスは訊いた。

「ここへ来るように頼まれたの。知りませんでした？」

「ええ……」テンペランスはゆっくりと言った。「誰に頼まれたの？」

「あなただと思ってたわ」テンペランスが答える前にデボラは立ち上がり、部屋の中を行ったり来たりし始めた。「あなたはわたしの英雄なの。知ってました？　もちろん、あなたを越えようとは思っているけど。あなたはすべてをあきらめてしまったわけだし――」

「何ですって？」

「ここスコットランドにずっといるわけでしょう？」

「いいえ、じつは――」

「あら、だったらよかった」とデボラがさえぎった。「競争を受けて立つわ。でも、激しい競争になることは警告しておくわね」

「ごめんなさい」とテンペランスは言った。「でも、何のお話をしているのかまったくわからないんだけど。わたしと何を競争するっていうの？」

デボラは行ったり来たりをやめ、しばらくテンペランスを見つめた。それからソファーに置いてあったバッグを取って開けた。「煙草を吸っても気になさらないといいんだけど。ウイリー――覚えてらっしゃるかしら？――ウィリーが煙草を吸ったほうが洗練された人間に見えるって言うの」そう言って短く太い煙草を取り出し、マッチで火をつけた。しかし、ひどくせき込んでしまい、火をもみ消さなければならなかった。不運にもマイセンの皿の上で。

「ちょっと慣れが必要なの。さて、どこまで話したかしら？　ああ、そう、競争ね。ねえ」と彼女はテンペランスに言った。「あなたとわたしで歴史の本を争っているのよ。おわかりでしょう？」

「いいえ、競争していること自体全然知らなかったわ。説明してくださらない？」テンペランスは膝の上で手を組んですわったまま、これまで会ったこともないこの女が歴史に名を残す女性について話すのを聞いていた。デボラ・マディソンは、おそらくは何度も練習したと思われる話し方で、ジャンヌ・ダルクやエリザベス一世、エカテリーナ二世の名前を口にした。そして、その華々しいリストに自分の名前も加えるつもりだと締めくくった。

そのあいだずっと、テンペランスはひどく馬鹿げた気分でいた。何よりもいったい誰がこの女を呼び寄せたのかわからず、この女が自分に何を求めているのかもわからなかった。デボラ・マディソンが見返りを期待することなしには何もしない女であるのはすでに見てとれたので、何かを求めてきたのは明らかだった。マディソン嬢が野心的な若い女であることもまちがいなかった。

「でも、よかったら、あなたのご意見もうかがいたいの。あなたには帽子があるけれど、わたしには……じっさい、まだ自分のトレードマークを思いつかないのよ。でも何かあなたの帽子のように、人目を引いて記憶に残るようなものを持つつもりなの」

「あの帽子は手助けしようとしていた人たちへの関心を高めるために使っていたのよ」とテンペランスは優しく言ったが、歯はかみしめたままだった。この人はわたしを怒らせようとしている！

「ええ、もちろん、そうでしょう」デボラは急いで言った。「あの貧しい女性たちね。わかるわ。娼婦や、麻薬中毒者や、私生児たち。でも、じっさい彼女たちと触れ合うなんてことはないでしょう？」

「あるわ」テンペランスはきっぱりと言った。「あの人たちだって人間だし、それに――」

「お風呂にはいる必要がある」と言って、デボラは自分の冗談に自分で笑った。「そう、最初はそういう女性たちと関わることも多かったけど、やがてあなたは脚光を浴びるようになった。しかたないことよ。そのうち市長や知事といった重要人物たちとも互角にわたりあえるようになったわ。わたしは大統領まで視野に入れたほうがいいってウィリーは言うのよ。わたしのために何らかの役職を作るよう働きかけるべきだって。彼が言うの――きっとあなた笑いすぎて死にそうになるわ――ウィリーがどんなにおかしな人か覚えているでしょう？彼が言うの。大統領に娼婦院《ハウス・オブ・プロステテュート》を作らせてわたしが議長になるべきだって。わかる？娼婦院よ？」テンペランスがわからないという顔をしているのを見て、デボラが続けた。「下院《ハウス・オブ・リプレゼンタティヴ》をもじっているのよ。わたしたちが相手にしているのは娼婦たちで、彼女たちはそういう宿《ハウス》で働いているわけでしょう……」

テンペランスはにこりともしなかった。ウィリーはとくにおもしろい人間ではなかったはずだ。じっさい、うるさい人としか覚えていない気がした。

「それで、とにかく、来てくれと頼まれたので、ここへ来たの」

「でも、誰になぜ？」とテンペランスは訊いた。

「わからないわ。弁護士が訪ねてきて、一番早く出航する船の切符をくれたの。すみやかにエジンバラに行ってくれって。四日の長旅のあいだいろいろ考えたんだけど、たぶんわたしたち、競い合う代わりにチームを組むべきなんじゃないかしら。カメラの前に立つのはわたしで、それで――」

「後ろに控えて仕事をするのはわたしね」とテンペランスはにっこりして言った。

それを聞いてデボラは笑った。「あなたにはすごいユーモアのセンスがあるってウィリーが言っていたけれど、そのとおりね」

「教えて、マディソンさん、若い未婚の女性が妊娠してしまったって相談してきたら、あなただったら何て助言する？」

「そうね、まず、アグネスにまかせるわ。アグネスを覚えている？」

「ええ」とテンペランスは言ったが、帽子を聴衆に投げたあの晩のことを思い出して恥ずかしくなった。アグネスから崇拝しきった目で見られて自分がどれほど悦に入ったことか。もうずっと昔のことに思えた。あのころは崇拝してくれる人が必要だったのだろうか？

「そう、アグネスがそういう女性たちのことは引き受けてくれてるの。でも、わたしが助言するとしたら、自制をきかせなければだめよと言うわ。わたしの言っていること、おわかりだと思うけど」

「ええ」とテンペランスは言った。そして、もうたくさんと思い、立ち上がった。「お会いできて光栄だったわ。マッケアンとケンナ・ロックウッド嬢の結婚式までこちらに滞在していただけるとよかったんだけど。ご招待したいのは山々だけど、できないのよ。もう部屋がいっぱいで」

デボラは立ち上がり、部屋を見まわした。「そんなこと、いいのよ。トコジラミが怖いから。いいえ、切符にはエジンバラの高級ホテルの宿泊代も含まれているから、今夜のうちに戻るわ。それから明日にはニューヨークに戻るつもり。ねえ、どうやらわたし、あなたのこと好きになったみたい」とデボラは言った。「あまり口数は多くないけど、頭は切れる気がする。わたしたち、二人いっしょに歴史の本に名を残せると思うわ」

「ええ、きっと」とテンペランスは優しく言うと、若い女のために居間のドアを開け、戸口に立って彼女が玄関から出てゆくのを見守った。

しばらくテンペランスはドア枠に背をあずけ、身じろぎもせずにそこに突っ立っていた。しかし、不意に何かが胸に込み上げてきて、咽喉の奥でしゃくり上げるものがあり、こらえることができなかった。ジェイムズ。胸に浮かんだのはそれだけだった。これまでともに生きてきたのは女性たちであり、階上《うえ》にはグレイスもいた。しかし、グレイスには話したくなかった。今、一番会いたいのはジェイムズだった。

涙でかすむ目のままテンペランスは振り返り、廊下を走った。キッチンを通り抜けて、外へ出ると、馬の運動場を越えて山へと向かった。山をなかば登ったところで、ジェイムズが降りてくるのが見えた。

「アメリカから誰か訪ねてきたそうだね」とジェイムズは言った。「いったい誰が――どうしたんだ？」腕に飛び込んできたテンペランスに彼は訊いた。「おいおい、お嬢さん、泣いているのか？」そう優しく言って髪を撫でた。

「ええ」と彼女は正直に答えた。「自分自身を見る思いがして、自分が嫌いになったの。ほんとうに、ほんとうに嫌いになったの」

「皺がどうのって話じゃないのか？　俺から見たら皺だって悪くないと思うが」

「ちがうわ！」と彼女は身を引き離して言った。目を上げると、からかわれているのがわかった。本気で泣き出したのはそれからだった。ここ数週間、抑えつけていた感情がふき出したのだ。涙が次から次へとあふれてきた。テンペランスが本気で泣いているのを見てジェイムズは彼女を抱き上げ、小道をはずれたところへ運んだ。山に関しては隅々まで知りつくしていたので、人目につかない小さな空き地へと連れていこうとしたのだ。空き地には木の枝が垂れ下がり、小川が小さな滝を作っていた。

ジェイムズはそっとテンペランスを地面に下ろし、背中が岩にもたれるようにした。そして革袋《スポーラン》からハンカチを取り出すと、水に浸し、彼女の顔を拭き始めた。それでも彼女が泣きやまなかったので、そばに腰を下ろした。テンペランスは彼の肩のくぼみに顔を寄せた。しばらくジェイムズは黙って肩を抱いていたが、やがてすすり泣きがおさまってくると、彼女の顔を上げさせ、目を合わせた。

「さあ、何があったのか話してくれ」と彼は優しく言った。

「お母様よ」と言ってテンペランスはしゃくり上げた。

ジェイムズは一方に身をそらし、手で水をすくい上げると、飲むようにとテンペランスに差し出した。その手に両手を添え、彼女は水を飲んだ。それから精一杯背筋を伸ばすと、ハンカチを受け取り、目をぬぐった。

「こんなつもりじゃなかったの」と彼女は言った。「いつもは取り乱すことなんてないのよ」

「でも結婚式が――」

「結婚式とは関係ないわ！」と彼女はかみつくように言った。「ごめんなさい。ただ……」

「続けて。何があったのか話してくれ」

「母がある女性にわたしを訪ねてこさせたの。母の仕業だと思うわ。母のやりそうなことだもの」

「ある女性って？」

「ニューヨークでわたしの仕事を横取りしようとしている女よ」

「でも誰も横取りなんかできないだろう？　きみ自身、戻って仕事を続けるつもりなんだから」

「ええ、でも……」

「でも、何が問題なんだ？」

「わたしよ」目を真っ赤にし、鼻を腫らしてテンペランスは彼を見上げた。「わたしなの。わたし自身を見たの。あの女《ひと》はわたし自身だったの」

ジェイムズは彼女の顔にかかった髪の毛をかき上げ、耳にかけてやった。「だったら、それほど悪いことでもないんじゃないのか？」

「あなたにはわからないわ」と言ってテンペランスは彼から身を離し、ハンカチを凍るように冷たい山の小川の水に浸し、顔にあてた。気持ちが落ちついたおかげで、頭もまわるようになっていた。どうして彼に泣きついたのかしら？　グレイスじゃなく？　そういう意味ではほかの誰でもなく？　かつての理性的なわたしはどうしてしまったの？　でも、かつての自分こそが問題だったんじゃないかしら？

ジェイムズに顔を向け、テンペランスは大きく息を吸った。「その女《ひと》はデボラ・マディソンという名前で、以前のわたしそっくりなの。あれがかつてのわたし？　人の目にはあんなふうに映っていたの？　ひどい人間だったわ。最悪よ。自信たっぷりで、自分のことしか考えていない。あの人と変わらないぐらいわたしも高慢ちきだってこと」

それを聞いてジェイムズは手を伸ばし、彼女を胸に引き寄せた。「きみは高慢ちきじゃないさ。ここへ来て、自分の手であの家をきれいにしてくれた」

「でも、それはほかにやる人がいなかったからよ」

ジェイムズは優しく笑った。「誰もやらないからって、ほかの誰かがやるということにはならないよ」そう言って微笑んだ。「俺のもとの妻がどれほど怠け者だったか話したことがあったかな？　怠け者すぎて何もしなかったから、何とも汚らしい中で暮らしていたものだ。ぎょっとするほど怠惰な女だった。ほかの人間だったら何もしないことに罪悪感を感じるものだが、俺の妻はちがった。ヘアピンを落としても、エピーを呼んで拾わせていたぐらいだ」

「作り話でしょう」とテンペランスは言ったが、胸に顔を寄せたまま、思わず微笑んだ。男に慰められたことは今まで一度もなかったが、そう……悪くなかった。もしかして、マッケアンを離れるのは嫌かもしれない。もしかして……

「その女《ひと》、デボラ・マディソンがニューヨークでのわたしの仕事は受け継いでくれるわ」とテンペランスは小声で言った。「ニューヨークの仕事はほかの人でもできるけれど、マッケアンのはそうはいかないわ」

それを聞いてジェイムズが体を固くするのがわかった。しかし、口に出しては何も言わなかった。テンペランスにとって彼の胸のうちははかり知れなかった。残ってほしいと思っているわけではない。それだけは確かだった。「ときどき思うの」とテンペランスはおずおずと言った。「ここマッケアンのほうがニューヨークにいるときよりも報われる思いを感じるって。真の友人もできた気がするし。ニューヨークではわたし、ほんとうの人間じゃなかったんじゃないかしら。あの人、デボラ・マディソンみたいな人間だったのに、人の役に立っているんだって自分に言い聞かせていただけなのよ。今思えば、ほんとうに役に立っていたのかどうか自信がないもの。とにかく、わたしがいなくなっても、わたしがやっていた仕事に支障をきたすことにはならなかったんだから、ほんとうに必要とされているのかどうかわからないわ」

ジェイムズがやはり何も言わなかったので、テンペランスは身を引き離して彼の顔を見上げた。彼は体をこわばらせたまま、彼女の頭越しに遠くの一点を見つめていた。テンペランスには自分が言いすぎたことがわかっており、それについてお願いだから何か、何でもいいから言ってとまで言うつもりはなかった。ましてやプライドが邪魔をして、マッケアンに残りニューヨークのことは忘れてくれと頼んでほしいと懇願することなど、絶対にできなかった。

しばらく二人は黙りこくったままだった。テンペランスは手に持った濡れたハンカチを見つめ、ジェイムズは彼女の頭越しに空《くう》を見つめていた。しばらくしてようやく彼が口を開いた。「ケンナは今何をしている?」

それを聞いてテンペランスの胸の鼓動が速まった。わたしに夢中なのがわかったから、ケンナに結婚式は取りやめだと言いに行くつもり? それがわたしの望んでいること? テンペランスはその場の空気を軽くしようとした。「宝物を探して家じゅうを引っくり返していると思うわ」とにっこりして言った。

しかし、ジェイムズの顔に笑みは浮かばなかった。その代わりにうなずいて、「ああ、わかっている」と一瞬間を置いてから言った。「おそらくわれわれが知らないことを何か知っているんだろう」

しばらくして、テンペランスは気づいた。束の間、互いの気持ちを理解し合えたように思ったが、二人はちがう惑星にいたのも同じなのだと。残ってくれと言われれば残るかもしれないとほのめかし、人生を決める問題を話していたつもりなのに、そのあいだ彼の心にあったのは宝物のことだけだったのだ。存在すらしないかもしれない呪われた宝物。

「お邪魔して申し訳なかったわ」と彼女は冷ややかに言うと、ゆっくりと立ち上がった。

「テンペランス、俺は……」すわったままジェイムズが彼女を見上げて言った。

「はい?」と彼女は訊いた。「わたしに何か言いたいことがあるの?」

「ただ——いや、今は言えない。まだだめだ」

「わかったわ」と彼女は言ったが、ほんとうのことではなかった。わかったことなどひとつもなかったのだから。「ここにいることにする」この世に問題など何ひとつないとでもいうような声を作って彼女は言った。「あなたの……結婚式が終わるまで。それからニューヨークへ発つわ」

ジェイムズは彼女を見つめたが、ことばは発しなかった。テンペランスは山を降り始めた。

彼女が行ってしまうと、ジェイムズはこぶしを掌に打ちつけた。たった今自分がしたことは耐えがたいことではあったが、しなければならないことだった。ケンナという人間のことはよく知っていたから、何か理由があって戻ってきたことはわかっていた。おそらくは何かマッケアンの宝物へとつながる手がかりを得たのだろう。こちらが何か行動を起こして、戦利品をその小さくてきれいな手にできないと思わせてしまったら、ケンナは探すのをやめるだろう。マッケアンとテンペランス・オニール嬢の結婚が発表されたりすればすぐにでも。

「あと三日だ、お嬢さん」とジェイムズは声に出して言った。「あと三日だけくれ」

22

結婚式当日の朝までテンペランスは気分がすぐれなかった。どうして気分が悪いのかはわからなかったが、何か原因があるはずだった。ジェイムズ・マッケアンを愛していると思い、マッケアンにずっと残りたいという気持ちがある一方、ニューヨークに戻って以前よりよい仕事ができることを証明したいという気持ちもあった。今度はもっと個人的に仕事に向き合うつもりだった。手助けする女性たちをもっとよく知るのだ。

「初めはまちがってなかったのよ」教会に花を運びながら、彼女はグレイスに言った。「高い志で始めたんですもの。お金のない女性たちのために何かしたいと思って。でも、どこかでわたしは――ああ、向こうに置いて」彼女は花屋の作業員のひとりに言った。「でもどこかでわたしは……」

「ひとりよがりの慈善家になってしまった?」

「ええ、そう、そうだと思う」と言ってテンペランスはユリの花弁に手を添えた。

「わたしはそうは思わない」とグレイスは言った。「男と女が互いに対する本能的な欲求を抑えられるなんて馬鹿げた考えは持っていたかもしれないけれど、あなたが慈善家ぶった人間だと思ったことはないわ」

「ありがとう」とテンペランスは言った。もっと話したいという衝動がつき上げてきた。それ以上言うべきことばが見つからなくなるまで、話して話して話し続けたい。

これまでテンペランスは、直面するどんな問題にも自分ははっきりした解決法を知っていると胸を張ってきた。彼女と彼女の父親は決断をためらったことなど一度もないと母も言っていた。「いつでも、何についても、どうしたらいいのかわかっているのはすばらしいことにちがいないわ」とメラニー・オニールは何度となく言ったものだ。「でもね、あなたやあなたのお父様とちがってわたしはふつうの人間なの。今朝着るドレスだってどれにしたらいいか決められないのよ。これから十年、どうやって生きていくべきかなんてなおさらだわ」

それに比べてテンペランスは父親と同じように、いつでも一年後、五年後、十年後、それぞれの目標を持っていた。そしてもっと重要なことに、それを必ず果たしてきた。

しかし今、マッケアンで過ごした時間は短かったものの、そのあいだに自分が根底から揺さぶられてしまったようで、生まれて初めて、どうしたらいいのか何ひとつわからなかった。

ジェイムズが小説のヒーローのように、抱いてさらってくれないかと思う気持ちもあった。永遠の愛を告白し、マッケアンに留まって妻になってくれと言ってほしかった。この大きな石の家で暮らし、赤ん坊を産み、子供たちをキルトを着てバグパイプを吹く人間に育てる自分の姿を、心に描くこともできた。

その一方で、この土地から逃げ出し、もう二度と見たくないという気持ちもあった。ニューヨークでの自分、正しいことをしているといつも自信にあふれ、地球を変えるほどの大きな目標に向かって突き進んでいた自分の姿が脳裏に浮かんだ。

「ほかの女性たちも分かれ道で迷ったりするのかしら？」前の晩、テンペランスはグレイスに訊いてみたのだった。

「しないわ」とグレイスは眠そうに言った。「未来に待ち構えているものがはっきりわかっている人がほとんどだもの。夫とたくさんの子供たちよ。幸運に恵まれれば、いい夫がつかまり、夫はすべての支えとなってくれて長生きするのよ。不運だったら、夫は酒飲みで暴力をふるうわ。もしくは早く死んでしまう」最後のことばは小声で付け加えられた。

「でもそれだけでしょう」テンペランスは熱っぽく言った。「ニューヨークにいたころは、女性たちに選択肢を与えているという気がしていたわ」

「いいえ、男に逃げられた女に住む場所を与えていただけよ」とグレイスはあくびをしながら言った。「あなたは大家だっただけ」

それを聞いてテンペランスは椅子に背をあずけ、口をぽかんと開けてグレイスを見つめた。グレイスはテンペランスの長年の慈善事業をたったひとことで片付けたのだ。〝大家〟だと。

「わたしってそれだけだったの？」とテンペランスは声をひそめて言った。

グレイスは弱々しい笑みを浮かべた。「わたしが何を知っているっていうの？　そこにいたわけじゃないから、判断なんかできないわ。あなたから聞いたことしかわからない。ただ、ここマッケアンではあなたはそれだけの存在ではないわね。女たちに自立の道を教えてくれたもの。わたしにしても、今後夫を持つことはなくても、いつか自分の家を買ったり、アリスを学校にやったりできるわ。さあて、よければ、少し眠らなければ。いよいよ明日よ」

「ええ」とテンペランスは小声で言い、立ち上がって自室に引き取った。いよいよ明日、最後のチャンス。明日何か手を打たなければ、失うことになってしまう……何を？　と彼女は自問した。いったい何を失うことになるのだろう？　ジェイムズが結婚してくれと懇願してくることはなさそうだった。三日前、頼んでくれればマッケアンに残るかもしれないとほのめかしたにもかかわらず、ジェイムズはそれに気づかなかった。それどころか、ケンナと結婚するつもりだと言い、それでその話はおしまいになってしまった。

結婚式までの三日間、テンペランスは準備に没頭していた。次々と到着するジェイムズの親戚を迎えるのもテンペランスの役目だった。部屋がひどいありさまなのを謝ろうとすると、一笑に付された。マッケアンの領主がどういう財政状態にあるかは、みなよくわかっていた。

ケンナとは結婚式について三度話し合おうとしたが、何を話し合うにしても、いつも〝時間“がないと言われるだけだった。「あなたの好きなようにして」とケンナは肩越しに言い、別の部屋へと走り去ってしまう。

「まだ何も見つけてないようだよ」とエピーがケンナの宝探しについて、一日に二度は教えてくれた。

「どうしてせめて隠れてやろうとしないのかしら？」テンペランスは肉屋と口論したあとで、苛立って訊いた。ケンナの結婚式なのだから、準備をするのは彼女の仕事ではないだろうか？

キッチンは人であふれ返っていたが、誰も答えようとする者はいなかった。その中には、いつものように子羊に瓶からミルクを飲ませているラムジーもいた。彼はテンペランスを見上げて言った。「結婚式の前に宝物を見つけて、父さんと結婚せずに済むようにしたいんじゃないかな」

しばらくテンペランスは目をしばたたいてラムジーを見つめた。「父さん？　ジェイムズ・マッケアンがあなたのお父さんなの？」

「うん」と彼は言った。「誰も教えてくれなかった？」

「ええ」とテンペランスは小声で言った。「誰も教えてくれなかったわ」

テンペランスは山頂でジェイムズを見つけた。珍しく羊の世話をせず、小屋の石の壁に背をあずけてただすわっている。あの小屋の……

とにかく、彼はパイプを吸っていた。

「きみが来るのが見えた。初めてここへ登ってきたときには、あの崖のところで息を切らしていたのに、今は走って上まで来れるようになったことに気づいているかい？」

腰に手をあて、テンペランスは彼を上から睨みつけた。「ラムジーが息子だってどうして言ってくれなかったの？」

一瞬、ジェイムズは目をしばたたいた。「別に秘密になんかしてないさ。どうして知らなかったんだ？」

「答えになってないわ。母親は誰なの？」

「ロンドンで会った女だ。ずっと昔」ジェイムズはパイプを口から出して眺め、また口にくわえた。「胸にいったい何をつけているんだ？」

テンペランスは下に目を向けようともしなかった。「粉と血よ。キッチンにいたから。その話を聞かせてくれるの、くれないの？」

「話すことなんか何もない」

「ちゃんとあの子の世話をしているの？　あの子が領主の地位や土地を受け継ぐことになるの？　あの子がちゃんと面倒をみてもらえるように何をしてあげてる？　彼の生活環境からみて、あなたがしてあげていることはあまり多くないわね。だってわたし、厩舎の雇い人だと思っていたもの！」

「名誉ある仕事さ。俺に言わせれば」

テンペランスはよりきつい目で彼を睨みつけた。

「わかったよ」ジェイムズはため息まじりに言った。「アメリカでは女たちに何を教えているんだ？　いつも金もうけのことばかり考えろと？　マッケアンの女たちは今や男よりも多く金を稼いでいるんだぜ、知ってたか？　先週リリアがハーミッシュに言ったそうだ。作った酒はみな売ることになったから、もう寝酒はやれないと。それに目の見えないブレンダは――」

「わたしの質問に答えてないわ」

「確かに俺は何についても何もしていない。それがきみの知りたいことならば。その女と俺はひと晩をともにした。よく知りもしない女だった。二年後、彼女の母親がやってきて、彼女が肺結核で死んだと言い、やせっぽちの子供を俺に押しつけた。俺はその子をここへ連れ帰っていっしょに暮らすようになった。もうひとつの問いについては、おそらく俺の合法的な息子が受け継ぐことになるだろう。そういう息子を持つことがあればの話だが。それだけだ」

彼はテンペランスの腹部に目を向けた。

「明日あなたはケンナと結婚するのよ。忘れてない？」

「ああ、で、今はどこを探している？　屋根裏か？」

テンペランスは彼にも彼の一族にもうんざりして両手を投げ出し、踵を返して山を降りた。

そうして今日は教会に花を生け、何についてもあまり深く考えないようにしていた。明日になればすべて終わり、ニューヨークへ戻れる。そして……

そしてどうする？　どちらが歴史の本に名を残すか、デボラ・マディソンと競い合う？　その想像には思わず肩をすくめずにいられなかった。

「大丈夫？」とグレイスが訊いた。

テンペランスは大丈夫と答えかけたが、そう言う代わりに背筋を伸ばし、しばらくして「いいえ」と答えた。「大丈夫じゃないわ。わたし……じつを言えば、自分が何者なのか確信が持てなくなったの。だから大丈夫じゃないわ」

そう言ってグレイスに背を向け、教会をあとにした。花の位置がまちがっていても、それがどうしたというのだろう？　花嫁も花婿も気にしない以上、誰が気にする必要がある？

23

コリンを紹介されたときだった。頭の中ですべてがあまりにも速くぐるぐるとまわり、テンペランスは気絶するのではないかと思った。

額に手をあて、彼女は玄関ホールの羽目板張りの壁にぐったりともたれた。倒れる前にグレイスが支えてくれた。

「大丈夫なのか？」ジェイムズと似た声が訊いた。じっさい、コリンはどこもかしこもジェイムズにそっくりだった。

答える前に、コリンに抱え上げられ、応接間へと運ばれていた。コリンは「出ていってくれ！」と後ろについてきた人々に命令したが、その命令の仕方もジェイムズとそっくりだった。

「はい」と言ってグレイスがテンペランスにブランデーのはいったグラスを手渡した。

「グラスがちがう」とコリンが眉をひそめて言った。「水のグラスにブランデーを入れてはだめだ」

それを聞いて、目を閉じたままソファーに横たわっていたテンペランスはにやりとした。見た目はそっくりだけど、中身は全然ちがう。ジェイムズはブランデーを羊の皮で作った水筒から飲んでいた。「ご面倒をおかけしてごめんなさい」と言ってテンペランスは身を起こした。「でもあなたを見てびっくりしたものだから。双子とは聞いていたけれど、やっぱりびっくりだったわ」

コリンは値踏みするように片方の眉を上げ、テンペランスを見下ろした。「きみはケンナじゃないが、兄を愛しているんだね」問いではなく、事実を述べている口調だった。

「そんなことはないわ！」とあわててテンペランスは否定し、ソファーから立ち上がった。遺言書に書かれた条件が心に浮かんだが、すでに心はほかの悩みでいっぱいだった。テンペランスはグレイスからグラスを受け取って中身を口に含んだ。残念ながら、ブランデーはかえって気分を悪くしてくれたが、テンペランスはごくりと飲み込むと、落ちつきを取り戻した。「ジェイムズはケンナを愛していて、ケンナも彼を愛しているのよ。これは愛のある結婚ですもの」とコリンの目をじっと見つめながら言った。

最初のショックから立ち直ると、二人の男には相違点が数多くあることがわかった。外にいることが多いせいでジェイムズは日に焼けていたが、コリンは蠟燭の明かりのもとで暮らしているかのような肌の色だった。おそらくはずっとギャンブルのテーブルについているのだろう。

「これは愛のある結婚よ」コリンが聞きもらしたかもしれないと思って、テンペランスは再度言った。

「そうか」とコリンは値踏みするように彼女を上から下まで眺めながら言った。「だったら、きみは誰なんだ？」

「家政婦よ」

しばしコリンは彼女をまじまじと見つめたが、すぐにジェイムズそっくりに頭をそらして笑い出した。「ああ、だったら僕は庭師の親方だ」

「ほんとうよ」とグレイスが背後から小声で言った。「マッケアンのすべてを一手に引き受けてくれているの。女たちのために仕事を見つけてくれたり、家を管理してくれたり。結婚式の準備だって、ひとりで何もかもやっているのよ」

「そうか」コリンはまたテンペランスを上から下まで眺めながら言った。「でもなぜ？　変じゃないか？　そんなドレスを買えるだけの金を兄がきみに支払っているとは思えない。その靴も……」

「この服はあなたの叔父さんのアンガスが買ってくれたのよ」とテンペランスはぎごちなく言った。嫌な男だと思いながら。ほんとうに嫌な男だった。見た目は確かにジェイムズに似ていたが、中身はまったくちがった。その目には、ジェイムズの目にはない、冷たく打算的な光があった。テンペランスは部屋を走り出てジェイムズに警告しに行きたいという気持ちを抑えなければならなかった。でも、ジェイムズには警告なんて必要ないのでは？　マッケアン一族のみんながこの男を知っている。ギャンブルが好きなことも、ジェイムズからマッケアンを取り上げようとしていることも。

「僕のことは聞いていると思うが」とコリンは言い、テンペランスに微笑みかけた。おもねるような笑みだった。そして、握手しようと手を差し出したが、テンペランスは顔をそむけ、それに気づかなかった振りをした。

「しなければならないことがたくさんあるの」と言って彼女は急いで部屋の外へ出ると、走るようにして階段を昇った。ふたたび息ができるようになったのは自室に戻ってからだった。テンペランスはドアを閉めてそこにもたれ、たまっていた息を吐き出した。何があろうとも、今日、誰かがジェイムズと結婚しなければならない。今日が彼の三十五歳の誕生日なのだから。今日じゅうに愛のある結婚をしなければ、すべてがあの恐ろしい男の手に渡ってしまう。二人が双子であるという事実に虫唾《むしず》が走る思いがした。よい子悪い子の双子が登場する昔話そのものじゃない？　ひとりは悪魔でひとりは天使？

「おまけにあの人、わたしがジェイムズを愛しているなんて言っていたわ」と彼女は声に出して言った。しかし、それが真実でないことは確かだった。愛してもくれない人を愛することなんてできる？

　不意にテンペランスはどうしてもケンナを見つけなければという思いに駆られた。今ごろは〝花嫁の着付け〟を手伝いに来ている村の女たちとどこかの部屋にいるはずだ。テンペランス自身は着付けを手伝うのは勘弁してもらった。考えたくない理由から、避けられないときが来るまで、フィノーラがデザインした美しいドレスに身を包んだケンナの姿を見たくないと思ったからだ。

しかし、一時間以上もかけて家じゅうを探しまわったにもかかわらず――マッケアンの親戚たちが次から次へと現れては質問してくるために、足止めされてばかりいたせいだ（「ウィスキーはどこ？」「この家には石鹸というものはないの？」「ウィスキーはどこ？」「今日の午後には馬のレースはあるの？」「ウィスキーはどこ？」）――ケンナの姿はどこにも見あたらなかった。

「エピー」と彼女は思いつき、小柄な老女を探しに行った。エピーは厩舎の前に積んである干草の上にすわって、マッケアンがレース用に飼育している見事な馬をアレックが石鹸で洗うのを眺めていた。アレックはキルトにシャツ、靴という恰好で長靴下は脱いでいた。すでに癇癪を起こしかけていたテンペランスは、エピーをどやしつけてやりたい衝動に逆らえなかった。「家の中の仕事では足りないわけ？」

エピーは藁で歯をつついた。「東部から来たマッケアンの親戚連中には会ったことなかったろう？」それが答えだというような言い方だった。

「ええ」とテンペランスは答え、ため息をついてエピーのそばに腰を下ろすと、アレックがシャツを脱ぐ様子を眺めた。「のっとろうっていうんでしょう？」ブラウスの襟元に留めた時計が目にはいった。コリンはこの時計にとくに目を留めていた。時計を買ったときにどれほどの出費をアンガスに強いたか思い出し、テンペランスは後悔に顔をしかめた。彼にあれほど辛くあたるべきではなかったのかもしれない。

「花嫁が見つからないんだけど」としばらくしてテンペランスは言った。太陽がアレックの肌を輝かせていた。石鹸水のはいったバケツにスポンジを浸し、馬の尻を洗っている彼の筋肉に影が躍った。

「屋根裏でごそごそやっているのを聞いたきりさ」

「でも、ウェディング・ドレスに着替えなくちゃならないわ」とテンペランスは言った。

「もう着替えたさ。思ったとおりきれいだったよ。フィノーラが型紙を引いたということだった。あの子にも事業をおこしてやるのかい？」

「ケンナがするでしょう。わたしはニューヨークに帰るのよ。覚えてる？」アレックは太い腿に馬の脚をはさみ、ひづめに石鹸をつけていた。キルトがまくれ上がり、尻の線があらわになっている。会話を交わしながら、エピーもテンペランスもその光景から目を離さずにいた。

エピーは嘲るように小さく鼻を鳴らした。「ケンナは自分のためじゃなかったら、何もやろうとしないさ」

テンペランスが年寄りのことばを理解するのにしばらくかかった。それから彼女はゆっくりエピーに目を向けた。「村のみんなにとってケンナは天使なんだと思っていたわ。子供のころ、どんなにかわいかったかって話ばかり聞かされていたから」

「それを信じたのかい？」と言って、エピーはアレックをごらんというようにテンペランスを肘でついた。彼はスポンジをしぼろうと身をかがめており、キルトの一方の端がまくれ上がって、腰から膝まであらわになっていた。

一瞬、テンペランスは何の話をしていたのか忘れた。そう、ケンナよ。「きっとみんな――」

「グレイスに訊いてごらん。ほんとうのことを知りたければね」とエピーは言った。「きっとケンナについてはいいことは言わないだろうよ。マッケアンだって、あの娘とはあまりいっしょにいないだろう？」

テンペランスが物思いにふけっていると、アレックが馬を洗うのを終え、いたずらっぽく目を輝かせながら二人の女のほうを向いておじぎをした。まるで演技を終えたばかりの役者のような仕種だった。テンペランスは真っ赤になった。うっとりと眺めてなどいなかった振りをしたかったが、エピーが拍手しだしたため、かまうものかと思い直していっしょに拍手した。

にっこりすると、アレックはバケツを持って厩舎へ引き上げていった。テンペランスは干草の山から降りた。「今ケンナがどこの屋根裏にいるかわかる？」

「あそこのようだね」エピーは蠟燭の明かりらしきものが揺らめいている窓へ顎をしゃくった。

テンペランスは踵を返して家の中へ戻った。家にはいると、誰かに見つかってウィスキーはどこだと訊かれる前に、裏の階段をこっそり昇らなければならなかった。最上階に着いて屋根裏へ続くドアに手をかけたところで、彼女は手を引っ込めた。いったいケンナに何と言えばいいの？　あなたがマッケアンの宝物を探していることは家じゅうのみんなが知っていると言えば、ケンナは驚くだろうか？

しばらくテンペランスはドアの前にある椅子に腰を下ろし、今の状況について頭の中を整理しようとした。が、じっさい、何がどうなっているのかわけがわからなかった。マッケアンはケンナを愛しているわけではない。ケンナも宝物を探しているだけだ。みんながそれを知っている。だとしたらどうして王をあざむくことなどできるだろう？　それにグレイスとケンナのあいだに何があったのだろう？　聖なるケンナが村人たちに愛されていないというのはほんとうだろうか？

そうしてすわっていると、声が聞こえてきた。すぐにジェイムズの声とわかった。彼がケンナといっしょに屋根裏部屋にいるのだ。嫉妬にちがいない痛みが体の中を突き抜け、テンペランスはドアを勢いよく開けて、いったいそこで二人だけで何をしているのかと問いただしたい衝動と戦わなければならなかった。

しかし、ドアノブに手をかけたところで、テンペランスは自分に言い聞かせた。今夜ジェイムズはケンナとベッドをともにすることになるのよ。そして、これからもずっと……

彼女はドアを開けたが、勢いよく開けはしなかった。ジェイムズがほんとうはケンナを愛していることがわかれば、胃をむしばんでいる、このどっちつかずの思いから解放されるかもしれない。

「宝物が見つかったら」とジェイムズのものと思われる声が言った。しかし、彼の声にしては滑らかで物柔らかだった。「彼を殺してもいいな」

テンペランスは戸口で凍りついたようになった。体じゅうのありとあらゆる筋肉が張りつめた。

「きみは未亡人となって、すべてを手に入れることになる。全部がきみのものになるんだ」

「それにあなたのものにもね」ケンナの声が答えた。

音を立てないようにゆっくり振り返ると、テンペランスは屋根裏をあとにして階下《した》へ向かった。

ジェイムズは自室で結婚式の衣裳に着替えていた。いっしょにいるのはラムジーだけだった。当然のことだわとテンペランスは思った。ラムジーはマッケアンの息子なのだから。そう考えると咽喉のところに苦いものが込み上げてきた。ほかに自分の知らない大きな秘密がいくつあるのだろう？　しかし、ジェイムズに告げなければならないことはほかの人間には知られたくなかった。

「すぐに書斎に来てほしいんだけど」とテンペランスはジェイムズに言い、それからラムジーに目を向けた。「屋根裏に……二人がいるの」名前を口にするのは耐えられなかった。「その人たちにも今すぐ書斎に来てもらって」そう言ってドアを閉めた。

階段のところにアリスがいるのを見つけて、テンペランスはグレイスに書斎に来るように伝えてくれと頼んだ。階下《した》の書斎へ降りると、八人のほろ酔い気分の親戚たちを部屋から追い払わなければならなかったが、飲み物のトレイを持って廊下の台の上に置けばことが済んだ。みな上機嫌でトレイについてきた。部屋を追い出されたことには気づかない様子だった。

二十分もしないうちに全員が部屋に集まった。テンペランス、ジェイムズ、コリン、ケンナ、グレイス。テンペランスはドアを閉め、鍵をかけると、その鍵をポケットに入れた。

「ウィスキーは？」コリンの第一声。

「この話し合いにはみんなしらふでいたほうがいいと思うの」とテンペランスが厳かに言った。

「ああ、そうか。アメリカ人は禁欲的だからね」と言ってコリンはソファーに腰を下ろした。「それで、このささやかな会合に呼ばれた理由は？　悪いことでもしたのかい、兄さん？」その物憂い言い方に、テンペランスは彼を殴ってやりたくなった。

一瞬、テンペランスはためらった。もしかしたらジェイムズにだけすべてを告げたほうがよかったのかもしれない。しかし、内緒事は嫌いだった。これほど恐ろしい秘密はとくに。彼女は大きく息を吸うと、ジェイムズに目を向けた。「あなたの弟さんと今日あなたが結婚する予定の女性が、あなたを殺そうと計画していたのよ」

それを聞いてジェイムズはおもしろがるような目を弟に向けた。「へえ、そうなのか？」

その瞬間、テンペランスはそこにいるみんなが何もかも承知しているのを悟った。自分をのぞいて。彼女は椅子に腰を下ろした。「この一族がどうなろうと知ったことじゃないけど、何がどうなっているのか教えてくれるまでは、誰もこの部屋から出さないわよ」

「ひどい人」ケンナが押し殺した声で言った。目を細めてコリンを見つめている。身につけているのは彼女のためにデザインされたウェディング・ドレスで、裾にほこりがついてはいるものの、びっくりするほど美しいドレスだった。

テンペランスは振り返ってジェイムズを見た。彼も結婚式の衣裳を身につけている。黒いヴェルヴェットのジャケットと胸にひだかざりのついた真っ白なシャツ。キルトは清潔で、スポーランには銀の縁取りがあった。キルトの下から伸びているがっしりとした筋肉質の脚は、事務仕事をして過ごしてきた人間でないことを物語っていた。

沈黙を破ったのはグレイスだった。「どうなっているにしろ、あと一時間ほどで誰かがマッケアンと結婚しなければならないわ。じゃないと、遺言によってすべてがコリンのものになってしまう」と小声で言った。

「ああ、そうか、遺言書ね」とコリンはおおいにおもしろがる口調で言った。「ほんとうにウィスキーは全部廊下に出したのかい？」

「ジェイムズ」とテンペランスが低い声で言った。「どういうことか教えてくれないなら、わたしは今すぐここを出てゆくわ。この家に泊まっているお客の面倒は、全部あなたが自分でみなきゃならなくなるのよ」

それを聞いてジェイムズの顔に真の恐怖が浮かんだ。彼は弟に目を向けた。「わかった。どこから始めたらいいいかな？　遺言書のことは昔から知っていた」

テンペランスはことばをはさもうと開きかけた口を閉じた。

そんな彼女にジェイムズは微笑みかけた。「きみがここへ来たのは俺の結婚相手としてだろうと本気で思っていたんだ。ついに叔父も多少の分別を見せたなと思った。しかし、きみにあれだけ躍起になって言われて、その推測があたっていなかったことがわかった。

とはいえ、ロウィーナ伯母さんが口を出してくることは確かだった。きみと俺にただちに結婚しろと命令しなかったのは驚きだったよ。ケンナが俺と結婚してもいいと言っていると聞いて、宝物について何かつかんだんだろうと思った。ケンナの心にはまずは金、それからゲイヴィーのことしかないのさ。俺を愛したことなどない」

そのことばにテンペランスはグレイスを振り返った。グレイスは膝に置いた手を見つめていた。ケンナの名前が最初に挙がったときから、グレイスが不機嫌だった理由がこれでわかった。「そう」とテンペランスはゆっくりと言った。「すべてが茶番だったのね」

「いや、遺言書は本物さ」とジェイムズが言った。「今日、俺は愛のある結婚をする。そうでないと、すべてをならず者の弟に渡すことになってしまうからな」

男たちが互いに見交わす様子から、二人のあいだに敵意がないのは明らかだった。

「あなたはギャンブルをするの？」とテンペランスはコリンに静かに尋ねた。

「ほんの少しね」コリンは笑みを浮かべて答えた。

「しかし、そう、俺たちのどちらかはするものだと思われていた」とジェイムズが言った。

「それで――」

「それで、噂好きのロウィーナ伯母さんが父の死後、僕がカード・テーブルについているのを見かけ、みんなに言いふらしたのさ。やっぱり自分が正しかった、一族の病気は甥に受け継がれていたとね」

「ほんとうのところは、弟は仕事熱心な法廷弁護士で、妻と三人の子供を養っているんだ」

「カード・テーブルで遊ぶ暇はあまりないよ」とコリンは朗らかに言った。

しばらくテンペランスは身動きひとつせずに、この家族について聞かされていた話はじつは根も葉もないことだったのだと理解しようとしていた。ケンナに目をやると、ウェディング・ドレスを着たまま黙ってすわっている。美しい顔は怒りに燃えていた。事情をすべて呑み込んだという顔だった。

「あのことは？」とテンペランスはケンナのほうへ顎をしゃくって訊いた。

「それを渡してくれたほうがいいんじゃないか？」とコリンが言った。「殺人計画はなくなったんだから、そのほうがいいだろう」

そう言われてケンナは立ち上がり、ドレスの胸もとから真鍮の薄板を取り出した。そしてそれをジェイムズに渡しながら、テンペランスに目を向けた。「どうでもいいことだけど、殺人をほのめかしたのは彼のほうよ。わたしは関わりたくないって言ったわ。殺人まで犯すつもりはないからって」

「それはほんとうのことだ」とコリンが言い、兄のそばへ行って真鍮の薄板をのぞき込んだ。

「見てみようか」と言ってジェイムズはスポーランに手を突っ込み、四組のトランプを取り出した。彼らのために祖母が作ったトランプだ。

テンペランスは誰かが自分の部屋を漁って、二組のトランプを持っていったのは知っていたが、そのことは言わなかった。

ケンナとコリンとジェイムズは、大きな革のソファーと並んで置かれた長いテーブルの上にカードを広げ、真鍮の薄板をまわしたり引っくり返したりしながら、カードの裏にあて始めた。テンペランスとグレイスは片側に立って黙って眺めていた。互いに口をきくことも、三人がやっていることについて何か言うこともなかった。

十五分ほども経ってからケンナが言った。「何もわからないわ。どんなふうに使うの？」

「さあ」とコリンが答えた。「僕にはギャンブル狂の考えることはわからない。ギャンブル好きの血が僕たちに受け継がれなかったとしたら、ラムジーがその血を引いているんじゃないのか？」

「もしくはおまえの娘たちのうちの誰かがな」とジェイムズがやり返した。宝物のありかがすぐに明らかにならなかったことに苛立っている。

「親戚の誰かをここへ呼んで！」とケンナが怒ったように言った。「きっと誰かギャンブル好きがいるはずよ」

「ギャンブル好きはいるだろう。しかし、ペテンをするのは祖父の代で終わったようだな」

「これだけ大変な思いをして、まだ何も見つからないとはね」とジェイムズは一語一語区切るように言い、とがめるような目をケンナに向けた。「ちゃんと結婚もしないうちから、きみにはできるかぎりの時間をやったんだ。だから、きっときみが――」

思い出したのはグレイスだった。「結婚式!」と彼女は言った。「結婚式は中止だって言いに行かなければ。みんな待ってるわ。今ごろは教会にいるはずよ」

コリンの顔にゆっくりと笑みが広がった。「おやおや、兄さん、どうやらここは僕のものになるようだな」

それを聞いてテンペランスは顔をそむけ、窓の外を見やった。

背後ではジェイムズがケンナに、「まだ俺とは結婚したくないんだろうな」とからかうような調子で言っていた。

「生きたまま焼かれたほうがましよ」

「きみは?」とジェイムズはグレイスに訊いた。

「ありがたいけど、もう男はたくさん。お金もうけのほうがずっと愉しいわ」

背後でしばらく声が途絶えたため、テンペランスは振り返ってそこにいる面々を見まわした。全員の目が彼女に集まっていた。

ジェイムズは熱く、真剣なまなざしを送ってきた。「足の速い馬に乗れば、それほど遅れずに着ける」

テンペランスの心臓は早鐘のように打ち始めた。何て言ったらいいのだろう? ジェイムズがほかの誰とも結婚するつもりがなかったことは喜び以外の何物でもなかった。これでマッケアンを去ってニューヨークであの女と競争したりしないですむ。「わたし、ひどい恰好だわ」気がつくとそう言っていた。

満面の笑みを浮かべると、ジェイムズは彼女の手をつかんだ。「あとでパリからドレスを取り寄せるよ」

心臓の鼓動が激しく、テンペランスは何と答えていいかわからなかった。結婚！　結婚するんだわ！　つばを大きく呑み込んだ。「じつを言うと、フィノーラが自分の作ったドレスを見せてくれて、グレイスの家の商品に女性のドレスも加えようかと思っていたところなの。それに厩舎のシュトルーアンが靴を作ってくれたし――」

叫んだのはグレイスだった。「早く！　早く！　早く！」それを聞いてコリンが兄をドアのほうへと押しやった。テンペランスの胸ポケットに入れられたドアの鍵をぎごちなく取り出そうとするジェイムズを見て、まわりでかすれた笑い声が起こったが、次の瞬間には二人は誰もいない廊下に出ていた。グレイスが言ったとおり、みな教会に行ってしまっていた。

「行くぞ」とジェイムズが言い、ジェイムズは彼女の手をしっかり握ったまま走り出し、厩舎へと向かった。厩舎ではまるでこんな事態を予測していたかのように、鞍をつけた馬が待っていた。ジェイムズは鞍に飛び乗り、テンペランスを後ろに引き上げた。馬は二人を乗せて駆け出した。

おそらくは顔にあたる風のせいだろう。それとも今やなじみとなった村へ続く小道のせいだろうか。ジェイムズの広い背中にしっかりとつかまりながら、テンペランスは少しばかり不安を感じた。「みんなケンナのほうがいいと思うわ。仲間なんだから」と彼に言った。

「コリンにこの土地を渡して追い払われてもいいと思うならな！」

にっこりしてテンペランスは彼をよりきつく抱きしめた。しかし、胸にはいくつか疑問が浮かび始めていた。なぜ？　なぜ？　なぜ？

「わたしが泣いたあの日、どうしてわたしのことをはねつけたの？　あのとき、わたしがもう少しで結婚してくれと頼むところだったことはあなたにもわかったはずよ」顔を上げて彼のうなじを見ながら言った。今日から先はいつでも望むときに触れることができるのだ。

「ケンナが戻ってくるというなら、宝物について何か手がかりを得たんだと思ったからさ」と彼は振り返って言った。「できるかぎり彼女に時間を与えたかったんだ」

彼の言うことは筋が通っていたが、テンペランスはあの日感じた心の痛みを思い出し、顔をしかめずにいられなかった。あの日の心の痛みをこの人はいやしてくれなかった。どうして？　あの忌々しい宝物がほしかったからだ――結局手に入れることのできなかった宝物。

長い道の先に教会の建物が現れた。が、そのとき、ジェイムズの大事な羊たちが大群を成して道を横切り始めた。彼は馬を止めて待った。羊たちが混乱におちいって足を折るような事態を彼が招くはずはなかった。テンペランスには気になることがほかにもあった。「デボラ・マディソンのことは何か知っているの？」

ジェイムズは肩越しに微笑みかけてきた。「俺たちが夜を過ごしたあの羊飼いの小屋で新聞の切抜きと手紙を見つけた。手紙には爪のあとがあったから、それを読んできみが動揺したことがわかった。推測でしかなかったが、デボラ・マディソンという女性は、マッケアンに来たころのきみ自身の姿なんだと思った。ニューヨークにいたころよりも、きみがずっとましな人間になっていることをわからせてやりたかったから、俺はコリンに連絡をとってニューヨークに電報を打ってもらい、マディソン嬢が一番早い船に乗ってここへ来るように仕向けたのさ」

「そう」とテンペランスは言った。それからまた顔を彼の背中に押しつけた。その推測はあたっていた。彼の思惑どおりのものを見せつけられたのだった。頭がよくて洞察力があるのね。それは認めざるをえなかった。

しかし、まだ気になることはあった。手紙や記事のことについて話してくれることはできなかったの？　じっくり話をして、きみは変わったと言ってくれることは？　こっそりデボラ・マディソンをマッケアンに呼び寄せるような卑劣で手の込んだことをどうしてしなければならなかったのだろう？　まるで子供にものを教えるようなやり方ではないか。じっさいに見せつけるやり方。しかし、大人には論理的に考える能力があるのだから、もっとちがうやり方で……。

首を振って、彼女は頭をはっきりさせようとした。今日はわたしが結婚する日となるのだ。そして、この人をわたしは愛している。この人のことはよくわかっている。悪い人間ではけっしてない。村の人たちへの気遣いを見ればわかる。二人のちがいはあとからどうにかすればいい。遺言書の条件を満たし、マッケアンが安泰となってからジェイムズと話し合えばいい。

それでも、女たちに言い聞かせていた自分のことばが脳裏に浮かんだ。「それを結婚前に考えなかったの？」たいていそれは男たちがウィスキーを愛することと関係していた。女たちの答えはいつも同じだった。「ええ。彼を愛していたし、〝誓います〟って言ったあとのことは何も考えなかったわ」

羊が道からいなくなったところで、ジェイムズは馬をうながして前へ進ませた。テンペランスは波立つ心を鎮めようとした。あのニューヨークの不幸な女たちが関わっていた男たちとちがい、ジェイムズ・マッケアンにはそういう悪癖はない。飲みすぎることもなければ、ギャンブルにもけっして手を出さない。おそらく少しばかり横暴かもしれないけれど、欠点のない男なんているだろうか？

一分もかからないうちに馬は教会に着き、それから一秒後には二人は中に足を踏み入れていた。教会の中は興奮の坩堝《るつぼ》と化し、全員がやんやの喝采となった。通路の先の最前列にいたテンペランスの母とロウィーナは、笑い泣きしながら抱き合っていた。

「きみが花嫁でもみんなまったく気にしていないようだな」とジェイムズが彼女に向かって叫んだ。

テンペランスはにっこりと微笑んだが、心の奥底には何かが引っかかっていた。ジェイムズと入り口に現れたのがわたしであっても誰も戸惑うこともなかった。でも、みんなケンナが現れるものと思っていたんではないの？　何度となく、「村の娘が花嫁になる」と言っていたのに。

教会には全員が集まっていた。マッケアンの村人たちにスコットランドじゅうから駆けつけた大勢のジェイムズの親戚たち。二人が並んで通路を進んでいくと、誰もがジェイムズの背中を叩いた。

「きっとうまくいくって言っていたけど、そのとおりになったな」とみんなが口々に言った。脇を通りしなにテンペランスにブーケを押しつけてくる人もいた。

しかし、テンペランスには彼らが何を言っているのかわからなかった。ジェイムズにとって何がうまくいったというのだろう？　結婚して、じっさいにはギャンブルをしないギャンブル狂の弟からマッケアンを守るということ？

すべてがはっきりしたのは、祭壇に立っているときだった。祭壇ではかつて忌み嫌ったハーミッシュがにっこりと微笑んで言った。「きみがここを出ていくことはないとジェイムズが言っていたが、そのとおりだった。おかえり、お嬢さん」

ハーミッシュは静かにというように片手を上げた。そして、教会の中が静まり返ったところで結婚式を開始した。「親愛なる神よ、わたしたちは今日ここへ集い……」

振り返ってテンペランスは集まった人々を見まわした。誰もが大きな手柄でも立てたかのように晴れやかな顔をしている。どうにも理解しがたいことだったが、ふと、村人たち全員が初めからぐるだったことがわかった。テンペランスが教会の入り口に現れても、誰も戸惑いもしなかった。彼女がジェイムズと現れることを期待していたからだ。

気に入らないとテンペランスは思った。まったく気に入らない。

「ジェイムズ、あなたはこの女性を……」とハーミッシュは続けていたが、テンペランスはまだ集まった人々に目を向けていた。母は最前列でハンカチを目にあててすすり泣いている。

わたしは彼がケンナと本気で結婚するものだと思っていたのに、そうではなかったのだ。そんな思いがテンペランスの頭の中を駆けめぐっていた。〝よそ者〟よりもケンナのほうがいいという村の人たちのことばもほんとうだとばかり思っていたのに。

ジェイムズが「誓います」と言い、テンペランスは彼を見上げた。しかし、彼女の顔に笑みはなかった。

ハーミッシュが言った。「テンペランス・オニール、あなたはこの男を――」

テンペランスは振り返って人々に目を向けた。スピーチの経験は豊富で、最後部にまで聞こえる声の出し方は心得ていた。ジェイムズに握られていた手を引っ込め、参列者に向かって彼女は言った。「わたしは誠実な心でみなさんのお手伝いをしたわ。でもみなさんはわたしを、同じように敬意を持って扱ってはくれなかった。正直でいてはくれなかったのね」

人々の反応はあっけにとられたなどというなまやさしいものではなかった。コリンといっしょに馬で到着し、端に立っていたグレイスだけがこうなると思っていたという顔をした。

口を開いたのはリリアだった。「ケンナなんて最初から望んでいなかったわ。あの娘《こ》は昔、若かったゲイヴィーを追いかけていたのよ。ゲイヴィーはあの娘に夢中だったけど、あの娘はゲイヴィーを振ってマッケアンを追いかけ始めた。自業自得なのよ。利用されたとしても、しかたないのよ」

人々から賛同するようなざわめきが起こった。

「じゃあ、わたしがあなたたち全員にだまされるのも自業自得だっていうの？」とテンペランスは問いかけ、それから母に目を向けた。「お母様もぐるだったのね？」

メラニーは答えず、ハンカチを顔にあてて激しく泣き出した。答えなかったことで罪を認めたのも同然だった。

「こんなの嫌だわ」とテンペランスは小声で言った。が、教会に集まった全員の耳にその声は聞こえた。

「なあ」と横にいたジェイムズが言った。「たぶん――」

テンペランスは彼のほうを振り返った。これまでの人生すべてが今この瞬間につながっている気がした。心はクリスタルのように澄み切っていた。「あなたはわたしに結婚してくれと頼めばよかったのよ」と彼女は言った。「それだけのことなのに。『わかった、きみの望みをかなえてやるよ。結婚しよう』なんて言うんじゃなくて。そう、わたしの望みは、おそらくこの教会にいるほとんどの女性たちが経験していることよ。男の人が片膝をついて、できればきれいな箱にはいった指輪を差し出しながら、ちゃんとしたプロポーズをしてくれること。女だったら誰でも望むことよ。なのに、わたしはだまされ、うまく操られた」

いつものように、ジェイムズはからかうことで彼女の機嫌を直そうとした。「愛と戦争においてはみんなが公平なんじゃないのか？」目がきらりと光った。

「ええ、それはそうよ」とテンペランスは言って、そこでことばを止めた。教会に集まった誰もが息を呑んでいる。張りつめた空気を肌に感じるほどだった。このまま結婚式を続けてと言えば、さっきよりも大きな喝采が起こり、誰もが大喜びすることだろう。しかし、テンペランスにはできなかった。

こんな結婚で満足するのは嫌だった。策を弄され、陰でこそこそされたあげくの結婚では。何よりも愛がほしかった。

彼女は手に押しつけられたブーケに目を落とした。ウェディング・ドレスは着ていなかった。この結婚式はほかの女のために計画されたものだったからだ。テンペランスが四度目にどんな花が好きかと訊いたときに、ケンナは渋々「ユリ」と答えた。だから今、教会は白いユリでいっぱいだった。しかし、テンペランス自身はユリは大嫌いだった。形も、匂いも嫌いだった。つまり、これはわたしの結婚式とは言えないんじゃない？

できない。一時間前まではほかの誰かと結婚するものと思っていた男と、こんなふうに結婚することなどできない。プロポーズすらしてくれていない男と。女だったらきっと誰でも聞きたいと思うことばを、ジェイムズは一度も言ってくれていない。「愛している」ということばを。

彼女はジェイムズを見上げた。最後の最後に彼を愛していることがはっきりとわかった。こんなふうに見るたびにいてもたってもいられない気持ちになる人を、愛していないなんてことはありえなかった。しかし、テンペランスは自分自身の助言に従うつもりだった。結婚前に問題をよく考えてみること。

彼女はブーケを彼の手に押しつけ、踵を返して通路を戻り始めた。教会にいた誰もが信じられないという思いで息を呑み、ひとこともことばを発しなかった。

通路の途中でジェイムズが彼女の腕をとらえた。「このまま行ってしまってはだめだ」と彼は静かに言った。目が懇願していた。仲間の前で恥をかかせないでくれ。そう目が語っていた。

「きみが行ってしまえば、俺はマッケアンを失うことになり、ここの人たちは家を失うことになるんだぞ」と彼は小声で言った。

愛する男の目をのぞき込んでノーというのは、生まれてこのかた経験したことがないほど辛いことにちがいなかった。そして、彼があのほんの短いことばを口にしてくれさえすれば、自分がまわれ右をし、祈禱書を手に口をぽかんと開けて突っ立っているハーミッシュのところへ戻ることもわかっていた。

しかし、ジェイムズはそれ以上何も言わず、その機会は失われてしまった。そのことばを聞けなかったからには、続けるわけにもいかなかった。村を救うためだからといって、それだけで誰かと結婚することはできない。「最後の日が来る前に考えておくべきだったわね」と彼女は言った。「せめて宝物と同じぐらいはわたしのことも考えてくれればよかったのに」ジェイムズは何も答えず、ただじっと彼女を見つめた。テンペランスはふたたび出口のほうへ歩き出した。

教会の外にはジェイムズのレース用の馬が二頭いた。一頭はコリンが乗ってきた馬だ。テンペランスは乗馬は得意ではなかったが、今は何でもできそうな気がした。軽々と鞍にまたがると、前に進むよう馬を促した。道にはジェイムズの羊が三頭いた。テンペランスは近づいて身をかがめ、大声で羊たちを道から追い払った。

たった今してきたことは、人生でもっとも愚かなことだったかもしれないが、不意にとても自由になったような気もしていた。

道が交差するところまで来てもテンペランスは逡巡しなかった。屋敷に戻って持ち物を荷造りするという分別すら見せるつもりはなかった。いいえ、これから向かうのは……そう、どこへどうやって行くかはわからなかったが、マッケアンを出ていく――それだけは確かだった。

彼女は馬の手綱を少し引いた。馬は右へ曲がった。マッケアンをあとにしてミッドリーに続く道に出ると、ケンナが歩いていた。美しいウェディング・ドレスは今や泥にまみれて見る影もなかった。

テンペランスは馬を止めた。

「わたしを嘲笑いに来たの、マッケアン夫人?」とケンナは怒った声で言った。

「彼とは結婚しなかったわ」とテンペランスは穏やかに答えた。「乗っていく?」

ケンナは何度か口を開いたが、やがて閉じた。しばらくして「ええ、お願い」と言うと、足をあぶみに乗せ、テンペランスの後ろにまたがった。

24

二年後　ニューヨーク州ニューヨーク

ブラウンストーンの建物には〈女性のための就職代理店――能力のある方、お仕事ありまます〉という看板が出ていた。

ジェイムズ・マッケアンは入口の前で立ち止まり、ノックしようと手を上げたが、すぐにその手を下ろした。ここまで来た目的を果たすよりは、大砲を構えて居並ぶ男たちと相対するほうがましな気がした。しばらくじっと突っ立ったまま、彼は手を下に伸ばして脚をかいた。キルトならば肌が呼吸できるところを、忌々しいズボンを穿いているために両脚がちくちくとかゆかった。低地の暑さにもへきえきだった。

手を襟に走らせると、汗の玉が浮かんでいた。一瞬、彼は踵を返して逃げ出したくなった。しかしそこでテンペランスを思い出し、ここ二年間の自分の生活を思い出した。ともに過ごしたのはほんの数カ月だったが、彼女がいなくなってからの生活はまるで……

気を引き締めるように大きく息を吸うと、彼は真鍮のノッカーを持ち上げて落とした。すぐさまメイドがドアを開けた。

「就職の相談を受けつけるのは女性だけですよ」メイドはジェイムズを上から下までじろじろ眺めて言った。「どう見てもあなたは女性じゃないし」しかし、ことばとは裏腹に誘っているような声と目つきだった。

「デリー！」とよく知っている声がした。その声を聞いて、ジェイムズはここへ来たのがまちがいではなかったことを知った。

テンペランスが角を曲がって現れ、彼に気がついた。彼女の姿を見るや、ジェイムズはこの二年間、彼女も同じぐらい惨めな思いでいたことを確信した。きっとうまくいく。彼は自分に言い聞かせた。自信が戻ってきた。胸を張り、自分の土地にいてキルトを穿いているかのように堂々とした足取りで彼女に歩み寄り、笑みを浮かべて言った。

「やあ、俺を覚えているかい？」

しばらくテンペランスは彼をじっと見つめていたが、やがてゆっくりと微笑み、「ジェイムズ」と言った。「全然変わってないのね」しかしそれはほんとうではなかった。最後に見たときよりもすてきになっていた――ひと目見ただけで心臓の鼓動が速まるほどに。

ジェイムズは心からの笑みを浮かべ、「ニューヨークに来ることを知らせておくべきだったんだろうが、その余裕がなかった」とできるだけ何気ない口調を装って言った。

「ええ、それはそうでしょう」とテンペランスは優しく答えた。「おはいりになって、中でお話しししません？　マッケアンの様子を何から何まで聞きたいわ。母が手紙をくれたけど……」ジェイムズが近くに寄ってきたために、終わりまで言うことができなかった。彼がすぐそばにいてはことばを発するなど無理だった。まるでこの二年という月日などなかったかのようだ。

かつての磁力は健在だと思いながら、ジェイムズはまた笑みを浮かべた。

「おはいりにならない？」とテンペランスが小声で言い、廊下に面したドアを開けた。そこはきれいにしつらえられた小さな応接室になっていた。「デリー、お茶とケーキをお願いできる？」

彼らは部屋で二人きりになるまで口を開かなかった。テンペランスは小さなソファーに腰を下ろし、ジェイムズに向かい側の椅子にすわるよう身振りで示した。しかし、彼は腰を下ろそうとせず、暖炉のそばに立って腕をマントルピースの上に載せた。覚えているよりも彼女は美しかったが、どこか以前とはちがうところがあった。以前はなかった成熟した雰囲気。そしてそれが彼女にしっくりきていた。

互いに落ちついたところで、ジェイムズは訪ねてきたわけを説明しようと口を開いた。祭壇で恥をかかされたことを許し、連れ戻しに来たのだと言うつもりだった。

しかし、口を開けたちょうどそのとき、ドアが勢いよく開いて小さな男の子が駆け込んできた。顔も手も、青と白の水兵服の前も泥だらけだった。「ママ！　ママ！」と男の子は叫び、テンペランスのスカートに顔を埋めた。その後ろから若い女が走ってきた。かぶっている乳母用の帽子が傾いている。

「逃げ出してしまったんです、すみません」と乳母は言った。テンペランスはいとおしそうに男の子の濃いブロンドの髪を撫でた。「今度は何をしたの？」

「先週庭師が植えたばかりの球根をひとつ残らず掘り返してしまったんですよ」と乳母は腹立たしげに言った。

「あら？」テンペランスは目を上げて乳母を見た。「それで、あなたはどこにいたの？ また恋人に会っていたんじゃないの？」

それを聞いて乳母の目に涙が浮かんだ。「ごめんなさい。もう二度としません。まだ慣れなくて。体を売って暮らしたほうがずっと楽だわ。こんな――」

「マーブル！」とテンペランスは鋭い口調で言った。それから男の子に視線を落とすと、その頭を膝から上げさせ、小さな顔を両手ではさんだ。「会ってもらいたい人がいるのよ」そう言って男の子をジェイムズのほうに向かせた。「こちらはジェイムズ・マッケアン。スコットランドからいらしたの。さあ、握手して」

幼い男の子は母のそばを離れると、まじめくさった顔で前に進み出てジェイムズに手を差し出した。同じようにまじめくさってジェイムズはその小さな手を握った。ハンサムな子供だった。「はじめまして」とジェイムズは静かに言った。

メイドが紅茶のはいった大きなポットと、小さなケーキやクッキーを載せた皿を、大きなトレイで運んできた。喜びの声を上げ、男の子は一度に三つのケーキをつかみ、二つをほおばった。

「向こうで洗ってあげて」とテンペランスは乳母に言った。「べそをかくのはやめてちょうだい。それと、デリー、これからはあなたが――」そこでことばを止め、代わりに若い乳母に警告するような顔をして見せた。テンペランスがすばやく男の子の頬にキスをすると、乳母とメイドは子供といっしょに部屋を出てドアを閉めた。

「ごめんなさい」とテンペランスはジェイムズを見上げて言った。

彼は自分を取り戻そうと精一杯努めていた。子供がテンペランスに「ママ！」と叫んで駆け寄った瞬間、世界が足元から崩れ落ちる気がしたからだ。「今でも困っている女性たちを救っているんだね」努めて明るい声を出そうとしながら彼は腰を下ろした。今の出来事で傲慢さはあとかたもなく消えていた。どうしてもっと早く行動を起こさなかったのか？　どうして――？

「お茶はいかが？」テンペランスはポットを手にとって訊いた。

「仕事はうまくいっているようだね」と言ってジェイムズは部屋を見まわした。

「ええ、そうね。わたし――」彼女は途中でことばを切り、彼に紅茶のカップを手渡した。「わたしのことを聞きに来たわけじゃないでしょう。どうしてニューヨークへ？」

きみのためさとジェイムズは言いたかったが、プライドに押し留められた。代わりに「マッケアンの仕事だ」と答えた。それからカップを脇に置いて上着のポケットに手を突っ込み、小さな箱を取り出した。「これをきみに」

テンペランスは箱を受け取り、リボンをほどいた。中にはティッシュに包まれて、車輪のついた金の貝殻がはいっていた。貝殻の上には、正面につけられた髪の毛ほどの細さのロープにつかまっている小さな人間がいた。この上なく美しいだけでなく、純金製のようだった。

「ああ、そうそう、母の手紙によれば、宝物を見つけたそうね」と言ってテンペランスは美しいオブジェをコーヒーテーブルの上に置いた。あの宝物のせいで多くを失うことになったのだと心の中でつぶやきながら。宝物が見つかったという話を知らされてからは、母にもうマッケアンについてはひと言も触れてほしくないと書き送ったのだった。テンペランスはにっこり微笑んでジェイムズに目を戻した。「じゃあ、トランプと真鍮の板の関係がわかったのね？」

ジェイムズは片方の口の端を上げて微笑んだ。「いや、そういうわけじゃない。少なくとも最初はちがった。俺は、その、書斎の暖炉の上にかかっている大きな鏡に何かを投げつけたんだが、鏡が割れたら、後ろに深い穴があって、祖母が買ったものがすべてそこに隠されていたというわけさ」

「わくわくしたことでしょうね」テンペランスは紅茶を飲み、彼に目を向けたままで言った。「どうやっておばあ様は鏡の後ろに宝物を隠したの？」

「きみは賢かったよ」と彼は微笑んだが、テンペランスは笑みを返そうとはしなかった。

「祖母の寝室には隠し扉があったんだ。とてもうまく隠されていて、まず宝物を見つけなかったら、その扉を見つけることもなかっただろう。あの真鍮の板は鍵だった。カードの裏に合わせて使うものじゃなかった」

「あなたのおばあ様はなんともおもしろい方だったにちがいないわね」と言ってテンペランスはマントルピースの上の時計に目をやった。「宝物が見つかってよかったわ。それで、マッケアンのみんなはお元気？」

「ああ。みんな元気でやっている」とジェイムズは答えた。彼女がすでに自分を追い払いたがっているのをひしひしと感じていた。「グレイスは帽子の材料を配達していた男と結婚してエジンバラへ移った。アリスはもう医学の学校に通い始めている。

「それはよかったわ」と言ってテンペランスはカップの紅茶を飲み干した。

「それと、俺は祖母を神聖な場所に埋葬し直した」

「よかった。あなたにとって重要なことだったものね」

「それできみは？」とジェイムズは静かに訊いた。

「あなたの叔父様が約束を実行してくださったの。わたしのほうは約束を果たせなかったのに」と彼女は言った。「あなたに花嫁を見つけてあげられなかった」

「きみが悪いんじゃないさ」

「アンガスもそう言っていたわ。彼のこと、憎むのをやめたら、とてもいい人だってことがわかったの。父の家を使うことを許してくれたし、父が母に遺したお金の一部をわたしが受け取ることも認めてくれた。もちろん、すべて監視のもとでだけれど」

「ドアのところで会った若い女性が『就職の相談を受けつけるのは女性だけです』と言っていた。もしかして、デボラ・マディソン嬢と組んでやっているのかい？」

「まさか！　でも、正直に言って、あのひどい女の子のおかげで人生が百八十度変わったわね。思い知らせてくれたんですもの。どこかでわたしの志が変わってしまっていたことを」

「きみの？」

彼の言い方にテンペランスは眉をひそめた。まるで完璧すぎて人間らしさに欠けるとでも言いたげな口調。前にもそうやって責められたことがあった。「デボラ・マディソンのおかげで気がついたのよ。わたしは助けが必要な人々の力になっているというより、自分のプライドを満足させていただけなんだって。恥ずかしいけれど、〝有名人〟であることを愉しんでいたのよ。小さな女の子たちにサインを求められるのが嬉しかった。それとか——」彼女はうんざりして手を振った。

「とにかく、マッケアンで過ごしてからは、わたしには人に仕事を見つけてあげる才能があるんじゃないかと思ったの。だから、ニューヨークに戻って就職を斡旋《あっせん》する代理店を開いたのよ。歴史の本に名を残すのはほかの人にまかせるわ」と彼女はかすかに微笑んで言った。

「財産を〝管理〟されていると言ったね。ご主人が管理しているのかい？」とジェイムズは言った。が、言ってしまってから自分の舌を嚙み切りたくなった。そんなことを訊くつもりはなかったのだ。男の子に会い、彼女が手の届かない存在になってしまったと知ってからは、よそよそしく冷静に振る舞い、プライドを保つつもりだった。

「いいえ」とテンペランスは心底おもしろそうに答えた。「ケンナがここの共同経営者で、アンガスの銀行の支配人と連絡をとっているの。金銭的には困らないようにしてもらっているわ」

「ケンナ？」とジェイムズは信じられないというふうに言った。「ケンナ・ロックウッドのことか？　マッケアンの？　あの――」

「そう、そのケンナ。母がアンガスを説得してくれて、ケンナがわたしの監督者になったの。母はケンナを〝不運なマッケアンの善良な女性〟と呼んでいるわ」

ジェイムズがここへ来て初めて、かつて知っていたテンペランスが垣間見えた。彼女は俺を嫌っているのだろうか？　最初に会ったとき、彼女の目がきらりと光ったのは確かだ。しかし今、もしかしたらそれは憎しみの光だったのかもしれないという気がし始めていた。

「じゃあ、ケンナがきみの財産を管理しているのか」と彼は言った。「帳簿に目を光らせてくれる信頼できる経理士を頼んでいるならいいんだが」

一瞬、テンペランスの目に炎が燃えた。「ケンナは仕事上のパートナーなのよ」と彼女は怒ったように言った。「彼女とわたしとわたしの息子はこの階上《うえ》に住んでいて、いっしょにこの就職相談所を運営しているの」音を立ててカップを皿に戻すと、テンペランスはテーブル越しに彼と目を合わせた。今度は見まごうかたなき怒りがその目に燃えていた。「ほんとうにあなたは変わっていないのね、ジェイムズ・マッケアン？　母が何て言ってケンナに仕事を与えるようあなたの叔父様を説き伏せたと思うの？　こう言ったのよ。あなたや村の人々が彼女にあんなことをした以上、マッケアンの名前に名誉を取り戻す必要があるって」

それを聞いてジェイムズは立ち上がった。「俺はあの女にはこれっぽっちも悪いことはしていない。昔、あの女はマッケアンの金ほしさに俺と結婚しようとしたんだぞ！　ああされてもしかたない女なんだ」

テンペランスも怒りに燃えた顔で立ち上がった。「つまり、大事な宝物を見つけるために策を弄した自分は賢いけれど、女が策を弄してお金を手に入れようとしたら、その女は泥棒で、罰を受けても当然というわけね。わたしもああされて当然だったと言うんでしょう？　結局マッケアンのみんなに対してわたしは悪いことばかりしたから、だまされて操られても当然だったのね？」

「きみがだまされた？　きみのほうこそ俺を結婚させようとたくらんでいたじゃないか――」ジェイムズは途中でことばを切り、彼女から離れて声をひそめた。「俺がここに来たのはきみから受けた侮辱を許そうと言うためだった。しかしこうなったら――」

「許す？」彼女は息を呑んで言った。「わたしを許すですって？」

「時間の無駄だったことはわかったよ」と言うと、彼は背中をこわばらせて後ろを向き、部屋を出てドアを思いきり閉めた。

廊下に出てからもジェイムズは怒りのあまり震えていた。アメリカ合衆国まではるばるやってきたのは……何のためだ？

また恥をかかされるためではない。それだけは確かだ。村人たち全員の前で彼女に逃げられ、恥をかかされてから、何分、何時間、何カ月と過ごした日々を思い起こせば――

建物を出ようと玄関のドアノブに手をかけたときに、彼は何かを踏んだ。見下ろすと、それはクレヨラのクレヨンだった。

拾い上げてみると、クレヨンの先を踏み潰してしまっていた。テンペランスはスコットランドにいるころに、母親に頼んで同じものをマッケアンの子供たちのために送ってもらっていた。そして、子供たちのひとりが描いた絵を見て、ニューヨークのいくつかの美術学校に手紙を書いていた。しかし、結婚式が目論見どおりにはいかず、彼女がマッケアンを去って戻らなかったために、その手紙はそれっきりになっていた。

振り返ってジェイムズは応接室へ続く閉じたドアに目を向けた。教会からいなくなる前に、テンペランスはただ結婚してくれと乞われればしただろうと言っていた。今となっては遅すぎる話だ。結婚して子供までいるのだから。不運な女性たちを手助けする仕事にも従事し、幸せそうだった。それに比べて俺は……

ジェイムズは大きく息を吸った。プライドは共寝の相手としては冷たすぎる。それはわかりすぎるほどよくわかっていた。

肩を怒らせると、彼は応接室のドアを開け、中へはいってドアを閉めた。テンペランスはまだソファーにすわっていた。泣いていたようだった。顔をそむけ、涙をぬぐって顔を隠そうとしている。

「言い忘れたことがある」と彼は優しく言った。

ていると言った。「あなた、言うべきことは言ったと思うわ」

「いや」と言いながら、彼は一瞬まわれ右をして逃げ出したくなった。彼女がすでに結婚しているとすれば、何を言ったところで何も変わらないだろう。今ならまだプライドを保ったままドアを出ていける。そして……そしてどうする？　プライドを損なうことなく家に帰るのか？　しかし、こんなことになったのも、もともとはプライドのせいではなかったか？

「俺は怒り狂うあまり書斎の鏡を壊した。じっさい、きみがいなくなってから、ずいぶんと物を壊したよ」

「そんなこと言ってくれなくていいのよ」と言ってテンペランスは立ち上がった。

「いや、言わなければならない」とジェイムズは言った。「俺はこのちくちくするうっとうしいズボンを穿いてわざわざこんな暑い町までやってきたんだ。きみも俺の話を聞いてくれていいはずだ。さあ、すわれ！」

テンペランスは目を丸くして彼を見つめたが、おとなしく腰を下ろした。

両手を背中にまわし、ジェイムズは部屋を行ったり来たりしながら話し始めた。「グレイスはマッケアンから出ていった。新しい夫と娘を連れて。彼女の帽子作りの事業もマッケアンからなくなってしまった。しかし、出ていく前に俺に意見してくれた。今のマッケアンには耐えられないと言うんだ。最初の妻の身に起こったことや、きみにひどい目に遭わされたと俺が思っていることに対して、俺が不機嫌になったり、ふさぎ込んだりしているのは、山にこもって現実と向き合わないための単なる言い訳にすぎないと言われた。そう言ってグレイスは子供を連れ、事業の拠点も移してマッケアンを去ってしまった。

じっさい、村のほとんど全員が俺に意見しに来たよ」

しばらく間を置いて、ジェイムズは目の前の壁をじっと見つめた。新たにもたらされた現代的な事業が村からなくなって、村がどれほど活気を失ってしまったことだろう。

ふたたび口を開いたときの声は前よりも小さかった。「グレイス以外にも村を去った者はいる。マッケアンに未来はないと言ってね」

ジェイムズは行ったり来たりするのをやめ、テンペランスと向き合うようにして腰を下ろしたが、目を合わせようとはしなかった。彼女の目には同情が浮かんでいるのだろうか？　偉大なるマッケアンが自分の土地の人々を救えなかったということで。

「コリンのことだが、あの土地はほしくないと言った。ときどきカード・ゲームをするからといって、一族のみんなから怪物のように扱われるのにうんざりしているとも言っていた。幸せな結婚をしていて、子供たちのことも愛している。三つの銀行の理事も務めている。だからギャンブルをしたいという衝動に駆られたとしても、資金は充分ある。マッケアンは重荷でしかないから、関わりたくないということだった」

ジェイムズは両手に目を落とした。こんなふうにみずからの失敗を認めるのは辛いことだった。しかし同時に、心のどこかで解放された思いも感じていた。口に出して言うことで、心にのしかかる重石が溶けていくような気がしたのだ。

彼は目を上げ、テンペランスを見つめた。が、彼女の目に同情の色はなく、そこに浮かんでいるのは興味だった。促されるように彼は話を続けた。「俺は弁護士のところへ行って遺言書のことを相談した。二年ほどかかったが、しまいに何人かの人間が俺が一度は愛のある結婚をしたと証言してくれた。それに、遺言書にはその妻が死んだ場合にどうするかは明記されていなかった」

ジェイムズは弱々しい笑みを浮かべて見せた。「コリンがあの土地をほしがらなかったから、俺は弁護士の協力を得て、自分がマッケアンの正式な所有者だと申し立てればよかった――まあ、そんなわけで――あの土地は子孫に遺してやれることになった」

「ラムジーに」とテンペランスがそっと言った。

「ああ、そう、ラムジーに」しばらくジェイムズは何も言わなかったが、やがて目を上げて彼女を見た。彼の目はもはや身を守り、人をはねつけようとする楯で隠されてはいなかった。テンペランスには自分が今、彼の心の内側を見通していることがわかった。彼が誰にも見せようとしなかった場所を。

「ずっと」と彼は口を開いた。あまりに小さな声だったため、彼女は身を乗り出して耳をそばだてなければならなかった。「マッケアンの問題は金銭的なものだと思っていた。金さえ充分にあれば、土地も人々も昔と同じようになると思っていた。マッケアンはスコットランドじゅうの笑いものだと言ったきみのことばは正しかった」

テンペランスはそんな思いやりのないことばを発したことを謝ろうと口を開いたが、ジェイムズが片手を上げて制した。「いや、きみの言うとおりだった。痛いところをつかれたよ。

俺は身内にギャンブル狂の血が流れていることと、そのせいで領地が貧困にあえいでいることを恥じていた。グレイスは正しかった。俺は世間に背を向け、マッケアンに隠れていたんだ」

ジェイムズはじっとすわっていられず、立ち上がって行ったり来たりし始めた。「しかし、きみが来るまではそれでいいと思っていた。自分のやっていることにも、世間から隔離されていることにも満足していた。今になってみれば、一日十四時間もきつい肉体労働に従事していたのは、考えないようにするためだったことがわかる」

彼は行ったり来たりするのをやめ、彼女に目を向けた。「しかしそこできみが現れ、俺たちみんなの目を覚まさせてくれた。きみは俺を笑わせてくれた。女性といっしょにいたいと思わせてくれた。きみが現れるまでは淋しいなんて思ったこともなかったのに、きみが現れてからは淋しくてたまらなくなった」

ジェイムズは椅子に腰を戻し、テンペランスの目をのぞき込んだ。「でもそのことをきみに言おうとはけっして思わなかった。きみと夕食をとることが俺にとってどれほど大事なことだったかも言わなかった。洞窟でいっしょに過ごした時間がどんなに愉しかったかも。きみはマッケアンの村人たちにとても寛容で優しかった。俺なんかよりずっと寛容だったし、ひとりひとりに優しくしてくれた。俺はマッケアンの領主だということで、何もしなくていいと思っていたんだ」

テンペランスに向けた彼の目には涙がにじみつつあった。「きみは俺のもとを去ってよかったんだ。ほんとうに。残っていたら、俺は――」

「わたしを当然のものと思っておろそかにした？」

それを聞いてジェイムズは口もとをゆるめた。「ほんとうにきみはいつも俺を笑わせてくれたよな。そう、きみがあのまま結婚式をあげてくれていたら、俺はきみを粗末に扱っていたかもしれない。簡単に手に入れたものは大事にしないものだ」

彼は息を継ぎ、しばらく顔をそむけてからまた彼女を見た。「今日ここへ来たのは……」

「何のため？」と彼女は促した。

彼は微笑んだ。「許すと言ってきみを連れ戻すためさ。俺はこの二年間、あまり多くを学ばなかったようだな。まさかきみが結婚して子供までいるとは夢にも思わなかった。きっときみが――」

「あなたがわたしのことを思ってくれていたように、あなたを恋しがって毎晩淋しい夜を過ごしていると思っていた？」

「ああ」と彼は笑みを浮かべて言い、気持ちを落ちつけようとまた息をついた。内心は途方にくれていた。忌々しく我慢ならないプライドのせいですべてを失ってしまったのだ。

しかし、テンペランスに向けた目は微笑んでいた。「信じられないんだが、今のほうが気分がいいんだ。妙な話だが、自分をおとしめたりしたら、途中で取り乱してしまうと思っていたのに、そうじゃなかった。何だか解放されたような感じだ。気分が軽くなったよ」

テンペランスは温かな笑みを浮かべた。「スコットランドにはこんな言いまわしはないかもしれないけれど、人前での告白は心を安らげるって言うのよ」

「領主学校では教えてくれなかった言いまわしだな」と彼が言うと、テンペランスは笑った。それから彼はポケットから別の箱を取り出した。「ほかにも見せたいものがあるんだ」

それは指輪の箱だった。「ジェイムズ、もう――」と言いかけた彼女を彼は遮った。もうこれ以上自分をおとしめる必要はないと彼女が言いかけたのは明らかだったからだ。

「いや、俺はきみに言わなければならないことがある。俺自身のために。祭壇できみは指輪がほしいと言って――」

「ジェイムズ、お願い。そんなことしなくていいのよ」

「いや、しなければならない。見せたいんだ。きみが言ったように、俺はきみをだまし、操ろうとした。まあ、きみと結婚したいという気持ちは本物だったけど。今日あのドアを出ていったら、もう二度と悩ませないと約束する。だから、最後に俺のことを多少は見直してもらいたいんだ」

小さな箱を開け、ジェイムズは金の指輪を取り出して彼女に手渡した。「刻まれた文字が読めるかい？」

指輪を受け取り、彼女は光にかざした。

「あの結婚式のときに、俺が片膝をつき、きれいな箱にはいった指輪を差し出して頼めば、イエスと答えただろうときみは言った。そのつもりだったことをわかってほしかった。ほんとうにそのつもりだったんだ。ただ、俺は金に恵まれた生活もいっしょに差し出したかった。だからケンナが何を知っているのか確かめるために最後の最後まで待ったんだ」

彼はテンペランスに宝石店の領収書を手渡した。日付は彼女がマッケアンを去る何週間も前になっていた。領収書には、指輪に〈テンペランスに。愛をこめて。ジェイムズ〉と刻印される旨が書かれてあった。

テンペランスが指輪の内側を見ると、〈TMへ。愛をこめて。JM〉と刻まれていた。

「文言が長すぎるので、省略しなければならなかったんだ」とジェイムズは笑みを浮かべて言った。「それに、姓も省かれている。二十四時間以内に仕上げてくれと俺が言い張ったので、そうせざるをえなかったんだ」

テンペランスは指輪を返すと、椅子に背をあずけ、黙って彼を見つめた。

ジェイムズは彼女の指を見た。胃が縮むような気がした。左手の薬指に結婚指輪がはめられている。

彼は傷ついているのが声に出ないように努めながら訊いた。「それで、誰なんだ?」

「誰って?」

「きみのご主人さ。叔父が見つけた人間だったら、叔父を殺してやる」

テンペランスはにっこりと微笑んだ。「夫なんていないわ。未亡人ということにしてあって、みんなそれで納得しているだけ。ほんとうはそれを信じている人なんていないのかもしれないけれど、嘘のおかげでわたしを身近に感じてくれているわ。ケンナがとてもよくやってくれているの。有能だしね。そう、男よりもお金もうけのほうがずっといいって言っているわ」

ジェイムズは口をぽかんと開けて彼女を見つめ、「でも、あの子は？」と言った。

「あなたの子供よ」とテンペランスは明るく言った。まるでパーティでも開こうと言っているような口調だった。

「何だって？」

「わたしの息子はあなたの息子よ。わたしは数字に強くないし、マッケアンでの最後の何週間かはあまりにもいろいろあったから、赤ちゃんができていることに気づかなかったの」

そのことばをジェイムズが理解するのにしばらく時間がかかった。「結婚しているんじゃないのか？」と彼はささやいた。

「してないわ」

次の瞬間には、ジェイムズは指輪を手にとろうとして二度も落としかけながら、テンペランスのそばに来ていた。それから、片膝をつき、彼女の両手を片手でとった。「結婚してくれないか？　お願いだ。どこでもきみの好きなところに住もう。ここニューヨークでもいい。そうすれば、きみは仕事を続けられる。今ならきみに何でも好きなものを買ってやれる――きみのことを金で買えるとは思っていないが、それでも――」

テンペランスは彼の唇に指をあてた。「わたしはマッケアンに戻りたいわ。わたしの息子……わたしたちの息子はあそこで育てたいの。歳の離れたラムジー兄さんといっしょにね。ここはケンナひとりでなんとかなるわ。わたしの助けは必要ないのよ」

「俺にはきみが必要だ」とジェイムズは目に懇願の色を浮かべて言った。「俺たちみんながきみを必要としている。どうしようもなく」

「わたしにもあなたが必要よ」とテンペランスが優しく言った。「それにわたしたちの息子には両親が必要だわ」そう言って身をかがめ、そっと彼の唇にキスをした。「あなたの息子に会いたい？　ほんとうの意味で？」

一瞬ジェイムズは泣きそうな顔になった。が、やがて立ち上がったときにはちがう人間になったかのようだった。テンペランスは思った。わたしの愛を得るために彼はプライドを捨てた。そして今、わたしがそれを取り戻してあげたのだ。わたしも彼のおかげでプライドを取り戻すことができた。これまでの二年間は辛い年月だった。未婚の母として生きるのは大変だった。でも――

「行くかい？」腕を差し出して彼が訊いた。

「ええ」とテンペランスは答えた。「ええ」

訳者あとがき

ジュード・デヴロー著“Temptation”の全訳をお届けする。

ジュード・デヴローは、日本ではまだあまり知られていないが、アメリカではニューヨーク・タイムズ紙のベストセラー・リストにもしばしば顔を出す、かなりの人気作家である。作家としてのデビューは一九七六年。一九八〇年代にヴェルヴェット・ブックスと呼ばれる（どれも題名にヴェルヴェットということばがはいっていたので読者のあいだでそう呼ばれた）一連の歴史ロマンスで一躍売れっ子作家となる。それ以降もデヴローは歴史物を数多く発表し、それなりの時代考証はしながらも、自由な発想で多彩な物語を展開している。

本書もそうした〝歴史物〟のひとつで、舞台は二〇世紀初めのニューヨークとスコットランド。主人公のテンペランス・オニールは二十九歳。ニューヨークの裕福な家庭の生まれだが、恵まれない女性たちのために専用の共同住宅を建設し、慈善活動に没頭している。男性にひどい目に遭わされた女性たちばかり相手にしているせいで、三十も間近という歳なのに、恋愛や結婚をしようという気はまったくない。

あるとき、突然母が再婚する。再婚相手の傲慢な男、アンガス・マッケアンは、継娘のテンペランスに自由を与えようとせず、強制的にスコットランドに連れていく。そして、ニューヨークに戻りたければ、甥で氏族《クラン》の長であるジェイムズに結婚相手を見つけてやってくれと言う。この時代、まだ女性は財産を自分で管理するという当然の権利すら保証されていなかった。アンガスの申し出を断れば、共同住宅で暮らす女性たちと同じ境遇におちいってしまう。しかたなく、テンペランスは家政婦の振りをしてスコットランドの片田舎にあるマッケアンの所領へ乗り込むことにする。

ヒロインが男性に結婚相手を見つけてやろうとか、ほかの女性との仲をとりもってやろうとかするうちに、自分がその男性と恋に落ちてしまうというのは、ロマンス小説ではよくあるパターンだ。本書もその辺はパターンどおりに展開する。しかし、男まさりのテンペランスが、ジェイムズに惹かれて徐々に女らしさを取り戻していくくだりは、〝じゃじゃ馬ならし〟的なおもしろさがあり、廃屋のような屋敷で世間に背を向けて暮らしているジェイムズが、テンペランスとの触れ合いで真実の愛を知るあたり、〝美女と野獣〟のような雰囲気も愉しめる。さらに著者は、二人の心の触れ合いやすれちがいを細やかに描き、読者に恋の行方に対する興味を最後まで失わせない。

テンペランスは気位が高く、自分をしっかり持った負けん気の強いフェミニスト——そう聞くと、ちょっと近寄りがたい女性に思えるが、本書を読んでいただければわかるとおり、負けん気は強いけれども情が厚く、気位は高いけれども素直で純情な一面もあって、なんとも憎めない女性に描かれている。本書にかぎらず、デヴローの作品に登場するのは、読者にとってとても感情移入しやすいヒロインばかり。そこにも、アメリカでデヴローがこれだけの人気を得ている秘密があるのかもしれない。

もうひとつ、デヴローの小説の魅力は、随所にユーモアがちりばめられているところにもある。ロマンティックな物語が展開する中にも、細かいところで主人公がコミカルな動きをしたり、現実離れした珍妙な人物が登場したりと、笑いを誘う場面があれこれ盛り込まれている。本書でも、ジェイムズの花嫁候補として送り込まれた、ナルシストで頭が空っぽの美少女や、「わたしの首まわりは十三インチもあるのよ……」などと自慢げに言うアマゾネス女の登場には、「こんな女《ひと》いないだろう」と突っ込みながらも、笑わずにいられない。また、ローラースケートを履いたテンペランスが、ジェイムズのまたのあいだに滑り込んでポーズを決め、フィギュアスケーティングばりのアクロバティックな〝ショー〟を展開するあたりも、ユーモアたっぷりに描かれている。

この時代のローラースケートはもちろん、一九九〇年代にはやったインラインスケートではなく、今やめっきり見かけなくなった、前後に車輪が二つずつついたローラースケートだ。ローラースケートの発祥は十八世紀初頭（当時はアイススケートを真似て、今のインラインスケートに近い形だった）。その後改良が重ねられ、前後に車輪が二つずつの安定感のある形が定着し、十九世紀末には、テンペランスとジェイムズが履いたような、鍵で締め具を調節するものが現れた。本書にあるように、女の子が（いくらテンペランスのようなおてんばであっても）ローラースケートを履いてニューヨークの路地を疾走するというようなことがほんとうにあったかどうかはわからない。しかし、二〇世紀の初めには、たくさんの屋内スケート場が作られ、ローラースケートが紳士淑女のスポーツとして広く普及していたのは事実らしい。

前に述べたヴェルヴェット・ブックスもそうだが、デヴローといえば、モンゴメリーという一族の一員を主人公としたシリーズが有名だ。ここでは、たとえば、ある作品で兄を主人公としたら、別の作品では弟を主人公として兄を脇役で登場させるというふうに、同じ一族の中でスポットライトをあてる人物を変えていく手法が用いられている。これはロマンス小説ではよく使われる手だが、デヴローの場合、同じシリーズでも、歴史物あり、主人公がタイムスリップしてしまうSFめいたものありと、じつにヴァラエティに富んでいる。それぞれが独立した小説になっているので、どれか一冊選んで読んでも、背景がわからなくて困るということはない。おまけに歴史物であれ、"SF"物であれ、どれもデヴローのストーリー・テラーとしてのうまさを充分堪能できる本ばかりだ。今後、このシリーズの作品もいくつかご紹介できれば幸いである。

二〇〇三年三月

心すれちがう夜

著者　ジュード・デヴロー

訳者　高橋《たかはし》佳《か》奈《な》子《こ》

2003年 4 月20日　初版第1刷発行
2004年12月20日　　第3刷発行

発行人　三浦圭一

発行所　株式会社ソニー・マガジンズ
〒102-8679 東京都千代田区五番町5-1
電話03-3234-5811　http://www.villagebooks.jp

印刷所　中央精版印刷株式会社

ブックデザイン　鈴木成一デザイン室

定価はカバーに明記してあります。
 ISBN4-7897-2016-0 Printed in Japan

ヴィレッジブックスの好評既刊

全世界で1500万部突破！｜世界中で人気沸騰の
ロマンティック・アドベンチャー巨編！

時の旅人

アウトランダー
ダイアナ・ガバルドン
加藤洋子［訳］
Outlander
by Diana Gabaldon

時の旅人クレア〈I〉
ISBN4-7897-1981-2

時の旅人クレア〈II〉
ISBN4-7897-1991-X

時の旅人クレア〈III〉
ISBN4-7897-2002-0

「好きな本を一冊だけ挙げろと
言われたら、迷うことなく
アウトランダー・シリーズを選ぶわ」
――リンダ・ハワード

絶賛発売中
各740円（本体価格）

クレア